Jenny

Du même auteur
aux Éditions Stock

Christine Lavransdatter.
   La couronne.
   La femme.
   La croix.

Olav Audunssoën

Printemps.

Madame Dorthéa (épuisé).

Maternité (épuisé).

Retour à l'avenir (épuisé).

Vidgis la farouche (épuisé).

Sigrid Undset

Jenny

TRADUIT DU NORVÉGIEN
PAR M. METZGER

Bibliothèque Cosmopolite

Stock

PREMIÈRE PARTIE

I

Le jour baissait. Helge Gram tourna l'angle de la rue au moment même où la musique militaire avançait dans la via Condotti. Elle jouait à une allure entraînante un couplet de la *Veuve Joyeuse*, le transformant en une fanfare sauvage.

Dans ce froid après-midi les petits soldats aux cheveux noirs passaient en trombe, comme s'ils eussent fait partie d'une cohorte romaine courant à l'assaut d'armées barbares, au lieu de rentrer pacifiquement à la caserne pour la nuit. « Mais peut-être n'ont-ils précisément hâte que de rentrer, » se dit Helge, et il sourit ; car depuis un instant, immobile, le col de son pardessus relevé à cause du froid, il s'était senti transporté en pleine histoire.

Fredonnant à mi-voix le refrain de la *Veuve joyeuse*, il se remit à marcher dans la direction qu'il savait être celle du Corso. Au premier tournant il s'arrêta encore pour avoir une vue d'ensemble.

C'était donc là le Corso : un courant incessant de voitures dans une voie encombrée et une foule grouillante sur les trottoirs étroits.

Helge immobile regardait couler le flot, heureux de

7

penser qu'il pourrait dorénavant flâner ici de soir en soir, et se mêler à cette masse humaine, jusqu'à ce que le Corso lui devînt aussi familier que Karl Johan à Oslo.

Le désir l'envahit de s'en aller à l'heure même parcourir les rues, toutes les rues de Rome, et de marcher au besoin la nuit entière.

Il songeait à la Ville, telle qu'elle lui était apparue peu d'instants auparavant du Pincio, au coucher du soleil.

A l'ouest, des nuages gris clair se pressaient les uns contre les autres comme un troupeau de moutons. Les derniers rayons du soleil les frangeaient d'or. Sous le ciel pâle s'étendait la Ville, et tout à coup Helge se rendit parfaitement compte qu'il voyait le vrai visage de Rome, non pas de la Rome de ses rêves, mais de Rome telle qu'elle devait être de toute évidence.

Ce qu'il avait vu jusqu'alors, au cours de son voyage, l'avait déçu, ne ressemblant pas à l'image qu'il s'en faisait, alors que, dans son pays, il se sentait pris de la nostalgie de ces contrées lointaines. Enfin, la réalité était plus belle que tous ses rêves. Cette réalité c'était Rome.

Au-dessous de lui une mer de toits couvrait des maisons vieilles, neuves, hautes ou basses, toutes construites comme au hasard pour satisfaire les nécessités de l'heure. De place en place seulement, une véritable tranchée dans cette infinité de toits révélait le passage d'une rue. Ce monde de lignes tourmentées, qui se croisaient et s'enchevêtraient en mille figures géométriques bizarres, semblait figé et silencieux sous le ciel pâle où l'invisible soleil couchant allumait par instants une légère flamme au bord de quelque nuage. Tout était sommeil et rêve sous la brume transparente à laquelle ne se mêlait pas la plus mince colonne de fumée active et vivante. Nulle cheminée d'usine, nulle vapeur s'échappant des comiques petits tuyaux de fer blanc qui se dressaient au-dessus des toits. Les vieilles tuiles rondes, couleur de rouille, étaient couvertes de mousse grisâtre, et dans les gouttières poussaient de petites touffes de verdure à fleurs jaunes. Le long des terrasses s'alignaient des agaves dont les feuilles avaient un aspect artificiel, tandis que des plantes grimpantes retombaient des corniches en d'immobiles cascades.

Ça et là, à l'étage supérieur d'une maison qui dépassait sa voisine, on voyait, tel un regard, les fenêtres sombres dans la façade rouge ou gris clair ; d'autres paraissaient dormir, leurs jalousies baissées.

Par endroits surgissait de la brume une loggia, tel un vestige d'une ancienne tour de guet, ou bien un toit surmonté d'une petite tonnelle de bois et de tôle.

Au-dessus des maisons planaient des coupoles d'églises, d'innombrables coupoles. La plus imposante, bien loin, au delà des quartiers où Helge situait le cours du Tibre, c'était Saint-Pierre.

Dans la plaine, là où les toits sans vie s'étendaient sur la ville — comme elle méritait bien ce soir son nom d'Éternelle ! — une colline arrondissait son arc sous le ciel. Une allée de pins, dont les cimes se rejoignaient par-dessus les colonnes élancées des troncs, en couvrait la crête.

À peine visible, encore plus loin que le dôme de Saint-Pierre, s'élevait une autre colline avec ses villas blanches entre les pins et les cyprès, le Monte Maria sans doute...

Derrière Helge, les chênes dressaient leur sombre tête feuillue, et le bruit du jet d'eau s'élevait comme un vif appel. L'eau s'écrasait dans la vasque de pierre et débordait en ruisselant dans le bassin inférieur. Helge murmurait : « Rome, Rome éternelle », en contemplant la ville rêvée dont il foulait le sol pour la première fois, la ville dont les demeures mystérieuses n'abritaient pour lui que des inconnus.

Puis il se sentit intimidé devant sa propre solitude, et il eut peur de son émotion quoiqu'il sût que personne n'était là pour l'espionner.

Il se dirigea rapidement vers l'Escalier d'Espagne. Quand il fut arrivé au coin de la via Condotti et du Corso, une sorte de douce angoisse le prit à l'idée de se mêler à la vie trépidante de la rue et de chercher sa route dans la ville étrangère. Il se décida à pousser droit jusqu'à la place Saint-Pierre.

Tandis qu'il traversait la chaussée, deux jeunes filles le dépassèrent.

9

« Ce sont certainement des Norvégiennes, pensa-t-il aussitôt. Voilà qui est amusant. » L'une d'elles, très blonde, portait une fourrure claire.

Helge trouvait du charme rien qu'à lire les noms des rues sur les plaques de marbre gravées de purs caractères latins. La voie qu'il suivait aboutissait à un espace découvert et à un pont de pierre blanche dont les deux rangées de becs de gaz opposaient leur lumière malade à la vive clarté du ciel tourmenté.

Le long de l'eau couraient un parapet bas, en pierre blanchâtre et une rangée d'arbres au feuillage fané, dont l'écorce se détachait par longues plaques blanches. Sur l'autre rive les réverbères éclairaient les arbres du quai, mais la masse sombre des maisons se distinguait à peine. De ce côté-ci de l'eau la lumière du soir faisait encore flamber les vitres. Le ciel presque pur tendait au-dessus de la colline sa voûte bleu-verdâtre, où ne passaient plus que quelques lourds nuages roux annonciateurs de tempête.

Helge s'arrêta sur le pont et regarda le Tibre. Comme l'eau était trouble ! Elle roulait, violente, enflammée du reflet des nuages, entraînant des branches, des débris de bois et du sable dans son lit de pierre. A côté du pont, un petit escalier conduisait au fleuve. Helge pensa qu'il serait facile de s'y glisser de nuit si l'on était las de tout. Imaginez que quelqu'un se laissât tenter !

Il demanda son chemin en allemand à un agent qui lui répondit en français, puis en italien, mais comme Helge continuait à secouer la tête, il reprit en français en indiquant l'amont de la rivière.

Helge suivit la direction indiquée ; il se trouva bientôt au pied d'une masse imposante de pierres sombres, une tour basse crénelée surmontée d'une silhouette d'ange d'un noir d'encre ; il devina les contours du château Saint-Ange... Il faisait tout juste assez clair pour que l'on vît les statues dorées du pont se détacher sur la pénombre environnante et les flots du Tibre refléter les nuages rougeâtres. Mais les réverbères augmentaient d'intensité et jetaient sur le fleuve des arches de lumière.

Derrière le pont Saint-Ange un tram électrique vivement éclairé passait sur un nouveau pont métallique, en faisant jaillir sur la ligne des étincelles bleues.

Helge aborda un passant et, soulevant son chapeau, demanda : « San Pietro favorisca ? » L'homme montra de la main la route à suivre, et ajouta un flot de paroles que Helge ne comprit pas.

La rue où il s'engageait était si sombre et si étroite qu'il lui sembla presque la reconnaître. Il se représentait bien ainsi une rue italienne. Des magasins d'antiquités se succédaient. Helge intéressé regarda au travers des vitres mal éclairées. La plus grande partie des marchandises devait être du toc. Ces morceaux de dentelle grossière qui pendaient sur des cordes, était-ce de la dentelle italienne ? Il y avait des faïences ébréchées sur des couvercles poussiéreux, de petites figurines de bronze d'un vert malsain, des chandeliers vieux et neufs, des broches ornées d'une profusion de pierreries qui avaient l'air fausses.

Malgré tout, Helge fut saisi d'un désir irraisonné d'entrer, d'acheter, de marchander, de faire des affaires.

Il avait passé le seuil d'un petit magasin obscur avant même de s'en rendre compte. C'était au surplus tout à fait pittoresque. Tous les trésors du monde se trouvaient là. Au plafond pendaient d'anciennes lampes d'église, ailleurs de vieilles étoffes à fleurs d'or sur fonds rouges, verts ou blancs ; un peu partout étaient disposés des meubles brisés.

Derrière le comptoir un jeune garçon brun, à la peau dorée, au menton bleu, était assis et lisait. Il interrogea avec empressement Helge qui désignait tel ou tel objet en disant : « Quanto ? » Tout ce que Helge pouvait comprendre, c'était que les marchandises étaient hors de prix. Il faudrait évidemment attendre pour acheter de savoir la langue, et alors marchander sans scrupules.

Sur un rayon se trouvaient quelques porcelaines, des figurines baroques et des vases ornés de bouquets de roses en relief. Le tout paraissait de fabrication récente. Helge prit au hasard un petit objet, le posa sur le comptoir et répéta « quanto ? ».

« Sette », répondit l'homme en élevant sept doigts en l'air.

11

— Quattro ». Helge montra quatre doigts gantés de brun. Il se sentait tout joyeux et sûr de lui en constatant ses progrès en italien. Il est vrai qu'il ne comprenait rien aux protestations de l'autre, mais, chaque fois que celui-ci se taisait, il revenait avec son « quattro » et ses quatre doigts.

— Non antica, lança-t-il avec autorité. Le marchand jura ses grands dieux que la poterie était antique.

— Quattro », répéta Helge pour la dernière fois. L'homme n'élevait plus que cinq doigts en l'air. Quand Helge se dirigea vers la porte, il le rappela et accepta son prix. Helge emporta son acquisition dans du papier de soie rouge.

Il n'avait pas atteint le haut de la rue qu'il vit la masse sombre de l'église se profiler sur le ciel. Il se hâta de traverser la première partie de la place — là où sont les magasins bien éclairés et où passent des tramways rapides. Les colonnades semi circulaires entourent de leurs bras recourbés la deuxième partie de la place Saint-Pierre comme pour l'attirer dans leur zone d'ombre et de silence jusqu'à la puissante église obscure qui projette en avant son large escalier, tel une langue, arrondie au milieu en forme de coquillage.

Sur la voûte clair-obscur du ciel se découpaient en noir le dôme et la rangée de statues de l'armée des saints dominant les colonnades. Au delà, quelques arbres, quelques maisons se distinguaient encore, irrégulièrement dispersées le long de la pente.

Les réverbères restaient impuissants à lutter contre l'ombre envahissante. Elle glissait entre les colonnes des arcades, et, du vestibule ouvert de Saint-Pierre, gagnait l'escalier. Helge s'avança sans bruit tout près de l'église et considéra les portes de bronze fermées. Puis il revint sur ses pas vers le centre de la place et l'obélisque ; il s'arrêta, contempla la façade noire et, rejetant la tête en arrière, il s'efforça d'apercevoir la pointe effilée de l'aiguille de pierre qui se dressait dans le ciel du soir. Les derniers nuages avaient sombré sur les toits du quartier lointain d'où venait Helge ; les premières étoiles trouaient de leurs clous scintillants l'obscurité qui là-haut s'épaississait.

A nouveau, le clapotis étrange de l'eau vint frapper ses oreilles ; il entendit le trop plein déborder et ruisseler de vasque en vasque jusqu'au bassin. Il s'approcha tout près d'un des jets d'eau. La colonne liquide s'élançait comme mue par une force volontaire. Arrivée très haut, elle se brisait, couvrait d'un voile d'ombre les dernières lueurs du jour, puis retombait dans la nuit où elle apparaissait, blanche à nouveau. Un coup de vent inclina le jet d'eau qui ne s'abattit pas dans la vasque de pierre mais inonda Helge de gouttelettes, glaciales dans cette nuit fraîche. Au lieu de s'en aller, il continua d'écouter, de regarder, puis fit quelques pas, et revint tout doucement, pour ne pas troubler les voix qui montaient en lui.

Il n'en pouvait plus douter : il était à Rome, il y était réellement, loin, bien loin de tout ce dont il avait tant désiré se détacher ; il marcha plus doucement encore, pour ainsi dire sur la pointe des pieds, avec les précautions d'un prisonnier qui s'évade.

Les fenêtres d'un restaurant brillaient au coin d'une rue. Helge trouva en route un marchand de tabac et acheta des cigarettes, des timbres, des cartes postales. En attendant son dîner et tout en avalant quelques gorgées de vin rouge, il écrivit à ses parents. Il disait à son père : « Je pense tant à toi ce soir », puis il sourit tristement ; était-ce bien vrai ? Mais à sa mère il écrivit : « J'ai déjà acheté une petite chose pour toi, c'est ma première emplette à Rome. » Pauvre mère, comment allait-elle ? Il avait si souvent été désagréable avec elle durant ces dernières années. Il déballa le petit objet, et le regarda, ce devait être un flacon à parfum. Puis il ajouta quelques lignes sur ses progrès en italien et la facilité de marchander dans les boutiques. La nourriture était bonne, mais chère. Bah ! à la longue il saurait bien s'arranger pour vivre à bon marché.

Rassasié et mis en belle humeur par le vin, Helge repartit dans une direction nouvelle. Il distinguait de longues maisons basses et de grands murs de jardin ; un peu plus loin il passa sous l'arche d'une porte délabrée et se trouva devant un pont qu'il voulut traverser. Mais un homme sortit d'une cabane de péage et lui fit comprendre qu'il devait débourser un soldo. De l'autre côté du pont s'élevait une grande église obscure, au toit surmonté d'une coupole.

Puis ce fut un dédale de ruelles noires et resserrées. Dans l'ombre mystérieuse Helge devinait, côte à côte avec de sordides masures et d'étroites façades d'églises, de vieux palais aux corniches surplombantes, aux fenêtres grillagées. Tout à coup, le pied de Helge enfonça dans un tas de détritus indéfinissables qui encombraient le ruisseau et sentaient mauvais.

A la lumière des petites portes des cabarets éclairés, et des rares becs de gaz, Helge pouvait apercevoir de-ci de-là des silhouettes humaines.

Il se sentait partagé entre le ravissement et l'inquiétude, comme un enfant surexcité par l'attente de l'inconnu. Cependant, il commençait à se demander comment il sortirait de ce labyrinthe et retrouverait son hôtel lointain, à l'autre extrémité de la ville. Sans doute lui faudrait-il s'offrir une voiture. Il enfila une nouvelle rue complètement déserte. Entre les hautes maisons toutes droites, où se découpaient de sombres fenêtres sans appui, courait une bande de ciel bleu sombre qui jetait une faible lueur. Un léger souffle de vent faisait voler la poussière, quelques papiers et des brins de paille sur les pavés inégaux.

Deux femmes dépassèrent Helge. Il tressaillit en reconnaissant à la lueur d'un réverbère tout proche les inconnues du Corso, celles qu'il croyait être des Norvégiennes. La plus grande des deux portait encore sa fourrure claire. Une idée folle lui traversa l'esprit ! S'il tentait l'aventure et leur demandait son chemin pour voir si elles étaient vraiment norvégiennes ou tout au moins scandinaves !

Le cœur battant un peu, il se mit à les suivre. C'était certainement des étrangères. Les deux jeunes filles s'arrêtèrent à quelque distance devant un magasin fermé, puis reprirent leur marche. Helge hésitait. Allait-il dire : Please — Bitte — Scusi, ou risquer tout bonnement par

14

mesure d'expérience un « unskyld ». Ce serait drôle qu'elles fussent norvégiennes !

Elles prirent une autre rue. Helge les suivait de près, sur le point de les aborder, lorsque la plus petite se retourna et dit quelques mots en italien d'un ton bas et furieux. Helge en fut si déçu que pour un peu il se serait sauvé en murmurant un « Scusi » quand la grande jeune fille à la fourrure claire dit :

« Voyons, Cesca, ne lui parle pas, il vaut toujours mieux avoir l'air de ne s'apercevoir de rien.

— Oui, mais moi j'en ai assez de cette engeance italienne qui ne peut laisser une femme en paix.

— Pardon, dit Helge en norvégien, et les inconnues se retournèrent brusquement.

— Je vous prie de m'excuser, balbutia-t-il en rougissant, ce qui l'irrita et le fit rougir davantage dans l'ombre, j'arrive de Florence aujourd'hui même et me suis perdu dans ces ruelles en colimaçon. Il m'a semblé que ces dames étaient norvégiennes, scandinaves en tout cas, — je m'explique si mal en italien, — et j'ai pensé... Voudriez-vous être assez aimables pour m'indiquer où je trouverai un tramway ? Je m'appelle Gram, et je suis étudiant, et il souleva son chapeau.

— Où habitez-vous donc ? demanda la grande blonde.

— Dans un hôtel qui s'appelle Albergo Torino, quelque part du côté de la gare.

— Il pourrait prendre le tram du Trastevere à San Carlo, dit la petite brune.

— Non, non, plutôt la ligne I au Corso Nuovo.

— Ce tram ne va pas jusqu'aux Termini.

— Si, celui qui porte l'indication : San Pietro Stazione Termini, reprit la grande en s'adressant à Helge.

— Comment ? il va d'abord à Capo le Case et Ludovisi, jusqu'au diable et encore plus loin, il met une heure pour le moins d'ici à la gare.

— Y penses-tu, ma chère, le trajet est direct par la via Nazionale.

Mais la petite insistait :

— Pas du tout, du reste la ligne I passe à Saint-Jean de Latran, etc...

15

La grande jeune fille continuait ses explications : « Suivez la première rue à droite, jusqu'au marché aux puces, de là prenez à gauche le long de la Cancelleria, le Corso Nuovo. Autant que je m'en souvienne, le tram s'arrête devant la Cancelleria ou tout près. Vous verrez la plaque. Faites attention de monter dans la voiture sur laquelle est écrit : San Pietro Stazione Termini, c'est la ligne I. »

Un certain découragement s'empara de Helge, tandis que les jeunes filles se renvoyaient tous ces noms à la consonnance étrangère. Il secoua la tête : « J'ai peur de me tromper, Mademoiselle, il vaut mieux que je me mette en quête d'une voiture. — Mais nous vous accompagnerons volontiers à l'arrêt du tramway », dit la jeune fille blonde. La petite protesta en italien d'un ton plaintif ; cependant son amie ne parut pas vouloir l'écouter, ce qui augmenta encore l'embarras de Helge, gêné par cet échange de réflexions qu'il ne comprenait pas. « Je vous remercie, Mademoiselle, mais je ne peux vraiment pas accepter que vous vous dérangiez pour moi, je finirai bien par trouver le chemin du retour, d'une façon ou d'une autre. — Cela ne nous dérange nullement, dit la grande jeune fille en se remettant à marcher, nous allons à peu près du même côté que vous. — Que vous êtes aimable ! J'ai l'impression qu'il est très facile de se perdre à Rome, dit-il, essayant d'entamer une conversation, du moins quand il fait nuit. — Mais non, on s'y reconnaît vite. — Il est vrai que je suis arrivé de Florence ce matin même. »

La petite brune murmura quelques mots en italien. L'autre se tourna vers Helge : « Il doit faire très froid à Florence à présent. — Un froid glacial. Ne fait-il pas plus doux ici ? J'ai du reste écrit à ma mère de m'envoyer mon pardessus. — Il peut faire très rude, même à Rome. Vous plaisiez-vous à Florence ? Combien de temps y avez-vous séjourné ? — Quinze jours, je crois que je préférerai Rome. » L'autre jeune fille qui n'avait cessé de parler bas en italien d'un ton maussade se mit à rire, mais son amie répondit de sa belle voix chaude et calme : « Je crois aussi que Rome vous enchante plus que toute autre ville.

— Votre amie est-elle italienne ? interrompit Helge.

— Non, Mademoiselle Jahrmann est norvégienne. Nous

parlons italien pour que je l'apprenne. Elle le sait très bien. Je m'appelle Winge, ajouta-t-elle. Voilà la Cancelleria, et elle désigna un grand palais sombre.

— La cour intérieure vaut-elle sa réputation ?

— Elle est magnifique, mais venez que je vous aide à trouver votre tramway. »

Tandis qu'ils attendaient à l'arrêt, deux hommes traversèrent la rue.

« Tiens, vous voilà, s'écria l'un d'eux.

— Bonsoir, dit l'autre, nous allons faire route ensemble, n'est-ce pas ? Avez-vous été voir les colliers de corail ?

— Le magasin était fermé, répondit Mademoiselle Jahrmann avec humeur.

— Nous avons rencontré un compatriote qui nous a demandé de l'aider à retrouver son chemin, expliqua Mademoiselle Winge, et elle fit les présentations : Monsieur Gram, étudiant, Monsieur Heggen, qui est peintre, Monsieur Ahlin, sculpteur.

— Je ne sais si Monsieur Heggen se souvient de moi, nous nous sommes déjà vus à la cabane de Mysu, il y a trois ans ?

— Mais certainement, certainement. Et vous voilà à Rome ? »

Ahlin et Mademoiselle Jahrmann chuchotaient à l'écart des autres, puis la jeune fille s'approcha de son amie : « Jenny, je rentre chez moi ; de toutes façons, je ne suis pas disposée à aller chez Frascati.

— Mais, chérie, c'est toi-même qui nous as proposé d'y aller.

— Ah Dieu ! non, pas Frascati ! Vrai, rester là à moisir avec une trentaine de dames danoises, de tous les âges possibles.

— Allons ailleurs si tu veux. Mais voilà votre tram, Monsieur Gram.

— Merci infiniment pour votre obligeance. J'espère fort avoir encore le plaisir de rencontrer ces dames. Qui sait, peut-être au cercle scandinave. »

Le tram s'arrêtait quand Mademoiselle Winge dit : « Je me demande si vous n'auriez pas envie de nous accompagner ? Nous avions projeté une petite fugue pour ce soir : écouter de la musique et goûter quelque vin du pays.

— Oh, merci. Helge, incertain et un peu troublé, consultait les autres du regard. Ce serait charmant mais... et il se tourna, confiant, vers Mademoiselle Winge au visage clair, à la voix sympathique, n'est-ce pas bien plus agréable pour vous de ne pas vous encombrer d'un étranger ? Il riait d'un air gêné.

— Pas du tout, dit-elle en souriant, ce sera très gentil au contraire et voyez, votre tram s'en va ; vous connaissez déjà Heggen, et, quant à nous, nous ferons bien attention de vous expédier sans erreur à votre hôtel, soyez tranquille ! Vous n'êtes pas fatigué au moins ?

— Fatigué ? je suis ravi de me joindre à vous », s'écria Helge vivement.

Les trois autres se mirent à proposer des cabarets, tous inconnus d'Helge. Ce n'étaient pas ceux dont son père avait parlé.

Mademoiselle Jahrmann refusait toutes les propositions.

« Eh bien nous irons près de Sant'Agostino, tu sais bien, Gunnar, là où l'on boit du vin rouge » ; et Jenny Winge partit sans attendre de réponse. Heggen la suivit.

« Il n'y a pas de musique, objecta Mademoiselle Jahrmann.

— Bien sûr que si, l'homme qui louche et l'autre musicien sont là presque tous les soirs, en tout cas ne restons plus ici à perdre notre temps ».

Helge emboîta le pas avec le sculpteur suédois et Mademoiselle Jahrmann.

« Etes-vous à Rome depuis longtemps ?

— Non, je suis arrivé de Florence ce matin. »

Mademoiselle Jahrmann eut un petit rire moqueur qui déconcerta Helge. Il se demandait tout en marchant s'il ne ferait pas mieux de prétexter la fatigue et de s'en aller. Tandis qu'ils poursuivaient leur route au travers des rues étroites et mal éclairées, Mademoiselle Jahrmann ne cessait de bavarder avec Ahlin, répondant à peine quand le nouveau venu lui adressait la parole. Avant qu'il se fut décidé à prendre un parti, il vit Heggen et Mademoiselle Winge disparaître par une petite porte, au bas de la rue.

« Que diable a donc Cesca ce soir, ses lubies finissent par être insupportables ? Ote ton manteau, Jenny, sinon tu prendras froid en sortant. »

Heggen se débarrassa de son chapeau et de son pardessus, et se laissa tomber sur une chaise de paille.

« La pauvre, elle ne va pas très bien aujourd'hui, puis ce Gram nous a suivies assez longtemps avant de se risquer à nous aborder ; pareille chose l'énerve toujours, enfin, tu sais bien, son cœur...

— Pauvre Cesca ; il a de l'aplomb du reste, ce type-là.

— Le malheureux, il ne savait comment se tirer d'affaire, je pense ; il ne paraît pas avoir l'habitude des voyages ; le connais-tu ?

— Pas du tout ; ce qui ne veut pas dire que je ne l'aie jamais rencontré. Mais les voilà. »

Ahlin prit le manteau de Mademoiselle Jahrmann.

« Diable, s'écria Heggen, ce que tu es bien ce soir, tu as l'air d'un petit lézard. »

Elle eut un sourire satisfait et lissa sa jupe sur ses hanches, puis elle prit Heggen par les épaules :

« Sauve-toi de là, je veux m'asseoir à côté de Jenny. »

Comme elle est belle, pensait Helge.

Elle portait une robe vert clair ; la jupe montait si haut que le buste aux formes pleines en sortait comme une fleur de son calice. Son corsage aux reflets d'or largement échancré laissait à nu un cou brun et rond. Un chapeau cloche, de peluche brune, couvrait des cheveux très noirs, dont les bouclettes courtes encadraient des joues fraîches.

Le visage paraissait celui d'une petite fille. Sous de lourdes paupières s'ouvraient des yeux gris profonds et des fossettes rieuses se dessinaient autour de la petite bouche rouge.

Mademoiselle Winge était, elle aussi, une très jolie fille mais elle passait tout à fait inaperçue à côté de son amie. Aussi blonde que l'autre était brune, elle avait les cheveux rejetés en arrière, découvrant son front blanc, et jaillissant en flammes dorées sous la petite toque de fourrure grise. Son teint était délicatement rosé. Les sourcils et les cils qui ombrageaient ses yeux gris bleus étaient clairs, d'un brun doré. Mais sa bouche paraissait trop grande pour le visage étroit et régulier au petit nez droit, aux tempes bombées où se dessinaient des veines bleues. Ses lèvres étaient aussi un peu pâles ; cependant son sourire découvrait des dents blanches et régulières. Tout en elle semblait effilé, son cou mince, ses bras couverts d'un léger duvet, ses mains longues et maigres. On aurait pu la prendre pour un jeune garçon avec sa taille élevée, et son air d'avoir poussé trop vite. Elle devait être extrêmement jeune. Sa robe gris clair, légère et soyeuse, s'ornait de revers blancs au cou et aux manches. Elle portait un corsage froncé à la gorge et à la taille, sans doute pour dissimuler un peu sa maigreur. Autour de son cou s'enroulait un collier de petites perles rouges qui jetaient des taches de lumière sur la peau délicate.

Helge Gram restait assis silencieusement au bout de la table. Les autres parlaient d'une certaine Mademoiselle Söderblom qui était tombée malade.

Un vieil Italien, le tablier sale noué autour de son gros ventre, vint demander ce qu'ils désiraient boire.

« Rouge, blanc, sec, doux ? Que prenez-vous, Gram ? dit Heggen en se tournant vers lui.

— Monsieur Gram prendra un demi-litre de mon vin rouge, dit Jenny Winge. C'est un des meilleurs de Rome, et ce n'est pas peu dire, je vous assure. »

Le sculpteur passa un étui à cigarettes aux jeunes filles. Mademoiselle Jahrmann en prit une et l'alluma.

« Je t'en prie, Cesca, s'écria Jenny.

— Si, si, répondit Cesca Jahrmann, je n'en irai pas mieux si je ne fume pas, et je suis de mauvaise humeur ce soir.

— Pourquoi donc, chère Mademoiselle ?

— C'est comme ça ; et puis je n'ai pu avoir ce collier de corail.

— Qu'en aurais-tu fait ce soir ? demanda Heggen.

— Rien, mais j'avais décidé de l'acheter.

— Demain tu décideras d'acheter le collier en malachite.

— Certes pas. Mais n'est-ce pas vraiment dégoûtant ? Jenny et moi qui étions allées si loin, tout exprès pour ces perles de corail ?

— Et puis tu as eu la chance de nous rencontrer. Sinon il aurait fallu que tu te rendes chez Frascati, que tu as semble-t-il brusquement pris en grippe.

— Je ne me serais pas du tout rendue chez Frascati, tu peux en être sûr, Gunnar ; et mieux aurait valu pour moi d'y aller. Mais, puisque vous m'avez entraînée jusqu'ici, je veux boire et passer la nuit dehors.

— Je croyais que c'était toi qui avais organisé cette sortie.

— Le collier de malachite est ravissant, à mon avis, interrompit Ahlin, et si bon marché.

— Cependant les malachites sont bien moins chères à Florence, celui-ci coûte 47 lires, et à Florence où Jenny a acheté son cristallo rosso, j'aurais pu avoir un collier de malachite pour 35 lires. Jenny n'a payé que 18 lires pour ses perles. Mais il faut que j'obtienne le corail pour 90 lires.

— Je ne comprends pas très bien ta façon de faire des économies, dit Heggen en riant.

— Au fond, je n'ai plus envie de parler de tout cela, répliqua Mademoiselle Jahrmann, j'en ai assez de ces discussions pour ou contre, mais demain j'irai acheter le collier.

— 90 lires, n'est-ce pas un prix excessif pour du corail ? Helge se risquait à poser cette question et Mademoiselle Jahrmann consentit cette fois à lui répondre.

« Vous pouvez bien penser que ce n'est pas un collier ordinaire. Ce sont de vraies perles de contadina avec un fermoir d'or et de lourds pendants aussi longs que ça.

— Contadina, est-ce un genre de corail spécial ?

— Voyons, ce sont les perles que portent les contadines.

— Mais je ne sais pas ce que c'est qu'une contadina. Helge souriait un peu sottement.

— Une paysanne. N'avez-vous pas vu les colliers qu'elles portent, ces lourdes perles de corail rouge foncé ? Les miennes sont exactement couleur sang de bœuf, et la perle du milieu est aussi grande que cela. » Elle indiqua de son pouce et de son index la grosseur d'un œuf...

— Voilà qui doit être épatant, dit Helge, enchanté de se mêler à la conversation, je ne sais rien des malachites ou des cristallo rossa, mais il me semble que les coraux que vous venez de décrire vous iraient mieux que n'importe quoi d'autre.

— Entendez-vous, Ahlin, vous qui vouliez me faire prendre le collier de malachites ! L'épingle de cravate de Heggen est en malachite. Fais-la voir, Gunnar, et les perles de Jenny sont en cristallo rosso, non pas rossa. C'est du cristal de roche rouge.

Elle tendit l'épingle et le collier tiède encore d'avoir entouré le cou de la jeune fille. Helge contempla un instant les perles brillantes qui absorbaient en quelque sorte la lumière.

— Mais à vous il faut du corail, Mademoiselle Jahrmann. Savez-vous, je crois, que vous avez tout à fait l'air vous-même d'une contadina.

— Oh ! voyons ! Elle sourit à Helge et reprit gaiement : Entendez-vous, vous autres.

— Vous portez un nom italien, n'est-il pas vrai, reprit Helge avec admiration.

— Non, mais la famille italienne chez qui j'habitais l'an dernier a changé le vilain nom que m'a légué ma grand'mère et j'ai gardé le nom italien.

— Francesca, dit Ahlin tout bas.

— Pour moi, vous serez toujours Francesca, Signorina Francesca.

— Et pourquoi pas Mademoiselle Jahrmann ? Malheureusement nous ne pourrons nous parler italien puisque vous ne savez pas cette langue. Elle se tourna vers les autres : — Jenny et Gunnar j'achète les coraux demain.

— C'est ce que tu prétends faire, du moins !

— Mais il *faut* que je les obtienne pour 90 lires.

— On peut toujours marchander, assura Helge sur un ton d'expérience. Je suis entré cet après-midi dans une boutique, quelque part du côté de l'église Saint-Pierre, et j'ai acheté ceci pour ma mère. Le marchand m'en a

demandé sept lires, je l'ai obtenu pour quatre. Ne pensez-
vous pas que c'est bon marché. »

Il posa l'objet sur la table.

Fransiska eut un regard de dédain.

« Vous l'auriez eu pour une lire cinquante au marché
aux puces. J'en ai fait cadeau de tout semblables à nos
deux bonnes, chez nous, l'an dernier.

— L'homme assurait que le flacon était ancien, assura
Helge timidement.

— Ils le disent toujours lorsqu'ils voient que les gens
ne s'y connaissent pas et ne savent pas l'italien.

— Vous ne le trouvez pas joli, demanda Helge décon-
tenancé en emballant son acquisition dans le papier rouge.

— Je le trouve affreux, dit Fransiska, mais je ne connais pas les goûts de votre mère.

— Dieu sait ce que je vais en faire, soupira Helge.

— Donnez-le donc à votre mère, dit Jenny Winge,
elle verra avec plaisir que vous avez pensé à elle ; et puis
chez nous on aime ce genre de choses ; nous qui vivons
ici en voyons trop. »

Fransiska tendit la main vers l'étui à cigarettes d'Ahlin,
mais il ne lui permit pas de le prendre. Ils chuchotèrent
vivement pendant quelques instants, soudain elle repoussa
l'étui et cria :

« Giuseppe. »

Helge comprit qu'elle donnait au garçon l'ordre de
lui apporter des cigarettes. Ahlin dit avec agitation :

« Mais, chère Mademoiselle, vous savez que vous ne
supportez pas de tant fumer. »

Fransiska se leva, elle avait les yeux pleins de larmes.

« Du reste tout ceci m'est égal, je rentre chez moi.

— Mademoiselle Jahrmann ! Cesca ! » Ahlin debout lui
tendait son manteau tout en la suppliant à voix basse.
Elle s'essuya les yeux avec son mouchoir :

« Si, je veux rentrer, vous voyez bien, mes amis, que
je suis impossible ce soir. Non, je rentrerai seule, je ne
te permets pas de m'accompagner, Jenny »

Heggen se leva aussi. Helge restait seul assis à table.

« Ne t'imagines donc pas que nous allons te laisser
rentrer seule à cette heure avancée de la nuit, dit Heggen.

— Vraiment tu me le défendrais, toi ?

— Oui, je m'y oppose absolument.

— Tais-toi, Gunnar », dit Jenny Winge. Elle renvoya les deux jeunes gens, qui allèrent se rasseoir en silence tandis que Jenny entourant Francesca de ses bras, l'attira un peu à l'écart et lui parla à voix basse. Peu après toutes deux revinrent.

Mais le petit groupe avait perdu son entrain. Mademoiselle Jahrmann était à demi couchée sur les genoux de Jenny. Elle avait enfin ses cigarettes et elle fumait en secouant la tête à toutes les tentatives que faisait Ahlin pour lui prouver que les siennes étaient meilleures.

Jenny avait commandé une coupe de fruits et mangeait des mandarines. De temps en temps elle en mettait un quartier dans la bouche de Cesca. Qu'elle était donc charmante cette Cesca avec son visage d'enfant désolé et se faisant donner la becquée par son amie ! Ahlin ne cessait de la regarder. Heggen mettait en menus morceaux les allumettes brûlées et les piquait dans les écorces épaisses.

« Y a-t-il longtemps que vous êtes à Rome, Monsieur Gram ? »

Helge essaya de prendre un ton plaisant :

« Je ne cesse de dire que je suis arrivé de Florence par le train de ce matin. »

Jenny rit par politesse, mais Fransiska sourit à peine.

Au même instant entrait une jeune fille, tête nue, les cheveux noirs, le teint d'un jaune graisseux, l'air hardi. Elle tenait à la main une mandoline. Derrière trottait un individu miteux, aux vêtements râpés, d'une élégance de garçon de café et portant une guitare.

Jenny dit comme si elle parlait à un enfant :

« Vois donc, Cesca, c'est Emilia ; nous allons avoir de la musique.

— Quelle chance, dit Helge. Voit-on vraiment encore des chanteurs populaires dans les guinguettes de Rome ? »

La chanteuse populaire préluda un air de la *Veuve Joyeuse*. Sa voix étrangement haute et claire avait un timbre métallique.

« Oh, quelle horreur ! »

24

Fransiska se réveillait :

« Mais nous n'en voulons pas de la *Veuve Joyeuse*. Qu'on nous donne quelque chose d'italien — la luna con pallido canto, n'est-ce pas ? »

S'approchant des musiciens elle les salua comme de vieux amis ; elle riait, gesticulait, prit la guitare, fredonna des fragments de diverses mélodies.

L'Italienne se mit à chanter un air doux et caressant tout en pinçant les cordes de la guitare et toute la société qui entourait Helge reprenait en chœur le refrain. Il s'agissait d'amore et de baciare.

« C'est une chanson d'amour, n'est-ce pas ?

— Une belle chanson d'amour, dit Mademoiselle Jahrmann en riant. Ne me demandez pas de la traduire ! En italien, du reste, elle fait très bien.

— Oh, elle n'est pas si horrible que cela, interrompit Jenny en adressant un aimable sourire à Helge. Et bien, Monsieur Gram, notre petit coin est-il à votre goût ? N'est-ce pas qu'on y boit du bon vin ?

— Excellent, en effet, et le local est certainement très caractéristique. »

Helge avait tout à fait perdu courage. Mademoiselle Winge lui adressait de temps à autre quelques mots, mais il n'osait plus se mêler à une conversation suivie. Les autres causaient entre eux. Seul le sculpteur suédois restait silencieux et regardait Cesca. Les mélodies étrangères qui s'envolaient aux vibrations métalliques de la mandoline dépassaient Helge, portant leur message à ses compagnons. Il s'absorba dans la contemplation de l'amusante petite trattoria. Comme elle était bien italienne ! Les murs et le plafond, — en forme de voûte et soutenu au milieu par un gros pilier — blanchis à la chaux, des tables de bois brut, des chaises paillées en vert. On respirait un air alourdi par l'odeur aigrelette qui montait des tonneaux de vin derrière le comptoir.

« La vie d'artiste à Rome ! » Helge croyait voir une image ou lire une description pittoresque ! Si seulement il ne s'était pas senti si désespérément *en marge*. Tant qu'il n'avait vu que des images ou lu des descriptions, il pouvait se figurer que cette vie serait éventuellement la sienne, mais dans le milieu où il se trouvait ce soir il était sûr de rester un intrus. — Bah ! cela valait mieux. Il n'était point fait pour se mêler aux autres, et surtout à ces gens qui l'entouraient. Il n'y avait qu'à voir Jenny Winge boire machinalement du vin rouge épais dans un verre à bière lourd et glauque. — Le père de Helge lui avait décrit ces verres ; il lui avait montré celui que tient à la main la jeune fille du paysage de Marstrand au Musée de Copenhague. — Mais certainement aux yeux de Jenny Winge, ce tableau était sans valeur.

Ces petites jeunes filles n'avaient sans doute jamais rien lu sur la cour du Bramante à la Cancelleria — *cette perle de l'architecture de la Renaissance,* et l'avaient peut-être découverte par hasard, quelque jour en revenant d'acheter des perles et des colifichets au marché aux puces.

Saisies d'admiration, elles avaient pu y amener leurs amies et leur montrer les trésors insoupçonnés dont *elles* n'avaient pas rêvé pendant des années. *Elles* n'avaient pas appris à connaître par les livres, chaque pierre, chaque recoin — jusqu'à ce que leur vue fatiguée fût incapable de rien admirer d'autre que ce dont elles s'étaient fait une idée d'avance. Elles pouvaient certainement voir les blanches colonnades se détacher sur le fond bleu sombre du ciel et jouir de leur beauté sans se demander avec une curiosité pédante quel était ce temple et quel Dieu on y adorait.

Lui, il avait rêvé, et à présent, il se rendait compte que la réalité ne lui offrait rien d'*exactement semblable* à ce à quoi il s'attendait. Tout était si gris et si dur à la vive lumière du jour. Ses rêves avaient arrondi, fondu les créations de son imagination, les enveloppant d'une sorte de doux clair-obscur où les ruines, entourées d'une verdure légère, s'estompaient harmonieusement.

Il n'était venu ici, en somme, que pour constater que toutes les choses qu'il connaissait par les livres étaient à leur place. Plus tard, il pourrait déballer ses connaissances livresques à l'Académie Privée, devant un cercle de jeunes filles et dire qu'il avait vu ceci et cela de ses propres yeux. Il ne pourrait parler d'une seule chose qu'il eût découverte lui-même, car il ne connaîtrait jamais que ce que les livres lui avaient appris. S'il lui arrivait de rencontrer des êtres réels, il essayait d'évoquer un de ces personnages imaginaires et sans vie, pour comparer les ressemblances. Comment aurait-il pris part à l'existence des vivants, lui qui jamais n'avait vécu ?

Ce Heggen, avec ses grosses lèvres rouges, ne rêvait évidemment pas d'une aventure romanesque — genre bibliothèque du *Journal des Familles* — s'il lui prenait fantaisie de suivre un soir une jeunesse dans les rues de Rome.

Helge commençait à s'apercevoir qu'il avait bu.

« Si vous rentrez vous coucher à présent, vous aurez mal à la tête demain », lui dit Mademoiselle Winge, lorsqu'ils se retrouvèrent dans la rue obscure.

Les trois autres marchaient devant, Helge un peu en arrière avec elle.

« Mademoiselle Winge, dites-moi franchement. Ne vous êtes-vous pas encombrée d'un type terriblement ennuyeux en m'emmenant ?

— Mais non, cher Monsieur, seulement vous ne nous connaissez pas et nous ne vous connaissons pas encore.

— J'ai beaucoup de peine à me lier. En réalité, cela ne m'arrive jamais. Je n'aurais pas dû vous accompagner, quand vous m'en avez prié si gentiment ce soir, il faut sans doute de l'entraînement pour savoir s'amuser. »

Il essaya de rire.

« C'est évident. »

Helge perçut au son de sa voix qu'elle souriait.

« Moi, j'avais vingt-cinq ans quand je m'y suis mise. Et Dieu sait si cela a mal marché au début.

— Vous ? Je pensais que vous autres artistes, vous... du reste, je vous croyais loin d'avoir vingt-cinq ans.

— Oh, Dieu merci, je les ai bien dépassés.

— Vous dites : Dieu merci, et moi qui suis un homme — à chaque année qui me quitte pour l'éternité — sans m'avoir rien apporté d'autre que l'humiliation de voir que nul n'a besoin de moi, nul ne veut me permettre de me joindre à lui... »

Helge s'arrêta brusquement, tout effrayé. Il entendait trembler sa propre voix et se rendait compte qu'il devait être un peu gris pour parler ainsi à une jeune fille qu'il ne connaissait pas. Mais il continua malgré sa timidité habituelle :

« Je crois que mon cas est désespéré. Quelle différence lorsque mon père parle des jeunes de son temps ! Ils devaient parler tous à la fois d'illusions dorées et de tout ce qui s'ensuit. Mais moi, moi je n'ai fichtre pas eu la moindre illusion qui vaudra la peine d'être racontée plus tard et les années ont passé, elles sont perdues et ne peuvent plus se rattraper.

— Vous n'avez pas le droit de dire cela, Monsieur Gram. Aucune de nos années n'est perdue tant que la situation n'est pas telle que le suicide paraisse la seule issue. Je ne crois pas non plus que les vieux du temps des illusions dorées aient eu plus de chance que nous. Leurs illusions de jeunesse ! la vie s'est chargée de les leur arracher. La plupart des jeunes que je connais se mettent en route sans illusions, nous sommes presque tous jetés dans la lutte pour la vie avant d'avoir atteint l'âge adulte et nous sommes mis à une telle école dès le début que nous savons nous attendre au pire. Puis un jour, nous nous rendons compte que nous pourrions, malgré tout, nous arranger pour tirer profit des choses. Après telle ou telle expérience, nous nous disons : Si tu supportes cela, tu sauras tout supporter. Une fois arrivé à ce point de confiance en soi, il n'est plus d'illusion que les circonstances fortuites ou la malignité des hommes puissent nous ôter.

— Mais les circonstances ou le hasard peuvent être tels que toute confiance en soi demeure inutile quand nous sommes les plus faibles.

— Oui. Et elle rit. Quand un bateau part, le hasard peut vouloir qu'il fasse naufrage — un accroc à la machine et tout saute — ou bien il se produit une collision. Mais on n'envisage pas d'avance pareilles éventualités, et on peut essayer aussi de combattre les circonstances adverses. Le plus souvent on finit par en trouver le moyen.

— Vous êtes bien optimiste, Mademoiselle !

— Oui, répondit-elle tout en marchant, je le suis devenue en voyant tout ce que l'on peut supporter sans perdre courage pour continuer la lutte, sans se laisser avilir.

— Mais moi, précisément, j'estime que la lutte nous dégrade, ou du moins nous amoindrit.

— Pas tous. Il suffit, à mon avis, pour être optimiste, de trouver quelqu'un qui ne se laisse ni avilir ni amoindrir. Nous entrons ici, ajouta-t-elle.

— Voilà qui ressemblerait plutôt à un cabaret de Montmartre, n'est-il pas vrai ? » fit Helge en regardant autour de lui.

Le long des murs de ce minuscule café couraient des bancs recouverts de peluche. Les petites tables étaient en marbre, et, sur le comptoir chauffaient deux percolateurs nickelés.

« Ce genre de boîtes existe sans doute partout, dit Helge.

— Connaissez-vous Paris ?

— Non, mais je me figurais... »

Tout à coup il se sentait irrité sans raison. Oh, ces petites artistes qui courent le monde suivant leur seul caprice ! Pour elles il est aussi simple d'avoir été à Paris que de passer une soirée au café de la Reine à Oslo. — Celles-là peuvent parler de confiance en soi ! — Un léger chagrin d'amour qu'on va oublier à Rome, c'est bien la pire de leurs épreuves. Il y avait de quoi être stupéfait de la hardiesse, de la crânerie de Jenny Winge qui se sentait de taille à affronter toute la vie, et à se tirer d'affaire !

Sa silhouette était presque osseuse, en dépit de la fraîcheur de son joli visage !

Non, ce dont Helge avait envie, c'est de bavarder avec Mademoiselle Jahrmann. Elle était tout à fait réveillée à présent, mais ne s'occupait que d'Ahlin et de Heggen.

Pendant ce temps Mademoiselle Winge mangeait un œuf sur le plat avec du pain sans rien dessus, et buvait du lait bouillant.

« Quel étrange public ! dit Helge en s'adressant malgré tout à elle. Tous ces gens ont des têtes d'échappés du bagne.

— Eh oui, il y a sans doute un peu de tout ! Mais il faut penser que Rome est une grande ville moderne. On y fait beaucoup de travail de nuit et c'est ici un des seuls endroits ouverts à cette heure tardive. N'avez-vous pas faim ? Moi je vais prendre du café noir.

— Veillez-vous toujours ainsi ? » Helge consulta sa montre ; elle marquait près de quatre heures.

« Oh non, dit-elle en riant, une fois de temps à autre, nous assistons au lever du soleil, puis nous allons déjeuner. Cette nuit Mademoiselle Jahrmann ne veut plus se coucher. »

Helge savait à peine lui-même pourquoi il restait assis. Ils burent une liqueur verdâtre qui le rendit tout somnolent, mais les autres riaient et bavardaient. Des noms de personnages et de lieux qu'il ne connaissait pas bourdonnaient à ses oreilles.

« Non, voyez-vous, on ne me la fera plus après les serments de Douglas ! Il faut que vous sachiez qu'un jour nous étions seuls en haut dans la classe du modèle vivant, lui, et le Finnois que vous connaissez, Lundberg et moi. Nous deux sommes descendus boire un peu de café. C'était en juin. Comme nous remontions nous avons aperçu Douglas qui tenait la fille sur ses genoux. Nous avons fait comme si de rien n'était, mais il ne m'a plus invitée à prendre le thé après cela.

— Mon Dieu, dit Jenny, était-ce donc si grave ?

— En plein printemps, et à Paris, fit Heggen en riant. Moi je prétends, Cesca, que Douglas était un brave garçon, tu ne peux dire le contraire. Il avait beaucoup de talent. Il m'a fait voir quelques petites choses épatantes, prises du côté des fortifications.

— Oh ! et te souviens-tu du tableau du Père-Lachaise et des couronnes de perles violettes en bas sur la gauche ?

— Oui, oui, c'était fameusement réussi ; et la petite fille au piano ?

— Mais pensez à ce vilain modèle, reprit Mademoiselle Jahrmann. C'était cette grosse blonde, déjà vieille, vous savez bien, et lui qui posait pour être si vertueux !

— Il l'était, dit Heggen.

— Peuh ! Peuh ! Dire que je m'étais presque éprise de lui à cause de cela.

— Vraiment ! voilà qui change la question !

— Il m'avait demandée en mariage ; j'avais résolu de dire oui. Par bonheur je ne l'avais pas fait encore.

— Si tu avais dit oui, dit Heggen, tu ne l'aurais jamais surpris avec son modèle sur les genoux ».

Le visage de Mademoiselle Jahrmann changea d'expression. Une crispation brusque passa sur ses traits tirés. Puis elle rit.

« Oh, vous êtes tous pareils. Je n'ai confiance en aucun de vous, allez ! Per bacco !

— Ne le croyez pas, Francesca. Ahlin releva un instant sa tête, qu'il avait appuyée sur sa main. Elle rit à nouveau.

— Donnez-moi encore de cette liqueur, vous autres.

Vers le matin, Helge suivait Jenny Winge à travers les rues sombres et mortes. A un moment donné leurs compagnons qui les précédaient s'arrêtèrent ; deux garçonnets étaient assis sur une marche de pierre. Cesca et Jenny leur adressèrent quelques mots et leur donnèrent un peu d'argent.

« Des mendiants ? interrogea Helge.

— Je n'en sais rien. Le plus grand dit qu'il porte des journaux.

— Les mendiants par ici ne sont au fond que des simulateurs.

— Ce n'est pas sûr. Quelques-uns peut-être, — sans doute la plupart — mais beaucoup passent la nuit dans la rue, même à présent, en plein hiver. Plusieurs sont infirmes.

— J'en ai vu à Florence. N'est-ce pas scandaleux ? Des gens avec des plaies hideuses ou affreusement mutilés. On leur permettait de circuler et d'aller mendier ! Les autorités devraient vraiment s'occuper de ces malheureux.

— Je ne sais pas. Les choses sont ainsi en Italie. Nous autres, étrangers, nous ne pouvons pas tout juger. Ils préfèrent, sans doute, eux-mêmes être libres, et qui sait, gagner un peu plus ainsi.

— Place Michel-Ange il y avait un mendiant sans bras. Ses manches étaient attachées aux épaules. Un médecin allemand qui habitait le même hôtel que moi, me racontait que ce mendiant possédait une villa à Fiesole.

31

— Eh bien, tant mieux pour lui !

— Chez nous, les estropiés apprennent à travailler afin de s'entretenir eux-mêmes honorablement, objecta Helge.

Jenny riposta en riant :

— La villa cependant leur reste inaccessible

— C'est évident, mais peut-on imaginer rien de plus démoralisant que de vivre de l'étalage de sa misère physique ?

— De toutes façons, il est démoralisant de se savoir estropié.

— Pourtant, gagner sa vie en faisant appel à la pitié d'autrui...

— Celui qui est estropié sait qu'on le plaint. Il faut qu'il accepte l'aide de quelqu'un ; celle des hommes ou celle de Dieu. »

Jenny monta quelques marches, et releva le pan d'une portière qui ressemblait à un matelas aplati. Ils se trouvèrent dans une minuscule église. Des cierges brûlaient sur l'autel. La lumière se brisait en mille éclats sur les rayons dorés de l'ostensoir, vacillait inquiète dans les candélabres, et, tombant sur les roses de papier qui remplissaient les vases de l'autel, les faisait paraître rouge vif ou jaune d'or. Un prêtre lisait à voix basse et le dos tourné. Quelques enfants de chœur allaient et venaient, se baissaient, se signaient, accomplissaient toutes sortes d'évolutions, dénuées de sens pour Helge. Le reste de l'étroit sanctuaire demeurait obscur. Dans deux chapelles latérales on voyait cependant trembler les toutes petites flammes — pareilles à des veilleuses — de lampes suspendues à des chaînes de métal au sombre éclat, balancées devant des tableaux d'autel plus noirs que l'obscurité elle-même. Jenny s'agenouilla sur un prie-Dieu et joignit les mains. Elle relevait la tête, de sorte que son profil se dessinait nettement dans la douce lumière dorée qui éclairait ses boucles rejetées en arrière, et caressait la peau nue de son cou blanc.

Quelques chaises de paille s'entassaient autour d'un pilier. Heggen et Ahlin en prirent une chacun, en silence. Ce petit service divin avant l'aube avait certainement quelque chose de grand et parlait à l'âme. Gram suivait

tout ému les mouvements du prêtre à l'autel. Il vit les
enfants de chœur lui mettre sur les épaules un vêtement
blanc brodé d'une croix d'or. Le prêtre prit l'ostensoir
dans le tabernacle et, se retournant, l'exposa à la lumière.
Les enfants balancèrent les encensoirs, peu après les
effluves douces et pénétrantes de l'encens parvinrent jusqu'au petit groupe des Scandinaves, mais Helge attendit en
vain la musique ou le chant.

Mademoiselle Winge était apparemment en légère coquetterie avec le catholicisme puisqu'elle se mettait ainsi
à genoux. Heggen, assis sur sa chaise, regardait l'autel.
Il avait passé un bras autour des épaules de Fransiska
Jahrmann qui s'était endormie et avait glissé tout contre
lui. Helge ne pouvait voir Ahlin installé derrière une colonne : il dormait sans doute aussi.

Qu'il était étrange de se trouver là avec ces inconnus !
Helge se sentait seul, mais n'en souffrait pas en ce moment. Il éprouvait à nouveau l'impression de libération,
de gaîté de la soirée précédente.

Il regarda ses compagnons, puis les jeunes filles
Jenny et Cesca ; il savait leurs noms, mais en somme rien
de plus. Et personne ne se doutait de ce que signifiait
pour lui le fait de se trouver dans ce sanctuaire. Personne
ne devinait tout ce qu'il avait rejeté loin de lui, tout ce
qu'il avait voulu fuir en quittant la maison après ces luttes
douloureuses, tous les obstacles qu'il avait dû surmonter
et les liens qui l'avaient retenu. Il en ressentait une singulière, presque une orgueilleuse joie et il abaissait un
regard de douce pitié sur les deux femmes. Ces petites
jeunesses, Cesca et Jenny, naïves et inexpérimentées, avec
leurs pensées étroites et tout d'une pièce derrière leur
front blanc et lisse de jeunes filles, toutes deux fraîches
et jolies, allaient à travers la vie sur un chemin uni.
Peut-être leur fallait-il écarter de-ci de-là une petite pierre,
histoire de rompre la monotonie du voyage, mais elles ne
connaissaient rien de semblable aux difficultés de sa route
à lui. Les pauvrettes, qu'adviendrait-il d'elles si elles devaient faire ces expériences-là ?

Il tressaillit tout à coup. Heggen lui touchait l'épaule.
Il rougit d'avoir somnolé.

« Je vois que vous avez fait un petit somme, vous aussi. »

Dans la pénombre grise du dehors, on distinguait les grandes maisons silencieuses. Elles dormaient, les volets clos à tous les étages. Mais déjà un tram filait à grand bruit dans une rue transversale, on entendait cahoter un fiacre sur les pavés et quelques silhouettes engourdies de sommeil passaient, frileuses et furtives, sur les trottoirs. Ils enfilèrent une rue d'où ils aperçurent l'obélisque de l'église Trinita dei Monti. Elle paraissait toute blanche par contraste avec les chênes-lièges du Pincio. Pas le moindre être vivant en vue, pas le moindre son, si ce n'était le bruit de leurs pas et le murmure d'une petite fontaine au fond d'une cour. Tout à l'extrémité de ce grand silence, le jet d'eau du Pincio ruisselait sur la pierre du bassin. Helge le reconnut et comme ils allaient au devant de ce bruit léger, Helge sentit tout à coup naître en lui un fragile et délicat rayon de bonheur. Sa joie de la veille ne l'attendait-elle pas là-haut, dans cette source jaillissante sous les chênes verts ? Il se tourna vers Jenny Winge, sans se rendre compte que ses yeux et sa voix imploraient pour que lui fut conservée sa petite joie.

— J'étais là-haut hier soir au soleil couchant, le spectacle était magnifique. Il faut vous dire que depuis des années, je prépare ce voyage. J'aurais voulu venir ici pour mes études ; je désirais faire de l'archéologie, mais j'ai dû me consacrer uniquement à l'enseignement depuis que j'ai passé mes examens. J'ai toujours attendu le jour où je verrais Rome, m'y préparant pour ainsi dire, mais en me trouvant là-haut tout soudain, il m'a semblé que je n'étais préparé à rien.

— Je comprends, dit Jenny, ce que vous avez éprouvé.

— Du reste, dès que je suis sorti de la gare, et que j'ai vu en face de moi les ruines des Thermes, le soleil sur les lourdes murailles dorées, au milieu des jolies maisons modernes avec leurs cafés et leurs cinémas, les trams sur la place, les jardins, les délicieuses fontaines et leur masse d'eau, j'ai pensé que ces contrastes précisément rendaient Rome si belle.

34

— Oui, dit-elle, et le ton de sa voix était plein de sympathie heureuse, j'aime tout cela, moi aussi.

— Puis, je suis descendu vers le Tibre. Oh, ce mélange de vieux et de neuf, ces jets d'eau qui ruissellent et murmurent et clapotent ! Je suis allé tout droit jusqu'à Saint-Pierre. Il faisait sombre quand je suis arrivé et je suis resté un long moment à regarder les deux fontaines. Elles ne s'arrêtent pas de toute la nuit sans doute.

— Non, elles ne s'arrêtent pas. Où que l'on aille, on entend ruisseler l'eau. Il y a une petite fontaine dans la cour de la maison que nous habitons, Mademoiselle Jahrmann et moi. Nos chambres donnent sur un balcon. Pendant les nuits tièdes, nous restons assises au dehors à écouter la fontaine jusqu'à une heure très avancée. »

Elle s'était assise sur la balustrade de pierre et Helge debout à la même place que la veille au soir contemplait à nouveau la ville étalée devant lui, grise et comme rongée par le temps, avec sa ceinture de collines sous un ciel clair et transparent comme celui des montagnes. Il aspira profondément l'air glacial et pur.

« Les matins de Rome sont uniques au monde, dit Jenny Winge, je veux dire que la ville entière dort d'un sommeil de plus en plus léger et tout à coup Rome s'éveille reposée et neuve pour l'effort. Heggen dit que cela provient des volets. Il n'y a pas de vitres qui renvoient la lumière matinale et qui scintillent au soleil. »

Ils tournaient le dos au ciel doré par l'aube, sur lequel les pins de la villa Médicis et les deux tours étroites de l'église avec leurs clochers bulbeux traçaient leurs contours nets. Un moment se passerait encore avant le lever du soleil. Mais la masse grise des maisons tout en bas se colorait déjà de teintes vives. On eût dit que les murs étaient étrangement éclairés par le dedans. Quelques maisons rosissaient peu à peu jusqu'à luire toutes. D'autres se teintaient de jaune, d'autres éclataient de blancheur. Les villas sur la colline sombre du Monte Mario se détachaient brillantes sur le fond des pelouses brunes et des cyprès. Et, soudain, ce fut comme le scintillement d'une étoile, quelque part, sur une colline derrière la ville. Ce n'était qu'une vitre pourtant qui renvoyait le premier rayon du soleil. Le feuillage sombre, au loin, prenait des tons dorés. Une petite cloche se mit à tinter. Mademoiselle Jahrmann vint auprès de son amie et s'accrocha tout endormie à son bras.

« Il levar del sole. »

Helge rejeta la tête en arrière pour contempler la voûte du ciel d'un bleu frais. Et voici qu'un rayon atteignant le sommet du jet d'eau fit miroiter des gouttelettes d'azur et d'or.

« Dieu vous bénisse, je meurs de sommeil, dit Fransiska Jahrmann en bâillant de tout son cœur, et brr, qu'il fait froid ! Dire que la meilleure partie de toi-même ne gèle pas sur cette pierre, Jenny ! ! Quant à moi, je vais me mettre au lit, subito.

— Oui, on s'endort. Et Heggen bâilla aussi. Il nous faut nous dépêcher de rentrer. C'est-à-dire que je vais avant toute chose boire une tasse de lait bouillant à la laiterie. Qui est-ce qui m'accompagne ? »

Ils descendirent l'escalier d'Espagne. Helge regardait les innombrables petites herbes vertes qui se montraient entre les marches de pierre blanche.

« Comment peuvent-elles pousser sur cet escalier que tant de gens montent et descendent sans cesse ?

— C'est vrai, mais ici on les voit surgir partout où la moindre parcelle de terre a pu se glisser entre deux pierres. Vous devriez voir le toit de notre maison au printemps. Il y a même un petit figuier qui pousse entre les tuiles. Son sort ne cesse de préoccuper Cesca. Comment passera-t-il l'hiver. De quoi vivra-t-il lorsqu'il sera plus grand ? Elle en a fait le dessin.

— Votre amie est peintre aussi, d'après ce que vous me dites ?

— Oui, elle a beaucoup de talent, Cesca.

— Je crois que j'ai vu une de vos œuvres à l'exposition d'art de l'État cet automne, dit Helge un peu timidement ; des roses, dans un vase de cuivre.

— Oui, je les ai faites ici, au printemps dernier. Je n'en suis du reste pas très contente. J'ai passé deux mois à Paris en été, et je crois avoir appris pas mal de choses pendant ce temps-là. Mais on m'a acheté les roses pour

300 couronnes. C'est le prix que j'en avais demandé. Il y avait bien quelque chose de bon pourtant dans ce petit tableau.

— Vous peignez d'une façon si moderne, vous le faites toutes, du reste. »

Jenny ne répondit pas, mais sourit légèrement. Les autres les attendaient au bas de l'escalier. Jenny leur tendit à tous la main et leur dit : au revoir.

« Non, mais vraiment, dit Heggen, est-ce sérieux, vas-tu te mettre au travail à présent ?

— C'est tout à fait sérieux.

— Tu es folle !

— Jenny, rentre donc avec moi, gémit Cesca.

— Pourquoi n'irais-je pas travailler si je ne suis pas fatiguée ? Quant à vous, Gram, vous devriez prendre un fiacre et vous faire conduire chez vous.

— Oui ; mais, au fait, les bureaux de poste ne sont-ils pas ouverts à cette heure-ci ? Il me semble qu'il y en a un non loin de la place d'Espagne.

— Je passe devant, accompagnez-moi. »

Elle fit un dernier signe de tête aux autres qui se préparaient à rentrer se coucher. Fransiska Jahrmann pendue au bras d'Ahlin trébuchait tant elle avait sommeil.

III

« Eh bien, avez-vous vos lettres, dit Jenny Winge. Elle était restée à attendre Gram sous le porche du bureau de poste. Je vais vous montrer le tram que vous allez prendre.

— Merci, c'est bien aimable à vous. »

La place s'étendait blanche sous le soleil. L'air frais du matin était encore pur. Mais déjà les voitures et la foule se pressaient dans les rues resserrées tout à l'entour.

« Savez-vous, mademoiselle Winge, je ne crois pas que je vais rentrer. Je me sens plus éveillé que jamais. J'aurais bien plus envie de faire un tour en ville. Mais vous allez me trouver importun si je vous prie de me permettre de vous accompagner encore un peu.

— Pas du tout, seulement, comment retrouverez-vous votre hôtel ensuite.

— Bah ! il fait jour !

— Et puis, en somme, vous trouverez des fiacres partout et... »

Ils arrivèrent au Corso. Elle lui disait le nom des palais, mais à chaque instant elle le dépassait, car elle allait vite et glissait, légère, entre tous les gens qui déjà encombraient le trottoir étroit.

« Aimez-vous le vermouth ? demanda-t-elle. Je vais entrer ici et en demander un verre. »

Elle le but d'un trait, debout devant le comptoir de marbre. Helge n'apprécia pas cette boisson à la fois amère et sucrée mélangée à du quinquina. Mais cela aussi était nouveau pour lui et il trouvait amusant d'entrer ainsi dans un bar en passant.

Jenny pénétra dans un dédale de petites rues où régnait une humidité froide. Le soleil effleurait à peine le sommet des murs. Helge observait tout ce qui l'entourait avec un intérêt accru par son état de veille : les voitures vertes et bleues avec leur attelage de mules, dont le harnachement avait des plaques de cuivre et des pompons rouges, — les femmes, têtes nues, et les enfants aux cheveux noirs, les petites boutiques à bon marché, et les étals de fruits et de légumes sous les porches. Un vieux bonhomme faisait de la friture sur un fourneau en plein vent qui ressemblait à un fourneau à asphalte. Jenny acheta des beignets et en offrit à Helge. Mais il refusa. — Quelle gaillarde ! Elle en mangea de grand appétit. Lui avait mal au cœur rien que de se représenter ces boules grasses entre ses dents, alors qu'il avait encore dans la bouche le goût du vermouth — et après toutes les boissons de la nuit. Et que le vieux bonhomme était donc sale !

Alternant avec les maisons délabrées et misérables où du linge grisâtre séchait, accroché aux jalousies vétustes, s'élevaient de grands palais aux fenêtres grillées, aux corniches surplombantes. A un certain moment, Jenny saisit son compagnon par le bras. Une auto rouge feu sortit d'un

38

portail de style baroque, tourna avec peine, puis fila à toute allure dans la rue étroite où le ruisseau du milieu était plein de détritus et de feuilles de choux.

Il jouissait de tout cela qui était à la fois si nettement étranger et si méridional. Mais l'expérience de tant d'années lui avait appris que ses rêves les plus fantastiques aboutissaient à une médiocre réalité de chaque jour. De sorte qu'à la fin, pour éviter d'en avoir du chagrin, il essayait lui-même de se moquer de ses rêves et de corriger son imagination. Il tenta donc de se persuader à lui-même que dans ce quartier romanesque habitaient naturellement le même genre de gens que dans toutes les autres grandes villes : des demoiselles de magasin, des ouvriers d'usine, des typographes, des télégraphistes — que tout ce monde-là travaillait le jour durant dans des boutiques, dans des bureaux ou dans des usines, semblables à ceux que l'on trouvait partout ailleurs. — Mais il s'abandonnait à ces pensées avec un curieux sentiment de joie, car ces rues et ces maisons qui répondaient si parfaitement aux rêves qu'il avait faits, étaient une réalité tangible.

Ils arrivèrent à un espace découvert, où le soleil leur parut d'autant plus brillant et doux qu'ils venaient de parcourir ces petites rues à l'atmosphère humide et malodorante. Derrière la place, la terre était toute bouleversée ; des détritus se mêlaient à des tas de plâtras. Quelques vieilles maisons à demi éventrées montraient leurs chambres ouvertes sur le vide ; au milieu de tout cela s'élevaient des ruines antiques.

Jenny et Helge passèrent devant quelques bâtiments isolés et comme oubliés par les démolisseurs, ils arrivèrent sur la place du temple de Vesta. Derrière la grande minoterie nouvelle et la jolie petite église ancienne au portique à colonnes et au clocher élancé, s'élevait l'Aventin avec ses couvents découpés nettement sur le ciel lumineux, ses amas de ruines poussiéreuses, sous les jardins de la pente, ses buissons de ronces dénudés, son lierre grimpant tout noir et ses roseaux jaunis par l'hiver.

C'était cela qui toujours l'avait déçu — en Allemagne et à Florence. — Ces ruines que les livres lui avaient décrites et qu'il s'était figurées dans un cadre romantique de verdure et de feuillage avec des fleurs dans les fentes des murs, telles qu'on les voit sur les vieilles gravures ou dans les décors de théâtre, elles étaient en réalité sales et couvertes de poussière, envahies par des papiers gras, des boîtes de conserves cabossées et toutes sortes d'immondices. On respirait près d'elles l'air rude de l'hiver et quant à la végétation du sud, était-ce le lierre d'un vert noirâtre et les buissons piquants dépouillés de leurs feuilles ou encore les roseaux jaunis et fanés ?

Mais Helge comprit brusquement à la lumière de ce matin clair que même les ruines étaient belles pour celui qui savait les voir. Derrière l'église, Jenny prit un chemin qui passait entre des jardins. De grands pins s'élevaient au-dessus des murs couverts de lierre. La jeune fille s'arrêta pour allumer une cigarette.

« J'ai cédé à la passion du tabac, déclara-t-elle, mais Cesca ne doit pas fumer à cause de son cœur, de sorte que je me passe de mes cigarettes en sa présence. Ici, je fume comme une locomotive. Nous y voilà ! »

Ils se trouvaient devant une petite maison jaune d'ocre derrière une haie. Dans le jardin, des bancs et une table étaient installés sous de grands ormeaux dénudés. Plus loin on voyait une tonnelle. Jenny dit un bonjour amical à une vieille femme qui apparut sur le seuil de la porte.

« Eh bien, monsieur Gram, voulez-vous déjeuner ?

— Ce n'est pas de refus. Un peu de café fort avec du pain et du beurre.

— Dieu vous bénisse ! du café ! du beurre ! Vous aurez des œufs, du pain et du vin, de la salade, peut-être du fromage. — Oui, elle dit qu'elle a du fromage. Combien d'œufs voulez-vous ? »

Tandis que la vieille mettait la table, mademoiselle Winge disposait son chevalet et ses pinceaux et elle changea son grand manteau bleu du soir contre une vindjakke [1], pleine de taches de couleurs.

« Puis-je voir ce que vous peignez », demanda Helge.

Jenny déplia son chevalet.

« Mais oui ! Il faut que j'adoucisse le vert, il est trop

1. Manteau de coutil.

cru, et pas assez aéré. Je crois que le fond est bon. »

Helge regarda le petit tableau où les arbres faisaient de grandes taches vertes. Il n'y trouvait rien de remarquable.

« Voilà le repas. On lui jettera les œufs à la tête s'ils sont trop cuits. Non, quelle chance, ils sont à point. »

Helge n'avait pas faim. En tout cas le vin blanc aigre lui brûla la gorge et il eut de la peine à avaler le pain sec et sans sel. Jenny en arrachait de gros morceaux avec ses dents blanches, mettait dans sa bouche de petits bouts de parmesan et buvait du vin par là-dessus. Elle avait expédié ses trois œufs d'un trait.

« Vrai, comment pouvez-vous manger ce mauvais pain sans beurre ? » dit Helge.

Elle rit : « Je trouve ce pain très bon, moi. Et j'ai à peine goûté au beurre depuis que j'ai quitté Oslo. Cesca et moi n'en achetons que lorsque nous avons du monde. Il faut que nous vivions économiquement. »

Il se mit à rire lui aussi.

« Que qualifiez-vous d'économique ? Les perles et le corail ?

— Oh, ce luxe-là ? Il me semble que c'est la chose la plus nécessaire — ou presque. Nous nous logeons à bon marché et mangeons à bon marché — nous achetons des écharpes de soie, puis nous buvons du thé en croquant du pain dur et des radis tous les soirs pendant plusieurs semaines. »

Elle avait fini de manger et, allumant une nouvelle cigarette, elle resta assise, le regard perdu, le menton appuyé sur ses mains.

« Non, monsieur Gram. Voyez-vous, la faim — moi, je ne sais pas encore ce que c'est, mais cela peut m'arriver — et Heggen, par exemple, le sait et, cependant, il est de mon avis : il vaut mieux avoir trop peu du nécessaire que de se priver toujours du superflu. Le superflu, c'est bien pour l'obtenir que l'on travaille, c'est de lui dont on rêve.

A la maison, chez ma mère, nous avions toujours ce qui est absolument nécessaire. Nous l'avions tout juste. Mais il ne fallait même pas penser à quelque chose de plus. C'était raisonnable, sans doute. Il faut bien que les enfants mangent ! »

Helge eut un sourire incertain. « Je ne peux pas du tout me figurer que vous avez, de quelque façon, connu des « difficultés matérielles ».

— Et pourquoi donc ?

— Vous faites preuve, si j'ose dire, d'une liberté d'esprit si hardie. Vous avez des opinions si arrêtées. Lorsqu'on a grandi dans un milieu où il s'agit toujours de faire durer l'argent autant que possible, où l'on n'entend parler que d'économies, on n'ose, pour ainsi dire, plus se permettre des idées personnelles. Car il est trop pénible de se dire que presque tout ce qu'on a le droit de penser — et de vouloir — dépend de l'argent. »

Jenny hocha la tête d'un air songeur.

« Oui, mais c'est ce qu'il ne faut pas lorsqu'on est jeune et bien portant et que l'on est capable de faire quelque chose.

— Eh bien, moi par exemple, j'ai toujours cru que j'étais doué pour le travail scientifique qui me plaît plus que tout. J'ai écrit quelques petits livres, des livres de vulgarisation. En ce moment je m'occupe d'une question très importante : l'âge de bronze dans l'Europe du Sud. Mais, je suis professeur et j'ai même une assez bonne situation : celle d'inspecteur dans une école privée.

— Vous voilà cependant ici pour travailler. C'est du moins ce que j'ai cru comprendre hier », dit-elle en souriant.

Helge ne répondit rien à cela.

« Mon père a fait la même expérience. Il aurait dû être peintre. C'est la seule profession pour laquelle il se sentait du goût. Il est resté un an à Rome. Puis il s'est marié. A présent il a une affaire d'imprimerie, depuis vingt-six ans, et elle ne marche le plus souvent qu'avec de grandes difficultés. Je ne crois pas que mon père se trouve favorisé par le sort. »

Jenny Winge, pensive, regardait le jardin ensoleillé. Devant eux, sur la pente, il y avait une culture de plantes potagères dont les innocentes petites pousses vertes perçaient la terre grise. Et au delà des prés verts, les ruines jaunes du Palatin se détachaient, pâles sur le feuillage sombre des bosquets. Une journée chaude s'annonçait.

42

Les monts Albains, au delà des pins, des villas lointaines, s'estompaient dans le bleu vaporeux du ciel.

« Mais, monsieur Gram... » Elle but une gorgée de son vin, puis laissa à nouveau errer son regard sur le paysage. Helge suivait des yeux la vapeur bleue de sa cigarette, le vent léger du matin s'en emparait et la faisait tournoyer au soleil. Jenny avait croisé ses jambes l'une sur l'autre. Des bas fins de couleur violette couvraient ses chevilles minces. Elle était chaussée de souliers découpés et brodés de perles.

Sa vindjakke entr'ouverte laissait voir la robe gris argent garnie d'un col blanc, et le collier de perles qui jetait ses feux roses sur la blancheur de son cou. Sa toque de fourrure avait glissé tout en arrière sur ses cheveux blonds bouclés.

« De sorte que vous avez, en tout' cas, l'appui de votre père — je veux dire qu'il vous comprend, et sait qu'il ne faut pas que vous preniez racine dans cette école alors qu'un autre travail vous tient si fort à cœur.

— Je n'en sais rien. Il était tout heureux évidemment de me voir partir pour Rome, mais — et Helge chercha ses mots — mon père et moi n'avons jamais eu beaucoup d'intimité. Et puis, il y a ma mère. Elle craignait à la fois que je ne me surmène, que je ne dépense trop d'argent, que je ne compromette mon avenir, que sais-je encore ! Mon père ne peut pas prendre parti contre ma mère ! Ils sont si différents, mes parents. Elle ne l'a certainement jamais compris. Elle s'est tournée toute vers nous, ses enfants. Elle ne peux dire tout ce qu'elle a été pour moi quand j'étais petit, et elle se montrait jalouse même de mon père, ayant peur qu'il ne prenne sur moi plus d'influence qu'elle n'en avait elle-même. Elle était aussi jalouse de mon travail — lorsque je m'enfermais le soir pour lire ou étudier, vous comprenez. Elle s'inquiétait encore de ma santé et des raisons que je pouvais imaginer pour abandonner mon poste. »

Jenny hocha la tête à plusieurs reprises.

« Ce sont eux qui viennent de m'écrire. »

Helge sortit de sa poche l'enveloppe et la regarda, mais il ne l'ouvrit pas.

43

« C'est aujourd'hui mon anniversaire, dit-il, en essayant de sourire. J'ai vingt-sept ans.

— Tous mes vœux ! » Jenny Winge lui serra la main.

Elle le regarda presque de la même façon qu'elle avait coutume de regarder mademoiselle Jahrmann quand celle-ci se serrait contre elle.

Elle n'avait pas prêté grande attention à Gram auparavant. Elle avait vu, sans le voir, qu'il était grand, mince et brun et qu'il portait une petite barbe en pointe. En somme, il avait de beaux traits réguliers, le front haut et un peu étroit, des yeux brun clair avec une certaine transparence dorée. Sa petite bouche, sous la moustache manquait d'énergie et gardait une expression de lassitude et de tristesse.

« Je vous comprends si bien, dit-elle tout à coup. Je connais cela, j'ai été moi aussi institutrice jusqu'à Noël de l'an dernier. J'ai commencé par être gouvernante et je le suis restée jusqu'à ce que j'aie eu l'âge d'entrer à l'Ecole Normale. »

Elle eut un sourire un peu embarrassé.

« Je suis partie, en donnant ma démission, lorsque j'ai hérité quelques sous d'une tante de mon père... J'ai fait mon compte : cela peut durer trois ans environ, peut-être plus. J'ai fait des articles de journaux récemment — et si je vends quelque chose... Mais ma mère n'était naturellement pas d'avis que je dépense toute cette somme. Elle prévoyait que j'aurais de la peine à trouver des remplacements ou des leçons particulières lorsque je voudrais me fixer à nouveau après ces années d'absence. Les mères pensent toujours sans doute qu'un traitement fixe...

— Je ne suis pas certain que j'aurais osé faire ce que vous avez fait, si j'étais à votre place. Couper ainsi tous les ponts ! Je subis trop l'influence de notre foyer. Je ne pourrais m'empêcher de m'inquiéter du lendemain, alors que l'argent serait entièrement dépensé.

— Moi, je m'en fiche, dit Jenny. Je suis forte et bien portante et je sais faire des tas de choses. Je sais coudre et faire la cuisine, et repasser, et parler les langues étrangères. Je trouverai toujours quelque occupation en Amérique ou en Angleterre. Je pourrais certainement peindre beaucoup aussi. Fransiska — et elle se mit à rire — voudrait que nous partions pour l'Afrique du Sud et que nous nous y placions comme vachères. Elle dit qu'elle s'y entend. Nous pourrions travailler d'après le modèle vivant ; il paraît que les Zoulous sont des types admirables.

— Rien que ça ! Vous ne comptez donc pas l'éloignement pour un obstacle sérieux ?

— Non, loin de là... mais je bavarde. Evidemment tant que j'étais chez nous, je me disais que jamais je n'en sortirais — je ne me voyais pas même arriver jusqu'à Copenhague — pour ne plus faire autre chose pendant quelque temps que d'étudier et de peindre ; et j'ai eu de sérieux battements de cœur lorsque je me suis décidée à tout abandonner et à m'en aller. Ma famille me croyait folle et je sentais que je subissais son influence, mais précisément à cause de cela, j'ai tenu bon. Car je n'ai jamais eu qu'un désir : peindre ; et je savais qu'à la maison il me serait impossible de travailler sérieusement, trop de choses venaient me distraire. Maman, elle, ne pouvait comprendre que si je voulais encore me développer, il fallait m'y mettre à l'instant même. Mon âge me le répétait assez à moi. Ma mère n'a que 19 ans de plus que moi et quand j'avais onze ans elle s'est remariée, ce qui l'a encore rajeunie. Voilà ce qu'il y a d'extraordinaire dans l'absence — l'influence de ceux avec lesquels on partage par hasard un foyer disparaît. Il faut voir de ses propres yeux et penser par soi-même. Alors on se rend compte que tout dépend de soi-même : le profit que nous pouvons tirer de nos voyages, les choses que nous parvenons à voir et à comprendre, l'attitude que nous prenons, le choix que nous faisons de certaines influences. Oui, tout dépend de nous-mêmes. Et l'on apprend que nous sommes maîtres de tirer tel ou tel parti de notre vie. Evidemment, les circonstances jouent bien quelque rôle comme vous le disiez. Mais on découvre les forces personnelles qui permettent de vaincre ou de tourner les difficultés. En général nous sommes les vrais artisans de nos pires malheurs aussi bien en voyage que partout ailleurs. On n'est jamais seul chez soi, n'est-ce pas, Monsieur Gram ? Et voilà le grand avantage des voyages : être seul avec soi-même et n'avoir personne qui veuille vous venir en aide ou vous donner des conseils. — On ne peut se rendre compte de ce que l'on doit à son foyer, et en être reconnaissant, que lorsqu'on en est éloigné, car on sait bien qu'on n'en dépendra plus jamais, une fois qu'on a su se rendre indépendant. On ne peut aimer vraiment son foyer auparavant. Comment aimer ce dont on dépend ?

— Je ne sais pas... On dépend toujours de ce que l'on aime ! Ne dépendez-vous pas de votre travail ? Et si l'on tient à un autre être, dit-il doucement, ne dépend-on pas de lui pour de bon ? »

Elle réfléchit un peu.

« En ce cas, on a choisi soi-même, dit-elle rapidement. Je veux dire qu'on n'est pas esclave ; on se soumet volontiers à quelqu'un ou à quelque chose que l'on place au-dessus de soi-même. Mais n'êtes vous pas heureux ? Vous commencez une année nouvelle seul, libre et à votre gré — vous n'avez d'autre travail que celui que vous désirez faire. »

Helge·pensa à la soirée qu'il avait passée la veille sur la place Saint-Pierre. Il regarda cette ville étrangère, ces couleurs grises fondues dans la lumière matinale — cette blonde jeune fille inconnue.

« C'est vrai, dit-il.

— Eh bien ! — elle se leva, boutonna sa vindjakke et ouvrit sa boîte de couleurs. — Je vais me mettre au travail.

— C'est dire que vous voulez d'abord vous débarrasser de moi. »

Jenny sourit :

« Vous devez être fatigué d'ailleurs ?

— Non, mais je voudrais payer mon déjeuner. »

Elle appela la vieille dame et fit le décompte tout en mélangeant les couleurs sur sa palette.

« Croyez-vous que vous allez vous retrouver ?

— Certes. J'ai fait bien attention au chemin que nous avons pris en venant ici. Puis, je vais certainement rencontrer un véhicule quelconque. Viendrez-vous un soir au cercle scandinave ?

46

— C'est possible.

— Je tiendrais beaucoup à vous revoir, mademoiselle Winge.

— Il est probable que cela vous arrivera. »

Elle réfléchit un instant :

« Ne pouvez-vous venir chez nous, pour une tasse de thé ? Nous habitons dans la Via Vantaggio, au 3. Cesca et moi nous restons presque toujours à la maison l'après-midi.

— Merci, cela me ferait grand plaisir. »

Il s'arrêta encore un peu, puis :

« Au revoir donc, et merci, merci pour cette nuit. »

Il lui tendit la main droite, elle y mit la sienne, toute mince et maigre. « Merci à vous. »

Lorsqu'il se dirigea vers la porte, elle grattait déjà la toile avec son couteau de peintre tout en fredonnant la mélodie de la veille.

Il la reconnut avec un secret plaisir et se mit à chantonner lui-même, en reprenant le chemin de la ville.

IV

Jenny sortit les bras de dessous son drap et mit les mains sous sa nuque. Mais la chambre était glaciale et sombre. Pas la moindre lueur de jour ne filtrait au travers des volets. Elle frotta une allumette et regarda sa montre : sept heures bientôt. Elle pouvait somnoler encore un peu ; elle se recroquevilla sous ses couvertures et enfonça sa tête dans l'oreiller.

« Dors-tu, Jenny ? »

Fransiska ouvrit la porte sans frapper. Elle arriva près du lit, chercha en tâtonnant dans l'obscurité le visage de son amie et le caressa doucement.

« Fatiguée ?

— Non, je vais me lever.

— Quand es-tu rentrée ?

— Vers 3 heures. J'ai été jusqu'aux Prati et me suis baignée avant midi, puis j'ai déjeuné là-bas du côté de la via Ripetta, tu sais bien. Je me suis couchée dès mon arrivée à la maison. J'ai dormi tout mon content à présent et je me lève.

— Attends un peu, il fait si froid ici. Je vais faire du feu pour toi. »

Fransiska alluma la lampe sur la table.

« Appelle donc la signora. Mais viens ici, Cesca, fais-toi voir. »

Jenny s'assit dans son lit. Fransiska posa la lampe sur la table de nuit et tourna lentement sur elle-même à la lumière. Elle portait avec sa jupe verte, une blouse de dentelle blanche et avait jeté une écharpe de couleur bronze à rayures bleu-paon sur ses épaules. De longues boucles d'oreilles pendaient presque jusqu'à son cou doré autour duquel s'enroulait une double rangée de grosses perles de corail rouge foncé.

Francesca releva en souriant ses cheveux pour montrer que les bijoux étaient fixés autour des oreilles avec un brin de coton à repriser :

« Figure-toi que je les ai achetées pour 86 lire — n'est-ce pas épatant — trouves-tu qu'elles me vont ?

— A ravir. Ce costume est rudement chic ; vois-tu, j'ai envie de te peindre là-dedans.

— Mais oui, je poserais volontiers pour toi en ce moment. Je ne suis pas assez calme pour travailler pendant le jour. Dis donc, Jenny, — elle soupira, s'assit au bord du lit — mais non, il faut que je m'inquiète du feu. »

Elle revint avec des braises dans une cruche de terre et s'accroupit devant le petit poêle.

« Reste couchée, ma Jenny, jusqu'à ce qu'il fasse un peu chaud. Je ferai le lit, je mettrai la table et préparerai le thé. Vrai, tu as rapporté ton étude ? Montre la moi. »

Elle posa la toile contre une chaise et la contempla un moment.

« Eh bien !

— Qu'en penses-tu ? Je voudrais faire encore quelques esquisses là-bas — je pense à un grand tableau — n'est-ce pas un chic sujet : Tous les ouvriers et les attelages de mules dans le champ de fouilles.

— Je crois que tu dois pouvoir en tirer quelque chose.

48

— Je me réjouis de le montrer à Gunnar et à Ahlin.

— Mais te voilà levée, Jenny, laisse-moi te coiffer. Dieu, quels cheveux tu as, ma petite ! Ne puis-je pas essayer de te faire une coiffure moderne avec des bouclettes ? »

Fransiska enroulait les longs cheveux blonds autour de ses doigts.

« Reste tranquille. Il est venu une lettre pour toi hier, je l'avais apportée ici, l'as-tu trouvée ? elle est de ton petit frère n'est-ce pas ?

— Oui, dit Jenny en riant.

— Etait-elle amusante ? en as-tu été contente ?

— Bien sûr. Ah, Cesca... parfois je voudrais — oh, rien que le dimanche matin, de temps en temps, — je voudrais pouvoir voler jusqu'à la maison et faire une course en nordmarken avec Kalfatrus — c'est un si chic petit, vois-tu. »

Fransiska regardait le visage souriant de Jenny dans la glace, puis elle fit retomber les cheveux de son amie et recommença à les brosser.

« Non, Cesca, nous n'avons plus le temps...

— S'ils sont en avance, ils entreront chez moi. Ma chambre a l'air d'une étable à cochons, mais je m'en fiche, ils ne seront pas là de sitôt. Pas Gunnar du moins, et pour ce que je me gêne avec lui, pas plus qu'avec Ahlin, du reste. Il est venu chez moi hier. J'étais au lit et il s'est assis pour bavarder. Je l'ai envoyé sur le balcon tandis que je m'habillais. Puis nous sommes sortis et avons bien déjeuné aux Trois Rois. Nous sommes restés ensemble tout l'après-midi. »

Jenny ne répondit rien.

« Nous avons vu Gram dans la via Nazionale. Oh, Jenny, as-tu jamais vu quelqu'un de plus assommant ?

— Je ne trouve pas du tout qu'il soit assommant. Il est gauche, le pauvre. Tout comme je l'étais au début moi-même. De ces gens qui voudraient s'amuser et qui ne savent pas.

— « Je suis arrivé de Florence par le train, ce matin, » répéta Fransiska en riant. Si encore il était arrivé en avion !

— Tu as été affreusement impolie envers lui, ma petite,

49

cela ne se fait pas. J'aurais eu envie de l'inviter pour ce soir, mais je n'ai pas osé à cause de toi, je ne voulais pas risquer que tu te permettes une impolitesse envers notre hôte.

— Tu n'aurais rien risqué du tout, et tu le sais bien, dit Fransiska d'un ton peiné.

— Te souviens-tu du jour où Douglas est venu prendre le thé, chez moi, à Paris ?

— Après cette histoire de modèle, oui, certes !

— Voyons, Cesca, cela ne te regardait pas, en somme.

— Vraiment ? Alors qu'il m'avait demandée en mariage et que je m'étais presque décidée à dire oui ?

— Il ne pouvait pas le savoir, dit Jenny.

— Je n'avais, en tout cas, pas dit un non définitif. Et la veille nous avions été ensemble à Versailles, et il avait eu la permission de m'embrasser je ne sais combien de fois et de poser sa tête sur mes genoux dans le parc. Et quand je lui disais que je ne l'aimais pas, il me répondait qu'il n'en croyait rien.

— Cesca, — Jenny chercha son regard dans la glace — tout cela n'a pas de sens, tu es la plus gentille petite fille du monde quand tu te donnes la peine de réfléchir. Mais parfois on dirait que tu ne te rends pas compte que tu as affaire à des êtres humains. Des êtres humains pour les sentiments desquels tu dois avoir des égards. Tu en aurais certainement en réfléchissant quelque peu car tu ne cherches qu'à être douce et bonne.

— Per bacco ! en es-tu sûre ? Viens voir mes jolies roses. Ahlin m'en a acheté une botte hier soir sur l'escalier d'Espagne. »

Cesca souriait d'un air de défi.

« Je pense que tu devrais éviter pareille chose parmi tant d'autres, car tu sais qu'Ahlin n'en a pas les moyens.

— Est-ce que cela me regarde ! S'il est épris de moi, c'est qu'il lui plaît de l'être sans doute.

— Je ne veux pas parler encore une fois de ta réputation et du tort que lui font tes éternelles histoires.

— Non, ce n'est pas la peine de parler de ma réputation. Tu as si parfaitement raison sur ce chapitre. Ma réputation chez nous, à Oslo, je l'ai détruite complètement et à jamais ; — elle eut un rire nerveux — zut pour elle aussi. Je ne fais qu'en rire.

— Mais, ma Cesca chérie, je ne comprends pas. Tu ne te soucies d'aucun de ces hommes. Pourquoi donc alors poursuis-tu Ahlin ? Ne vois-tu pas qu'il prend la chose au sérieux ? Norman Douglas l'avait prise au sérieux aussi. Tu ne sais pas ce que tu fais. Je ne crois pas que tu aies le moindre instinct, ma fille. »

Fransiska déposa le peigne et la brosse et regarda la tête bouclée de Jenny dans le miroir. Elle essayait de garder son petit sourire de défi. Mais il s'évanouit et ses yeux se remplirent de larmes.

« J'ai eu une lettre, moi aussi... — Sa voix tremblait. Jenny se leva. — ...Une lettre de Berlin, de Borghild. Peux-tu t'arranger et finir toi-même, Jenny. Veux-tu faire chauffer l'eau pour le thé, ou allons-nous d'abord faire cuire les artichauts ? Ils ne tarderont plus sans doute. »

Elle alla de l'autre côté de la chambre et se mit à faire le lit.

« Nous pourrions bien appeler Marietta, mais nous préférons faire le travail nous-mêmes, n'est-ce pas, Jenny ? Elle m'écrit que Hans Hermann s'est marié la semaine dernière. Il y a déjà un bébé en route. »

Jenny déposa la boîte d'allumettes, elle jeta un regard inquiet sur le petit visage blanc de Fransiska, puis elle vint doucement près de son amie.

« C'est bien elle avec qui il était fiancé, cette chanteuse, Berit Eck... » Fransiska parlait d'une voix éteinte. Un moment elle se pencha vers Jenny. Puis elle se remit à border le lit de ses mains tremblantes

Jenny ne bougeait pas.

« Mais tu savais bien qu'ils étaient fiancés ? Ils l'ont été pendant plus d'une année.

— Oui... non merci, Jenny, laisse-moi faire. Si tu voulais mettre la nappe. Oui, c'est vrai, je le savais bien. »

Jenny préparait en silence la table pour quatre. Fransiska étendit la couverture sur le lit et apporta les roses. Puis elle chercha quelque chose dans son corsage et en tira une enveloppe qu'elle tourna et retourna dans ses mains.

« Elle écrit qu'elle les a rencontrés au Tiergarten. Elle dit les choses si brutalement, cette Borghild. »

Fransiska courut au poêle, ouvrit la petite porte et jeta la lettre au feu. Puis elle s'écroula dans un fauteuil, et fondit en larmes.

Jenny vint l'entourer de ses bras.

« Cesca, ma petite Cesca. »

Fransiska enfouit son visage contre l'épaule de son amie.

« Du reste, elle avait, paraît-il, l'air bien misérable, la pauvre. Elle marchait avec peine, suspendue à son bras, et lui, semblait fâché et de mauvaise humeur. Je peux si bien me figurer tout cela ; ah, la malheureuse, s'arranger pour dépendre de lui de cette façon ! Il l'a obligée à se traîner à ses genoux, j'en suis sûre. Dire qu'elle a pu être aussi stupide, le connaissant. Mais, Jenny, il aura un petit enfant d'une autre, oh Dieu ! oh Dieu ! »

Jenny s'était assise sur le bras du fauteuil. Cesca se serra contre elle.

« Non, non, comme tu le dis, je n'ai pas d'instinct. Il se peut que je ne l'aie jamais aimé vraiment, et cependant comme j'aurais voulu avoir un petit enfant de lui. Mais je n'osais pas me prêter à ce qu'il voulait. Parfois il désirait m'épouser et aller tout droit chez le maire. Mais je refusais. Ils étaient si fâchés à la maison. Et les gens auraient pensé, si nous nous étions mariés, que nous étions forcés de le faire. C'est ce que je ne voulais pas non plus, bien que de toutes façons on imaginait le pire ! Cela m'était égal du reste. Je savais que j'avais déjà détruit ma réputation à cause de lui. Mais je ne m'en souciais pas. Comprends-tu cela, Jenny ? Moi, je ne comprends pas. Hans croyait que je ne lui cédais pas parce que j'avais peur qu'il ne m'épousât pas après. Eh bien, allons chez le maire d'abord, sacrée fille ! dit-il. Mais je n'y consentis pas. Il crut à un calcul de ma part. « Tu dis que tu es froide, toi, mais tu ne le seras qu'autant que tu voudras l'être ». Parfois je pensais moi-même qu'il avait raison. Peut-être avais-je peur, tout simplement, il était si brutal. Il me battait parfois, arrachait presque mes vêtements, il me fallait griffer et mordre pour m'échapper, — crier et pleurer.

— Et tu retournais chez lui ? dit Jenny tout bas.

— Eh oui, ce n'est que trop vrai. Le concierge ne voulut pas continuer à faire son ménage. C'est moi qui le lui faisais. J'avais la clef de sa chambre. Je lavais le plancher: je faisais le lit. Dieu sait qui y avait couché avec lui. »

Jenny secoua la tête.

« Borghild était furieuse. C'est elle qui me prouva qu'il avait une maîtresse. Je le savais bien, mais je ne voulais pas en avoir la certitude. Borghild prétendit que Hans ne m'avait donné la clef que pour que je puisse les surprendre. De la sorte j'en éprouverais une telle jalousie que je finirais par céder, puisque j'étais compromise de toutes façons. Mais elle avait tort — c'est moi qu'il aimait — à sa manière. Il m'aimait, Jenny, comme il pouvait aimer. Mais Borghild m'en voulait parce que j'avais mis en gage la bague de diamant de notre arrière-grand'mère Rustung. C'est une histoire que je ne t'ai même pas racontée. »

Elle eut un petit rire.

« Il lui fallait de l'argent, cent couronnes. Je lui dis que je les lui donnerais. Mais je n'avais pas la moindre idée de ce que j'allais faire pour me les procurer. Je n'osais pas demander une avance à papa ; je n'avais que trop dépensé déjà. Je pris donc ma montre et un bracelet d'or ainsi que la bague — une de ces bagues anciennes criblée de diamants sur une grande plaque d'or. Borghild enrageait de ne pas la posséder, elle qui était l'aînée, mais notre grand'mère avait dit expressément que la bague serait pour moi qui portais son nom.

« Je me suis rendue un matin au mont de piété dès l'ouverture. Oh, que je me trouvais idiote ! Mais j'obtins l'argent et le portai à Hans. Il me demanda d'où je le tenais, et je le lui dis. Il m'embrassa et me dit : donne-moi le bon de prêt de l'argent, poupée — c'est ainsi qu'il m'appelait toujours. Je le lui donnai, je croyais qu'il ne voulait pas — j'étais si touchée. « Je vais m'arranger d'une autre manière, » dit Hans ; il prit le tout et sortit. Je l'attendis chez lui. Que j'étais émue, sachant qu'il avait absolument besoin de cet argent ! Je résolus de retourner au mont de piété dès le lendemain pour y déposer les objets à nouveau. Rien ne pouvait plus m'affecter. Rien ne me serait plus jamais pénible. Je lui donnerais tout. Et puis il revint.

« Sais-tu ce qu'il avait fait ? — elle rit au travers de ses larmes — il les avait dégagés du mont de piété et les avait portés à sa banque privée où on lui en avait donné davantage. Nous avons fait la noce toute la journée qui a suivi — le champagne coulait — puis j'ai passé la nuit avec lui et il a joué. Bon Dieu, comme il jouait... Moi, couchée sur le plancher, je sanglotais. Tout m'était égal, pourvu qu'il continuât à jouer ainsi et pour moi seule. Ah, tu ne l'as pas entendu. Sinon tu comprendrais tout. Mais après, il y a eu des histoires. Nous nous sommes battus à la mort, et puis je l'ai quitté. Borghild était encore éveillée quand je suis rentrée. Ma robe était en loques. Tu as l'air d'une fille des rues, dit Borghild, et tu finiras par en être une. J'ai ri. Il était 5 heures du matin.

« Mais j'aurais cédé, vois-tu, si ce n'avait été pour une raison. Quelquefois il disait : « Le diable m'emporte, tu es la seule fille respectable que j'aie rencontrée. L'homme n'existe pas qui te fera tomber. N'est-ce pas terrible ? J'ai de l'estime pour toi, poupée ! »

« Dire qu'il ne m'estimait que parce que je ne lui accordais pas ce pour quoi il me suppliait et me tourmentait sans cesse ! Moi qui n'aspirais qu'à avoir le courage de le faire. J'aurais tant désiré le satisfaire en tout. Si seulement j'avais pu vaincre mon angoisse. Il était si brutal — et je savais qu'il avait d'autres femmes. Que ne cessait-il de m'effrayer ? Alors j'aurais pu céder. Mais je me serais perdue à ses yeux. C'est pourquoi j'ai fini par rompre puisqu'il voulait que je fasse une chose pour laquelle il m'aurait méprisée. »

Elle se serra davantage contre Jenny qui la caressait.

« Tu m'aimes, Jenny ?

— Tu le sais bien, Cesca, ma chérie.

— Tu es si bonne, Jenny, embrasse-moi encore, et Gunnar et Ahlin sont bons aussi. Je me surveillerai. Tu penses bien que je ne veux pas lui faire de mal. Peut-être vais-je épouser Ahlin s'il m'aime tant. Ahlin ne sera jamais brutal, je le sais. Crois-tu qu'il me tourmentera ? Pas beaucoup — et je pourrai avoir de petits enfants. Et puis, tu sais, je serai riche un jour, et lui est si pauvre. Nous pourrions vivre à l'étranger, je travaillerais sans cesse et lui aussi. Il y a quelque chose de si délicat, de si fin dans tout ce qu'il fait. Ce bas-relief de petits garçons qui jouent ! et son projet pour le monument d'Almquist ! La composition n'en est pas très originale, mais que de charme, de noblesse, de paix ! Des personnages si naturellement plastiques. »

Jenny sourit en passant légèrement la main sur les cheveux de Fransiska humides encore de larmes.

« Si je pouvais travailler au moins, mais, hélas, mon cœur est toujours lourd de peine. Et ma tête ! et mes yeux ! Jenny, je suis fatiguée à mourir.

— Tu sais bien ce que dit le médecin. Tout cela vient des nerfs. Que n'es-tu un peu raisonnable !

— Oui, on dit cela. Moi j'ai peur ! Tu prétends que je n'ai pas d'instinct. Je n'en ai pas de la manière dont tu l'entends, mais d'une autre manière. J'ai été folle cette semaine, je ne le sais que trop. J'attendais, j'attendais, je sentais que quelque chose de terrible allait arriver. Et tu vois bien... »

Jenny l'embrassa encore.

« J'ai été à Sant'Agostino ce soir. Tu connais cette image de la Vierge miraculeuse. Je me suis jetée à genoux et ai essayé de prier la Vierge Marie. Je crois que je me trouverais bien d'être catholique. Une femme comme la Vierge comprendrait mieux. Et je ne dois pas me marier, peut-être, telle que je suis. Je pensais entrer au couvent. A Sienne, par exemple. Je pourrais exécuter des copies au musée. J'y gagnerai quelque argent, qui sait ? Lorsque j'ai copié l'ange de Melozzo da Farli, à Florence, il y avait une religieuse qui, chaque jour, copiait des tableaux. Ce qu'elle faisait n'était pas mal du tout. — Cesca rit — c'est-à-dire que c'était tout à fait affreux. Mais tout le monde jugeait mes copies très bonnes. Et elles l'étaient. Je crois que je pourrais être heureuse ainsi.

« Oh, Jenny, je voudrais retrouver ma santé. Si la paix entrait en moi, si je n'étais pas en proie au trouble et à la crainte, je la retrouverais. Je pourrais travailler, me consacrer toute au travail. Et je serais si bonne, si bonne ; Dieu sait à quel point je serais bonne. Je ne le suis pas toujours et m'en rends bien compte. Je m'abandonne à tous mes caprices dans l'état où je suis. Mais je changerai pourvu que vous m'aimiez tous. Nous inviterons ce Gram. La prochaine fois que je le verrai, j'irai vers lui et je serai si gentille et bonne que tu ne me reconnaîtras pas. Nous l'inviterons ici et sortirons avec lui, je me mettrai sur la tête pour l'amuser. Entends-tu, Jenny ? tu ne m'en veux pas, dis ?

— Non, Cesca.

— Gunnar ne me prend pas au sérieux, dit-elle d'un air pensif.

— Mais si. Mais il te trouve très enfant. Tu sais ce qu'il pense de ton travail — te souviens-tu de ce qu'il disait à Paris — de ton énergie, de ton talent fin et personnel ? A ce moment il ne te prenait que trop au sérieux.

— Oui, au fond, Gunnar est un type épatant. Mais il m'en a tant voulu de cette histoire avec Douglas.

— Tout homme t'en aurait voulu. Moi aussi j'étais fâchée contre toi. »

Fransiska soupira, elle reprit :

« Mais comment as-tu pu te débarrasser de ce Gram ? Je croyais que tu n'y arriverais jamais, qu'il t'accompagnerait ici, coucherait sur le canapé pour le moins. »

Jenny rit.

« Non, il m'a suivie sur l'Aventin, a déjeuné avec moi, puis il est rentré chez lui. Du reste il me plaît assez.

— Dio mio, Jenny, ta bienveillance est anormale. Tu es digne d'être notre mère à tous ! Ou bien es-tu éprise de lui ? »

Jenny rit encore.

« En ce cas je ne pourrais guère me faire d'illusions. Il va naturellement s'éprendre de toi si tu ne fais pas attention.

— C'est ce qu'ils font tous — Dieu seul sait pourquoi. Mais cela ne dure pas, et après, ils se fâchent contre moi. »

Elle soupira.

Quelqu'un montait l'escalier.

« C'est Gunnar, je rentre un instant chez moi, il faut que je me lave les yeux. »

Elle se sauva, fit bonjour de la main à Heggen qui ouvrait la porte. Il entra et ferma le battant derrière lui.

« Quelle bonne mine tu as, Jenny, tu as toujours bonne mine, du reste. Quelle femme ! Je parie que tu as travaillé toute la matinée... Et elle ? »

Il indiqua d'un signe de tête la chambre de Cesca.

« Cela va mal... pauvre petite.

— J'ai vu la nouvelle dans le journal. J'ai été au club tout à l'heure. Montre voir, as-tu fini ton étude ? C'est joli, Jenny. »

Heggen avait tourné le tableau à la lumière et le regardait longuement.

« Très joli. Ce coin-là est vraiment bien. Il y a de la force là-dedans. Est-elle couchée ou pleure-t-elle ?

— Je n'en sais rien. Elle a pleuré ici. Sa sœur lui a écrit.

— Si je le rencontre jamais, celui-là !... dit Heggen, je trouverai bien l'occasion de lui donner une bonne raclée. »

V

Helge Gram feuilletait les journaux norvégiens au Club Scandinave. Il était seul dans la sombre salle de lecture. Puis Mademoiselle Jahrmann entra. Helge se leva pour la saluer. Elle vint droit à lui et lui tendit la main en souriant.

« Cher Monsieur, comment allez-vous ? Jenny et moi parlions tout juste de vous. Nous ne comprenons pas pourquoi nous ne vous voyons jamais. Nous avions décidé de venir ici samedi pour essayer de vous trouver et de vous emmener après la réunion. Nous nous amuserons un peu ! Avez-vous trouvé une chambre ?

— Non, malheureusement, je vis encore à l'hôtel. Toutes les chambres sont si chères...

— Oui, mais l'hôtel l'est tout autant. Vous en avez au moins pour 3 lire par jour.

— Oui.

— C'est bien ce que je pensais. — Rome n'est pas bon marché, voyez-vous. En hiver il faut une chambre au soleil. Et comme vous ne savez pas l'italien !... Pourquoi n'êtes-vous pas venu nous trouver, Jenny et moi irions volontiers faire quelques recherches avec vous.

— Vous êtes trop aimable, mais je n'oserais vraiment pas vous déranger.

— Vous n'osez pas ? Voyons, mon cher ami !.. Mais que devenez-vous ?... Avez-vous trouvé des gens de connaissance ?

— Non, j'ai été au club samedi, mais je n'ai eu l'occasion de parler à personne. Je suis resté à lire les journaux. J'ai échangé quelques mots avec Heggen avant-hier dans un café du Corso et j'ai rencontré aussi deux médecins allemands que j'avais vus à Florence. Nous sommes allés ensemble un jour sur la voie Appienne.

— Aïe, les médecins allemands sont-ils amusants, dites ? Helge sourit avec un peu d'embarras.

« Nous nous intéressons en tout cas à beaucoup de choses semblables et quand on n'a personne d'autre à qui parler...

— Il faut vous habituer à parler l'italien ; vous l'avez appris n'est-ce pas ? Voulez-vous faire un tour avec moi, nous ne parlerons que l'italien. Je vous servirai de maestra. Une maestra effroyablement sévère !

— Merci de tout cœur, Mademoiselle Jahrmann. Mais vous ne me trouverez certainement pas amusant du tout, sauf si je le suis malgré moi.

—- Taisez-vous. Il me vient une idée tout à coup. Il y a deux vieilles dames danoises qui sont parties pour Capri avant-hier. Peut-être que leur chambre est libre ? Elle l'est certainement... Une jolie petite chambre bon marché. Je ne me souviens plus du nom de la rue, mais je sais où elle se trouve. Voulez-vous m'accompagner, nous pourrions y aller tout de suite. Venez donc. »

Elle s'arrêta au pied de l'escalier et le regarda avec un petit sourire timide.

« Je me suis très mal comportée avec vous durant la soirée que nous avons passée ensemble, Monsieur Gram, il faut que je vous en demande pardon.

— Je vous en prie, Mademoiselle.

— Si, si, mais j'étais malade ! Vous pensez si Jenny m'a attrapée. J'avais bien mérité de l'être.

— C'était moi qui vous avais imposé ma présence ! Mais voici comment les choses sont arrivées. Je vous ai vues et vous ai entendu parler norvégien. C'était si tentant d'essayer de causer avec vous.

— C'est vrai, cela aurait pu être bien amusant. Une véritable petite aventure ! si je n'avais été si stupide. Mais j'étais malade. Je suis très énervée pendant la journée, aussi je ne peux dormir la nuit et suis ensuite incapable de travailler. Cela me rend d'une humeur détestable.

— Ne vous sentez-vous pas bien pendant la journée, Mademoiselle Jahrmann ?

— Hé non ! Et Jenny et Gunnar qui travaillent tant. Tous travaillent, sauf moi. Que deviennent vos études ? Etes-vous content ? Je pose pour Jenny tous les après-midi, mais aujourd'hui j'ai congé. Je crois qu'elle me fait poser surtout pour que je ne m'en aille pas rêvasser toute seule. Elle est comme une mère pour moi. Mia cara mammina.

— Vous aimez beaucoup votre amie ?

— Il ne manquerait plus que je ne l'aime pas ? Elle est si bonne, si bonne. Moi, je ne suis qu'une enfant gâtée, maladive. Personne ne peut me supporter à la longue, sauf Jenny. Et elle est intelligente et douce, énergique. Jolie avec cela. Ne la trouvez-vous pas délicieuse ? Vous devriez voir sa chevelure dénouée. Lorsque je suis sage, elle me permet de la coiffer. Nous y voilà, » dit-elle.

Ils grimpèrent un escalier de pierre tout à fait obscur.

« Il n'y a pas lieu de vous en inquiéter, le nôtre est encore pire. Vous verrez quand vous viendrez nous voir. Venez donc un soir, nous ferons signe aux autres et irons faire une vraie noce romaine. La dernière a été gâtée par ma faute. »

Elle sonna à l'étage supérieur. La femme qui ouvrit

59

avait l'air propre et aimable. Elle les fit entrer dans une petite chambre à deux lits qui donnait sur une grande cour grise où du linge pendait aux fenêtres, mais les balcons étaient garnis de fleurs et sur les toits gris on apercevait des loggias et des terrasses avec leurs arbustes verts.

Fransiska ne cessait de parler à l'hôtesse tandis qu'elle examinait le poêle, le lit et, dans l'intervalle donnait des explications à Gram.

« Il y a du soleil toute la matinée. En ôtant un des lits il n'y aura pas si peu de place que ça. Le poêle a l'air très bon. La chambre coûte 40 lire sans lumière ni feu, plus deux lire pour le service. C'est bon marché. Dois-je dire que vous la prenez ? Vous pouvez vous y installer demain si vous voulez. Ne me remerciez pas. Je vous assure que je suis ravie de vous être de quelque secours, dit-elle, sur l'escalier. Pourvu que vous en soyez content ! Je sais que la signora Papi est propre.

— C'est une qualité rare ici, n'est-ce pas ?

— Mais non, pas plus qu'ailleurs. Les gens qui louent les appartements meublés à Oslo ne sont pas plus propres. Ma sœur et moi avions une chambre garnie dans la Holbergsgate. J'avais posé des souliers vernis tout neufs sous le lit, mais je n'ai plus osé les reprendre. Parfois je jetais un coup d'œil là-dessous, mes souliers avaient l'air de deux petits agneaux blancs.

— Il est vrai, dit Helge, que je n'ai jamais habité que chez moi. »

Fransiska eut un éclat de rire.

« Savez-vous que la signora me prenait pour votre femme et croyait que nous allions loger chez elle tous les deux. J'ai dit que j'étais votre cousine. Elle m'a jeté un regard de côté. C'est un mot suspect dans le monde entier, me semble-t-il. »

Ils se mirent à rire.

« Avez-vous envie de vous promener, demanda tout à coup Mademoiselle Jahrmann. Nous pourrions aller à Ponte Molle. Y avez-vous déjà été ? Craignez-vous d'aller si loin ? Nous prendrons le tram pour rentrer...

— Mais vous-même, ne craignez-vous pas... Vous n'êtes pas très bien portante...

— Cela me fait du bien de marcher. Cesca, tu devrais faire un peu de marche à pied, dit toujours Gunnar, je veux dire Heggen. »

Elle bavardait sans arrêt et le regardait de temps en temps pour voir si elle l'amusait. Ils longeaient la nouvelle route au bord du Tibre. Les flots d'un gris jaunâtre coulaient entre les rives vertes. Des nuages nacrés passaient au-dessus des pentes broussailleuses du Monte Mario où l'on voyait quelques blocs de maisons grises et jaunes entourées d'arbres à l'éternelle verdure.

Fransiska salua un sergent de ville et dit à Gram :

« Imaginez-vous que ce type-là m'a demandée en mariage. J'allais souvent me promener seule par ici et j'avais pris l'habitude de faire un brin de causette avec lui. Et voici qu'il a demandé ma main. Du reste le fils de notre marchand de tabac l'a fait aussi. Jenny m'a tant grondée, elle disait que tout arrivait par ma faute et elle avait raison sans doute.

— Je trouve que mademoiselle Winge vous gronde bien souvent. C'est un mammina sévère, semble-t-il.

— Jenny, ah non, sauf quand je le mérite. Que ne m'a-t-on grondée davantage autrefois ! — elle soupira — mais on ne l'a pas fait, malheureusement. »

Helge Gram se sentait libre et léger tandis qu'il marchait près de Cesca. Tout en elle était doux : sa voix, sa démarche, son visage sous le grand chapeau cloche en feutre à longs poils.

En pensant à Jenny, il eut l'impression de ne plus tant l'apprécier. Le regard de ses yeux gris était si tranquille et assuré, son appétit si effrayant. Cesca lui racontait précisément qu'elle mangeait à peine dans la journée.

Et il dit :

« Mademoiselle Winge est certainement une jeune fille qui sait ce qu'elle veut.

— Oui, Dieu merci, elle a du caractère. Elle qui n'aimait que la peinture, elle a été forcée de faire le métier d'institutrice ; ce qu'elle est surmenée ! On ne le croirait pas à la voir à présent. Elle est forte et a du ressort. Mais lorsque je l'ai vue pour la première fois à l'école de dessin, il y avait quelque chose de dur et de fermé dans ses traits, de « cuirassé » dit Gunnar ; elle était terriblement réservée. Je ne suis pas du tout parvenue à la connaître avant son arrivée à Rome. Sa mère est veuve pour la seconde fois. Elle s'appelle Madame Berner — il y a deux petites sœurs et un petit frère. Imaginez-vous qu'ils vivaient dans deux pièces et Jenny couchait dans une chambre de bonne — elle travaillait et essayait de se perfectionner tout en aidant sa mère pécuniairement et dans les travaux du ménage. Madame Berner n'avait pas de servante. Jenny vivait sans amis, sans relations. Elle se referme pour ainsi dire devant la mauvaise fortune, ne veut pas être plainte. Mais pendant les périodes de bonheur, elle s'épanouit, on dirait qu'elle ouvre les bras tout grands à ceux qui ont besoin d'elle. »

Fransiska était toute rouge d'animation. Elle leva en plein ses grands yeux noirs vers lui.

« Moi, voyez-vous, je n'ai jamais eu d'autres malheurs que ceux que je me suis forgés moi-même. Je suis trop nerveuse et je me laisse emporter par toutes mes impulsions. Jenny me parle souvent de tout cela. Elle me dit que nous sommes seuls cause des malheurs irrévocables qui peuvent nous atteindre. Si l'on ne parvient pas à fortifier sa volonté de manière à dominer ses impulsions et ses instincts — si l'on n'est plus maître de soi-même — il vaut mieux se tirer un coup de revolver. Oui, voilà ce que dit Jenny. »

Helge lui sourit.

« Jenny dit, Gunnar dit, j'avais une amie qui avait l'habitude de dire... Comme elle était jeune et confiante.

— Des lois différentes vous régissent sans doute, Mademoiselle Winge et vous. Ne vous en rendez-vous pas compte ? Vous êtes si dissemblables. Rien que de vivre ne signifie pas la même chose pour deux êtres humains.

— C'est vrai, dit-elle à voix basse. Mais j'aime tant Jenny, j'ai tant besoin d'elle. »

Ils étaient arrivés au pont. Fransiska s'appuya sur le parapet. En amont de la rivière, au pied des collines vertes et rousses une fabrique élevait ses étroites et hautes cheminées dont le reflet tremblait dans les eaux rapides et jaunes.

Au bout de la longue plaine ondulée, on distinguait les monts Sabins gris et nus avec par endroits une faille bleue, très loin, là où persistait un champ de neige.

« Jenny a peint ce paysage par un brillant soleil du soir. La fabrique et les cheminées sont toutes rouges. Après une très chaude journée on n'aperçoit plus les montagnes à cause de la brume, rien qu'une tache de neige éblouissante tout en haut contre le ciel d'un bleu métallique. Et les nuages ! il y a de lourds nuages au-dessus de la neige. C'est très beau. Il faut que je prie Jenny de vous montrer sa toile.

— Ne voulez-vous pas boire un peu de vin par ici ? demanda-t-il.

— Il va faire froid bientôt, mais nous pouvons encore nous asseoir un moment. »

Elle le guida à travers la place ronde derrière le pont et choisit une osteria avec un petit jardin. Derrière quelques abris garnis de tables et de chaises de paille, il y avait un banc sous un orme dépouillé de ses feuilles. Au delà du jardin, un pré vert, puis la colline qui se dressait toute sombre contre le pâle ciel nuageux, de l'autre côté du fleuve.

Fransiska brisa un rameau de sureau le long de la haie ; il portait déjà de nouveaux bourgeons verts dont le froid avait brûlé et noirci l'extrémité.

« Voyez-les qui bourgeonnent et gèlent alternativement durant tout l'hiver, mais lorsque vient le printemps ils n'ont souffert de rien. »

Lorsqu'elle posa la branche, Gram la prit et la garda.

On leur apporta du vin blanc. Fransiska mélangea d'eau le sien et se contenta d'y tremper ses lèvres, puis elle sourit et prit un ton suppliant :

« Voulez-vous me donner une cigarette ?

— Avec plaisir, si vous croyez pouvoir la supporter.

— Oh, je fume à peine en ce moment... Jenny a presque cessé de fumer à cause de moi. Ce soir je pense qu'elle va se rattraper. Gunnar est sorti avec elle. »

Fransiska souriait à la lumière de l'allumette.

« Ne dites pas à Jenny que j'ai fumé, entendez-vous.

— Certainement non », repondit-il en riant.

Elle fumait, toute pensive. « Je voudrais tant que Gunnar et Jenny se marient. J'ai peur qu'ils ne le fassent pas. Ils ont toujours été si bons amis, et dans ce cas-là on ne s'éprend pas facilement l'un de l'autre. On se connaît trop bien de tout temps. Ils se ressemblent trop aussi, et ce sont les contrastes qui s'attirent. C'est bête qu'il en soit ainsi, mais qu'y faire ? Il vaudrait mieux cependant s'éprendre de quelqu'un de son genre. Alors tous ces chagrins, toutes ces souffrances qui accompagnent l'amour pourraient être épargnés. Ne croyez-vous pas ?

« Gunnar est né dans une pauvre ferme près de Smaalenene. Mais il est venu à Oslo. Une de ses tantes qui habite à Grünerlokken l'a pris chez elle, car dans sa maison paternelle on avait bien peu de ressources. Il n'avait que neuf ans alors. Il allait porter du linge, — sa tante était repasseuse — puis plus tard il est entré à l'usine. Ce qu'il a appris et ce qu'il sait faire, c'est à lui-même qu'il le doit. Il ne s'arrête pas de lire car tout l'intéresse si vivement qu'il lui faut toujours aller au fond des choses. Jenny dit qu'il en oublie tout à fait de peindre. Il a si bien appris l'italien qu'il peut lire n'importe quoi, même des vers.

« Jenny est toute pareille. Elle a appris des foules de choses rien que parce que cela l'amusait ; moi, je n'ai jamais rien appris dans les livres. J'ai mal à la tête dès que j'en ouvre un, mais Jenny et Gunnar me racontent ce qu'ils ont lu, et de cela je me souviens. Vous savez aussi quantité de choses n'est-ce pas ? Ne pouvez-vous me parler un peu de ce qui fait l'objet de vos études ? Ce que je sais le mieux c'est ce que l'on m'a raconté ainsi.

« C'est Gunnar qui m'a aussi appris à peindre. Je dessinais toujours quand j'étais enfant, j'avais beaucoup de facilité. J'ai rencontré Gunnar dans la montagne, il y a trois ans. Je m'étais installée là-haut pour essayer de travailler. Je connaissais un peu Gunnar auparavant. J'avais peint quelques croûtes affreusement sages et sans ombre de talent. Je m'en rendais compte, mais ne trouvais pas ce qui me manquait. Je cherchais sans cesse à exprimer dans mes essais quelque chose sans savoir exactement quoi, et je ne voyais aucun moyen de satisfaire cet obscur mais impérieux désir.

« Puis nous avons causé, Gunnar et moi, je lui ai montré mon travail. Il en savait bien moins que moi au point de vue de la technique. Il n'a qu'un an de plus que moi. Mais ce qu'il avait appris, il savait en faire usage. Et j'ai peint deux effets de nuit d'été. Cet étrange clair-obscur qui prête à toutes les couleurs une telle intensité en même temps qu'un si fort éclat. Naturellement ces tableaux ne valaient rien, mais il y avait enfin en eux ce quelque chose que je voulais y mettre. Je voyais que c'était moi qui les avais peints et non pas n'importe quelle élève. Comprenez-vous cela ?

« J'ai un motif de tableau de ce côté-ci en entrant en ville par une autre route. Nous pourrons y passer un jour. C'est un chemin étroit entre deux murs couverts de vigne. A un certain moment on rencontre deux grilles de fer de style baroque. A chaque porte un grand cyprès. J'en ai fait quelques esquisses et j'ai indiqué les couleurs. Au-dessus des cyprès il y a un grand nuage bleu très sombre, mais l'atmosphère limpide est d'une teinte verte. On aperçoit une étoile et tout au loin la vague silhouette des toits et des coupoles de Rome. Le paysage entier doit avoir quelque chose de pathétique. »

La nuit venait. Le visage de Cesca brillait sous son chapeau brun.

« N'est-ce pas, ne pensez-vous pas, il faut que je reprenne des forces, que je travaille ?

— Oui, murmura-t-il. Oh oui, chère... »

Il l'entendit qui respirait péniblement. Ils restèrent silencieux un moment. Puis il dit tout bas :

« Comme vous aimez vos amis, mademoiselle Jahrmann.

— Certes, et je voudrais que tous les êtres humains fussent mes amis. Je les aimerais tous, voyez-vous. »

Elle dit cela tout doucement, dans un soupir.

Helge Gram se pencha brusquement et baisa sa main qu'elle avait posée, toute petite et blanche, sur la table.

« Merci », murmura Fransiska. Le silence reprit.

« Il faut partir, mon ami, il fait trop froid ici. »

Le lendemain Gram vint s'installer dans sa nouvelle
chambre. Le soleil éclairait un vase de majolique plein
d'iris posé sur la table. La signora lui expliqua que sa
cousine était venue les apporter.

Lorsqu'il se trouva seul, il se pencha sur les fleurs et
les embrassa toutes une à une.

VI

Helge Gram se trouvait fort bien dans sa chambre, là-
bas du côté de la via Ripetta. Il avait l'impression de travailler avec facilité à la petite table, devant la fenêtre qui
donnait sur la cour où séchait du linge, et sur les balcons fleuris. La famille d'en face avait deux enfants, un
garçon et une fille de six à sept ans. Quand ils venaient
sur le balcon ils faisaient des signes d'amitié à Helge qui
leur souriait. Tout récemment, il avait aussi commencé
à saluer leur mère. Cette ébauche de relations bornées à
de légers saluts lui donnait une impression de douce quié-
tude.

Devant lui il avait posé le vase de Cesca. Il veillait à
ce qu'il fût toujours plein de fleurs fraîches. La signora
Papi comprenait tout à fait bien son italien. C'était pour
avoir eu des locataires danois, disait Cesca. Les Danois
ne peuvent pas apprendre les langues étrangères.

Quand la signora avait si peu que ce soit à faire chez
lui, elle s'arrêtait sur le seuil en sortant et restait une
éternité à bavarder. Elle parlait surtout de la cousine.
Che bella, disait la signora Papi. Mademoiselle Jahrmann
était venue un jour seule, un autre jour en compagnie de
Jenny, les deux fois pour le prier de venir chez elles.

Lorsque Madame Papi s'interrompait enfin en riant :
« Vrai, je reste là et vous dérange dans votre travail ! »
et disparaissait, Helge se renversait contre le dossier de
sa chaise et, les mains derrière la nuque, il songeait. Il
revoyait sa chambre à la maison, près de la cuisine où

sa mère et sa sœur allaient et venaient, tout en parlant de lui sur un ton élevé, soucieux et chargé de reproches. Il distinguait toutes les paroles qui, du reste, lui étaient destinées. Mon Dieu ! chaque jour passé ici était une grâce précieuse. Enfin, enfin, on le laissait en paix et il pouvait travailler.

L'après-midi se passait dans les musées ou les bibliothèques, mais dès que venait le soir il allait aussi souvent qu'il l'osait, voir les deux artistes dans la via Vantaggio et prenait le thé avec elles. En général elles étaient toutes deux chez elles. Parfois quelques autres étrangers étaient de la partie, mais il rencontrait surtout Heggen et Ahlin.

Par deux fois il avait trouvé Jenny seule, mais une fois Fransiska.

On se tenait toujours dans la chambre de Jenny. Elle était confortable et chaude bien qu'on laissât les volets ouverts jusqu'à ce que le dernier rayon de jour se fût éteint dans le ciel bleu. Le poêle flambait et ronflait et la bouilloire chantait sur la lampe à alcool. Helge connaissait à présent les moindres objets de la chambre, les études et les photographies aux murs, les vases pleins de fleurs, le service à thé bleu, le rayon de livres près du lit, le chevalet avec le portrait de Cesca. Il y avait toujours un peu de désordre. La table, devant la fenêtre, débordait de tubes de peinture, de boîtes à couleurs, de carnets d'esquisses, de feuilles de papier détachées. On voyait au dessous des pinceaux, des chiffons pleins de couleurs que Jenny poussait du pied parce qu'ils encombraient le plancher pendant qu'elle allait et venait pour préparer le thé. Souvent un ouvrage de couture ou une paire de bas à demi raccommodés restaient oubliés sur le canapé. Elle les déplaçait et s'asseyait pour beurrer ses tartines, puis rangeait un fer à repasser à alcool qui traînait toujours dans quelque coin de la pièce.

Pendant ce temps Helge restait assis à bavarder avec Fransiska dans l'angle près du poêle. Parfois il prenait envie à Cesca de faire la maîtresse de maison, et c'était à Jenny à s'asseoir et à se reposer. Jenny suppliait qu'on la laissât faire, mais Cesca s'agitait comme un ouragan. Elle reléguait les vêtements épars dans des coins où

Jenny n'arrivait plus jamais à les retrouver. Pour finir elle fixait les punaises manquantes aux gravures qui pendaient tout de travers ou s'enroulaient le long des murs. Elle se servait de son soulier comme d'un marteau.

Gram n'arrivait pas à bien comprendre mademoiselle Jahrmann. Elle était toujours gentille et naturelle avec lui. Mais jamais plus elle ne lui avait montré autant de confiance que le jour de leur promenade à Ponte Molle. Parfois elle était étrangement absente. On eût dit qu'elle ne saisissait pas les paroles de Gram, bien qu'elle répondît aimablement. Deux ou trois fois il lui sembla qu'il la fatiguait. S'il l'interrogeait sur elle-même, elle ne répondait pas. Et lorsqu'un jour il avait évoqué son tableau aux cyprès elle avait dit, très gentiment du reste :

« Ne vous fâchez pas, Gram, mais je n'aime pas à parler de mon travail avant qu'il ne soit fini, en tout cas pas à présent. »

Cependant, il se sentit en quelque sorte encouragé en s'apercevant que le sculpteur Ahlin ne l'aimait pas. Le Suédois le considérait donc comme un rival. Il avait eu aussi l'impression assez nette que Fransiska s'était éloignée d'Ahlin.

Lorsqu'il était seul, Helge se représentait tout ce qu'il allait dire à Cesca. Il avait avec elle de longues causeries imaginaires. Il aspirait à reprendre la conversation de Ponte Molle. Il aurait voulu à son tour parler de lui-même à Cesca, mais lorsqu'il la rencontrait, il perdait toute son assurance, s'énervait, ne savait plus comment passer aux confidences. Il avait peur de paraître importun ou de manquer de tact. Elle remarquait son embarras et pour lui venir en aide se lançait en riant dans un petit bavardage sans conséquence, il ne lui restait plus qu'à plaisanter et rire avec elle.

Sur le moment même il était reconnaissant à Cesca de sa facilité à éviter les silences et de l'aisance avec laquelle elle venait à son secours. Mais plus tard, en rentrant chez lui, il se sentait déçu. Il n'avait été question entre eux, encore une fois, que de bagatelles.

S'il se trouvait seul avec Jenny, au contraire, la conversation prenait un tour sérieux et roulait toujours sur des sujets d'importance. Parfois il s'ennuyait un peu de ces discussions graves sur des matières abstraites. Mais le plus souvent il aimait à causer avec elle, car leur entretien passait assez vite des considérations générales à ses considérations particulières à lui. Il en était arrivé peu à peu à parler beaucoup de lui-même, de son travail, des difficultés qu'il croyait rencontrer à la fois dans les circonstances extérieures et dans son propre caractère. Il remarquait à peine que Jenny se taisait sur sa vie à elle, mais s'apercevait bien qu'elle évitait de toucher en sa présence au problème de Fransiska Jahrmann.

Il ne songeait pas davantage que s'il ne s'entretenait pas avec Cesca comme avec Jenny, c'était parce qu'aux yeux de Cesca il voulait paraître plus important, plus fort plus sûr de lui qu'il ne l'était à ses propres yeux.

Ils avaient passé tous ensemble la veillée de Noël au club Scandinave puis avaient assisté à la messe de minuit à Saint-Louis des Français.

Helge trouva d'abord à cette soirée un charme émouvant. L'église restait à demi obscure car tous les lustres allumés étaient suspendus très haut sous la voûte. L'autel ne formait plus qu'un mur de lumière. Des centaines de cierges à la flamme jaune luisaient doucement. Les chants assourdis du chœur mêlés au son de l'orgue se répandaient comme un fleuve d'harmonie dans la nef. De plus Helge était assis à côté d'une charmante Italienne qui priait avec ferveur, égrenant les grains d'un chapelet de lapis lazuli qu'elle avait tiré d'un écrin doublé de velours.

Mais au bout de peu de temps, mademoiselle Jahrmann se mit à grogner de plus en plus haut. Elle était assise devant Helge avec mademoiselle Winge.

« Oh ! Jenny ! Allons-nous en. Trouves-tu vraiment que cela sente Noël ici ? C'est tout simplement un concert ordinaire — un mauvais concert. Ecoute ce garçon. Son chant manque totalement d'expression et de plus sa voix est criarde.

— Tais-toi donc, Cesca. Rappelle-toi que nous sommes dans une église.

— Une église, zut. C'est un concert. On devrait avoir des billets et un programme. Et quel concert ! Cela me met de mauvaise humeur.

— Eh bien, oui, nous allons sortir quand ce morceau sera fini. Mais tais-toi du moins jusque-là.

— Non, continua Cesca. La nuit de la Saint-Sylvestre, l'an dernier, j'étais au Gesu. Là il y avait la vraie atmosphère. Ce Te Deum ! J'étais à genoux à côté d'un vieux paysan de la campagne romaine et d'une jeune fille malade et si gracieuse. Tout le monde chantait. Le vieux paysan savait le Te Deum en latin. C'était tout à fait ça. »

Tandis que la petite troupe se frayait silencieusement un chemin dans l'église comble on entendit l'Ave Maria.

« Ave Maria, fulmina Cesca. N'entendez-vous pas que celle qui chante n'est pas émue le moins du monde. On dirait un phono. Je ne peux supporter d'entendre maltraiter ainsi la musique.

— L'Ave Maria, dit un Danois qui marchait à côté de Fransiska, je me souviens d'une jeune Norvégienne qui le chantait à ravir. Une mademoiselle Eck.

— Berit Eck. Vous la connaissez, Hjerrild ?

— Elle était à Copenhague il y a deux ans et chantait avec Ellen Bech. Je la voyais souvent. La connaissez-vous, mademoiselle Jahrmann ?

— Ma sœur la connaissait, dit Fransiska. Vous avez rencontré ma sœur Borghild à Berlin, n'est-ce pas ? Mademoiselle Eck vous plaisait-elle ? Elle s'appelle du reste madame Hermann, à présent. C'était une délicieuse fille et jolie ! elle promettait beaucoup. »

Fransiska s'arrangea pour rester en arrière avec Hjerrild.

Il avait été convenu que Heggen, Ahlin et Gram rentreraient avec les jeunes filles pour souper chez elles. Fransiska avait reçu un paquet de Noël de la maison.

La table était couverte de mets norvégiens et garnie de pâquerettes des champs. Les bougies brûlaient dans des chandeliers à sept branches. Fransiska arriva la dernière ; elle amenait le Danois.

« N'est-ce pas que Hjerrild est gentil de vouloir être des nôtres, Jenny ? »

On découvrit sur la table du beurre de Norvège, du fromage de chèvre, du coq de bruyère froid, du fromage de tête, du jambon fumé.

Fransiska s'assit à côté de Hjerrild. Et aussitôt que la conversation fut engagée entre les autres, elle se tourna vers lui.

« Connaissez-vous le pianiste Hermann qui vient d'épouser mademoiselle Eck ?

— Oui, très bien. Nous étions dans la même pension à Copenhague et je viens de le rencontrer à Berlin.

— Comment le trouvez-vous ?

— C'est un bon garçon, remarquablement doué. Il m'a offert ses dernières œuvres ; elles sont d'une originalité puissante, à mon avis. Mais oui, je pense en somme beaucoup de bien de lui.

— Avez-vous ses œuvres ici ? Pourrais-je les voir ? J'aimerais aller au Club et les déchiffrer — c'était un de mes amis au temps passé, dit Fransiska.

— C'est vrai, je m'en souviens à présent. Il possède votre portrait. Il ne voulait pas me dire qui cette photo représentait.

Heggen prêta l'oreille.

— Oui, en effet, je crois lui avoir donné jadis mon portrait, répondit Fransiska faiblement.

— Cependant — Hjerrild vida son verre — il est un peu brutal et manque assez d'égards. Peut-être est-ce précisément ce défaut qui le rend irrésistible pour les femmes. En ce qui me concerne particulièrement, je lui trouvais souvent l'air un peu trop prolétaire.

— Mais c'est tout juste cela — elle cherchait ses mots — que j'admirais en lui. Il s'est élevé entièrement lui-même jusqu'à sa position actuelle. Une lutte pareille contre les circonstances adverses rend brutal. Ne trouvez-vous pas qu'elle excuse bien des choses, sinon tout ?

— Tais-toi, Cesca, dit Heggen tout à coup. Hans Hermann n'avait que treize ans quand on lui a découvert du talent et depuis on l'a aidé.

— Oui, mais de telle façon qu'il lui fallait dire merci sans cesse pour l'aide offerte. Il vivait dans la crainte constante d'être mis de côté, dédaigné, on lui rappelait qu'il n'était après tout, comme dit Hjerrild, qu'un prolétaire.

— Je peux aussi me targuer d'être un enfant de prolétaire.

— Mais non, Gunnar. Je suis convaincue que tu as toujours été supérieur à ton entourage. Il te suffisait de paraître dans un milieu qui, au point de vue social, paraissait supérieur à celui dans lequel tu es né, pour être au-dessus de tous, plus intelligent, plus savant, plus fin ! Tu as toujours été porté par la certitude que tu devais tout à ta propre énergie, à ton propre travail. Il ne t'a jamais fallu dire merci à des gens qui, tu le savais, te regardaient de haut à cause de ton origine modeste, qui se vantaient d'aider un talent dont ils étaient tout à fait incapables de mesurer l'étendue — qui étaient, au fond, bien inférieurs à toi et croyaient le contraire — dire merci à ceux pour lesquels tu n'éprouvais aucune reconnaissance. Tu ne peux parler de sentiments prolétariens, Gunnar — car tu n'as jamais su ce que c'était.

— Un individu, Cesca, qui accepte l'aide des gens auxquels il ne peut être reconnaissant, prouve la bassesse irrémédiable de son extraction.

— Ne comprends-tu pas, mon garçon, qu'on fait cela parce que l'on se sait du talent — peut-être du génie qui aspire à s'épanouir. Du reste toi qui te vantes d'être un social-démocrate, tu ne devrais pas parler ainsi d'individus de basse extraction.

— Celui qui estime son propre talent ne le prostitue pas. Et pour ce qui est d'être social-démocrate !... La social-démocratie, c'est l'élan vers la justice. Mais la justice exige que des gens comme lui restent refoulés et maintenus dans les bas-fonds de la société au moyen de chaînes et de cravaches. La vraie basse classe doit rester subjuguée...

— Voilà un socialisme original, dit Hjerrild en riant.

— Il n'y en a pas d'autre pour les hommes faits. Je ne compte pas les âmes enfantines aux yeux clairs qui croient à la bonté naturelle des êtres humains et accusent la société de tous les méfaits. Si les hommes étaient bons, la société serait un paradis. Mais ce sont les âmes de prolétaires qui créent le mal.

« On les trouve dans toutes les couches sociales. Si les prolétaires sont les maîtres, ils sont brutaux, s'ils sont asservis, ils rampent, flattent, s'adonnent à la paresse. J'en ai trouvé dans les rangs des socialistes — mais Hermann ne se dit-il pas socialiste lui aussi ? — Rencontrent-ils une main tendue vers eux, et capable de soutenir leurs ambitions, ils la saisissent avec empressement, quitte à écraser cette même main après coup. Ont-ils vent d'un groupe qui se pousse en avant, ils se joignent à lui pour avoir part au butin, mais le loyalisme, le sentiment de la camaraderie, voilà ce qui leur demeure étranger. Le but, ils en rient secrètement. La justice, ils la détestent du fond de leur cœur, ils savent que si elle triomphe ce sera à leur détriment.

« Tous ceux qui craignent la justice — je les nommerai le prolétariat justifié — doivent être poursuivis sans merci. S'ils ont la puissance, ils font des pauvres et des faibles le prolétariat injustifié qu'ils tyrannisent. S'ils sont pauvres eux-mêmes, ils ne luttent pas, ils mendient, essaient d'arriver à leurs fins par la flatterie, et se jettent sur nous par derrière à la première occasion. La société idéale est celle que dirigent les hommes supérieurs. Les hommes supérieurs ne luttent pas pour eux-mêmes, ils sentent que leurs ressources sont illimitées. Ils versent leur trop-plein aux pauvres, ils combattent pour que vienne au jour et à l'air libre la moindre parcelle de bonté et de beauté dans les âmes médiocres ; ces âmes qui sont bonnes quand elles en ont l'occasion, mauvaises quand le prolétariat les oblige à l'être.

« L'idéal serait que ceux-là seuls aient la puissance qui sentent leur responsabilité engagée chaque fois qu'on refoule une tendance bonne dans le monde.

— Tu ne comprends pas du tout Hans Hermann, dit

Cesca doucement. Oh, ce n'était pas pour lui seul qu'il s'indignait de l'injustice sociale. Les pauvres petites tendances bonnes qui sont perdues il en parlait, lui aussi, lorsque nous nous promenions dans les quartiers est de Berlin et que nous voyions les enfants pâles dans les misérables et tristes casernes surpeuplées dont il disait qu'il aurait voulu les détruire.

— Ce sont des phrases. S'il avait pu en toucher les loyers...

— N'as-tu pas honte, Gunnar, dit Cesca avec violence.

— Mais non, mais non, il n'aurait jamais été socialiste s'il était né riche, mais il aurait tout de même été un vrai prolétaire.

— Es-tu bien sûr que tu serais socialiste si tu étais né comte par exemple, dit Cesca.

— Monsieur Heggen est comte, dit Hjerrild en riant toujours, il possède bien des châteaux en Espagne. »

Heggen rejeta la tête en arrière.

« Je n'ai, en tout cas, jamais eu l'impression d'être né pauvre, dit-il presque pour lui-même.

— Eh bien ! — c'était encore Hjerrild qui parlait — malgré l'amour de Hermann pour les petits enfants, il ne s'occupe guère du sien ; c'est affreux comme il se conduit vis-à-vis de sa femme. Au début il n'a su que faire pour la conquérir, mais lorsqu'elle a attendu le petit, c'est elle qui a dû prier et supplier pour qu'il l'épouse.

— Ont-ils un garçon ? murmura Fransiska.

— Oui, il est né au bout de six semaines de mariage, tout juste au moment où j'ai quitté Berlin. Hermann l'avait quittée pour aller à Dresde après quatre semaines de vie commune.

— Je ne comprends pas pourquoi Hermann ne pouvait se marier un peu plus tôt puisque la séparation était chose décidée. Elle la désirait elle-même.

— Quelle horreur, dit Jenny. Jusque là elle avait écouté la conversation sans rien dire. Se marier avec l'intention de se séparer sitôt après !

— Mon Dieu, dit Hjerrild, lorsque l'on se connaît à fond... et qu'on sait que l'on ne s'accordera pas.

— Eh bien, on ne se marie pas.

— Évidemment, l'union libre a bien plus de charmes. Mais elle était forcée de se marier. Elle a l'intention de donner un concert à Oslo l'automne prochain et essaiera de se procurer des leçons de chant. Elle ne pourrait pas en obtenir, ayant un enfant, si elle n'était pas mariée, la pauvre !

— Peut-être que non, en effet, mais c'est lamentable cependant. Je n'éprouve aucune sympathie pour l'union libre, si vous entendez par là que les gens se mettent ensemble avec l'idée préconçue qu'ils pourront se lasser l'un de l'autre. Même quand des fiançailles bourgeoises et platoniques, tout ordinaires, se rompent, il me semble que celui qui rompt en est souillé. Mais si l'on a été assez malheureux pour se tromper, aller faire pour l'opinion, la comédie dégoûtante d'un mariage blasphématoire où l'on promet des choses qu'on a décidé d'avance de ne pas tenir !... »

Les hôtes ne partirent qu'à l'aube. Heggen resta encore un moment après les autres.

Jenny ouvrit la porte-fenêtre du balcon pour chasser l'odeur de tabac. Elle resta debout à regarder dehors. Le ciel était gris pâle, mais une mince bande jaune rougeâtre se distinguait déjà au-dessus des toits. Il faisait très froid. Heggen s'approcha de la jeune fille.

« Merci pour cette nuit. C'était la veillée de Noël. A quoi penses-tu ?

— Voici le jour de Noël.

— C'est un beau jour.

— Je me demande si mon envoi est parvenu à temps à la maison.

— Ne l'as-tu pas envoyé le 11, il est certainement arrivé.

— Je l'espère. C'était toujours si charmant d'entrer au salon le jour de Noël et d'admirer l'arbre et les cadeaux à la lumière du jour. Je veux parler du temps où j'étais petite. »

Elle sourit :

« On m'écrit qu'il y a beaucoup de neige cette année. Les enfants doivent aller dans la montagne aujourd'hui.

— Oui, dit Heggen. Il s'attarda encore un peu auprès d'elle à contempler le paysage.

— Mais tu vas avoir froid, Jenny. Bonne nuit et merci encore.

— Merci à toi, Gunnar. Bonne nuit. Heureux Noël.

Ils se donnèrent la main et elle resta immobile un instant après son départ avant de fermer la porte-fenêtre et de rentrer.

VII

Un jour de la semaine de Noël, Gram entra dans la Trattoria. Heggen et Jenny y étaient installés mais ils ne le voyaient pas, et tandis qu'il accrochait son pardessus il entendit Heggen qui disait :

« C'est un sale individu.

— Oh oui, il est dégoûtant, soupira Jenny.

— Elle en tombera malade. Et ce sirocco par-dessus le marché. Elle sera comme une loque demain. Elle ne travaille pas non plus, je suppose. Elle ne fait que sortir avec ce garçon.

— Travailler ? Bien sûr que non ! Et je ne puis rien pour elle. Elle s'en irait volontiers avec lui d'ici à Viterbe, dans ses souliers vernis éculés, malgré le sirocco et tout le reste, rien que parce qu'il lui parle de Hans Hermann. »

Gram les salua en passant devant eux. Mademoiselle Winge et Heggen esquissèrent un geste, s'attendant à ce qu'il vint s'asseoir près d'eux, mais il fit comme s'il ne voyait rien et alla s'installer au fond de la salle en leur tournant le dos.

Il comprenait qu'ils parlaient de Fransiska Jahrmann.

Gram ne pouvait s'empêcher d'aller presque tous les jours à la Via Vantaggio. Jenny était en général seule à la maison à présent, lisant ou cousant. Elle paraissait contente de le voir. Gram la trouvait changée dans les derniers temps. Elle n'était plus si hardie et décidée dans ses assertions ; elle paraissait moins prête à discuter et à trancher de tout. On eût dit qu'elle était un peu triste.

Un jour, il lui demanda si elle était tout à fait bien portante.

« Mais oui, pourquoi me demandez-vous cela ?

— Je n'en sais rien, au fond, mais je vous trouve bien silencieuse, mademoiselle Winge. »

Elle venait d'allumer la lampe et il vit qu'elle rougissait.

« Je vais être obligée sans doute de rentrer bientôt. Ma sœur a une légère atteinte aux poumons et maman est à bout de résistance. »

Elle se tut un instant puis :

« J'en suis fâchée naturellement. J'aurais bien voulu rester ici, en tout cas pour le printemps. »

Elle prit son ouvrage et s'assit. Helge pensait à Gunnar Heggen. Il n'avait jamais pu se rendre compte s'il y avait quelque chose entre Jenny et lui. Pour l'instant, Heggen, dont le cœur, d'après les on-dit, était assez volage, paraissait fort occupé d'une jeune garde-malade danoise qui vivait à Rome avec une vieille dame qu'elle soignait.

La rougeur de Jenny avait frappé Gram ; cela lui ressemblait si peu de rougir.

Ce soir-là, Fransiska rentra comme il partait. Il l'avait peu vue depuis Noël, mais assez pour constater qu'il lui était tout à fait indifférent. Il n'était plus question de caprices ou d'impolitesses enfantines. On eût dit simplement qu'elle ne voyait plus les gens. Quelque chose d'autre l'absorbait toute. Parfois elle marchait comme en dormant.

Mais il continuait à venir voir Jenny, soit à la Trattoria où elle avait l'habitude de prendre ses repas, soit chez elle, dans sa chambre. Il savait à peine lui-même pourquoi, mais il était comme poussé vers elle.

Un après-midi, Jenny entra dans la chambre de Fransiska pour chercher une bouteille de térébenthine. Fransiska prenait toujours chez Jenny tout ce dont elle avait besoin et ne rendait jamais rien. La pauvre Cesca, couchée sur son lit, sanglotait à fendre l'âme dans son oreiller. Elle avait dû rentrer sans bruit dans la maison, car Jenny ne l'avait pas entendue.

« Non, va-t'en, Jenny, ma chérie. Non, je ne veux rien te dire, tu prétendras encore que c'est de ma faute. »

Jenny vit qu'il ne servirait à rien de lui parler. A l'heure du thé, elle vint à la porte et l'appela.

« Non, merci, je ne veux rien », dit Cesca.

Mais le soir, lorsque Jenny, déjà couchée, lisait au lit, Cesca se glissa tout à coup en chemise de nuit dans sa chambre. Son visage était rouge et gonflé d'avoir pleuré.

« Puis-je venir coucher dans ton lit cette nuit, Jenny, je ne supporte pas de rester seule. »

Jenny se recula pour lui faire place. Elle n'aimait guère cette habitude, mais Cesca venait malgré cela la prier de la garder pour la nuit lorsqu'elle était par trop malheureuse.

« Non, continue à lire, Jenny, je ne te dérangerai pas, je vais rester bien tranquille contre le mur. »

Pendant quelques minutes, Jenny fit comme si elle lisait. De temps en temps quelques sanglots secouaient encore Fransiska. Jenny lui demanda :

« Dois-je éteindre ou veux-tu garder la lumière ?

— Non, merci, éteins si tu veux. »

Dans l'ombre, elle entoura Jenny de ses bras en pleurant, et raconta tout.

Elle était retournée dans la campagne avec Hjerrild et il l'avait embrassée. Au début, elle s'était contentée de le gronder un peu, croyant que ce n'était qu'une plaisanterie. Mais il se comporta de manière si dégoûtante qu'elle se fâcha tout à fait.

« Et il voulait que je reste avec lui à l'hôtel cette nuit ! Il a dit cela comme il m'aurait demandé d'aller à la pâtisserie en sa compagnie. J'étais folle de rage et il s'est mis en colère aussi ; il a eu des mots horribles et si vils.»

Cesca tremblait comme si elle avait la fièvre.

« Et il a parlé, tu le devines, de Hans. Hans avait montré ma photo à Hjerrild et Hjerrild croyait... Comprendstu, Jenny — elle se serrait contre son amie — car moi je ne comprends pas que je continue à aimer ce voyou. Il faut te dire que Hans n'avait cependant pas dit mon nom,

78

ajouta-t-elle peu après. Et il ne pouvait se douter que Hjerrild me rencontrerait ni qu'il me reconnaîtrait d'après cette photo de mes dix-huit ans. »

L'anniversaire de Jenny tombait le 17 janvier. Elle devait donner un déjeuner d'amis à la campagne dans une petite osteria sur la via Appia nuova. Elle avait invité Ahlin, Gram, Heggen et mademoiselle Palm, la garde-malade danoise.

Ils allèrent deux par deux en quittant la station de tramway sur la route blanche éblouissante de soleil. Le printemps était dans l'air. La campagne brunâtre verdissait un peu déjà et les pâquerettes, fleuries de-ci de-là tout l'hiver, poussaient à présent par grandes plaques aux endroits ensoleillés. Les bourgeons impatients des sureaux, le long des haies, se gonflaient dans leur enveloppe vert clair.

Des alouettes suspendues sur leurs ailes tremblantes chantaient tout en haut dans le ciel pâle. Une douce tiédeur enveloppait toutes choses. La brume estompait la ville et ses vilaines maisons jaunes éparpillées dans la plaine. Au delà des arceaux majestueux de l'aqueduc on apercevait les monts Albains et la tache claire des villages sur les pentes.

Jenny et Gram marchaient en avant. Il portait le cache-poussière de sa compagne. Elle était rayonnante de beauté dans une robe de soie noire. Il ne l'avait jamais vue que dans sa robe grise ou simplement vêtue d'une jupe et d'une chemisette. Telle qu'elle allait en ce moment à ses côtés, elle lui paraissait nouvelle et étrangère. Sa robe s'ouvrait en un carré étroit sur sa poitrine. Sa peau blanche et ses cheveux dorés faisaient un contraste éclatant avec le noir brillant qui soulignait les formes souples et rondes de son corps. Elle portait aussi un grand chapeau noir. Helge le lui avait vu auparavant, mais sans y faire attention : même le collier de perles roses faisait un effet tout différent sur cette robe nouvelle.

Ils déjeunèrent dehors au soleil sous les treilles nues qui

79

dessinaient une délicate ombre bleue sur la nappe. Mademoiselle Palm et Heggen avaient décoré la table de pâquerettes.

Naturellement les macaronis étaient prêts depuis longtemps, mais il avait fallu attendre que la décoration fût finie. Le repas leur parut bon et le vin excellent. Cesca avait apporté des fruits qu'elle avait choisis en ville et elle voulut faire elle-même le café pour être sûre, disait-elle, qu'il soit bon.

Après le déjeuner, Heggen et mademoiselle Palm allèrent étudier les débris de marbre, fragments de bas-reliefs ou d'inscriptions qui avaient été trouvés dans la propriété et qu'on avait encastrés dans le mur, puis ils disparurent derrière le coin de la maison.

Ahlin restait assis à fumer au soleil, les yeux mi-clos. L'auberge se trouvait au pied de la colline. Gram et Jenny y grimpèrent au hasard. Elle cueillait de petits soucis sauvages qui poussaient dans le sable rougeâtre de la pente.

« Il y en a une masse sur le Monte Testaccio, y avez-vous été, Gram ?

— Oui, plusieurs fois. J'y suis allé avant-hier voir le cimetière protestant. Les camélias arborescents étaient déjà couverts de fleurs et dans la partie ancienne du cimetière j'ai trouvé des anémones dans l'herbe.

— En effet, les voilà qui fleurissent. Jenny eut un léger soupir. Au delà de Ponte Molle, près de la Via Cassia il y a un coin rempli d'anémones. Ce matin, Gunnar m'a apporté des branches d'amandier en fleurs. On en vend déjà sur l'escalier d'Espagne. Mais on les a sans doute cultivés en serre. »

Arrivés sur la hauteur ils cheminèrent sans but. Jenny contemplait le sol à ses pieds. Tout germait sous le réseau d'herbes courtes. On voyait se griller au soleil des rosaces de petites feuilles de chardon tachetées et des touffes de grandes plantes gris argent.

Ils se dirigèrent vers un pan de mur isolé et à demi écroulé, ruine sans forme et sans nom au milieu du pré. Tout autour d'eux sous le clair ciel printanier où chantaient les alouettes, s'étendait la campagne à peine verdissante. Les limites en disparaissaient dans la brume légère. La ville plongée dans cette brume apparaissait comme un mirage lumineux. Les montagnes et les nuages ne faisaient qu'un et les arceaux jaunes de l'aqueduc ne sortaient du brouillard ensoleillé que pour aller se perdre dans la plaine.

Les ruines innombrables n'étaient plus que des fragments de murs brillants éparpillés dans la verdure naissante ; les pins et les eucalyptus, près des petites maisons roses ou jaune d'ocre, paraissaient infiniment abandonnés et noirs en cette journée déjà printanière et rayonnante.

« Vous souvenez-vous de ma première matinée à Rome, mademoiselle Winge ? Je croyais être déçu et j'attribuais cette déception à une trop longue nostalgie, à trop de rêves. Tout devait pâlir et sembler médiocre à côté de ce que mon imagination m'avait fait espérer. Avez-vous jamais été étendue au soleil, les yeux clos, par un jour de plein été ? Lorsqu'on relève les paupières, toutes les couleurs semblent grises et fanées. Mais ce n'est que parce que les yeux sont affaiblis de n'avoir pas servi pendant quelques instants. Ils ne sont pas capables tout de suite de saisir la diversité réelle des couleurs. La première impression est imparfaite et décevante. Saisissez-vous ce que je veux dire ?

Jenny inclina la tête.

« Il en était ainsi de moi au début. Rome me dépassait. Puis je vous ai rencontrée. Vous avez passé devant moi si grande, si blonde, si étrangère. Je n'ai pas remarqué Fransiska à ce moment-là ; je ne l'ai vue que dans la trattoria, lorsque j'étais assis au milieu de vous tous que je ne connaissais pas. Peut-être était-ce la première fois que je me suis trouvé ainsi pour de bon dans la société d'inconnus... Auparavant je n'avais fait que de fugitives rencontres, dans la rue entre l'école et la maison.

« Pendant un instant j'en demeurai tout troublé. Je crus qu'il me serait impossible de prendre part à la conversation. Tout mon passé de chez nous refluait en moi. J'avais presque envie de rentrer et de revoir la Rome dont j'avais rêvée, la Rome des récits de voyage et des gravures. Vous savez que mon père... Il eut un rire bref : Je ne me doutais pas que je pourrais faire autre chose. Je ne savais que regarder les tableaux et les gravures faits par d'autres, lire ce que d'autres avaient écrit, glaner quelques miettes du travail des autres, et vivre avec les héros imaginaires de mes livres. Je me sentais désespérément seul au milieu de vous tous.

« Mais alors vous m'avez parlé de la solitude et maintenant je comprends ce que vous vouliez dire.

« Voyez-vous cette tour là-bas ? J'y ai été hier. C'est le reste d'une forteresse du Moyen Age — de l'époque féodale — en somme il y a encore beaucoup de ces tours, soit en dehors, soit dans la ville. On peut voir de temps en temps dans l'alignement des façades un mur presque sans fenêtre, c'est un de ces vestiges de la Rome des barons féodaux.

« On connaît cette époque, comparativement, moins que les autres. Je suis tenté de m'y intéresser particulièrement, à présent. Je trouve dans les archives le nom de personnages qui ont vécu en ce temps-là. Souvent même il ne reste d'eux que ce seul nom, mais j'ai grande envie d'en savoir plus sur leur compte.

« Je rêve de la Rome du Moyen Age, alors qu'on se battait dans les rues et que les cris s'échappaient de gorges sanglantes, que la ville était pleine de repaires de brigands où demeuraient enfermées les femmes et les filles de ces bêtes féroces dont le sang coulait dans leurs veines. Parfois elles s'échappaient elles aussi et se précipitaient dans le torrent de vie qui roulait entre les murailles rouges.

« Nous ne savons pas grand'chose de cette époque. Elle effarouche les professeurs allemands qui ne peuvent s'y intéresser puisqu'il est impossible d'en tirer des idées abstraites. Le fait brutal et nu subsiste seul.

« La vie en ce temps-là était comme une marée violente dont les vagues parvenaient jusqu'à la plus petite ville, jusqu'à la moindre bourgade qui se dressait alentour.

« Mais les hauteurs qui les dominent restent toujours aussi nues et aussi désertes. Voyez l'énorme masse de ruines rien qu'autour de nous dans la campagne romaine.

Et cette montagne de livres que l'on a écrit sur l'histoire de l'Italie, sur toute l'histoire du monde. Et cette armée de morts que nous connaissons ! Tout cela ne nous donne qu'une faible idée de ces bouillonnantes vagues de la vie qui l'une après l'autre ont surgi et sont retombées.

« Que c'est merveilleux, Jenny ! Nous avons tant causé ensemble, mais je ne connais presque rien de vous. Vous voilà devant moi. Que ne pouvez-vous admirer vous-même vos cheveux qui luisent au soleil ! Vous aussi, vous êtes comme une de ces tours inconnues. C'est merveilleux !

« Avez-vous songé parfois que vous n'avez jamais vu votre vrai visage ? Mais rien que son reflet dans un miroir. Notre visage endormi, ou les yeux fermés, nous ne le connaîtrons jamais. Que c'est étrange. Ce premier jour de Rome était mon anniversaire de naissance. Aujourd'hui, c'est le vôtre, vous avez vingt-huit ans. Vous en réjouissez-vous, vous qui dites que chaque année vécue est précieuse ?

— Je n'ai pas dit cela. J'ai dit seulement que le plus souvent il nous fallait lutter particulièrement durant les premières vingt-cinq années de notre vie de sorte que l'on pouvait s'applaudir de les avoir dépassées.

— Eh bien ! et maintenant ?

— Quoi ?

— Oui, voyez-vous clairement le but à atteindre durant cette nouvelle année. Savez-vous comment vous emploierez tous ces jours qui viennent ?

« Que la vie me paraît riche en possibilités de tous genre. Vous-même, avec votre grande énergie ne pouvez toujours dominer les circonstances. N'y pensez-vous jamais, ne vous sentez-vous jamais le cœur plein d'inquiétude, Jenny ? »

Elle se contenta de sourire, baissa les yeux et écrasa du pied un bout de cigarette qu'elle avait jeté. On voyait ses chevilles blanches au travers du bas noir transparent. Elle suivit des yeux un troupeau de cochons gris qui dévalaient le long de la pente opposée.

« Eh bien ! et le café, monsieur Gram ? Ils nous attendent certainement. »

Ils revinrent à l'osteria sans parler. La colline se terminait par une pente sablonneuse tout près de la table où ils avaient dîné.

Ahlin avait caché son visage dans ses bras étendus sur la table. La nappe était couverte de croûtes de fromage et de pelures d'oranges entre les verres et les assiettes.

Fransiska dans sa robe verte, se penchait sur Ahlin. Elle entourait son cou de ses bras, essayait de relever sa tête.

« Oh, mais ne pleure pas, Lernart. Je t'aimerai, je t'épouserai volontiers, m'entends-tu, Lennart. Je vais t'épouser mais il ne faut pas pleurer ainsi. Je crois bien que je pourrai t'aimer, Lennart, mais je t'en prie ne te désespère pas ainsi. »

Ahlin sanglotait.

« Non, non... pas de cette manière, je ne veux pas, Cesca. »

Jenny se retourna et revint sur ses pas. Gram vit qu'elle rougissait jusqu'au cou... Le sentier longeait le pied de la colline et menait au potager de l'osteria.

Heggen poursuivait mademoiselle Palm autour du petit bassin. Ils se jetaient réciproquement de l'eau, les gouttes étincelaient au soleil. Elle criait à force de rire. Encore une fois Jenny rougit et la rougeur s'étendit jusqu'à sa gorge et à sa nuque. Helge la suivait à travers les plates-bandes de verdure. Heggen et mademoiselle Palm firent la paix au loin près du bassin.

« La danse commence », dit Helge doucement. Jenny fit oui de la tête tandis que l'ombre d'un sourire passait sur son visage.

L'entrain général avait disparu et le café fut absorbé en silence, bien que Fransiska essayât de trouver des sujets de conversation pendant qu'on sirotait les liqueurs. Seule mademoiselle Palm était de bonne humeur. A la fin, Fransiska proposa de faire un tour de promenade.

Les trois couples partirent à travers la campagne romaine, mais la distance grandissait peu à peu entre eux et enfin arrivés sur la colline, ils se séparèrent tout à fait.

Jenny resta avec Gram.

« Où allons-nous donc ? demanda-t-elle

— Nous pourrions aller, par exemple, à la grotte d'Egérie. »

C'était à l'opposé de la direction qu'avaient prise les autres. Cependant ils obliquèrent sur les collines grillées de soleil, vers le Bosco Sacro et ses vieux chênes-lièges dont la sombre couronne portait ici et là les marques rousses des coups de chaleur.

« J'aurais dû mettre mon chapeau. » Jenny passa la main sur ses cheveux.

Dans le bois sacré la terre était couverte de chiffons de papier et de toutes sortes de saletés. Deux dames assises sur un tronc d'arbre à la lisière du bosquet, faisaient du crochet. Quelques petits garçons anglais jouaient à cache-cache derrière les troncs énormes. Jenny et Gram sortirent du bosquet, et se dirigèrent vers les ruines.

« En somme, dit-elle, aurons-nous le courage de descendre jusque là ? »

Et sans attendre de réponse elle s'assit par terre.

« Non, pourquoi faire d'ailleurs ? »

Helge s'étendit près d'elle dans l'herbe sèche et courte. Il ôta son chapeau et appuyé sur son coude la regarda sans parler.

« Quel âge a-t-elle donc ? demanda-t-il tout à coup. Je veux dire Cesca.

— Vingt-six ans. Elle fixait ses regards au loin.

— Je n'ai pas de regrets, dit-il doucement. Vous l'avez deviné. Il y a un mois seulement, c'eût été différent. Elle a été si délicieuse et confiante envers moi, un certain jour. Je n'étais pas habitué à cela et je l'ai prise au sérieux ! Comme une... invitation à la valse ! Mais à présent ! Je trouve toujours Cesca délicieuse, pourtant il m'importe peu qu'elle danse avec un autre. »

Il s'arrêta et la regarda, puis, brusquement : « Je crois bien que c'est vous que j'aime, Jenny », dit-il.

Elle se tourna à demi vers lui, eut un léger sourire et secoua la tête.

« Si, dit Helge avec fermeté, je le crois. Je n'en suis pas tout à fait sûr, car je n'ai jamais aimé — je m'en rends compte à présent. Et cependant j'ai été fiancé, ajouta-t-il. C'est une des sottises que j'ai faites au stupide temps passé.

« Mais si, Jenny, je dois vous aimer. N'est-ce pas vous que j'ai vue ce premier soir et non pas elle. Je vous ai vue dès l'après-midi. Vous traversiez le Corso. J'étais là me disant que la vie était pleine de nouveautés et d'amertumes et vous avez passé devant moi claire, élancée et étrangère. Plus tard, après avoir erré de-ci de-là au crépuscule dans cette ville inconnue, je vous ai rencontrée encore. Certes j'ai regardé Cesca, quoi d'étonnant alors que je me sois senti troublé un instant. Mais d'abord c'est vous que j'ai vue. Et voici que nous en sommes arrivés à nous asseoir ensemble ici. »

Jenny s'appuyait d'une main sur l'herbe, tout près de lui. Il caressa tout à coup cette main, mais elle la retira.

« Ne vous fâchez pas, il n'y a là rien qui puisse vous fâcher, pourquoi ne vous raconterais-je pas que je crois vous aimer. Je n'ai pas pu m'empêcher de toucher votre main. J'avais besoin de m'assurer qu'elle était là en réalité, car votre présence ici est miraculeuse pour moi. Je ne vous connais presque pas malgré toutes nos causeries. Je sais que vous êtes intelligente, énergique et raisonnable, bonne et sincère, mais j'ai su tout cela dès l'instant où je vous ai vue et où j'ai entendu votre voix. Je n'en sais pas plus à présent. Il y a évidemment quantité de choses encore... Et dont je ne saurai peut-être jamais rien. Mais je puis voir que votre robe est toute brûlante... si j'appuyais ma joue sur vos genoux je me brûlerais. »

Elle passa d'un mouvement involontaire ses mains sur sa robe.

« Elle absorbe les rayons du soleil. Vos cheveux brillent, et la lumière émane de vos yeux. Vos lèvres sont presque transparentes, on dirait des framboises au soleil. »

Elle sourit, mais d'un air un peu contraint.

« Ne pouvez-vous vous résoudre à m'embrasser ? » dit-il.

Elle le regarda pendant une seconde.

« L'invitation à la valse ? et elle sourit faiblement.

— Jenny, vous ne pouvez m'en vouloir si je vous demande un seul baiser — en un jour pareil ? Je vous ai parlé seulement de ce que je souhaiterais qui soit. Au fond, Jenny, pourquoi ne voudriez-vous pas m'accorder un baiser ? »

Elle restait immobile.

« Y a-t-il une raison ?... Mon Dieu, je ne veux pas essayer de vous embrasser, mais je ne vois pas pourquoi vous ne vous pencheriez pas un instant pour me donner un tout petit baiser, telle que vous êtes là, avec le soleil sur les lèvres. Ce ne serait rien de plus que de donner une tape d'amitié à l'un de ces jeunes mendiants en lui mettant un soldo dans la main. Jenny, un baiser n'est rien pour vous et c'est tout ce que je désire en ce moment, je le désire tant ! » Il souriait.

D'un brusque mouvement elle se pencha et l'embrassa. Pendant un instant fugitif, il sentit les cheveux et les lèvres chaudes de Jenny effleurer sa joue. Et il vit tous les mouvements du corps de la jeune fille sous la soie noire, tandis qu'elle se baissait et se relevait. Mais le visage de Jenny qui souriait en l'embrassant prit ensuite une expression de trouble et de léger effroi.

Lui ne bougea pas. Il restait étendu et souriait à la lumière ; et elle aussi se calma peu à peu.

« Voyez-vous, dit-il enfin, et il se mit à rire, vos lèvres sont exactement semblables à ce qu'elles étaient auparavant. Le soleil les pénètre jusqu'au sang. Quelle importance ce baiser a-t-il pour vous — et je suis si heureux !

« Vous comprenez, je ne m'attends pas à ce que vous pensiez davantage à moi. Je veux simplement avoir le droit de penser à vous. Vous pouvez rester là et penser à n'importe quoi... Les autres dansent. Mais ceci est bien meilleur, je ne désire que vous regarder. »

Ils se turent tous les deux. Jenny détournait son visage et contemplait la campagne lumineuse.

En revenant à l'osteria, il causa légèrement et avec gaîté de mille choses. Il raconta des anecdotes sur les savants allemands qu'il avait rencontrés au cours de ses études. Jenny jetait sur lui de temps en temps un regard furtif. Il n'était pas d'habitude si naturel, si sûr de lui. Somme toute il était très bien. Le soleil mettait des paillettes d'or dans ses yeux bruns.

VIII

Jenny n'alluma pas la lampe en entrant dans sa chambre. Elle ôta son manteau dans l'obscurité puis s'assit sur le balcon.

Un ciel de velours noir piqué d'étoiles scintillantes s'étendait sur les toits de la ville. La nuit était froide.

Il avait dit en la quittant : « Je crois que je viendrai vous voir demain matin pour vous demander si vous ne voulez pas faire un petit voyage dans la campagne romaine avec moi. »

En réalité il ne s'était rien passé du tout. Elle lui avait donné un baiser, mais c'était le premier baiser qu'elle eût donné à un homme. Tout avait été différent de ce qu'elle prévoyait. C'était presque une plaisanterie ce baiser-là. Elle n'était pas un brin éprise de lui. Et cependant elle l'avait embrassé. Elle avait tergiversé, se disant : je n'ai jamais embrassé personne, puis une sorte de joyeuse indifférence s'était emparée d'elle, mêlée à une douce lassitude. Mon Dieu, pourquoi donc faire une telle histoire ? Elle l'avait embrassé ; eh bien, pourquoi pas ?

Non, cela ne signifiait rien. Il l'en avait priée si gentiment parce qu'il croyait l'aimer et que le soleil brillait. Mais il ne l'avait pas priée de l'aimer, elle. Il n'avait pas essayé d'aller plus loin que ce petit baiser. Elle l'avait donné sans rien dire et cela avait été bien. Il n'y avait là rien dont elle dût avoir honte.

Elle venait d'avoir vingt-huit ans et elle ne se dissimulait pas qu'elle désirait aimer un homme qui lui rendrait son amour, un homme qui la prendrait dans ses bras. Elle était jeune, bien portante et jolie. Son cœur était chaud et souvent une nostalgie impérieuse s'emparait d'elle. Mais puisqu'elle savait voir les choses froidement, et n'avait jamais essayé de se tromper elle-même...

Plusieurs fois elle s'était demandé au sujet d'un homme ou d'un autre : est-ce lui ? Elle aurait pu aimer peut-être si réellement elle l'avait voulu. Dès qu'elle essayait de se persuader et de fermer les yeux sur cette petite chose qui éveillait en son cœur une sorte de vive résistance, un combat se livrait en elle. Elle n'avait jamais rencontré personne qu'elle se sentit forcée d'aimer. Aussi n'avait-elle pas osé. Non, pas elle !

Cesca pouvait permettre à n'importe qui de l'embrasser, de la caresser, sans en être émue. Les caresses ne touchaient que ses lèvres et son épiderme. Même Hans Hermann qu'elle avait aimé, n'était pas parvenu à réchauffer ses sens. En elle coulait un sang étrangement fluide et froid. Jenny se sentait tout autre. Le sang dans ses veines était rouge et chaud. Le bonheur auquel elle aspirait c'était une passion dévorante, mais pure et sans tache ; elle-même serait bonne et loyale, et fidèle à celui auquel elle se donnerait, car il viendrait, celui qui la prendrait toute, si bien que rien de ce qui pourrait avoir de la valeur en elle ne demeurerait inutile ou livré à l'abandon.

Non, elle n'osait pas, ne voulait pas se livrer à la légère. Non, pas elle. Cependant elle comprenait ceux qui ne cherchaient pas par un effort de volonté à qualifier telle impulsion de mauvaise, et à l'étouffer ; à en choisir une autre et la déclarer bonne ; à renoncer à toutes les joies faciles, en gardant jalousement leurs forces pour un grand bonheur, ce bonheur qui peut-être, peut-être ne viendrait jamais ! Etait-elle si sûre de suivre la voie qui conduisait au but ? N'était-elle pas troublée parfois d'entendre soutenir avec cynisme par certaines gens qu'ils ne suivaient aucune voie, qu'ils n'avaient aucun but. Les défenseurs de la morale et de l'idéal n'étaient que des pêcheurs de lune dans un miroir d'eau.

Il lui était arrivé à elle aussi, une certaine nuit, bien des années auparavant, qu'un homme la priât de rentrer avec lui, à peu près comme il l'aurait invitée à aller chez le pâtissier. En réalité la tentation avait été nulle, elle savait que sa mère l'attendait à la maison, de sorte qu'une absence pareille eût été impossible. Et puis elle connaissait l'homme et ne l'aimait pas. Elle avait été vexée qu'il eût voulu l'accompagner ce soir-là.

Aussi ce ne fut pas par un caprice des sens mais par

pure curiosité intellectuelle qu'elle avait permis à ses pensées de poser pour un instant la question. « Et si je cédais ? Qu'adviendrait-il de moi si je jetais par-dessus bord ma volonté, mon empire sur moi-même, et ma foi ? »

Et une onde de sensualité troublante l'avait envahie. Cette vie valait-elle mieux que la sienne propre ? Car ce soir-là elle n'en était pas satisfaite. Elle était restée à regarder danser les autres, elle avait bu du vin, la musique l'avait assourdie. Assise à l'écart, elle s'était abandonnée à toute l'amertume de la solitude, si cruelle pour un être jeune qui ne danse pas avec les autres et ne sait pas parler leur langue ni rire de leur rire.

Mais elle avait essayé de sourire, d'avoir l'air de s'amuser. Tout en rentrant dans la glaciale nuit printanière elle pensait qu'il lui fallait faire un remplacement à l'Ecole Kampen le lendemain matin dès 8 heures.

A cette époque, elle travaillait aussi dehors à son grand tableau, jusqu'au moment de rentrer à la maison pour ses leçons de mathématiques à 6 heures, et malgré ses efforts, elle ne parvenait pas à donner de la vie à son œuvre.

Elle se tuait de travail. Parfois elle sentait ses nerfs tendus à se rompre. Supporterait-elle ce surmenage conscient jusqu'aux vacances d'été ? Un instant, elle avait été presque amusée par le cynisme de l'homme comme par une farce, mais elle avait souri et dit non du même ton sec qu'il avait pris lui-même. C'était du reste un sot, car il se mit à déclamer tout un fatras de compliments plats et de phrases sentimentales sur la jeunesse et le printemps, et les droits de la passion, et la liberté et l'évangile de la chair. Elle lui avait ri au nez, tranquillement, et avait hélé un fiacre qui passait.

Certes elle était d'âge à comprendre ceux qui refusent brutalement de lutter pour rien et se laissent pousser par le courant de la vie : mais ces blancs-becs qui se vantent de remplir une mission en s'amusant suivant leurs goûts, ces jeunes qui prétendent lutter pour les droits éternels de la nature lorsqu'ils ne se brossent pas les dents et ne se nettoient pas les ongles, ne lui en imposaient pas du tout.

Le mieux était sans doute de s'en tenir à sa petite

morale personnelle, fondée surtout sur la franchise et la maîtrise de soi. Elle avait su se maîtriser dès l'école. Elle ne ressemblait pas aux autres enfants de la classe — même par ses vêtements. Et sa petite âme était si différente ! Elle vivait avec sa mère, veuve à l'âge de vingt ans et qui n'avait au monde que sa petite fille.

Elle vivait aussi avec son père, mort trop tôt pour qu'elle pût se souvenir de lui. Il était dans la tombe et au ciel — mais en réalité il vivait à la maison avec Jenny et sa mère. Son portrait, au-dessus du piano, voyait ce qu'elles faisaient et entendait ce qu'elles disaient toutes deux. La mère parlait de lui intarissablement et répétait ce qu'il pensait sur toutes choses. Il fallait faire ceci, ne pas faire cela à cause du père ! Jenny parlait aussi de lui comme si elle le connaissait. Le soir, dans sa prière, elle s'adressait à son père et à Dieu. Dieu, pour elle, était quelqu'un qui partageait la vie de son père et pensait en tout comme son père.

Dans cette sombre nuit de Rome elle se rappela son premier jour d'école et sourit. Sa mère l'avait instruite jusqu'à l'âge de huit ans et elle entra tout droit dans la troisième classe primaire. Madame Winge avait l'habitude de tout expliquer par des exemples connus. Jenny savait bien ce que c'était qu'un promontoire. Et durant la classe de géographie, la maîtresse demanda précisément si elle pouvait nommer un promontoire norvégien. Et Jenny dit : le *Nesodden* [1]. La maîtresse sourit et toute la classe se mit à rire. « Signe », dit la maîtresse, et une petite Signe se leva et dit d'un trait : Nordkap, Stat, Lindesnes... Mais Jenny sourit d'un air supérieur, insensible en apparence au rire des autres. C'était peut-être la première fois. Elle n'avait jamais eu d'amitiés d'enfant. Et elle n'en eut jamais.

Elle avait eu un sourire de supériorité et d'indifférence pour toutes les taquineries et les moqueries de la classe qui se prit pour elle, qui n'était pas comme les autres, d'une haine irréconciliable. Les autres enfants n'étaient pour Jenny qu'une masse uniforme, un monstre à plu-

1. Une petite presqu'île près d'Oslo

sieurs têtes. La rage dévorante qu'elle éprouvait contre ses persécuteurs resta toujours dissimulée derrière ce sourire ironique et indifférent. Aux rares moments où elle perdait son empire sur elle-même — un jour elle s'était rendue malade à force de sangloter de chagrin et d'amertume — elle leur avait vu un rire de triomphe.

Ce n'était qu'en restant orgueilleusement insensible, en les irritant par son flegme de peau-rouge en face de leurs agissements, qu'elle pouvait s'élever au-dessus de la masse.

Dans la classe supérieure elle eut quelques amies. Elle était à l'âge où aucun enfant ne supporte d'être différent de son entourage. Elle s'efforça de ressembler à ses amies qui, du reste, ne lui donnèrent pas beaucoup de joies.

Jenny se souvenait de leurs moqueries lorsqu'elles découvrirent qu'à quatorze ans révolus elle jouait encore à la poupée. Mais elle désavoua elle-même ses enfants chéris, prétendit que c'étaient les poupées de ses petites sœurs.

A cette même période de sa vie Jenny rêvait de monter sur les planches. Elle et ses amies étaient toutes folles de théâtre, elles vendaient des livres de classe et des bijoux provenant de leur confirmation pour acheter des billets. On les voyait tous les soirs assises pour soixante « oere » sur les bancs du théâtre de la place de la Banque. Mais un jour il devait en cuire à Jenny d'avoir raconté qu'elle voudrait jouer le rôle d'*Éline Gyldenloeve*.

Ses amies se tordaient de rire. Elle était vraiment folle ; jusqu'à présent on la savait infatuée d'elle-même, mais en arriver là ! S'imaginait-elle pour de bon qu'elle pourrait entrer au théâtre, elle qui ne savait même pas danser. Ce serait bien drôle de voir évoluer sur la scène ce long paquet d'os raide comme du bois.

Jenny ne s'était pas brouillée avec ses amies. En effet, elle ne savait pas danser. Dans sa toute petite enfance, sa mère lui avait souvent joué des danses et Jenny allait, venait, se baissait, tournait d'après sa propre inspiration. Sa mère souriait et l'appelait sa petite linotte. Elle vint au premier bal de l'école tout émue et pénétrée de la solennité de l'heure, dans une robe neuve blanche à fleurs vertes. Oh, elle s'en souvenait ! La robe était presque longue, sa mère l'avait copiée d'après une vieille gravure anglaise. Et elle revoyait ce bal d'enfants. Elle sentait encore cette étrange paralysie de tous ses membres qui, jamais depuis, n'avait tout à fait quitté son corps jeune et souple. Elle se sentait devenir de bois chaque fois qu'elle essayait d'apprendre à danser par elle-même. Et quant à prendre des leçons, elle n'en eut jamais les moyens.

Jenny se mit à rire. Voilà bien les amies ! Elle avait rencontré deux d'entre elles à l'exposition de peinture la première fois qu'elle avait exposé et obtenu quelques lignes d'éloges dans les journaux. Elle parcourait les salons avec divers peintres, dont Heggen qu'elle ne connaissait du reste pas encore ! Ses amies vinrent la féliciter.

« C'est ce que nous avons toujours dit à l'école : « Jenny sera une artiste ! Nous étions toutes si sûres que tu réussirais parfaitement dans la vie ! »

Elle avait ri : « J'en étais sûre aussi, Ella. »

Seule, elle était restée constamment seule ! Elle avait environ dix ans quand sa mère fit la connaissance de l'ingénieur Berner. Ils travaillaient dans la même maison de commerce.

Si petite qu'elle fût alors, elle avait tout deviné immédiatement. Le père mort glissa pour ainsi dire hors de la maison. Son portrait resta au-dessus du piano, mais il était mort. Jenny découvrit ce que cela signifiait d'être mort. Ceux qui étaient morts n'existaient que dans le souvenir des vivants — qui pouvaient à volonté mettre fin à cette existence d'ombres précaires. Et alors ils n'étaient plus.

Elle comprit pourquoi sa mère redevenait jeune et belle, et joyeuse. Elle vit son visage s'éclairer au coup de sonnette de Berner. Elle entendit Berner causer avec sa mère. Jamais ils ne parlaient de ce que la petite ne devait pas entendre et ils ne renvoyaient pas Jenny quand ils se trouvaient ensemble dans sa maison. Jenny, malgré la jalousie qui emplissait son cœur, comprenait qu'il y avait tant de choses dont une maman ne peut parler à sa petite fille. En elle se développait le sens de la justice. Elle ne voulait pas être fâchée contre sa mère, mais elle souffrait. Elle était trop fière pour le montrer ! Cependant, quand la mère, prise de remords envers son enfant, la comblait tout à coup de caresses et d'attentions, Jenny se taisait, restait froide et réservée, et elle se tut encore quand sa mère lui dit d'appeler Berner papa, expliquant d'un ton persuasif qu'il aimait tant Jenny.

La nuit elle tentait de parler à son père, le vrai, comme auparavant. Elle essaya avec passion de le maintenir en vie, mais elle ne pouvait y parvenir seule — tout ce qu'elle savait de lui, sa mère le lui avait raconté. Peu à peu Jens Winge mourut aussi pour sa fille. Et, parce qu'il avait été le point central de toutes ses représentations de Dieu, du Ciel, de la vie éternelle, sa vie religieuse pâlit en même temps que l'image de son père. Du moins elle se souvenait parfaitement que lorsqu'elle suivit à l'âge de treize ans le cours d'instruction religieuse, ce fut avec une absence totale de foi.

Toutes ses compagnes de classe croyaient en Dieu et avaient peur du diable, cependant elles étaient lâches et méchantes, et impitoyables, et vulgaires — en tout cas, elle les voyait ainsi — la religion devint donc pour Jenny presque méprisable : ce qui était religieux était lâche.

Malgré elle, elle se prit d'affection pour Nils Berner. Au début du mariage, elle lui en voulut presque moins qu'à sa mère. Il ne chercha pas à exercer ses droits paternels sur sa belle-fille, mais il se montra à son égard intelligent, naturel et bon. Elle était la fille de la femme qu'il aimait, cela suffisait pour qu'elle lui inspirât de la sympathie. Jenny ne se rendit compte que lorsqu'elle fut grande de tout ce qu'elle lui devait. De combien de tendances maladives ou fausses ne l'avait-il pas débarrassée ! Tant qu'elle avait vécu seule avec sa mère dans cette atmosphère de serre chaude, entourée de tendresse, de soins constants, de rêves, elle avait été peureuse, craignant les chiens, les trams, les allumettes, craignant tout. Sa mère osait à peine l'envoyer seule à l'école. Elle était aussi extrêmement douillette.

La première chose que fit Berner ce fut d'emmener

la petite dans la forêt. Tous les dimanches il partait avec elle en Nordmarken, aussi bien par le brûlant soleil d'été que sous les giboulées printanières et la pluie torrentielle de l'automne, ou bien dans la neige, à ski. Jenny, qui était habituée à ne pas oser montrer ses sentiments, essaya de dissimuler sa fatigue ou ses craintes. Au bout de peu de temps elle n'en éprouva plus.

Berner lui apprit à se servir de la carte et de la boussole. Il s'entretenait avec elle comme avec un camarade. Il lui apprit à reconnaître les indices de changement de temps par la direction du vent ou la marche des nuages, à se diriger d'après le soleil, à comprendre la vie des animaux et des plantes. Elle dessinait des fleurs, elle les peignait à l'aquarelle, étudiait la racine, la tige, la feuille, le bouton, la fleur et le fruit. Son carnet d'esquisses ne manquait jamais dans le sac de montagne, non plus que l'appareil photographique de Berner.

Elle ne mesurait qu'à présent toute la tendresse et la bonté de son beau-père, tandis qu'il faisait ainsi son éducation. Il s'était chargé d'une petite fille maladive et l'avait développée, elle qui était aussi fermée à toutes choses qu'un chaton aveugle. Il avait fait de cette petite fille sa compagne de courses, alors qu'il était un skieur réputé et un grimpeur célèbre dans les montagnes de Jotunheim et sur les pics de Nordland.

Il lui avait promis de l'emmener faire une ascension. L'été de ses quinze ans il lui permit de l'accompagner à la chasse à la perdrix. La mère ne pouvait être de la partie, elle attendait alors le petit frère.

Ils passèrent les nuits dans un chalet isolé sous le mont Rondane, une montagne dans le centre. Elle se sentait heureuse comme jamais auparavant en s'éveillant le matin dans son étroite couchette. Elle se levait et faisait le café pour Berner. Puis il l'emmenait dans le massif de Ronde et les montagnes de Stygt, ils allaient pêcher ensemble et descendaient dans la vallée de Fol pour faire leurs provisions. Lorsqu'il partait chasser, elle se baignait dans les torrents glacés, faisait d'interminables promenades sur le plateau rougi par l'automne, ou bien, assise sur le seuil du chalet, elle tricotait en rêvant aux aventures romanesques d'une jeune fille de la montagne. Il s'agissait toujours de l'arrivée d'un chasseur qui ressemblait étrangement à Berner mais qui était tout jeune et beau à ravir.

Il savait, tout comme Berner, raconter des histoires, le soir, au coin du feu — des histoires de chasse, d'ascensions périlleuses, — il lui promettait de l'emmener sur des sommets que nul n'avait escaladés encore.

Elle se souvint brusquement de ce qu'elle éprouva en devinant que sa mère attendait un bébé. Elle avait été désolée, malheureuse et comme prise de honte. Elle essaya de cacher cette sorte de répulsion à sa mère, mais elle n'y parvint pas entièrement. Ce ne fut que l'anxiété de Berner au fur et à mesure que l'époque de la délivrance de sa femme approchait, qui changea les sentiments de Jenny. Il lui parla tout simplement de ses craintes. « J'ai si peur, Jenny ; j'aime tant ta mère, vois-tu. » Et il lui dit qu'Ingeborg avait été très malade à la naissance de Jenny.

L'impression que sa mère se trouvait dans un état anormal et impur disparaissait de l'esprit de Jenny au fur et à mesure que Berner parlait. Mais en même temps elle se voyait dépouillée de cette certitude qu'il existait un lien mystique et presque surnaturel entre elle-même et sa mère. Ce qui les unissait était tout simple et courant. Elle était née, sa mère avait souffert de sa naissance ; petite, elle avait eu un besoin constant de soins et sa mère l'aimait pour tout cela. Et voici qu'arrivait un nouveau bébé qui réclamerait plus que Jenny les soins de madame Berner. Celle-ci se sentit grande du coup et pleine de sympathie pour sa mère et pour Berner à qui elle confia avec un petit air de sagesse prématurée : « Vois-tu en général, cela va très bien. Je crois que presque jamais on n'en meurt. »

Et pourtant elle avait pleuré, se sentant abandonnée quand elle vit sa mère ne s'occuper que de ce bébé auquel elle consacrait tout son temps. Elle aima sa sœur surtout quand la petite Ingeborg eut dépassé son année, elle était alors le plus délicieux petit lutin à cheveux noirs qu'on pût rêver, et déjà la mère avait un autre poupon.

Pour Jenny les petites Berner n'étaient pas ses sœurs ;

elles ressemblaient tout à fait à leur père. Elle se sentait bien plus leur tante, la tante plus âgée, plus raisonnable, de la mère et des enfants.

Lorsque vint le malheur, madame Berner était tout à la fois plus jeune et plus faible que Jenny. Son heureux mariage lui avait rendu sa jeunesse, mais elle était un peu lasse, aussi, un peu affaiblie et alanguie par ces trois naissances si rapprochées. Nils n'avait que cinq mois quand son père mourut.

Berner fit une chute de montagne au sommet de Skagastœl et mourut sur le coup. Jenny venait d'avoir seize ans. Le désespoir de madame Berner fut terrible. Elle aimait son mari qui l'adorait. Jenny essaya de soulager sa mère de son mieux et ne dit à personne à quel point elle regrettait son beau-père. Elle savait qu'elle perdait le seul camarade qu'elle eût jamais eu.

Après l'examen de fin d'études elle avait suivi les cours de l'école de dessin et aidé au ménage à la maison. Berner s'était toujours intéressé à ses esquisses, le premier, lui avait donné quelques notions de perspective et enseigné tout ce qu'il savait lui-même. Il lui trouvait du talent.

La famille n'avait pas les moyens de garder le chien du mort. Les deux petits chiots furent vendus et madame Berner était d'avis de vendre aussi Leddy qui était une bête de prix. Elle pleurait son maître. Mais personne ne devait posséder le chien de Berner du moment qu'ils n'étaient pas assez riches pour le conserver eux-mêmes, déclara Jenny, et elle fit triompher sa volonté. Elle eut à cette occasion une véritable crise de nerfs. Elle conduisit Leddy elle-même un soir chez l'avocat Iversnaes, le vieux camarade de Berner. Le dimanche suivant Iversnaes emmena la pauvre bête dans la montagne, lui tira un coup de fusil et l'enterra près du chalet.

Tel Berner avait été pour elle — un camarade et un ami — telle elle avait voulu être pour ses enfants. Mais au fur et à mesure que ses demi-sœurs grandissaient et malgré une sincère affection de part et d'autre, l'intimité n'augmentait pas.

Jenny ne persista pas à tenter de se rapprocher de ces

deux gentilles filles qui avaient à présent seize et dix-huit ans. Elles étaient un peu anémiques, un peu flirt, s'entouraient d'amis et d'amies, allaient à des sauteries perpétuelles, étaient gaies mais assez indolentes. En revanche l'amitié entre le petit Nils et Jenny avait grandi d'année en année. Son père avait donné au petit bout d'homme le surnom de Kalfatrus et Jenny continua à l'appeler ainsi. Lui, il appelait sa sœur Indiana.

Durant tant d'années de tristesse, les seuls moments de détente pour Jenny furent ses courses en Nordmarken avec Kalfatrus. Surtout au printemps ou à l'automne, quand il y avait peu de monde dans les bois, et que, Jenny et le gamin, assis devant le feu qu'ils avaient allumé, se taisaient, regardant la flamme, ou bien lorsque étendus dans l'herbe, ils bavardaient dans leur affreux argot qu'ils n'osaient employer à la maison par égard pour leur mère.

Le portrait de Kalfatrus fut la première œuvre de Jenny dont elle se sentit satisfaite. Il était épatant. Gunnar soutenait qu'il méritait une place au musée. Elle n'avait jamais depuis rien réussi d'aussi bien.

Elle aurait dû faire le portrait de Berner — de papa. Elle lui avait donné ce nom quand ses enfants commencèrent à parler. Et elle s'était mise aussi à dire maman à sa mère. Par là elle avait en quelque sorte consacré pour elle-même le changement qui s'était opéré chez la mère de son enfance si courte et dans leurs rapports réciproques.

Puis Jenny se revit à Rome au début de son séjour. Enfin elle se sentait délivrée du poids terrible qui l'avait écrasée. Elle n'en ressentait aucun soulagement mais se rendait compte seulement à quel point chacun de ses nerfs était tendu, usé et frémissant et elle se trouvait trop âgée pour retrouver quelque jeunesse. Son passage à Florence ne laissa que peu de traces dans son souvenir ; elle y avait gelé, se sentant abandonnée et absolument incapable de s'adapter à une vie nouvelle. Par-ci par-là elle entrevoyait autour d'elle des trésors de beauté et enrageait de ne pas savoir en tirer parti, en obtenir des éléments de vie, elle aspirait à être jeune, à aimer et à être aimée.

Gunnar et Cesca l'emmenèrent à Viterbe au printemps. Le soleil brillait dans les bois de chênes dépouillés où les anémones, les violettes, les primevères jaunes poussaient au milieu du feuillage pâle ! Les solfatares bouillantes et puantes fumaient dans la plaine brûlée, en dehors de la ville. On eut dit la steppe. Toute la campagne à l'entour de cette plaine bouillonnante était enveloppée d'un blanc linceul de chaux. Elle revoyait le chemin creux et ses murs de pierres où couraient, rapides comme l'éclair, des milliers de lézards vert émeraude, les oliviers dans l'herbe verte et la danse des papillons blancs. La vieille ville aux fontaines murmurantes avec ses maisons moyenageuses, toutes noires et les vieilles tours des remparts. Le clair de lune sur tout cela. Et le petit vin blanc mousseux qui brûlait d'avoir poussé sur cette terre volcanique.

Jenny et ses nouveaux amis s'étaient mis à se tutoyer et la même nuit Fransiska lui avait confié tous les tristes secrets de sa jeune vie brisée et pour finir s'était glissée dans le lit de Jenny afin de se faire consoler. Elle ne cessait de répéter : « Dire que tu es si bonne, crois-tu qu'à l'école j'avais un peu peur de toi. Dire que tu es si bonne. »

Gunnar était épris des deux amies à la fois. Comme un jeune fauve il se sentait grisé de printemps et de soleil. Et Fransiska se laissait embrasser et l'appelait « imbécile ».

Mais Jenny avait peur, — non pas de lui — elle n'osait pas embrasser ses lèvres rouges et chaudes, parce qu'elle éprouvait un tel désir de quelque chose d'inouï, de grisant, de déraisonnable, qui ne pouvait se produire qu'en ces heures de soleil et de printemps, là au milieu des anémones, quelque chose dont elle ne serait pas responsable. Comment aurait-elle osé, cependant, rejeter loin d'elle son vieux moi — elle sentait qu'elle ne pouvait agir ainsi à l'étourdie et lui non plus sans doute.

Elle connaissait peu Heggen. Dans ses courtes intrigues avec d'autres femmes, il était comme elles, et pourtant non, pas tout à fait. Au fond il restait bien lui-même, un homme meilleur que la plupart des femmes.

Plus tard Jenny et Heggen étaient devenus de plus en plus amis. D'abord durant cette délicieuse période de travail paisible à Paris, puis ici, à Rome.

Mais cette aventure avec Gram était tout autre. Il n'éveillait ni insatiables désirs ni passion sauvage. Mon Dieu, elle l'aimait bien, il n'était pas du tout bête comme elle l'avait cru d'abord. En arrivant à Rome, il était emprunté, paralysé par sa vie passée. Elle le comprenait fort bien. Il gardait une âme pleine de tendresse, de jeunesse et de fraîcheur qui plaisait à Jenny. Elle se sentait son aînée de bien plus de deux ans. Ce qu'il lui avait dit de son amour pour elle, n'était-ce pas simplement un effet de la joie débordante que lui causait la nouveauté de la vie, la liberté enfin conquise ? Aucun danger dans cet aveu ni pour lui ni pour elle.

Ils l'aimaient aussi, les siens, à la maison et Fransiska et Gunnar. Et cependant lequel d'entre eux pensait à elle cette nuit-là. Comment regretter de connaître quelqu'un dont elle occupait la pensée tout juste en ce moment ?

En s'éveillant le lendemain, elle se répéta qu'il ne viendrait pas et que cela valait mieux ainsi. Mais lorsqu'il frappa à la porte elle en fut heureuse.

« Dites, mademoiselle Winge, je n'ai encore rien mangé ne pourriez-vous me donner un peu de thé et un morceau de pain ? »

Jenny inspecta la chambre d'un coup d'œil.

« Mais, monsieur Gram, tout est en désordre chez moi.

— Je fermerai les yeux et vous me conduirez sur le balcon, dit Gram, derrière la porte. J'ai si envie de boire du thé.

— Eh bien, attendez un peu. »

Jenny recouvrit le lit défait et rangea la toilette. Puis elle échangea sa matinée contre son kimono.

« Asseyez-vous sur le balcon, s'il vous plaît, et je vous ferai du thé. »

Elle sortit un tabouret et y posa du pain et du beurre.

Gram regardait ses bras blancs et les longues manches

du kimono qui flottaient autour d'elle. Sur un fond bleu foncé se détachaient des iris jaunes et violets.

« Que cette robe est charmante. On dirait un vrai costume de geisha.

— Oui, c'est un kimono véritable, Cesca et moi nous avons acheté les mêmes à Paris ; nous les portons le matin à la maison.

— Savez-vous que j'aime énormément cette habitude que vous avez d'être jolies quand vous êtes simplement chez vous ! »

Il alluma une cigarette et suivit la fumée des yeux

« Oh, les matinées, chez nous ! La bonne, ma mère, ma sœur étaient si mal arrangées. Ne trouvez-vous pas que les femmes devraient toujours se préoccuper d'être aussi jolies que possibles...

— Oui, mais ce n'est pas facile lorsqu'il faut faire le ménage, Gram.

— Peut-être, mais pour le déjeuner, tout au moins, elles pourraient se coiffer et mettre quelque chose de ce genre, n'est-ce pas ? »

Au même moment il sauva une tasse à thé que Jenny était sur le point de faire tomber avec l'une de ses manches.

« Vous voyez bien comme c'est pratique ! Buvez donc votre thé, vous qui prétendiez avoir si soif. »

Elle découvrit en parlant que tous les bas de Cesca séchaient sur le balcon et les rentra vite avec un peu de nervosité.

Gram mangeait du pain, buvait son thé, en disant :

« Voyez-vous, je ne pouvais dormir cette nuit, je n'ai fait que penser dans mon lit à cette journée d'hier, presque jusqu'à l'aube, puis le sommeil m'a pris et je me suis éveillé trop tard pour aller à la laiterie. Il me semble que nous pourrions suivre la Via Cassia jusqu'à votre coin aux anémones.

— Le coin aux anémones ! Jenny eut un rire léger. Quand vous étiez petit, Gram, aviez-vous des coins aux hépatiques, des coins aux violettes, d'autres encore où vous faisiez des cueillettes chaque année, les cachant jalousement aux autres enfants.

— Si j'en avais !... Je connais un petit bois de bouleaux,

101

où il y a des violettes parfumées, près du vieux chemin de Holmenkollen.

— Mais je le connais aussi, dit-elle, toute triomphante.

— Vers la droite, là où se détache le chemin de Sörkedal.

— Tout juste ! J'en avais un aussi près de Bygdœ et un autre vers Fredriksborg, dans la vallée de Skaa. Mais il faut que j'enfile une robe, dit Jenny.

— Mettez celle que vous portiez hier, je vous en prie, lui cria-t-il, quand elle fut rentrée.

— Elle se salira tant à la poussière. »

Mais, au même instant, elle se fâcha contre elle-même. Pourquoi donc ne voulait-elle pas chercher à se parer. Cette vieille robe de soie noire avait été sa toilette des grands jours durant des années. Il était vraiment inutile de la traiter encore avec un tel respect.

« Du reste, zut. Mais elle boutonne dans le dos et Cesca qui est partie !

— Venez que je la boutonne. Je suis spécialiste de la chose. Sachez que durant toute ma vie, je n'ai fait que boutonner les robes de ma mère et de Sophie. »

Mais elle parvint à fermer sa robe seule et il n'y eut que deux boutons pour lesquels elle dut accepter l'aide de Gram.

Il reconnut le doux parfum de ses cheveux et de son corps tandis qu'elle restait debout au soleil devant lui. Il s'aperçut qu'un côté la robe montrait quelques petits trous d'usure soigneusement reprisés. A cette vue le cœur de Helge fut rempli pour Jenny d'une tendresse infiniment douce.

« Trouvez-vous joli le nom de Helge ? demanda-t-il au cours de leur déjeuner dans une lointaine osteria de la campagne romaine.

— Oui, il est très joli.

— Savez-vous que c'est mon prénom.

— Oui, vous l'aviez écrit sur le registre du Club. »

Elle avait rougi un peu en disant ces mots. Allait-il croire qu'elle avait cherché son nom dans le registre.

« Je trouve aussi qu'il est joli. En général peu de noms sont jolis ou laids en eux-mêmes, n'est-ce pas ? Tout dépend de la personne qui les porte. Si nous aimons une personne, son nom nous plaît. Lorsque j'étais petit, nous avions une bonne d'enfant qui s'appelait Jenny, je ne pouvais pas la souffrir. Depuis j'ai toujours trouvé ce nom vilain et commun ; il ne vous convenait pas du tout à mon avis, et à présent, je le trouve charmant, un vrai nom de blonde. N'entendez-vous pas qu'il a une résonance blonde, Jenny ? Une brune, comme par exemple, mademoiselle Jahrmann ne pourrait pas s'appeler Jenny. Fransiska, voilà qui lui va bien. C'est un nom capricieux, mais Jenny, c'est clair et net.

— On m'a appelée ainsi parce que c'est un nom répandu dans la famille de mon père, dit-elle, pour répondre quelque chose.

— Que pensez-vous de Rébecca, dit-il au bout d'un moment.

— Je n'en sais rien, en somme, mais je crois que c'est un joli nom, peut-être un peu dur et rocailleux.

— Ma mère s'appelle Rébecca, reprit Helge. Je pense aussi que ce nom a une résonance dure ; et ma sœur s'appelle Sophie. Je suis sûre qu'elle ne s'est mariée que pour quitter la maison et être chez elle. N'est-ce pas extraordinaire que ma mère ait été si enchantée de marier ma sœur, elle qui vit avec mon père comme chien et chat. Il n'y avait personne qui vînt à la cheville du chapelain Arnesen lors de son mariage avec Sophie. Je n'aime pas mon beau-frère et mon père ne l'apprécie guère non plus, si je ne me trompe. Mais ma mère...

« Ma fiancée d'autrefois s'appelait Karen, mais on ne l'appelait que Tutti. J'ai vu qu'elle avait fait mettre le nom de Tutti sur l'avis de son mariage dans le journal. Quelle sotte histoire ! Il y a trois ans de cela. Elle faisait des remplacements à l'école où j'étais professeur. Elle n'avait pas ombre de beauté, mais était d'une coquetterie folle vis-à-vis des hommes. Moi, je n'avais jamais été pris par une femme qui me faisait des avances. Vous ne pouvez en douter si vous vous souvenez de la tête que je faisais au début de mon séjour ici ! Elle ne cessait de rire, le rire jaillissait littéralement d'elle pour peu qu'elle fît un mouvement. Elle n'avait que dix-neuf ans. Dieu seul sait pourquoi elle m'a choisi !

« Ma jalousie était terrible et elle s'en amusait fort. Plus elle me rendait jaloux, plus je l'aimais. Peut-être, au fond, ma vanité d'homme était-elle surtout en jeu. Je me sentais flatté d'avoir conquis cette amoureuse si recherchée. J'étais fameusement inexpérimenté alors, et je voulais qu'elle ne s'occupât que de moi. Exigence naturelle, mais apparemment difficile à satisfaire vu ma façon d'être à ce moment-là. Encore une fois, qu'est-ce que Tutti pouvait bien vouloir de moi ?

« Chez moi, on tenait à ce que nos fiançailles restassent secrètes parce que nous étions si jeunes. Tutti, au contraire, voulait les rendre officielles. A tous les reproches que je lui faisais sur son attitude légère vis-à-vis d'autres jeunes gens, elle objectait que, n'étant pas fiancés officiellement, nous ne pouvions être exclusivement l'un avec l'autre.

« Elle vint à la maison. Ma mère et elle ne faisaient que se disputer. Tutti détestait ma mère ! Quelle qu'eût été ma fiancée du reste, c'eût été la même chose. Il suffisait à ma mère qu'elle fût celle que j'aimais. J'ai donc rompu avec Tutti.

— Avez-vous beaucoup souffert, demanda Jenny doucement.

— Oui, je n'ai repris le dessus que lors de mon départ pour Rome. Mais je pense que mon orgueil souffrait surtout. Si je l'avais aimée vraiment, j'aurais désiré par exemple la savoir heureuse lorsqu'elle en a épousé un autre, mais c'est que je ne le désirais pas du tout.

— C'eut été un peu trop de grandeur d'âme !

Jenny souriait.

« Je n'en sais rien. C'est tout au moins ce qu'on devrait éprouver quand on aime ! Ne pensez-vous pas ? Savez-vous ce que je trouve étrange ? C'est l'attitude hostile des mères pour la fiancée de leurs fils, car elles sont toujours hostiles.

— Pour une mère, aucune femme n'est digne de son fils, sans doute.

— Peut-être, mais il n'en est pas ainsi quand les filles se marient. Je l'ai vu au sujet de ce vilain chapelain pâle, gras et roux qui est entré dans notre famille. Je ne me suis jamais senti très proche de ma sœur, mais à la pensée que ce type-là... quelle horreur ! la pelotait !...

« J'ai parfois l'impression que les femmes après un certain temps de mariage prennent, bien plus que nous autres hommes, un tour d'esprit cynique. Elles ne le disent pas, mais je vois bien qu'elles sont cyniques au fond. Elles voient tout sous l'angle matériel. Si leur fille se marie, elles s'en réjouissent. N'est-ce pas se décharger d'elle et de son entretien, au profit d'un individu qui la traînera à sa suite, la nourrira, la vêtira. Elles disent qu'il n'y a pas de quoi prendre la chose au tragique si, en retour, la fille doit se plier quelque peu aux exigences conjugales. Mais quand un fils, pour les mêmes avantages conjugaux, s'encombre d'un pareil fardeau, les mères n'en sont naturellement pas ravies. N'y a-t-il pas là un grain de vérité ?

— Quelquefois », dit Jenny.

Lorsqu'elle revint chez elle le soir, elle alluma sa lampe et s'assit pour écrire à sa mère. Elle était pressée de remercier les siens pour leurs souhaits et de raconter comment elle avait passé le jour de son anniversaire.

Elle se mit à rire au souvenir de ses pensées solennelles de la veille au soir.

Mon Dieu, elle avait eu, il est vrai, une vie difficile et solitaire. Mais il en était de même pour la plupart des jeunes qu'elle connaissait. Beaucoup d'entre eux étaient plus à plaindre qu'elle-même. Par exemple les institutrices d'écoles primaires. Presque toutes avaient la charge d'une vieille mère, de jeunes sœurs à élever. Et Gunnar, et Gram ! Même Cesca — l'enfant gâtée d'une famille riche ! A vingt et un ans elle avait rompu avec son milieu et depuis lors avait vécu tant bien que mal de la petite somme qu'elle avait héritée de sa mère.

Quant à la solitude, ne l'avait-elle pas choisie ? A tout prendre, ce qui lui avait manqué, c'est de croire à ses propres capacités. Pour faire taire ses doutes, elle s'était mise en tête qu'elle était différente de son entourage et avait repoussé elle-même cet entourage. A présent qu'elle avait gagné un peu de terrain et avait prouvé qu'elle était bonne à quelque chose, elle devenait bien plus sociable. Il fallait avouer qu'elle n'avait jamais fait d'avances aux autres gens, soit dans son enfance, soit plus tard. Trop orgueilleuse, elle ne voulait pas faire les premiers pas.

Tous les amis qu'elle avait eus : son beau-père, Cesca, Gunnar, lui avaient tendu la main les premiers. Et puis, aller s'imaginer qu'elle avait un caractère passionné, elle qui était parvenue à l'âge de vingt-huit ans sans s'éprendre de personne. Sans doute avait-elle raison de croire qu'un jour, saine et bien portante comme elle l'était, douée d'une vie des sens à la fois intacte et développée par son travail et ses conditions d'existence, elle aimerait. Il était naturel qu'elle désirât aimer et être aimée, vivre ! Mais se figurer que par un pur entraînement de la chair elle pourrait tomber dans les bras de n'importe quel homme présent à l'instant critique.

— Tu es folle, ma fille !

Il fallait avouer qu'elle s'ennuyait un peu de temps à autre et aurait aimé tout bonnement faire une petite conquête, être courtisée un tant soit peu comme les autres jeunes filles — désir assez médiocre. Par orgueil elle se faisait passer à ses propres yeux pour une personne tragiquement affamée de vie sensuelle — une de ces créatures inventées par les hommes, qui ne savent pas, les pauvres, à quel point les femmes sont en général naïves, vaniteuses et sottes. Elles s'ennuient sans un homme pour les distraire. De là toutes les légendes sur les femmes sensuelles — elles sont aussi rares que les cygnes noirs ou que les femmes habituées à la maîtrise d'elles-mêmes. »

Jenny posa le portrait de Fransiska sur le chevalet. Les couleurs de la blouse blanche et de la jupe verte étaient très crues. Il fallait atténuer tout cela. Le visage ressortait bien, la pose était bonne.

De toutes façons ce qui s'était passé avec Gram ne méritait pas d'être pris bien au sérieux. Quelle sottise — comme au début avec Gunnar — d'avoir peur chaque fois qu'elle rencontrait un homme qu'il ne s'éprît d'elle ou qu'elle ne s'éprît de lui ! ceci l'effrayait autant que cela tant elle était peu habituée à inspirer de l'amour.

Ne pouvait-on être amis ? et le monde était-il vraiment

si sensuel et si troublant ? Gunnar et elle n'étaient-ils pas liés d'amitié, d'une vraie et solide amitié !

Le caractère de Gram était bien fait pour l'amitié, lui aussi. Il avait passé par des épreuves très semblables aux épreuves de Jenny.

Il y avait en lui quelque chose de si jeune, de si confiant vis-à-vis d'elle. Ces « n'est-ce pas, ne pensez-vous pas » qui revenaient sans cesse ! La veille, il avait dit qu'il l'aimait ou croyait l'aimer. Elle se mit à rire. Non, un homme fait ne parle pas ainsi quand il est épris d'une femme et veut la conquérir.

Un gentil garçon, voilà ce qu'il était. Aujourd'hui il n'avait plus effleuré le sujet.

Il lui avait plu quand il disait que si réellement il avait aimé sa fiancée, il aurait désiré qu'elle fût heureuse avec un autre.

X

Jenny et Helge, la main dans la main, descendaient en courant la via Magnanapoli. La rue n'était qu'un escalier conduisant au Forum de Trajan. Sur la dernière marche Gram prit Jenny dans ses bras et lui donna un baiser rapide !

— Tu es fou, as-tu oublié qu'à Rome il est défendu de s'embrasser dans la rue.

Ils se mirent à rire tous deux. La veille ou l'avant-veille, des agents les avaient surpris sur la place du Latran alors qu'ils faisaient les cent pas tout en s'embrassant sous les pins le long des vieux murs de la ville.

Un rayon de soleil tardif dorait le saint de bronze au sommet de la colonne et flambait sur les murs et sur les cimes des arbres du Palatin. La place du Forum, creusée en contre-bas de la rue et les vieilles maisons délabrées qui l'entourent étaient dans l'ombre.

Jenny et Helge, penchés sur le parapet, essayèrent de compter les gros chats somnolents entre les fûts de colonnes de l'immense espace où poussait l'herbe. Les bêtes reprenaient quelque vie à l'approche du crépuscule. Un chat roux qui s'était établi sur le socle de la colonne Trajane s'étira, aiguisa ses griffes contre le mur, sauta d'un mouvement doux et silencieux sur l'herbe qu'il traversa comme une ombre claire et disparut.

— Moi, j'en trouve vingt-trois, dit Helge.

— Et moi vingt-cinq.

Elle se détourna un peu pour renvoyer un marchand de cartes postales qui leur offrait sa marchandise dans tous les idiomes possibles.

Puis elle se pencha à nouveau sur la balustrade, regardant sans penser à rien la place envahie par l'ombre, elle s'abandonnait à une lassitude heureuse après les baisers innombrables d'une longue journée de soleil dans la campagne verte. Helge avait passé une des mains de Jenny sous son bras et la tapotait doucement ; Jenny la fit glisser le long de la manche du jeune homme jusqu'à ce qu'il la retint prisonnière entre ses deux mains à lui. Il eut un rire doux et joyeux.

« Pourquoi ris-tu, mon ami ?

— Je pensais aux Allemands. » Et elle se mit à rire aussi doucement et avec insouciance, comme rient les gens heureux de bagatelles sans importance.

Ils avaient traversé le Forum dès le matin et s'étaient assis un moment sur le socle élevé de la colonne de Focas pour échanger de tendres propos. A leurs pieds s'étendait le champ de ruines dorées par le soleil. De petits touristes tout noirs paraissaient ramper entre les pans de murs. Un couple d'Allemands nouvellement mariés cherchait la solitude au milieu même des groupes de voyageurs. Lui était rouge et blond, avec des culottes courtes et un lorgnon et il lisait le Baedecker à sa jeune femme. Elle, presque une enfant encore, brune et potelée, portait sur son doux visage blanc l'empreinte héréditaire de la femme d'intérieur. Elle prit la pose classique près d'une colonne écroulée et il appuya sur le déclic de son appareil. Les deux amoureux, assis au pied de la colonne de Focas, murmuraient leur amour sans même avoir conscience du hasard qui les faisait dominer le Forum romanum, et se mirent à rire.

« As-tu faim ? demanda Helge.

— Non, et toi ?

— Non, sais-tu ce dont j'ai envie ?

— Non.

— De rentrer avec toi, Jenny. Nous boirons du thé chez toi ce soir. N'est-ce pas possible ?

— Mais si, naturellement. »

Ils descendirent vers la ville, passant bras dessus bras dessous par les ruelles. Lorsqu'ils furent sur l'escalier sombre de Jenny, il l'attira brusquement à lui. Son bras s'appuyait si durement contre la poitrine de la jeune fille, il l'embrassait avec tant de violence qu'elle eut des battements de cœur angoissés. Elle s'irritait contre elle-même de ne pouvoir vaincre cette angoisse.

« Mon chéri, murmura-t-elle dans l'ombre. Elle voulait se forcer à être calme.

— Attends un peu, dit Helge, comme elle voulait allumer la lampe. Et il continuait de l'embrasser. Mets ta robe de geisha, elle te va délicieusement. Je m'assiérai sur le balcon tandis que tu t'habilleras. »

Jenny changea de vêtement dans l'obscurité. Elle mit de l'eau pour le thé, arrangea les anémones et les branches d'amandiers dans des vases, avant de rappeler Helge et d'allumer la lampe.

« Oh, Jenny ! Il la reprit dans ses bras. Tu es si belle. En toi tout est bien. C'est exquis d'être près de toi. Que ne puis-je vivre sans cesse près de toi. »

Elle posa ses deux mains sur le visage de Helge.

« Jenny, désires-tu que nous ne nous séparions plus jamais ? »

Elle plongea son regard dans les beaux yeux bruns dorés de Helge.

« Oui, Helge, oh oui, je le désire.

— Ne voudrais-tu pas qu'il ne prît jamais fin ce printemps de Rome — notre printemps !

— Si. Elle se serra tout contre lui. Oh, si, Helge. »

Et elle l'embrassa et ses lèvres demi-ouvertes, ses yeux clos demandaient encore des baisers.

Ce qu'il disait de leur printemps qui ne devrait jamais finir éveillait en elle comme une appréhension. Ce printemps et leur rêve allaient s'enfuir. Elle ne pouvait s'empêcher d'être un peu effrayée — quoiqu'elle ne voulût pas l'avouer — de ces paroles de Helge : Désires-tu que nous ne nous séparions plus jamais ?

« Je souhaiterais ne pas devoir rentrer, Jenny, dit Helge tendrement.

— Mais je partirai aussi, murmura-t-elle... Et nous reviendrons ici, Helge... ensemble.

— Tu es donc décidée à rentrer ? Jenny, ne m'en veux-tu pas de déranger ainsi tous tes plans ? »

Elle lui donna un baiser rapide et courut à la bouilloire qui débordait.

« Quelle idée ! J'étais à peu près décidée à retourner en Norvège depuis quelque temps. Maman a tant besoin de moi ! Elle rit. J'ai presque honte de son attendrissement à me voir rentrer pour l'aider ! Alors que ce n'est que pour être près de mon bien-aimé... Mais tout s'arrange très bien. Je puis habiter chez nous, ce qui sera moins cher, même si je viens en aide à maman, et je trouverai peut-être de quoi gagner un peu. Je mettrai ainsi quelque argent de côté.

Helge prit la tasse de thé qu'elle lui tendait puis il retint sa main.

« Oui, mais... la prochaine fois que tu t'en iras, ce sera avec moi, dis, Jenny ? Car tu veux bien, tu acceptes, n'est-ce pas, que nous nous mariions ? »

Son visage était si jeune et si inquiet qu'elle dut l'embrasser plusieurs fois de suite. Elle en oublia qu'elle-même avait eu peur de ces paroles qui n'avaient jamais été prononcées jusqu'alors.

« Ce sera, je crois, la solution la plus pratique, mon chéri, puisque nous sommes décidés à ne plus nous quitter.

Helge baisait sa main en silence.

« Quand ? murmura-t-il au bout d'un instant.

— Quand tu voudras, répondit-elle aussi bas mais avec fermeté.

Et à nouveau il embrassa sa main.

— Si nous avions pu nous marier ici, reprit-il sur un ton différent.

Elle ne répondit pas, et se contenta de caresser ses cheveux.

Helge soupira.

« Mais c'est impossible, puisque nous devons partir dans si peu de temps. Cela froisserait ta mère, un mariage en bousculade, n'est-ce pas ? »

Jenny se tut. Il ne lui était jamais venu à l'esprit qu'elle dût rendre compte à sa mère de son mariage, de même que sa mère ne lui avait pas demandé l'autorisation de se remarier.

« En tout cas, je sais que cela blesserait mes parents à moi. J'en suis désolé, Jenny, mais qu'y faire ? Je préférerais écrire que je me suis fiancé. Et puisque tu penses partir avant moi, Jenny, ne pourrais-tu aller chez mes parents et les saluer de ma part ? »

Jenny secoua la tête comme pour chasser une pensée importune, et elle dit :

« Je ferai ce que tu voudras, mon ami.

— Moi-même, je n'aime pas cela, Jenny. Oh non, tout a été si délicieux à Rome. Nous étions seuls au monde tous deux. Mais ma mère est si facilement froissée, vois-tu. Je ne puis la rendre encore plus malheureuse qu'elle ne l'est. Je n'aime plus autant ma mère, elle le sait et en éprouve un tel chagrin !... Ce ne sont que quelques formalités auxquelles nous nous soumettons, elle souffrirait si elle croyait que je veux l'écarter tout à fait de ma vie. Elle croirait que je me venge à cause de l'histoire que tu sais.

« Et lorsque nous aurons passé ces quelques mauvais jours, ma Jenny, nous pourrons nous marier. Personne n'aura plus rien à dire. Que j'aimerais ne pas devoir attendre ! Et toi ? »

Elle l'embrassa en guise de réponse.

« J'ai un tel désir de toi, Jenny », dit-il tout bas mais avec violence.

Et Jenny n'opposa aucune résistance à ses caresses. Mais comme pris d'un brusque accès de timidité, il la lâcha tout à coup et se mit à faire des tartines.

Après le thé, ils s'installèrent pour fumer près du poêle,

elle dans le fauteuil, lui par terre, la tête appuyée sur ses genoux.

« Est-ce que Cesca ne va pas rentrer ce soir encore ? demanda Helge.

— Non, elle restera à Tivoli toute la semaine, dit Jenny rapidement et avec un peu d'agitation.

Helge caressait ses chevilles sous l'ourlet du kimono.

— Quels jolis pieds tu as, Jenny.

Il caressa la jambe fine, puis, sans transition, il la serra violemment contre lui.

— Tu es délicieuse et je t'aime follement. Sais-tu à quel point je t'aime ? Laisse-moi rester à tes pieds sur le plancher. Pose tes petits souliers sur ma nuque. Fais-le, je t'en prie. » Il se jeta de tout son long devant elle et essaya de soulever les jambes de Jenny et de poser ses pieds sur sa propre nuque.

« Helge, Helge ! »

Cette soudaine violence effara Jenny. Mais n'était-il pas son amour ? Pourquoi aurait-elle peur de ce qu'il désirait, de ce qui le rendait heureux ? Elle sentait les mains de Helge qui brûlaient au travers des bas trop minces.

Cependant lorsqu'elle s'aperçut qu'il embrassait les semelles de ses souliers, elle en éprouva de l'humeur. Et, partagée entre la crainte et le déplaisir, elle eut un rire forcé.

« Voyons, Helge, finis ; ces souliers qui foulent le crottin des rues de Rome ! »

Helge Gram se leva — dégrisé et humilié. Elle continua de rire pour changer le cours de leurs idées.

« Eh oui, figure-toi ces souliers chargés de milliers de dégoûtants microbes !

— Quelle pédante ! Dire que ça prétend être artiste ! » Il rit aussi.

Et cachant son trouble sous un air de plaisanterie exagérée, il la prit dans ses bras, la pressa contre lui. Intimidés tous deux, ils riaient pourtant à gorge déployée.

« Délicieuse bien-aimée, fais voir, tu sens la térébenthine et la peinture à l'huile.

— Tais-toi, mon amour, je n'ai pour ainsi dire pas touché de pinceaux depuis trois semaines, mais va te laver, je t'en prie.

112

— As-tu de l'eau phéniquée pour me désinfecter ? Il gesticulait les mains pleines de savon. Les femmes sont chimiquement dénuées de poésie, disait mon père.

— Et ton père avait raison, mon petit.

— Tu t'y entends à administrer une cure d'hydrothérapie, » dit Helge du même ton.

Jenny redevint tout à coup sérieuse. Elle vint vers Helge, posa ses deux mains sur ses épaules et l'embrassa.

« Je ne veux pas, Helge, te voir par terre à mes pieds. »

Lorsqu'il fut parti, elle eut honte. En effet, elle avait voulu administrer une douche d'eau froide. Mais elle ne recommencerait pas car elle aimait Helge.

Elle avait raté sa soirée, la pensée de ce que dirait la signora Rosa s'il arrivait quelque chose, l'avait préoccupée. Quelle humiliation de se dire qu'elle avait peur d'une scène avec une signora qu'elle méprisait. Cette crainte stupide la rendait infidèle à la promesse faite à son fiancé, car en acceptant son amour, en lui rendant ses baisers, ne s'engageait-elle pas à donner tout ce qu'il exigerait d'elle ? Elle n'était pas de ces femmes qui se jouent de l'amour, acceptant la tendresse pour ne donner en échange que des bagatelles, et qui se retirent du jeu sans dommage si elles changent de sentiment.

Cette peur de l'inconnu n'était que de la nervosité, en somme. Et elle avait été heureuse tant qu'il ne lui avait pas demandé plus que ce qu'elle pouvait donner joyeusement. Le temps devait venir où elle-même souhaiterait de se donner toute à lui.

L'amour était venu, lent et presque imperceptible, comme ce printemps du Sud. Tout aussi égal, tout aussi sûr, sans rien de brusque, sans journées froides ni tempêtes. Le cœur n'était pas ravagé par la nostalgie du soleil, de la lumière éblouissante, de la chaleur torride de l'été. Les soirs ne ressemblaient en rien aux longs soirs du printemps nordique, alors que l'angoisse semble émaner de la clarté insolite, de l'interminable crépuscule. La journée de soleil finie, la nuit tombait douce et égale. La fraîcheur suivait l'ombre, invitant au sommeil paisible et tranquille. La chaleur augmentait un peu chaque jour ; chaque jour quelques fleurs nouvelles s'épanouissaient dans la campagne verte, verte non pas plus que la veille, mais un peu plus que la semaine précédente.

L'amour qu'elle éprouvait était venu ainsi. Chaque soir elle s'était réjouie un peu plus de la journée du lendemain qu'elle allait passer avec lui, au grand air — et peu à peu, ce fut lui qu'elle se réjouit de voir, lui qui venait à elle avec son jeune et brûlant amour. Elle avait accepté ses baisers parce qu'il la rendait heureuse. Puis ils s'embrassèrent davantage jusqu'à ce que tout entretien s'arrêtât et qu'il n'y eût plus que des baisers.

De jour en jour, Helge montrait plus de maturité, une attitude plus virile. Ce qu'il y avait d'hésitant dans son caractère se détachait en quelque sorte de lui. Jamais plus il ne se laissait aller à ces brusques moments d'abattement, si fréquents jadis. Elle-même se sentait plus confiante et son bonheur la réchauffait toute.

Ce n'était pas là l'assurance froide et combative de sa jeunesse, mais une sécurité du cœur. Elle ne se méfiait plus de la vie qui ne s'accordait pas avec ses rêves — elle acceptait chaque jour qui venait avec confiance et une attente heureuse de ce que le lendemain allait apporter ou préparer de bon.

Pourquoi l'amour ne viendrait-il pas ainsi, lent comme la chaleur de l'été qui va croissant sans arrêt, mais paraît prendre le temps de fondre les glaces et de réchauffer tout autour d'elle.

Est-ce parce qu'elle avait cru qu'il viendrait tel un ouragan et ferait d'elle en un clin d'œil une créature neuve et inconnue, sur laquelle sa volonté d'autrefois n'aurait plus de prise ?

Et Helge ? Il acceptait avec une simplicité tranquille cette poussée calme et vigoureuse de l'amour ! Chaque soir en lui souhaitant bonne nuit, elle sentait son cœur ému de reconnaissance envers lui qui n'avait pas exigé d'elle plus qu'elle ne pouvait lui donner ce jour-là.

Oh ! que ne pouvaient-ils rester à Rome jusqu'en mai, jusqu'à l'été, pendant tout l'été. Leur amour s'épanouirait ici, et, lentement leur union deviendrait aussi com-

114

plète qu'avait été irrésistible l'attrait qui les poussait l'un vers l'autre.

Ils s'installeraient ensemble quelque part dans les montagnes pour l'été. On pourrait s'arranger à faire le mariage à Rome, plus tard, ou en Norvège, à l'automne. Et ils se marieraient comme il est d'usage, puisqu'ils s'aimaient.

A la seule pensée du retour chez elle, une angoisse la saisissait comme si elle avait eu peur de s'éveiller d'un rêve. Qu'elle était donc peu raisonnable ! Ne s'aimaient-ils pas infiniment ? Elle n'appréciait certes pas tous ces embarras au sujet des fiançailles, cette visite à la famille et tout le reste ; ce n'étaient là cependant que des bagatelles.

Qu'il soit béni ce doux printemps romain qui les avait conduits l'un vers l'autre avec de si tranquilles précautions — qui les avait promenés seuls dans la campagne au milieu des pâquerettes.

« Ne crois-tu pas que Jenny en viendra à regretter un jour de s'être fiancée à ce Gram ? » demanda Fransiska à Gunnar Heggen qu'elle était venue voir ce soir-là.

Heggen tournait et retournait son cigare dans ses doigts. Il découvrait qu'il ne lui était jamais venu à l'esprit de trouver indiscret de discuter des affaires de Fransiska avec Jenny. Mais parler de la vie intime de Jenny avec Fransiska, c'était une autre affaire.

« Que peut-elle bien voir en lui de particulier ? reprit Fransiska.

— Ces choses ne sont guère compréhensibles, Cesca. Que cherchez-vous, en somme, vous autres femmes, auprès de tel ou tel individu ? Je croirais presque... et il se mit à rire comme pour lui seul. Nous croyons que nous choisissons, mais nous ressemblons à nos frères muets, les animaux, bien plus que nous ne l'avouons. Un beau jour nous sommes disposés à aimer — par suite de notre conformation naturelle — et le lieu et les circonstances font le reste.

115

— Fi ! dit Fransiska en haussant les épaules, alors toi, Gunnar, tu serais donc perpétuellement disposé... »

Gunnar se mit à rire avec un peu d'humeur.

« Ou bien je ne l'ai jamais été assez. Je n'ai jamais eu une confiance sans limite en une femme. Je n'ai jamais cru qu'elle fût l'unique, etc... Et ceci est aussi une condition de l'amour par suite de la disposition naturelle de l'homme. »

Fransiska regardait devant elle d'un air pensif.

« Il doit en être souvent ainsi. Mais enfin, voyons, il arrive qu'on s'éprenne d'une certaine personne non pas seulement parce que l'heure et les circonstances nous y poussent. J'aime qui tu sais parce que je ne le comprends pas. Je ne pouvais pas comprendre qu'un homme fût tel qu'il paraissait être. J'attendais toujours l'événement imprévu qui éclairerait toutes choses pour moi. Je cherchais le trésor caché, vois-tu... il y a de quoi devenir folle, à force de chercher ! Quand je pense qu'une autre femme va trouver peut-être ce trésor...

« Il y a des gens qui aiment parce que celui ou celle qu'ils aiment est parfait à leurs yeux et peut leur donner tout ce à quoi ils aspirent. As-tu jamais été assez épris d'une femme pour trouver bien et beau et bon tout ce qu'elle faisait, pour chérir tout en elle ?

— Non, dit-il sèchement.

— Mais voilà le véritable amour, ne penses-tu pas ? J'aurais voulu que Jenny fût éprise de cette façon ; mais elle ne peut aimer Gram ainsi !

— Somme toute, je ne le connais guère, Cesca. Ce que je sais de lui, c'est qu'il n'est pas aussi bête qu'il en a l'air et qu'on le dit. Je veux dire que je le crois supérieur à l'impression qu'il produit. Jenny a su découvrir ce qu'il vaut en réalité.

Cesca resta assise un instant sans répondre. Elle alluma une cigarette et laissant se consumer entièrement l'allumette bougie, elle fixait un regard pensif sur la flamme.

« N'as-tu pas remarqué qu'il dit sans cesse : « Ne pensez-vous pas » ou « n'est-il pas vrai ? » Ne trouves-tu pas qu'il y a en lui quelque chose d'efféminé et d'incomplet.

— Peut-être, mais ne serait-ce pas tout juste cela qui

attire Jenny ? Elle est forte et indépendante. Peut-être aime-t-elle de préférence un homme plus faible qu'elle.

— Je vais te dire une chose, Gunnar. Je ne crois pas du tout que Jenny soit si forte ni si indépendante, mais elle a été obligée de se montrer énergique. A la maison il lui fallait venir en aide aux autres, les soutenir sans avoir elle-même aucun soutien. Puis, elle a été obligée de s'occuper de moi, car je suis beaucoup, beaucoup plus faible qu'elle et j'avais besoin d'elle. Il s'est toujours trouvé quelqu'un pour réclamer l'aide de Jenny, et à présent c'est Gram qui cherche son appui. Elle est évidemment forte et sûre de sa voie et elle en a conscience. Personne ne fait en vain appel à son aide. Mais il n'y a pas un être humain qui supporterait à la longue de donner sans cesse sans rien recevoir jamais. Ne crois-tu pas qu'elle mènera une vie affreusement solitaire si elle doit rester toujours la plus forte. Elle est seule et si elle se marie avec cet individu-là elle restera seule. Tous tant que nous sommes, nous parlons à Jenny de nous-mêmes, mais elle n'a personne à qui parler d'elle.

« Ah ! Jenny devrait avoir un mari supérieur à elle — dont l'autorité lui serait sensible — à qui elle pourrait dire : j'ai vécu telles ou telles heures, j'ai travaillé de telle façon, j'ai livré tel combat et il me semble que telle décision que j'ai prise était juste. Elle devrait avoir un mari qui ait le droit de lui donner raison. Gram ne le *peut* pas, car il lui est inférieur, mais alors, comment serait-elle sûre d'avoir raison du moment qu'elle ne trouve personne dont la pensée commande la sienne. N'est-ce pas ? Ne penses-tu pas ? Gunnar, ce devrait être le tour de Jenny d'employer ces expressions-là à présent. »

Ils se turent longtemps, puis Heggen ajouta :

« C'est curieux, Cesca, lorsqu'il s'agit de tes propres affaires tu perds la tête. Mais lorsqu'il s'agit des autres, tu me fais l'effet d'y voir plus clair que nous tous. »

Fransiska soupira douloureusement. « Eh oui, c'est pourquoi il me semble parfois que je ferais bien d'aller au couvent. Quand je vois les choses de loin, il me semble que je les comprends, mais quand je suis en plein dedans je me sens toute troublée.

XI

Les feuilles gris-bleu, charnues, et comme belliqueuses des cactus étaient couvertes de noms, d'initiales, de cœurs. Helge y incisait un H et un J et Jenny, ses bras autour des épaules de son fiancé, le regardait faire.

« Lorsque nous reviendrons ici, dit Helge, nos initiales seront brunes comme les autres. Crois-tu que nous les retrouverons, Jenny ? »

Elle fit « oui » de la tête.

« Parmi tant d'autres ? dit-il d'un air de doute. Il y en a tant ! Mais nous reviendrons ici et les chercherons.

— Oh oui, c'est ce qu'il faudra faire.

— Ne crois-tu pas que nous reviendrons, ma Jenny ! et nous serons là tous deux comme à présent, n'est-ce pas ? »

Il la prit dans ses bras.

« Et pourquoi ne reviendrions-nous pas, mon ami ? »

Ils allèrent, enlacés, vers leur petite table et s'assirent tout près l'un de l'autre, le regard perdu dans la campagne. Le soleil se cachait et des ombres fugitives couraient au-dessus des collines fleuries par le printemps. Parfois la lumière fusait en un faisceau de rayons, car dans le ciel bleu de blancs nuages passaient, clairs et sereins dans leur agitation même. Mais, vers l'horizon, là où le sombre bois d'eucalyptus de Tre Fontane se dessinait sur la crête la plus éloignée, s'épandait un brouillard gris perle. Vers le soir il augmenterait sans doute et couvrirait tout le ciel.

Au loin dans la plaine le Tibre fuyait vers la mer, doré quand les rayons du soleil se jouaient dans ses vagues, mais d'un gris métallique comme le ventre d'un poisson lorsqu'il reflétait les nuages.

Les tapis de pâquerettes ressemblaient à des plaques de neige nouvelle. Sur la pente, au bas du jardin potager de l'osteria, le blé nouveau sortait de terre, vert tendre, et brillait comme de la soie, et au milieu du champ deux amandiers étalaient la masse de leurs fleurs rose pâle.

118

« C'est notre dernier jour dans la campagne romaine, dit Helge. N'est-ce pas étrange ?

— Pour cette fois, et elle l'embrassa ne voulant pas donner libre cours à ses propres regrets...

— N'as-tu jamais peur, Jenny, que lorsque nous nous retrouverons ici, tout ne puisse plus être comme à présent. On ne cesse de se transformer, lorsque nous nous assiérons à cette même place, nous ne serons plus les mêmes. L'année prochaine, le printemps prochain, ce ne sera plus ce printemps-ci. Nous ne serons pas exactement semblables à ce que nous sommes en ce moment, et notre amour, quoiqu'il puisse être aussi grand, ne sera pas tout à fait de même nature. »

Jenny eut comme un léger frisson. « Une femme ne dirait jamais cela, Helge », et elle essaya de rire.

« Trouves-tu donc mes craintes si extraordinaires ? Je ne peux m'empêcher d'y penser car ces derniers mois m'ont transformé. Et toi ! te souviens-tu du premier matin ? Tu disais que tout avait été différent pour toi dès ton arrivée à Rome. Tel que j'étais, moi, en venant ici, tu ne pouvais pas m'aimer, dis, Jenny ?... »

Elle passa doucement une de ses mains sur la joue de Helge :

« Mais, Helge, mon ami, voilà tout juste le grand changement, l'amour est né entre nous et nous nous sommes aimés de plus en plus, n'est-il pas vrai ? Si nous nous transformons dorénavant ce ne sera que parce que notre amour grandira encore. Il n'y a rien là qui puisse nous inquiéter. Nous sommes deux êtres heureux et voilà le changement. Te rappelles-tu le jour de mon anniversaire à la via Cassia et ces premiers fils délicats que l'amour commençait à tisser entre nous ? A présent le lien est si fort, si fort... Il n'y a rien là qui puisse nous inquiéter, Helge !

Il l'embrassa dans le cou.

— Tu t'en vas demain...

— Et dans six semaines tu me rejoindras !

— Certes, mais ce ne sera pas ici. Nous ne pourrons pas nous promener dans la campagne romaine. Oh, s'en aller ainsi en plein printemps !

— Mais la Norvège, c'est chez nous, Helge. Il y a aussi des alouettes là-bas. Et vois ces nuages rapides, ne te rappellent-ils pas notre pays ? Songe à Vestre Aker à Nordmarken ! Nous y monterons ensemble. Rappelle-toi les montagnes striées de champs de neige autour du fjord si bleu ! Et les dernières courses à ski sur les routes mouillées du printemps, peut-être en ferons-nous encore une cette année lorsque la neige est si molle qu'elle ne colle même plus et que tous les ruisseaux bruissent et murmurent, que le ciel vert et transparent du soir se couvre d'étoiles d'or et que les skis crissent sur le verglas.

— Eh oui ! Il hochait la tête. Mais Jenny, tout cela, Vestre Aker, Nordmarken, je ne les connais que pour y être allé seul. Vois-tu, j'en ai peur. Il me semble que tous les buissons retiennent les lambeaux de cette âme ancienne que j'ai rejetée.

— Tais-toi, tais-toi, mon chéri. Je suis sûre, moi que ce sera chic d'aller avec celui que j'aime partout où je me suis promenée seule et triste au cours de bien des printemps. »

**
*

Et elle fut fâchée d'un mouvement involontaire qu'elle fit pour s'arracher à son étreinte. Mais il l'avait lâchée déjà.

« Non, non, je sais bien que c'est impossible.

— Je le voudrais *tant*, Helge, dit-elle humblement.

— Mais oui — il l'embrassa — je sais que tu... mais je sais aussi que je n'en ai pas le droit. Merci, Jenny, merci, ah, Jenny, Jenny, merci de m'aimer, bonsoir, et merci, merci encore.

Les larmes roulaient toutes froides sur ses joues lorsqu'elle alla se coucher. Et elle essaya de se dire qu'elle n'avait nulle raison de pleurer comme si quelque chose venait de se briser pour toujours.

DEUXIÈME PARTIE

I

Jenny courait sur le quai de la gare de Fredrikshald pour boire une tasse de café au buffet quand tout à coup le chant d'une alouette, au-dessus de sa tête, l'arrêta net.

Lorsqu'elle se retrouva assise à la fenêtre du wagon, elle ferma les yeux, toute reprise par la nostalgie du Sud. Le train filait au milieu de rochers de granit rouge capricieusement déchiquetés. De temps en temps on voyait étinceler le fjord tout bleu. Au soleil de l'après-midi les troncs rouges des pins couronnés de sombre verdure s'agrippaient aux flancs de la montagne.

On aurait dit que tout avait pris un éclat nouveau après le bain de la fonte des neiges. De petits ruisseaux bouillonnaient le long de la voie et les rameaux encore nus des arbres à feuilles caduques luisaient dans l'air léger.

Quelle différence avec le printemps du Sud dont elle regrettait le souffle tranquille et fort, le joyeux et si doux coloris !

Cette orgie de couleurs, au contraire lui rappelait d'autres printemps, printemps d'ardents désirs qui n'avaient rien de commun avec son bonheur serein d'à présent.

Le printemps à Rome ! alors que la verdure, d'une poussée lente et paisible envahissait la riche campagne bordée de montagnes aux contours nets et sévères. Les hommes avaient détruit les forêts et construit leurs villes grises couronnées de murs sur les rochers mêmes. Puis ils avaient planté leurs oliviers gris argent le long des pentes. La vie rampait depuis des millénaires aux flancs de la montagne et la montagne avait souffert patiemment cette petite vie, tandis que ses cimes, éternellement solitaires, continuaient de se dresser dans le ciel.

Que de beauté dans ces lignes nobles et sévères, dans ces teintes alternées gris poussière, gris bleu, gris vert, dans ces villes vieilles comme le monde, dans ce printemps en quelque sorte mesuré. Quoi qu'on ait pu dire de la vie bruyante du Sud, n'était-elle pas, au contraire, animée d'un rythme plus tranquille et plus sain que celle du Nord ?

Malgré le puissant jaillissement de cette primavera romaine. il était plus facile de se résigner à voir décroître puis disparaître le printemps.

Oh, Helge ! Qu'elle aurait voulu être près de lui à Rome ! Elle se sentait si loin — si complètement séparée de ce qui avait été... il y avait à peine une semaine. Parfois elle croyait presque avoir rêvé. Avait-elle jamais quitté la Norvège ?...

Mais, chose étrange, elle *avait vécu* à Rome et non pas ici. Elle n'avait pas vu le calme hiver tout blanc de givre céder le pas à la saison nouvelle. Elle n'avait pas respiré l'air sec et vivifiant qui se saturait peu à peu de vapeurs argentées au cours de la journée jusqu'à devenir un brouillard frémissant au-dessus des terres. L'air vibrait, les lignes du paysage vibraient comme dissociées, désagrégées. Seules les couleurs restaient nettes, brûlantes, comme nues. Puis le soir venait, et avec lui les gelées tardives, pour ainsi dire amenées par ce flot de lumière verte, déprimante et interminable.

« Que fais-tu en ce moment, mon chéri ? — Je languis loin de toi — je peux à peine croire, vois-tu, que tu es à moi — Que ne suis-je où tu es. Je ne veux pas rester seule et me désoler loin de toi durant ce long et trop clair printemps. »

Vers Smaalenene quelques restes de neige fondante persistaient dans les bois et le long des clôtures de pierres. Plus bas on ne distinguait que les tons bruns et atténués des terres labourées. Là où l'on revoyait entière la voûte du ciel, le bleu presque agressif glissait doucement vers l'horizon.

L'ondulation harmonieuse des montagnes boisées s'étendait au loin tandis que les bouquets d'arbres isolés tendaient la dentelle de leurs branches sur le ciel clair. Les vieilles fermes grises semblaient d'argent et les nouvelles granges rouges flamboyaient. Les bois de sapins, d'un vert olive savoureux contrastaient avec les bouquets de bouleaux violacés et les troncs vert tendre des trembles.

Le printemps ! c'est un brusque flamboiement de teintes violentes ! toute la nature est comme scintillante de verdure, débordante de sève folle, puis elle s'assombrit, mûrit en quelques semaines pour le proche été.

Le printemps, alors que nul bonheur n'est assez lumineux !

Le soir tombait, mais le train montait à l'assaut des pentes. Les derniers rayons de soleil fusaient au-dessus d'une crête de montagne. Puis le ciel pur ne fut plus qu'un reflet d'or qui s'éteignit avec une infinie lenteur.

Lorsque le train quitta Moss, les montagnes se détachaient en noir sur un fond presque vert, et leur reflet, plus noir encore, semblait transparent dans les eaux du fjord. Une étoile isolée se levait au-dessus des crêtes sombres et son image dans les flots formait une longue traînée, un mince fleuve d'or.

Jenny pensa aux effets de nuit de Fransiska. La vie des couleurs à la tombée de la nuit séduisait Cesca plus que tout autre sujet. Que devenait-elle, Cesca ? Elle avait travaillé ferme ces temps derniers.

Jenny éprouvait quelque remords. Elle avait à peine vu Cesca depuis deux mois et pourtant bien des fois elle avait senti que Cesca souffrait. Mais les bonnes résolutions de Jenny, qui voulait avoir une conversation sérieuse avec son amie, étaient restées sans effet.

Il faisait nuit quand elle entra en ville. Maman, Bodil et Nils étaient à la gare pour la recevoir. Il parut à Jenny qu'elle retrouvait sa mère après une semaine d'absence. Mais Madame Berner pleura en embrassant sa fille : « Sois la bienvenue, ma chérie, Dieu te bénisse. »

Bodil avait beaucoup grandi, elle portait avec élégance un costume tailleur assez court. Kalfatrus dit un bonjour intimidé.

L'air, sur la place de la gare, restait bien le même, unique en son genre — il sentait la marée, la fumée de charbon et la saumure de hareng...

Le fiacre passait en cahotant, le long de la rue Karl Johan, devant les maisons familières. La mère interrogeait Jenny sur son voyage, demandant où elle avait passé la nuit. Jenny se sentait étrangement ramenée à la banalité de la vie de chaque jour. Avait-elle vraiment quitté sa ville natale ? Les enfants assis sur la banquette ne disaient mot.

Là-haut, dans le chemin de Wergeland, deux jeunes gens debout, à la porte d'un jardin, s'embrassaient sous un réverbère. Au-dessus des arbres dénudés du parc s'étendait le ciel bleu sombre piqué çà et là de quelques étoiles à la clarté incertaine. Jenny sentit une odeur de feuilles mortes monter vers elle dans la nuit, le parfum des lointains jours d'attente et de nostalgie !

La voiture s'arrêta devant le porche d'une grande maison, derrière Haegdehaugen. La laiterie du rez-de-chaussée était éclairée. La marchande pencha la tête à la fenêtre en entendant le bruit des roues et souhaita la bienvenue à Jenny.

Ingeborg descendit l'escalier en trombe et serra sa sœur dans ses bras. Puis elle remonta à la même allure, emportant la valise de Jenny.

Au salon, la table était mise pour le thé. Jenny vit que sa serviette entourée du vieil anneau d'argent de son père était à sa place habituelle, à côté de celle de Kalfatrus.

Ingeborg courut à la cuisine et Bodil accompagna Jenny dans sa petite chambre qui donnait sur la cour. Ingeborg l'avait occupée en l'absence de Jenny et elle n'avait pas emporté toutes ses affaires. Les murs étaient couverts de cartes postales représentant des acteurs célèbres et les portraits de Napoléon et de Madame Récamier dans leurs cadres d'acajou pendaient de chaque côté du vieux miroir empire, au-dessus de la commode à colonnettes.

Jenny se lava et se coiffa. Elle se sentait si sale après ce long voyage. Elle passa la houpette à plusieurs reprises sur son visage. Bodil renifla la poudre pour savoir si elle était parfumée.

Elles allèrent prendre le thé. Ingeborg avait préparé un plat chaud. Elle avait suivi des cours de cuisine durant l'hiver.

Jenny remarqua que ses deux jeunes sœurs portaient à présent leurs épaisses nattes bouclées nouées sur la nuque par un nœud de soie blanche. La petite frimousse de mûlatresse d'Ingeborg avait pâli et minci, mais elle ne toussait pas pour l'instant.

Eh oui, maman avait vieilli — ou peut-être que non — peut-être qu'elle ne s'était pas aperçue que les années marquaient sa mère au temps où elle la voyait chaque jour à la maison ; elle n'avait pas vu se multiplier les rides sur le fin visage de blonde, ni s'affaisser la mince silhouette de jeune fille. Ne lui avait-on pas répété, depuis qu'elle était grande, que sa mère avait l'air d'une sœur un peu plus âgée et plus jolie qu'elle !

On parla de tout ce qui s'était passé à la maison depuis un an.

« Pourquoi n'avons-nous pas pris un taxi pour rentrer chez nous ? Nous avons été idiots, dit Kalfatrus. »

Jenny se mit à rire.

« Il est un peu tard pour le regretter ! »

Les bagages arrivèrent ; Madame Berner et les jeunes sœurs suivirent le déballage en retenant leur souffle. Ingeborg et Bodil portèrent toutes les affaires dans la chambre et les rangèrent dans la commode. Elles touchaient avec respect le linge brodé que Jenny disait avoir acheté à Paris. Et elles poussèrent des cris de joie à la vue de leurs cadeaux. Du tussor pour robes d'été et des colliers de perles de Venise. Debout devant la glace, elles drapaient la soie sur leurs épaules et essayaient leurs colliers.

Seul, Kalfatrus l'interrogea sur ses peintures et essaya de soulever la caisse en fer blanc qui contenait les toiles.

« Combien en as-tu, dis, Jenny ?

« — Vingt-six. Mais ce sont de petites études.

— Vas-tu avoir une exposition particulière, pour toi toute seule ?

— Je n'en sais trop rien... j'y ai pensé. »

Les petites avaient lavé la vaisselle et Nils s'était installé sur le canapé au salon. Madame Berner et Jenny restaient assises à fumer dans la chambre de la jeune fille en face d'une dernière tasse de thé.

« Comment trouves-tu Ingeborg, demanda la mère d'un ton anxieux.

— Mais elle est pleine d'entrain. Elle n'a pas non plus mauvaise mine. Naturellement il ne s'agit pas de plaisanter avec ces choses, à son âge. Il faudrait la mettre à la campagne jusqu'à ce qu'elle soit redevenue tout à fait solide, maman.

— Ingeborg est toujours gentille et aimable — gaie et amusante. Et si capable pour les travaux du ménage ! J'ai peur pour elle, Jenny. Je crois qu'elle a trop dansé cet hiver, qu'elle est trop sortie, s'est couchée trop tard. Mais je n'avais pas le courage de lui rien refuser. Toi, tu as eu une vie triste. J'ai bien vu que tu étais privée de plaisirs et de joies. Je savais que toi et papa m'auriez approuvée de laisser la petite s'amuser puisqu'elle en avait l'occasion. Madame Berner soupira. Mes pauvres petites filles ! La peine et le travail, voilà ce qui les attend. Qu'arriverait-il, Jenny, si, de plus, vous tombiez malades. Je peux faire si peu pour vous, mes pauvres enfants. »

Jenny se pencha sur sa mère et embrassa les beaux yeux d'enfant pleins de larmes. Le besoin de témoigner et de recevoir de la tendresse, les souvenirs de sa petite enfance, la pensée que sa mère ne savait presque rien de sa vie, de ses soucis d'autrefois, de son bonheur actuel, tout se fondait chez elle en un amour protecteur.

Madame Berner appuya sa tête contre la poitrine de sa fille.

« Allons, ne pleure pas, maman ; tout s'arrangera, tu verras. Ne suis-je pas avec toi pour l'instant. Et nous avons encore, Dieu soit loué, quelque argent de l'héritage de tante Catherine.

— Mais, Jenny, il te le faut pour compléter tes études.

126

J'ai fini par reconnaître un peu tard que je ne devais pas t'empêcher de travailler. Nous avons été si ravis, tous, lorsque tu as vendu ce tableau, en automne. »

Jenny eut un petit sourire. Le tableau vendu, les quelques mots parus dans les journaux ! Après cela la famille considérait sa vocation de peintre avec des yeux changés...

« Cela s'arrangera, maman. Tout s'arrangera. Je puis bien gagner un peu d'argent de-ci de-là, tant que je suis à la maison. Il me faut un atelier, dit-elle peu après. Et elle ajouta vite, en manière d'explication : Je ne peux finir mes tableaux que dans un atelier.

— Mais — la mère avait l'air effaré — tu vas habiter avec nous, Jenny ? »

Jenny ne répondit pas tout de suite.

« Je ne crois pas que ce soit une chose admise, ma petite, dit Madame Berner ; une jeune fille ne peut habiter seule un atelier.

— Non, non, j'habiterai ici ! » dit Jenny.

Lorsqu'elle fut seule, elle prit la photographie de Helge et elle s'intalla pour lui écrire. Son retour à la maison datait de quelques heures à peine et déjà ce qu'elle avait vécu et éprouvé à Rome prenait un aspect lointain et étrange — sans aucun rapport ni avec sa vie d'autrefois, ni avec celle d'à présent, ici. Sa lettre ne fut qu'une plainte nostalgique.

II

Jenny avait loué un atelier. Et elle alla le mettre en ordre et l'installer. Kalfatrus venait lui donner un coup de main dans l'après-midi.

— Que tu as pris de longues jambes, Kalfatrus ! J'ai été sur le point de te vouvoyer quand je t'ai revu.

Le gamin se mit à rire.

Jenny l'interrogeait sur tous ses faits et gestes durant son absence et Nils faisait de longs récits. Lui, Bruseten et Jacob — deux types nouveaux qui étaient arrivés en classe à l'automne — avaient vécu la vie des sauvages dans les cabanes de bûcherons en Nordmarken, et leurs aventures dépassaient tout ce qu'on pouvait imaginer. Jenny se demandait, tout en l'écoutant, s'ils feraient encore des excursions en Nordmarken, elle et Kalfatrus. Le matin, elle allait en général jusqu'à Bygdoe, toute seule dans la campagne ensoleillée. La terre couverte d'herbe roussie par l'hiver paraissait anémiée. A la lisière de la forêt on voyait encore de la vieille neige au pied des sapins, mais du côté exposé au sud, les branches nues des arbres à feuilles caduques brillaient au soleil et, perçant la couche de feuilles sèches de l'année précédente, les hépathiques montraient leurs corolles duvetées. Que de chants d'oiseaux déjà dans les ramures !

Jenny lisait et relisait les lettres de Helge. Elle les portait toujours sur elle. Elle éprouvait un désir maladif, impatient de le revoir, de le toucher, de savoir avec certitude qu'il était à elle.

Elle était de retour depuis douze jours et n'était pas encore allée voir les parents de Helge. Mais lorsqu'il insista pour la troisième fois, elle se décida à se rendre chez eux le lendemain.

Le temps avait changé au cours de la nuit. La bise aigre du nord faisait voler dans les rues des nuages de poussière et des débris de papiers. Le soleil piquait et tout à coup une bourrasque de grêle s'abattit sur la ville avec une telle violence que Jenny dut chercher un abri sous une porte-cochère. Les grêlons durs et blancs sautaient sur le trottoir, autour de ses petits souliers et des bas trop minces qu'elle avait mis étourdiment.

Puis le soleil reparut.

Les Gram habitaient dans la rue Welhaven. Arrivée au coin, Jenny s'arrêta une minute. Entre les deux rangées de maisons, l'ombre régnait, humide et glacée. Seuls les étages supérieurs recevaient un faible rayon de soleil. Jenny fut heureuse de penser que les parents de Gram

128

habitaient le quatrième. Pendant cinq ans elle avait passé par cette rue pour aller à l'école. Rien n'y était changé. La neige des toits, en fondant, laissait sur le crépi des façades les mêmes traînées noires. Elle revoyait les mêmes petits magasins, les mêmes fenêtres avec leurs pots de fleurs dans du papier de soie défraîchi ou dans des cache-pots de majolique peinte, les mêmes gravures de modes jaunies à la vitre de la couturière. Par les portes entre-bâillées on apercevait des cours noires et sombres. Quelques tas de neige salie subsistaient encore. L'air en était comme gelé. Un tram passait lourdement sur la chaussée.

Près de là, dans la rue Pile, se trouvait une maison de rapport toute grise avec un sombre puits en guise de cour. C'est là que Jenny et sa famille avaient vécu quand son beau-père était mort.

Elle s'arrêta, le cœur battant, à la porte d'entrée qui portait sur une plaque de cuivre le nom de G. Gram. Elle essaya de rire de son émoi. Elle restait bien toujours la même, bouleversée sans raison, lorsqu'elle se trouvait en face d'une situation à laquelle elle n'avait pu se préparer des années à l'avance.

Mon Dieu, de futurs beaux-parents n'étaient pas pour elle des personnages d'une si dangereuse importance. Ils ne la mangeraient pas. Elle sonna.

Elle entendit quelqu'un arriver par un long corridor et la porte s'ouvrit. La mère de Helge était devant elle. Elle la reconnut d'après une photographie.

— Madame Gram ? Je suis mademoiselle Winge.

— Ah, c'est... donnez-vous la peine d'entrer.

Elle précéda Jenny dans l'étroit corridor, encombré d'armoires, de caisses, de vêtements. « Entrez », dit encore Madame Gram en ouvrant la porte du salon. Le soleil frappait les meubles de peluche vert mousse. La pièce était petite et trop pleine de meubles, de bibelots et de photographies. Un tapis de moquette de couleur criarde recouvrait le parquet et à toutes les portes pendaient des portières de peluche.

« Excusez cette poussière, je n'ai pas épousseté depuis plusieurs jours, dit madame Gram en soupirant. Nous ne nous tenons jamais dans cette pièce en semaine et je n'ai pas de bonne depuis longtemps. J'ai dû chasser celle que j'avais, une vraie saleté et qui répondait. Je lui ai dit qu'elle pouvait faire ses paquets, mais en trouver une nouvelle n'est pas facile et elles se valent toutes du reste. Vrai, il n'y a rien de pire que la vie de maîtresse de maison.

« Helge nous avait, en effet, préparés à votre visite, mais nous avions presque perdu l'espoir d'avoir l'honneur de... » Elle montrait ses grandes dents blanches et deux trous noirs à la place des canines.

Jenny regardait cette femme, la mère de Helge.

Tout était différent de ce qu'elle avait imaginé, du tableau qu'elle s'était fait du foyer de Helge d'après ses récits. Elle avait eu pitié de cette mère au beau visage qui ressemblait à Helge sur sa photographie, cette mère qui n'était pas aimée de son mari et qui avait aimé ses enfants avec trop de passion. A présent, ils se dressaient contre elle, se révoltaient contre un amour maternel tyrannique qui ne leur permettait pas d'être eux-mêmes, mais uniquement les enfants de leur mère.

Jenny avait pris, en son for intérieur, parti pour cette mère-là. Les hommes ne peuvent comprendre ce qui se passe dans le cœur d'une femme qui aime et n'est aimée que par ses enfants quand ils sont petits. Comment devineraient-ils ce qu'elle éprouve en voyant grandir et s'éloigner d'elle les petits qu'elle a mis au monde — cette colère, ce refus de s'incliner devant l'inévitable : les bébés avaient grandi, pour eux désormais leur mère n'était plus tout, alors qu'ils restaient tout pour elle à jamais.

Jenny désirait aimer la mère de Helge et voici que celle-ci ne lui inspirait aucune sympathie. Elle ressentait une sorte d'aversion physique pour cette madame Gram qui, assise en face d'elle, parlait sans arrêt. C'était bien les traits de Helge comme sur la photographie : le front haut, un peu étroit, le fin nez busqué, les mêmes sourcils foncés, la petite bouche aux lèvres minces et le menton légèrement pointu.

Mais la bouche de madame Gram ne semblait pouvoir proférer que des paroles amères ; une expression satirique et malveillante animait toutes les fines rides du visage.

Les grands yeux si beaux et dont le blanc prenait une teinte d'émail bleuté, étaient durs et perçants. Ils étaient bien plus sombres que ceux de Helge.

Elle avait, certes, dû être belle, très belle, et cependant la pensée qui avait jadis effleuré Jenny lui revenait comme une certitude aujourd'hui : Gert Gram n'avait pas épousé sa femme avec joie. Madame Gram n'était pas une dame à en juger par son langage et ses manières. Du reste beaucoup de jolies petites demoiselles de la classe moyenne devenaient de véritables mégères peu après leur mariage, enfermées dans leur intérieur, aux prises avec les difficultés journalières, les ennuis de bonnes...

« Oui, Monsieur Gram m'a prié de venir vous voir et de vous saluer de sa part », dit Jenny.

Il lui fut, tout à coup, impossible de prononcer le nom de Helge.

« Il n'a vu que vous dans les derniers temps. Dans ses lettres il ne parlait plus de personne autre, en tout cas. Au début il admirait bien encore une petite mademoiselle Jahrmann, il me semble.

— Mon amie, mademoiselle Jahrmann ? Oui, au début nous étions toute une bande qui nous voyions souvent, mais à la fin mademoiselle Jahrmann était très absorbée par un grand travail.

— C'est la fille du lieutenant-colonel Jahrmann de Tegneby, n'est-ce pas ? Elle doit être riche.

— Non, elle fait ses études grâce à la petite fortune qu'elle a héritée de sa mère. Elle n'est pas très bien avec son père, c'est-à-dire qu'il ne tenait pas à ce qu'elle fasse de la peinture, aussi elle ne voulait rien recevoir de lui.

— Que c'est bête ! Ma fille, la femme du chapelain Arnesen la connaît un peu. Elle était ici à Noël et disait que si le lieutenant-colonel ne voulait plus rien savoir de sa fille c'était pour d'autres raisons. Elle doit être très jolie, mais a une assez mauvaise réputation.

— Tout à fait à tort, dit Jenny avec raideur.

— Vous menez la bonne vie, vous autres artistes, soupira madame Gram, mais je ne comprends pas comment Helge pouvait travailler, il ne parlait jamais que de promenades dans la campagne romaine avec vous.

— Ah ! » dit Jenny.

Il lui était affreusement pénible d'entendre parler de leur vie là-bas par madame Gram. « Je crois que monsieur Gram travaillait beaucoup. Il faut bien prendre un jour de liberté de temps en temps.

— Peut-être ! mais nous autres, maîtresses de maison, nous sommes bien obligées de nous en passer. Attendez d'être mariée, mademoiselle Winge ; j'ai une nièce qui vient d'avoir un poste d'institutrice d'école primaire. Elle voulait étudier la médecine, mais n'a pas supporté les études ; elle a dû s'interrompre et entrer à l'École Normale. Il me semble qu'elle ne cesse d'être en vacances et je lui dis toujours : « Toi, au moins, Aagot, tu ne te surmèneras pas... »

Sur ce, madame Gram disparut dans le vestibule et Jenny se leva pour regarder les tableaux du salon.

Au-dessus du canapé se trouvait une vue de la campagne romaine. On voyait bien que Gram avait étudié à Copenhague. Le dessin était bon et consciencieux mais les couleurs sèches et sans vigueur. Le premier plan surtout était ennuyeux : deux Italiennes en costume national, une colonne brisée et quelques plantes traitées comme des miniatures.

Un peu plus loin, une étude de jeune fille avait plus de caractère. Jenny ne put s'empêcher de sourire. Quoi d'étonnant à ce que Helge ait eu quelque peine à se familiariser avec Rome et se soit senti un peu déçu après avoir été bercé par le romantisme italien des murs de la maison paternelle.

Il y avait encore de petits paysages d'Italie dans les tons bruns, d'un dessin délicat, des vues de ruines et de costumes nationaux. Une bonne étude de prêtre ; plusieurs copies : La Danse, du Corrège — l'Aurore, de Guido Reni — aïe, et enfin quelques copies de tableaux du XVIIIe siècle qu'elle connaissait à peine.

Gram s'était essayé aussi à la peinture impressionniste mais le coloris de ce paysage d'été vert clair, manquait de vigueur... Une toile au-dessus du piano, représentant un rayon de soleil sur la montagne faisait mieux, l'atmosphère en était charmante. Mais ce qu'il y avait de meil-

132

leur c'était un vraiment beau portrait de madame Gram. Le buste et les mains étaient modelés avec soin. Elle portait une robe rouge vif. La pâleur du visage faisait ressortir l'éclat des yeux sombres. Sur les cheveux bouclés était posé un chapeau noir, pointu, garni d'une aile rouge. Malheureusement la silhouette paraissait collée contre le fond du tableau badigeonné de gris bleu criard.

Tout près, un portrait d'enfant attira le regard de Jenny. On avait écrit au bas du tableau : « Petit ours : quatre ans. » Non, vraiment était-ce lui, Helge, ce petit gros colérique en chemise blanche ? Qu'il était mignon !

Madame Gram revenait avec un plateau chargé de gâteaux et d'une bouteille de vin de rhubarbe. Jenny murmura quelques mots où il était question de dérangement.

— J'ai regardé les tableaux de votre mari, madame Gram.

— Vraiment... je ne m'y entends guère, mais je les trouve remarquables. Mon mari prétend, il est vrai, qu'ils ne valent rien. Mais c'est lui qui le dit. Voyez-vous — et elle eut un rire amer — mon mari tient assez à ses aises. Nous ne pouvions pas vivre de sa peinture quand nous nous sommes mariés et que nous avons eu des enfants, de sorte qu'il a dû chercher une occupation plus utile que son art. Mais il n'a pas voulu peindre à côté de son autre travail, et c'est alors qu'il a découvert qu'il n'avait pas de talent. Moi, je trouve ses tableaux bien plus beaux que toutes ces œuvres modernes, mais vous êtes sans doute d'un autre avis, mademoiselle Winge.

— Les tableaux de votre mari sont très beaux, dit Jenny, surtout votre portrait, madame Gram. Vous êtes tout à fait charmante là-dessus.

— Oui, peut-être, mais la ressemblance n'y est pas. Gram ne m'a pas flattée — elle eut à nouveau ce méchant petit rire amer. — Il ne faudrait pas le dire, sans doute, mais *moi* je trouve qu'il peignait bien mieux avant d'avoir voulu imiter les modernes de ce temps-là, vous savez bien, les Thaulow, les Krogh, et tous ces messieurs. »

Jenny buvait son vin de rhubarbe en silence tandis que madame Gram ne cessait de parler.

« J'aurais voulu vous prier de rester dîner avec nous,

mademoiselle Winge, mais je fais seule tout mon ménage et nous ne sommes pas préparés à recevoir des hôtes, comme vous pensez. Aussi, malheureusement, je ne peux pas vous inviter. Mais j'espère qu'une autre fois...

Jenny comprit que Madame Gram désirait se débarrasser d'elle. C'était naturel, puisqu'elle n'avait pas de bonne. Elle était sans doute pressée de faire son repas.

La jeune fille prit congé. Elle rencontra Gram sur l'escalier et devina que c'était lui. Elle remarqua en passant qu'il avait l'air très jeune et que ses yeux étaient tout bleus.

III

Deux jours plus tard, Jenny était en train de travailler quand elle reçut la visite du père de Helge.

Lorsqu'elle le vit devant elle, son chapeau à la main, elle s'aperçut qu'il avait des cheveux gris — si gris qu'on ne pouvait plus se rendre compte de leur couleur primitive. Malgré tout il avait l'air jeune. Il était grand et mince, un peu voûté, mais non pas comme un vieillard, on eût dit plutôt qu'il n'était pas assez fort pour sa taille. Ses yeux, dans son visage maigre et entièrement rasé, étaient jeunes, bien que tristes et fatigués. Ils étaient si bleus qu'ils avaient une expression étrange, étonnée et effarée à la fois.

« Vous vous doutez que je désirais vous voir, mademoiselle Winge, dit-il en lui tendant la main. Non, non, n'ôtez pas votre tablier, et dites-moi si je vous dérange.

— Mais pas du tout, dit Jenny toute contente. Son sourire et sa voix lui plurent dès l'abord. Elle jeta son tablier sur le coffre à bois. Du reste, il ne fera bientôt plus assez clair pour peindre. Que c'est aimable à vous de monter chez moi.

— Il y a des siècles que je ne suis plus entré dans un atelier, dit Gram en regardant autour de lui. Il s'assit sur le canapé.

— Vous ne fréquentez donc pas les autres peintres — vos contemporains ? interrogea Jenny.

— Non, jamais, fut la brève réponse.

— Mais — Jenny réfléchissait — comment donc êtes-vous arrivé jusqu'ici ? Avez-vous demandé mon adresse chez ma mère, ou au club des artistes ?

Gram se mit à rire.

— Non, je vous ai vue sur l'escalier avant-hier ; et hier, en me rendant à mes affaires je vous ai rencontrée de nouveau ; je vous ai suivie un bout de chemin, pensant vous arrêter et me présenter à vous, quant vous êtes entrée dans cette maison où je savais qu'il y avait un atelier. Ce n'était plus bien difficile de venir vous faire une visite.

— Savez-vous — Jenny eut un sourire amusé — que Helge, lui aussi, nous a suivies dans la rue, une de mes amies et moi. Il s'était égaré dans une des vieilles rues qui avoisinent le marché aux puces. Il est venu vers nous et nous a adressé la parole. C'est ainsi que nous avons fait connaissance. Nous le trouvions un peu indiscret au début. Mais il semble qu'il a hérité de vous son audace.

Gram fronça les sourcils et ne répondit rien.

Jenny eut la pénible impression d'avoir fait une gaffe. Elle chercha ce qu'elle pourrait ajouter.

« Puis-je vous offrir une tasse de thé, Monsieur Gram ? »

Elle alluma la lampe à alcool sans plus attendre et fit chauffer de l'eau.

« Mademoiselle Winge, il est inutile d'avoir peur que Helge me ressemble trop. Je crois heureusement qu'il n'a absolument rien de commun avec son père », dit Gram en riant.

Jenny ne savait trop que répondre. Elle alla chercher ses tasses.

« Je n'ai pas grand' chose ici, comme vous voyez, mais j'habite chez ma mère.

— Ah, vraiment, vous vivez dans votre famille. C'est un bel atelier que vous avez là

— Oui, je le trouve aussi ; il me plaît assez. »

Il regardait devant lui d'un air absorbé.

« Mademoiselle Winge, j'ai beaucoup pensé à vous. Je croyais, à en juger par les lettres de mon fils, que...

135

— Oui, Helge et moi nous nous aimons », dit Jenny. Elle se tenait toute droite devant lui et le regardait.

Gram saisit sa main et la retint un instant dans les siennes.

« Je connais si peu mon fils, Jenny Winge, je ne sais, en somme, rien de certain sur son caractère. Mais si vous l'aimez, vous devez le connaître bien mieux que je ne le fais... Et que vous l'aimiez m'est une preuve que je puis être heureux pour lui et fier de lui. J'ai toujours cru que c'était un brave garçon — très bien doué. Je suis sûr qu'il vous aime, maintenant que je vous ai vue. Pourvu qu'il vous rende heureuse, Jenny.

— Merci », dit Jenny et elle lui tendit encore sa main.

Gram continua : « Vous pensez si j'aime Helge, mon fils unique. Je crois aussi que Helge m'aime au fond.

— Bien sûr, Helge vous aime fort, vous et sa mère. »

Elle rougit en disant ces mots, comme si elle avait manqué de tact.

« Evidemment, mais il s'est rendu compte trop tôt que son père et sa mère ne s'entendaient pas. Helge a eu un triste foyer, Jenny. Je peux bien le dire car si vous ne l'avez remarqué déjà, vous ne tarderez pas à le voir. Vous me paraissez être une fille intelligente, et précisément pour cette raison, Helge comprendra ce que vaut l'amour que vous avez l'un pour l'autre et il saura prendre soin de vous et de lui-même. »

Jenny versait le thé.

« Voilà, Helge avait l'habitude de monter chez moi à Rome et de prendre le thé avec moi dans l'après-midi. C'est durant ces heures d'après-midi que nous avons réellement fait connaissance, me semble-t-il.

— Et puis vous vous êtes aimés.

— Pas tout de suite. C'est-à-dire qu'au fond nous nous aimions déjà sans doute, mais nous ne pensions à rien qu'à être bons amis au début. Plus tard, comme il venait prendre le thé, vous comprenez... »

Gram souriait et Jenny sourit de même.

« Ne pouvez-vous me parler de Helge du temps où il était petit ? »

Gram sourit tristement et secoua la tête.

« Non, Jenny, je ne peux rien vous raconter de mon fils. Il était toujours gentil et obéissant. Il travaillait bien à l'école. Rien de brillant mais un travail réfléchi et sérieux. Mais Helge était un enfant renfermé et il l'est resté plus tard, en tout cas vis-à-vis de moi. Parlez, vous plutôt, Jenny, ajouta-t-il chaudement.

— Et de qui ?

— Mais de Helge. Montrez-moi l'aspect qu'a mon fils aux yeux de la jeune fille qui l'aime. Vous n'êtes pas une jeune fille ordinaire, mais une artiste de talent et intelligente, et bonne par-dessus le marché, à ce que je vois. Ne pouvez-vous me dire comment vous en êtes venue à aimer Helge ; quelles sont les qualités de mon fils qui ont déterminé votre choix — dites.

— Ce n'est pas précisément quelque chose que l'on puisse raconter... enfin nous nous sommes aimés. Et elle rit.

— Vraiment. Il rit avec elle. Voilà une sotte question, Jenny. On dirait que j'ai oublié ce que c'est que d'être jeune et amoureux, n'est-ce pas ?

— *N'est-ce pas ?* Voilà ce que dit aussi Helge et ce qui me plaît en lui. Il est si jeune. Au début il était replié sur lui-même, mais peu à peu il s'est ouvert à moi de plus en plus.

— Je comprends sans peine qu'on se confie à vous, Jenny, mais parlez-moi encore de vous deux ! Non, ne prenez pas cet air effrayé, je ne veux pas dire que vous deviez me raconter l'histoire de votre amour ni rien de semblable. Parlez-moi de vous, de Helge, de votre travail, petite, parlez-moi de Rome. Afin que moi qui suis vieux je puisse me souvenir d'avoir été peintre, d'avoir travaillé dans la liberté et la joie, d'avoir été jeune et amoureux, et heureux. »

Il resta deux heures auprès d'elle et au moment de s'en aller, alors qu'il tenait déjà son chapeau à la main, il dit d'une voix basse :

« Écoutez-moi, Jenny, car il ne servirait à rien

de vous cacher la situation de mon foyer. Il vaudrait mieux lorsque nous nous reverrons n'avoir pas l'air de nous connaître pour que la mère de Helge n'apprenne pas que j'ai fait votre connaissance de mon propre chef.

« Cette précaution est pour vous aussi afin que vous n'ayez pas d'ennui et qu'on ne vous dise pas de mots blessants. Il n'y a rien à changer au caractère de ma femme. Dès qu'elle sait que j'éprouve de la sympathie pour quelqu'un, surtout pour une femme, cela suffit pour qu'elle prenne cette personne en grippe. Vous trouvez cela étrange... mais vous le comprenez ?

— Oui, dit Jenny doucement.

— Allons, au revoir, Jenny, je suis heureux pour Helge, vous le savez, n'est-ce pas ? »

Elle avait écrit à Helge la veille et lui avait parlé de sa visite à sa mère ; mais en relisant sa lettre, elle avait eu la pénible impression d'avoir été trop sèche et trop brève.

Lorsqu'elle lui écrivit ce soir-là, elle lui raconta la venue de son père, puis elle déchira son papier et reprit une nouvelle feuille. Qu'il était difficile de dire que madame Gram devait ignorer la visite de son mari ! La dissimulation lui semblait si pénible. Elle se sentait humiliée pour Helge d'être initiée aux misères de son foyer familial. En fin de compte, elle ne lui parla pas de son père. Il voudrait mieux traiter de ces choses de vive voix.

IV

A la fin de mai, Jenny ne reçut pas de nouvelles de Helge pendant un nombre de jours inusités. Elle commençait à s'inquiéter et venait de se décider à envoyer un télégramme le lendemain si elle n'avait rien encore, quand elle entendit frapper à la porte de l'atelier. Elle ouvrit et se sentit saisie, embrassée par un homme debout sur le palier obscur.

« Helge ! cria-t-elle. Helge, Helge, montre-moi si c'est toi. Comme tu m'as effrayée, méchant ! Oh, te revoir enfin ! Helge, est-ce vraiment toi ? Elle lui arracha sa casquette de voyage.

— Ce ne pouvait guère être quelqu'un d'autre, dit-il en riant.

— Mais, mon chéri, comment se fait-il que...

— Je vais te le dire. » Mais il n'alla pas plus loin. Il enfouit son visage dans le cou de Jenny et l'embrassa passionnément, Un peu plus tard, il dit :

« Je voulais te faire une surprise. »

Ils restèrent assis la main dans la main pour reprendre haleine après les premiers baisers.

« Et cela m'a bien réussi, n'est-il pas vrai ? Viens que je te regarde, Jenny ; que tu es jolie. Chez moi on me croit à Berlin. J'irai coucher à l'hôtel cette nuit et resterai incognito en ville pendant plusieurs jours. N'est-ce pas une idée merveilleuse ? C'est du reste fâcheux que tu habites chez ta mère. Nous aurions si bien pu ne pas nous quitter.

— Sais-tu, dit Jenny, que lorsque tu as frappé, j'ai cru que c'était ton père.

— Mon père ?

— Oui. — Et elle se sentit tout à coup un peu gênée ne sachant comment lui expliquer les choses simplement.

— Ton père m'a fait une visite un jour et, depuis, il vient de temps en temps prendre le thé l'après-midi. Nous restons à causer de toi.

— Mais Jenny, tu ne m'en as pas dit un mot dans tes lettres, je ne savais même pas que tu connaissais mon père.

— Non, je ne t'avais rien dit, je préférais t'en parler. Le fait est que ta mère ignore ces visites. Ton père juge qu'il vaut mieux ne rien en dire.

— Même pas à moi ?

— Mais non. Ton père croit certainement que je t'ai raconté ses visites. Mais c'est ta mère qui ne devait pas savoir que nous nous connaissions... — Elle hésita : Je pensais que c'était... je n'aimais pas du tout t'écrire que j'étais arrivée à avoir un secret avec lui vis-à-vis de ta mère, comprends-tu ?

Helge se taisait.

— Je n'aimais pas du tout ce secret moi-même, et elle ajouta : mais quoi qu'il en soit, il est venu me voir et il me plaît énormément. Ton père a vraiment gagné mon cœur.

— Oui, père sait être un vrai charmeur quand il le veut. De plus, tu es peintre et...

— C'est à cause de toi, Helge, qu'il m'aime bien, voilà la raison.

Helge garda à nouveau le silence.

— Et tu n'as vu ma mère que cette seule fois ?

— Oui... Mais mon chéri, n'as-tu pas faim ? Puis-je te préparer quelque chose à manger ?

— Merci, ce soir nous irons souper au restaurant tous les deux.

On frappa de nouveau à la porte.

« C'est ton père ! chuchota Jenny.

— Tais-toi, ne fais pas de bruit, n'ouvre pas.

Au bout d'un moment on entendit des pas s'éloigner dans le couloir. Le visage de Helge se contracta légèrement.

« Mais, Helge, qu'y a-t-il ?

— Ah, je n'en sais rien, mais pourvu que nous ne le rencontrions pas, Jenny, il ne faut pas qu'on nous dérange à présent, je ne veux voir personne.

— Non, non. »

Et elle l'embrassa sur la bouche, puis elle prit la tête de Helge dans ses mains et l'embrassa sur les deux yeux.

— Et Fransiska, Helge, dit Jenny tout à coup, tandis qu'ils buvaient un verre de liqueur après le café.

— Tu devais bien savoir la chose d'avance, ne t'avait-elle pas écrit ?

Jenny secoua la tête :

— Pas un mot. Je suis tombée des nues lorsque j'ai reçu la lettre qui disait en trois lignes que le lendemain elle devait épouser Ahlin. Je ne me doutais de rien.

— Et nous non plus ! On les voyait beaucoup ensemble, mais de là à penser qu'ils allaient se marier ! Heggen même n'en savait rien jusqu'au jour où elle est venue lui demander de lui servir de témoin.

— Les as-tu vus depuis ?

— Non, ils sont allés à Rocca di Papa, le jour même, et ils y étaient encore à mon départ de Rome.

Jenny avait l'air pensif.

— Moi qui la croyais uniquement occupée de son travail.

— Heggen m'a raconté qu'elle avait terminé son grand tableau avec les portes — il est fameusement réussi à son avis — et qu'elle avait entrepris plusieurs autres choses. Puis elle s'est mariée tout à coup. Je ne sais même pas combien de temps ils ont été fiancés. Et toi, Jenny, tu m'as écrit que tu travaillais à un nouveau paysage.

Jenny le mena à son chevalet. La grande toile représentait une rue où s'alignait sur la gauche en une perspective fuyante, une rangée de maisons, des magasins, des bureaux, des ateliers aux toits gris vert et rouge brique. Sur la droite de la rue on voyait des boutiques de marchands de bric-à-brac, et par derrière les hauts murs aveugles de quelques grandes bâtisses se dressaient vers le ciel bleu foncé, chargé de lourds nuages de pluie d'un gris de plomb. Un grand soleil d'après-midi éclairait les devantures, faisait briller, tout rouges, les murs et dorait quelques arbres aux bourgeons à demi éclatés qu'on apercevait derrière les boutiques et contre les murs flamboyants. La rue était remplie d'ouvriers, de vieilles femmes, de voitures de livraisons.

— Je ne m'y connais guère — Helge serrait ses mains contre sa poitrine —, mais je trouve cela épatant, Jenny, c'est beau, c'est délicieux.

Elle appuya la tête sur l'épaule de Helge.

« Tandis que j'allais par les rues dans l'attente de mon bien-aimé — moi qui ai toujours été si seule, si triste autrefois quand c'était le printemps et que je voyais les tilleuls et les marronniers épanouir leur feuillage clair et brillant près des maisons noires de suie ou des murs tout rouges et le magnifique ciel printanier au-dessus des toits sombres, des cheminées, des fils télégraphiques, — j'ai eu envie de peindre cette lumineuse explosion du printemps au milieu de la ville sale et noire.

— D'où est-ce pris ? demanda Helge.

— C'est la rue de Steners. Ton père m'avait dit qu'il avait au magasin quelques portraits de toi lorsque tu étais petit, et il m'avait invitée à venir le voir. J'ai vu le motif de ce tableau de la fenêtre du magasin et j'ai pu m'installer à la fabrique de caisses tout à côté. J'ai peint de là. Évidemment, j'ai dû composer un peu mon sujet, faire quelques changements !

— Tu as passé beaucoup de temps avec mon père, n'est-ce pas ? demanda Helge peu après. Il a dû s'intéresser beaucoup à ton œuvre.

—. Certes, il venait de temps en temps regarder ce que je faisais, il me donnait un conseil ou un autre, qui était bon. Il sait beaucoup de choses.

— Crois-tu que mon père ait eu un vrai talent de peintre ?

— Mais oui, je le crois. Les tableaux qui sont chez vous n'ont rien d'extraordinaire, mais il m'a fait voir quelques études qu'il a cachées au magasin. Je ne pense pas que ton père avait un grand talent, mais un talent fin et personnel. Un peu trop influençable peut-être, mais cela tient à la belle disposition qu'il a d'estimer et d'aimer ce qu'il voit de bon chez les autres, car il comprend si bien l'art, et l'amour de l'art.

— Pauvre père, dit Helge.

— Oui, reprit Jenny en caressant son ami. C'est triste pour lui, plus que nous ne pouvons nous en douter, toi et moi. »

Ils s'embrassèrent, oubliant de parler encore de Gert Gram.

« On n'est au courant de rien chez toi, je pense ? dit Helge.

— Certes, non. »

— Mais au début, quand j'adressais toutes mes lettres chez ta mère, ne te posait-elle jamais de questions sur ton correspondant de chaque jour ?

— Non, ma mère ne ferait jamais une chose pareille.

— *Ma* mère, s'écria Helge avec une violence subite, ma mère à moi ne manque pas autant de tact que tu voudrais le faire croire. Tu n'es pas juste avec ma pauvre mère, Jenny, tu devrais, à cause de moi, ne pas parler d'elle comme tu le fais.

— Mais, Helge, dit Jenny, je n'ai pas dit un seul mot au sujet de ta mère.

— Tu as dit *ma* mère ne ferait jamais pareille chose.

— Non, je n'ai pas dit cela, j'ai dit ma *mère*.

— Tu as dit *ma* mère... Je ne peux te faire un reproche de ne pas l'aimer, quoique pour l'instant il n'y ait à cela aucune raison valable. Mais tu pourrais te souvenir que tu parles de *ma* mère. Et je l'aime, moi, telle qu'elle est.

— Helge, mais Helge... Elle s'arrêta, sentant venir les larmes. Et c'était une chose si nouvelle pour Jenny Winge d'être prête de pleurer qu'elle se tut, honteuse et effrayée. Mais il avait vu son émotion.

« Jenny, ma Jenny, je t'ai fait de la peine, ma Jenny, mon Dieu ! Tu le vois, à peine arrivé, je te fais de la peine. »

Il cria tout à coup, en menaçant le ciel de ses poings :

« Oh que je hais, que je hais ce qui devrait s'appeler mon foyer !

— Mon petit, mon chéri, il ne faut pas... mon chéri ne prends pas les choses ainsi... Elle le serra dans ses bras de toute ses forces : Helge, écoute-moi, mon ami bien-aimé, en quoi cela nous concerne-t-il *nous deux*. Personne ne peut rien nous faire à *nous* », et elle ne cessa de l'embrasser jusqu'à ce qu'il s'arrête de sangloter et de trembler.

⋆⋆⋆

Jenny et Helge étaient assis sur le canapé dans la chambre du jeune homme. Ils tenaient leurs mains enlacées, mais ils se taisaient.

C'était un dimanche de fin juin, Jenny avait fait une promenade avec Helge dans la matinée puis avait dîné chez les Gram et pris le café chez eux. Ils étaient restés tous les quatre au salon durant un interminable après-midi. Enfin Helge emmena Jenny dans sa chambre sous le prétexte de lui faire lire quelques pages qu'il venait d'écrire.

« Ouf ! » s'écria Jenny.

Helge ne demanda pas pourquoi elle disait « ouf ».

Il posa sa tête avec une expression de lassitude sur les genoux de Jenny, elle lui caressa doucement les cheveux mais sans rien dire.

« Jenny, il faisait meilleur chez toi, via Vantaggio, n'est-ce pas ? »

On entendait remuer des assiettes dans la cuisine voisine et grésiller la poêle à frire... l'odeur de la graisse parvenait jusqu'à eux. Madame Gram préparait sans doute quelque plat pour le souper. Jenny alla à la fenêtre ouverte et contempla un instant la cour sombre comme un puits. Toutes les fenêtres, en face d'elle, étaient celles des cuisines et des chambres à coucher, ces dernières garnies de grands rideaux. De plus il y avait à chaque étage de hautes fenêtres d'angle. Jenny les connaissait, ces salles à manger éclairées par une seule fenêtre en coin sur la cour, ces pièces tristes et sombres, sans soleil ! — La suie y pénètre dès que l'on veut aérer, — elles sont imprégnées de l'odeur des repas. Dans une chambre de bonne voisine, une voix de soprano non exercée chantait en s'accompagnant de la guitare.

> « *Viens à Jésus, mon ami, viens à Jésus.*
> « *Si tu frappes il t'ouvrira le ciel.* »

La guitare lui rappela la via Vantaggio et Cesca, et Gunnar, qui avait l'habitude de s'asseoir sur le canapé, les jambes allongées sur une chaise et de pincer la guitare de Cesca, en fredonnant les chansons italiennes que Cesca chantait. Une nostalgie violente s'empara de Jenny. Que n'était-elle avec eux là-bas !

Helge vint près d'elle.

« A quoi pense-tu ?

— A la via Vantaggio.

— Que tout y était délicieux, Jenny ! »

Elle entoura le cou de Helge de ses bras et attira tendrement sa tête contre son épaule. Tandis qu'il parlait elle s'était rendu compte brusquement que dans le désir nostalgique qui l'étreignait, son fiancé n'avait point de part. Elle releva la tête de Helge, regarda les yeux bruns brillants pour y retrouver le souvenir des jours de soleil dans la campagne romaine alors que, couché dans l'herbe au milieu des pâquerettes, il la contemplait.

Elle voulait à tout prix se débarrasser de ce pénible sentiment d'aversion qui la saisissait dès qu'elle entrait chez les Gram.

Tout y était insupportable ! Quand elle avait été invitée pour la première fois chez eux après l'arrivée officielle de Helge et que madame Gram l'avait présentée à son mari, il lui avait fallu jouer la comédie, en présence de Helge qui savait qu'on trompait sa mère.

Elle en avait été toute bouleversée. Mais il y avait pire. Profitant d'un instant où il se trouvait seul avec elle, Gert Gram lui avait parlé de sa visite récente et de son regret de ne pas l'avoir rencontrée.

« Je n'étais pas à l'atelier, cet après-midi là, avait-elle répondu et comme il la regardait avec étonnement, elle avait ajouté, Dieu sait pourquoi : si, mais je ne pouvais ouvrir, car je n'étais pas seule. »

Gram avait souri. Puis : « Je le savais, dit-il, je vous avais entendu parler. » Et, dans son trouble, elle lui avait raconté que Helge était près d'elle ce jour-là et qu'il était resté plusieurs jours incognito en ville.

« Ma chère Jenny, répondit Gram d'un ton froissé, il était inutile de me cacher cela, à moi qui, certes, vous aurais laissés en paix. Je ne veux cependant rien ajouter d'autre sinon que Helge m'aurait rendu heureux s'il était venu me voir. »

Elle n'avait plus rien trouvé à dire.

« Allons, je veillerai à ce que Helge n'apprenne pas que je sais votre secret. »

Jenny n'avait pas eu du tout l'intention de cacher à Helge ce qu'elle venait de dire à son père. Mais voici qu'elle le faisait pourtant de peur qu'il n'en fût mécontent. Elle se sentait toute désolée et agitée d'être mêlée à ces affreuses habitudes de dissimulation.

Chez elle personne ne savait rien non plus. Mais la raison en était autre. Elle n'était pas accoutumée à parler d'elle-même à sa mère. Elle n'avait jamais rencontré auprès d'elle, n'avait jamais cherché non plus la moindre compréhension. De plus, madame Berner était très inquiète au sujet d'Ingeborg. Jenny avait poussé sa mère à louer un appartement dans le Bundefjord. Bodil et Nils en partaient chaque matin pour l'école et y revenaient chaque soir tandis que Jenny habitait son atelier et prenait ses repas en ville.

Cependant, elle ne s'était jamais sentie aussi proche des siens qu'à présent. En réalité, sa mère ne manquait pas de compréhension. Si parfois elle s'apercevait que Jenny avait des soucis, elle cherchait sincèrement à l'aider, à la consoler sans poser de questions. Elle aurait rougi à la seule pensée de pénétrer la vie intime de ses enfants par une question indiscrète.

Tandis qu'ici, au foyer de Helge ! Quel enfer qu'une enfance passée là-dedans ! On eût dit que l'ombre de ces perpétuelles mésententes s'étendait jusqu'à eux, même lorsqu'ils étaient seuls. Mais ils seraient victorieux de l'ombre.

Son pauvre malheureux Helge !

« Mon Helge », et elle le couvrit de caresses.

Jenny avait offert à madame Gram de laver la vaisselle mais celle-ci avait toujours refusé avec un sourire.

« Non, non, ma chère, ce n'est pas votre affaire. Laissez donc cela, mademoiselle Winge. »

Peut-être n'avait-elle aucune mauvaise pensée. Pourtant

son sourire était toujours sarcastique lorsqu'elle s'adressait à Jenny.

La pauvre n'avait peut-être plus d'autre sourire.

Gram rentra de promenade. Jenny et Helge s'assirent avec lui dans le fumoir. Madame Gram se joignit à eux un instant.

« Tu avais oublié ton parapluie comme d'habitude, mon ami. Tu as eu de la chance d'échapper à l'averse. Oh, ces hommes ! quand on ne les surveille pas ! dit-elle, adressant un sourire à Jenny.

— Mais toi, tu as tant de talent pour me surveiller, répliqua Gram. Sa voix, son attitude quand il parlait à sa femme étaient empreintes d'une politesse affreusement pénible.

— Mais pourquoi restez-vous dans cette pièce, dit madame Gram en se tournant vers Jenny et Helge.

— C'est curieux, dit Jenny, je crois que partout les chambres consacrées aux hommes de la famille sont les plus confortables. Il en était ainsi chez nous du vivant de mon père, se hâta-t-elle d'ajouter. J'imagine que c'est parce qu'elles sont installées pour le travail.

— En ce cas, la cuisine devrait être la plus confortable de toutes, répondit madame Gram en riant. Où crois-tu que l'on fasse le plus de besogne, Gert, dans ta chambre ou dans la mienne ? La cuisine peut bien s'intituler mon cabinet de travail.

— Je conviens qu'on travaille plus chez toi que chez moi.

— Certes, dit madame Gram, et maintenant je crois qu'il me faut accepter votre offre obligeante, mademoiselle Winge. Voulez-vous avoir la bonté de m'aider un peu. Il est bien tard et... »

Ils étaient en train de souper quand on sonna à la porte. C'était la nièce de madame Gram, Aagot Sand. Madame Gram fit les présentations.

« Ah, c'est vous qui peignez et qui avez été à Rome en même temps que Helge ! Je le pensais bien. Je vous

147

ai vue dans la rue Steners au printemps, vous étiez avec
l'oncle Gert et portiez un attirail de peintre.

— Tu te trompes certainement, ma chère Aagot, dit
Helge l'interrompant. Quand aurais-tu rencontré mademoiselle Winge ?

— La veille du jour de prière. Je rentrais de l'école.

— C'est vrai, dit Gram. Mademoiselle Winge avait fait
tomber sa boîte et je l'ai aidée à ramasser tous les objets
épars.

— Voici une petite aventure que tu as caché à ta femme.
Madame Gram se mit à rire bruyamment. Je ne me doutais pas que vous aviez fait connaissance. »

Gram rit également.

« Mademoiselle Winge n'a plus fait mine de me reconnaître. Ce n'était pas très flatteur pour moi et je n'ai pas
voulu rappeler ses souvenirs. Ne vous doutiez-vous vraiment pas, lorsque vous m'avez vu ici, que j'étais l'aimable
vieux monsieur qui était venu à votre secours.

— Je n'en étais pas sûre, répondit-elle d'une voix faible. — Ses joues étaient en feu. — Je ne croyais pas que
vous me reconnaissiez. »

Elle essaya de rire mais elle sentait brûler son visage
et sa voix trembler.

« Quelle aventure ! répétait madame Gram, quelle rencontre comique. »

« Aïe ! j'ai de nouveau fait une gaffe, n'est-ce pas ? »
demanda Aagot lorsqu'ils se retrouvèrent au salon après
le souper. Gram était rentré dans sa chambre et madame
Gram à la cuisine.

« C'est dégoûtant ici, quand on n'est pas au courant,
on s'expose toujours à provoquer une explosion. Mais, dites-
moi de quoi il s'agit.

— Mon Dieu, Aagot, occupe-toi de tes propres affaires.

— Ne me mange pas, voyons. Tante Becca est-elle jalouse de mademoiselle Winge ?

— Tu es la personne la plus dénuée de tact que je
connaisse.

148

— Après ta mère. C'est ce que l'oncle Gert m'a dit un jour — et elle rit ; mais c'est idiot d'être jalouse de mademoiselle Winge ! Elle regarda les deux autres avec curiosité.

— Ma chère, ne t'occupe pas de ce qui ne concerne que nous, dit Helge.

— Mais non, mais non, je voulais dire... au fond, c'est inutile d'insister.

— En effet. »

Madame Gram entra et alluma la lampe. Jenny regarda presque avec angoisse ce visage fermé et haineux, tandis que l'autre restait un instant immobile, fixant le vide de ses yeux durs et brillants. Puis madame Gram se mit à ranger la table. Elle ramassa la broderie de Jenny qui était tombée à terre.

« C'est votre spécialité de semer vos affaires, mademoiselle Winge. Il ne faut pas être si négligente. Helge n'est pas galant comme son père, semble-t-il, et elle rit. Dois-je allumer la lampe, mon ami ? » Elle entra dans le fumoir et ferma la porte derrière elle.

Helge écouta un instant ce qui se passait dans la pièce voisine, où sa mère parlait bas et d'un ton irrité. Puis il se renfonça dans son coin.

« Ne voudrais-tu pas en finir une bonne fois avec ces sottises », dit Gram distinctement.

Jenny se pencha vers Helge. « Je vais rentrer, j'ai mal à la tête.

— Oh non, Jenny, les scènes succéderont aux scènes si tu pars. Sois gentille et reste. Si tu t'en vas à présent, maman n'en sera que plus excitée.

— Je n'en peux plus », répondit-elle, sur le point de pleurer.

Madame Gram traversa la chambre et son mari vint s'asseoir près d'eux.

« Jenny est fatiguée, elle veut rentrer chez elle, et je vais l'accompagner.

— Déjà ! Ne pouvez-vous rester un peu plus ?

— Je suis fatiguée, j'ai mal à la tête, murmura Jenny.

— Attendez encore un peu, lui souffla Gram, et il fit un mouvement de la tête vers la cuisine. Elle ne vous dira rien à vous. Tant que vous êtes ici, nous évitons les scènes. »

Jenny se rassit sans rien dire et prit son ouvrage. Aagot crochetait avec énergie un châle blanc à la mode.

Gram se mit au piano. Jenny n'était pas musicienne, mais elle comprenait la musique et peu à peu le calme lui revint tandis que les simples mélodies s'égrenaient une à une, jouées pour elle seule.

« Connaissez-vous celle-ci, mademoiselle Winge ?

— Non.

— Et toi, Helge ? N'avez-vous pas entendu celle-là à Rome. De mon temps on la chantait partout. J'ai là quelques cahiers de musique italienne. »

Elle vint près de lui et les regarda.

« Mon jeu vous fait-il plaisir ?

— Oui.

— Dois-je jouer encore ?

— Je veux bien. »

Il caressa la main de Jenny. « Pauvre petite Jenny, mais retournez à votre place, avant qu'elle ne revienne. »

Madame Gram entra portant un plateau chargé de gâteaux et d'une bouteille de vin de rhubarbe.

« Que c'est aimable à toi de jouer pour nous, Gert. Ne trouvez-vous pas que mon mari joue bien, mademoiselle Winge ? Avait-il déjà joué pour vous ? » demanda-t-elle d'un air innocent.

Jenny secoua la tête. « Je ne savais pas du tout que monsieur Gram jouait du piano.

— Comme vous cousez bien ! Elle prit la broderie de Jenny et l'examina un instant. J'aurais cru que vous autres artistes vous ne vous abaissiez pas à des travaux d'aiguille. Quel charmant dessin. Où l'avez-vous trouvé. A l'étranger ?

— Je l'ai dessiné moi-même.

— Oh, vraiment. Ce n'est pas difficile en ce cas d'avoir de jolis dessins. N'est-ce pas, Aagot, que c'est joli ? Quelle

fille intelligente vous faites, mademoiselle Winge. » Elle
tapotait les mains de Jenny.
« Les vilaines mains ! pensait Jenny. Des doigts courts
aux ongles plus larges que longs. »

Helge et Jenny accompagnèrent Aagot à son pension-
nat dans la rue Sophie. Puis ils descendirent ensemble la
rue Pile dans la nuit bleue de juin.

Les blanches torchères des châtaigners, le long des
murs de l'hôpital, embaumaient après les fortes averses
de l'après-midi.

« Helge, dit Jenny doucement, il faut t'arranger pour que
nous ne passions pas la journée d'après-demain avec eux.

— C'est impossible, Jenny. Ils t'ont invitée et tu as dit
oui. C'est à cause de toi que...

— Mais Helge, tu le sais bien, ce sera affreux ! Ne pouvons-nous aller n'importe où, tout seuls, faire une promenade à deux, toi et moi, Helge, comme à Rome ?...

— Tu sais bien que je ne désire rien autant, moi aussi.
Mais ce sera encore plus affreux à la maison si nous ne
faisons pas cette promenade de la Saint-Jean avec eux.

— C'est affreux de toutes façons, dit-elle avec un sourire amer.

— Oui, mais ce sera pire. Ne peux-tu donc pas essayer
de t'accommoder un peu de la situation pour l'amour de
moi ? Ce n'est pas toi qui vis chez mes parents et dois travailler chez eux. »

« Il a raison », pensa Jenny, et elle se reprocha durement
d'être aussi peu patiente. Son pauvre Helge qui devait
vivre et travailler dans cette maison où elle-même ne pouvait supporter de passer plus d'une heure de suite. Dire
qu'il y avait grandi et traîné toute sa malheureuse jeunesse !

« Helge, je suis méchante et égoïste. » Elle se serra
contre lui, subitement lasse, désolée, humiliée.

Elle avait envie qu'il l'embrassât, la consolât. Tout cela
ne concernait en rien leur amour. N'étaient-ils pas entiè-

151

rement l'un à l'autre, leur amour n'avait rien à voir avec cette atmosphère de suspicion, de haine, de mésentente.

Un doux parfum de seringa flottait au-dessus des vieux jardins qui subsistaient encore au bout de la rue.

« Nous irons faire une promenade ensemble un jour, Jenny, dit-il pour la consoler. Puis tout à coup : Je me demande comment vous avez pu être aussi bêtes ! Vous deviez savoir que maman apprendrait votre secret plus que facilement.

— Elle ne croit pas un mot de tout ce que ton père lui a raconté ? » reprit Jenny avec découragement.

Helge fit un geste d'exaspération.

« Je voudrais qu'il lui dise la vérité toute simple, soupira-t-elle.

— Tu peux être tranquille, il ne le fera pas, et toi il faut que tu n'aies l'air de rien. C'est la seule chose que tu puisses faire. C'était stupide de votre part !

— Mais moi je n'y peux rien, Helge.

— Je t'en avais dit suffisamment au sujet de la situation à la maison. Tu aurais pu supprimer les visites de mon père à l'atelier et ces rendez-vous dans la rue Steners.

— Ces rendez-vous ? J'ai vu un motif de peinture, je me suis rendu compte que j'en tirerais un bon tableau et j'ai commencé à travailler.

— Mais oui, mais oui. C'est évidemment la faute de père. Oh !... — Il eut une nouvelle explosion de colère. — La façon qu'il a de parler d'elle ! Tu as entendu ce qu'il a dit à Aagot — puis à toi, ce soir — Elle ! Il imitait le ton de son père : à vous elle ne dira rien. C'est pourtant notre mère.

— Il me semble, Helge, que ton père lui montre beaucoup plus d'égards et de politesse qu'elle n'en a envers lui.

— Les égards de mon père ! Tu appelles cela des égards ? Alors qu'il n'a, en s'imposant à toi, cherché qu'à te gagner à sa cause. Et sa politesse, tu ne sais pas ce que j'en ai souffert, enfant, adolescent, jeune homme. Je le revois encore tout droit, ne disant mot, avec son air poli — ou bien s'il parlait, ce n'étaient que paroles glaciales, méprisantes, mais polies, oh si polies ! Je préférais

presque les cris, les reproches, les colères de ma mère.
Oh...

— Mon chéri.

— Oui, Jenny, ma mère n'est pas la seule responsable.
Je la comprends. Tout le monde préfère mon père. Toi
aussi tu le préfères. C'est naturel. Peut-être qu'au fond
je fais de même, mais c'est pour cela, je crois, qu'elle est
devenue ce qu'elle est. Elle qui voudrait être la première
partout et qui ne l'est nulle part. Ma pauvre mère...

— La pauvre ! » répéta Jenny, mais son cœur était de
pierre à l'égard de madame Gram.

L'air était lourd du parfum des fleurs et des feuilles.
Ils traversèrent le bosquet des Étudiants. A la clarté pâle
qui filtrait entre les grands arbres on voyait sur les bancs
s'agiter des ombres chuchotantes.

Les pas de Jenny et de Helge résonnaient dans les rues
commerçantes où les hautes maisons dormaient, un reflet bleu dans leurs vitres claires.

Arrivés à la porte de Jenny. « Puis-je monter avec toi,
murmura-t-il dans un souffle.

— Je suis fatiguée, dit Jenny faiblement.

— J'aimerais tant rester un peu près de toi. Ne trouves-
tu pas que nous avons besoin d'être seuls ? »

Elle ne fit plus d'objection, mais monta devant lui les
cinq étages. Les grandes vitres de l'atelier découvraient le
pâle ciel nocturne au-dessus de leurs têtes. Jenny alluma
le chandelier à sept branches, prit une cigarette et l'alluma à la flamme.

« Veux-tu fumer, Helge ?

— Merci. Il prit la cigarette entre ses lèvres.

— Vois-tu, Jenny, dit-il comme s'il poursuivait sa pensée, mon père s'est épris jadis d'une femme. J'avais douze
ans alors. Je ne sais pas exactement jusqu'où ont été les
choses. Mais ma mère... — oh, quel affreux temps nous
avons passé ! Si mes parents ne se sont pas séparés alors,
ce n'est qu'à cause de nous, les enfants. Mon père me l'a
dit lui-même. Dieu sait que je ne lui en ai aucune reconnaissance. Ma mère au moins est sincère et avoue qu'elle
le retiendra de toutes ses forces ; elle ne veut pas le lâcher. »

Helge se jeta sur le canapé. Jenny s'assit près de lui, embrassa ses cheveux, son front, ses yeux. Il se laissa glisser à genoux près d'elle et appuya sa tête contre elle.

« Te souviens-tu de notre dernière soirée à Rome ? M'aimes-tu encore autant que lorsque je t'ai quittée ce soir-là ? Elle ne répondit pas.

— Nous n'avons pas été heureux ensemble aujourd'hui, Helge, murmura-t-elle. Pour la première fois ! »

Il releva la tête.

« Es-tu fâchée contre moi ?

— Non, je ne suis pas fâchée.

— Mais quoi, alors ?

— Rien, seulement...

— Seulement quoi ?

— Ce soir — elle hésitait — quand nous sommes rentrés. Nous irons faire une promenade ensemble un autre jour, as-tu dit. Ah ! ce n'est pas comme à Rome. A présent c'est toi qui décides de tout et qui me dictes ce que je dois faire et ne pas faire.

— Non, non, Jenny ?

— Si, tu peux bien croire que je veux agir selon tes désirs. Mais, Helge, il faut m'aider à supporter toutes ces difficultés.

— Ne penses-tu pas que j'ai essayé de te venir en aide aujourd'hui, demanda-t-il lentement en se relevant.

— Chéri, tu ne pouvais rien faire.

— Dois-je m'en aller à présent ? demanda-t-il après un moment, et il la prit dans ses bras.

— Fais ce que tu veux, toi-même, dit-elle à voix basse.

— Tu sais ce que je voudrais, mais toi ?

— Je ne sais pas ce que je veux, Helge, et elle éclata en sanglots.

— Jenny, Jenny. » — Il l'embrassa plusieurs fois tout doucement, mais quand elle fut un peu calmée il prit sa main.

« Je m'en vais. Dors bien, ma chérie. Ne sois pas fâchée contre moi. Tu es fatiguée, ma pauvre petite.

— Dis-moi tendrement bonsoir, supplia-t-elle en se pendant à son cou.

— Bonsoir, ma douce, ma chérie, Jenny à moi. Tu es fatiguée, si fatiguée, pauvre petite, bonsoir, bonsoir. »

Et il partit ; elle se remit à pleurer.

VI

« Voilà ce que je voulais que tu voies », dit Gert Gram en se relevant. Il était resté à genoux pour fouiller le tiroir inférieur du coffre-fort.

Jenny prit les vieux cahiers d'esquisses et rapprocha la lampe électrique. Il épousseta le gros carton à dessin et le posa devant elle.

« Il y a bien des années que je n'ai plus montré cela à personne et que je n'y ai plus jeté les yeux moi-même ; mais j'ai envie, depuis longtemps, que tu les regardes, toi ; j'en ai envie depuis le premier jour que j'ai été dans ton atelier. Quand tu es venue ici et que tu regardais les portraits de Helge enfant, je me disais que je te demanderais d'ouvrir ce carton. Et depuis, au temps où tu travaillais tout à côté...

« C'est curieux, Jenny, lorsque, assis à ce bureau où je mène ma vie terre à terre de tous les jours — il fit du regard le tour de l'étroite pièce — je pense à cela, je sais qu'ici j'en ai fini avec mes rêves de jeunesse. Ils reposent dans le coffre-fort comme des morts dans leur cercueil, et moi-même, je ne suis qu'un artiste mort et oublié. »

Jenny se taisait. Gram se servait souvent d'expressions que la jeune fille jugeait trop sentimentales, bien qu'elles lui fussent dictées par des faits cruellement vrais. Poussée par une impulsion subite, elle caressa légèrement les cheveux gris. Gram baissa la tête comme s'il voulait prolonger cette caresse fugitive. Puis, sans regarder Jenny, il défit les liens du carton d'une main un peu tremblante.

Elle s'aperçut avec stupéfaction que ses propres mains tremblaient en saisissant le premier feuillet. Et son cœur était étrangement serré. On eût dit qu'elle sentait l'approche d'un malheur. Tout à coup la pensée que cette visite devait demeurer secrète, la bouleversa. Elle n'oserait rien dire à Helge. Elle éprouvait une sorte de gêne rien qu'à penser à son fiancé... depuis longtemps elle s'était interdit de réfléchir à ce qu'elle ressentait en réalité pour lui. Encore moins voulait-elle deviner ce qui, en cet instant, surgissait dans la pénombre de sa conscience, et se tourmenter en recherchant ce que Gert Gram ressentait en réalité pour elle.

Elle tournait les pages des rêves de jeunesse de Gram et tout cela était infiniment triste. Lorsqu'ils se trouvaient seuls, il lui avait parlé souvent de ce travail, « les illustrations pour les chants populaires de Landstad... » Et elle en avait conclu que Gert avait pu se croire né artiste, rien qu'à cause de ces dessins. Il avait lui-même qualifié les tableaux qui ornaient son appartement de « travaux consciencieux et honnêtes d'un élève dilettante ». Mais ceci, c'était son œuvre à lui.

Au premier regard, les grandes pages aux riches encadrements de feuillages, les délicates majuscules du texte faisaient très bon effet. Les couleurs étaient pures et finement nuancées, parfois même tout à fait jolies. Mais les vignettes insérées entre les pages de texte, les frises à personnages, quoique justes et bien dessinées, oh, qu'elles manquaient de vie et de caractère ! Les unes, traitées à la manière naturaliste, les autres, copies à ce point serviles de l'art italien du Moyen Age que Jenny croyait retrouver le visage même de tel ange annonciateur ou de telle madone, sous la coiffure des chevaliers et des nobles dames.

Et même la coloration du feuillet consacré à la chanson de Hukabal, Jenny la reconnaissait pour avoir vu ces mêmes ors, ces mêmes rouges violets dans un certain livre de messe à la bibliothèque de Saint-Marc.

Qu'il était étrange de trouver ces vers à la forme sévère, au rythme rude, imprimés dans les caractères élégants du latin des cloîtres ! Des pages entières étaient la reproduction exacte de tableaux d'autel à Rome.

La mélodie de jeunesse de Gert Gram n'était que l'écho de tout ce qu'il avait désiré ou aimé. Jenny ne pouvait y découvrir une seule note qui fut bien sienne ; tant de mélodies variées transparaissaient dans cet écho faible et mélancolique.

« Tu n'en fais pas grand cas, dit-il avec un léger sourire. Non, non, je le vois bien.

— Mais si — j'y trouve tant de grâce et de délicatesse. — Tu comprends — elle cherchait ce qu'elle allait dire — cela nous paraît un peu singulier, à nous qui avons vu traiter autrement les mêmes sujets — et si magistralement que nous ne pouvons nous figurer qu'on puisse le faire d'autre façon.

Il restait assis en face d'elle appuyant son menton sur sa main. Puis il la regarda, et son cœur à elle se serra de pitié en rencontrant ses yeux.

« Je me doutais bien moi-même qu'ils auraient pu être meilleurs, dit-il doucement en essayant de sourire. Comme je te l'ai dit, je n'ai plus sorti ce carton depuis des années.

— Je n'ai jamais très bien compris, reprit-elle un peu plus tard, pourquoi tu as été si attiré par l'art de la fin de la Renaissance et l'art baroque.

— Il ne serait pas naturel que toi tu comprennes, Jenny. »

Il la regardait avec un sourire particulièrement triste.

« Vois-tu, il y eut bien un temps où j'ai cru à mon propre talent, mais jamais si fort qu'il ne me soit resté un petit doute rongeur. Je me savais capable d'exprimer ce que je voulais, mais je ne savais pas ce que je désirais exprimer. Je voyais bien que l'art romantique était sur son déclin. Sa décadence et son manque de sincérité se révélaient partout et pourtant il m'emplissait le cœur. Et non pas seulement dans la peinture. J'espérais rencontrer les villageois endimanchés du romantisme, bien que je fusse convaincu qu'ils n'existaient pas, moi qui avais habité la campagne dans mon enfance. Lorsque j'ai quitté mon pays, c'était dans le but de visiter l'Italie du romantisme. Je sais que toi et ton temps vous cherchez la beauté dans ce qui est vraisemblable et réel. Moi je ne la trouvais que dans la transformation de la réalité.

— Mais, Gert, Jenny se leva — la réalité n'a rien de si précis ni de si absolu. Elle se révèle différente pour

157

chacun de nous. « There is beauty in every thing », m'a dit un jour un poète anglais, mais vos yeux la voient ou ne la voient pas, petite fille.

— Jenny, je n'étais pas doué pour voir la réalité. Je ne pouvais qu'en saisir le reflet dans les rêves des autres. Je manque tout à fait de capacité pour extraire ma beauté à moi des innombrables aspects de la réalité, et je m'en suis toujours rendu compte. Dès mon arrivée en Italie, je me suis laissé séduire par l'art baroque. Ne comprends-tu pas cette complète impuissance et le tourment qu'elle cause sous l'apparence brillante. Rien de personnel, de neuf, qui puisse emplir les formes anciennes. La technique seule domine encore. On se jette à corps perdu dans l'exécution difficile des draperies flottantes, des perspectives en raccourci, dans les profonds effets d'ombre et de lumière, dans les compositions savantes. Et l'on veut dissimuler le vide derrière l'extase. On peint des visages angoissés, des corps tordus, des saints dont la seule vraie passion est la crainte de leurs propres doutes, qu'ils veulent faire taire par une exaltation maladive. En vérité, vois-tu, c'est le désespoir devant la stérilité, l'œuvre des épigones qui veulent s'éblouir eux-même. »

Jenny hocha la tête. « Ceci, Gert, n'est en tout cas que ton point de vue personnel et subjectif. Je ne suis pas sûre du tout que les peintres dont tu parles aient jamais été si peu sûrs d'eux-mêmes et si peu satisfaits de leurs œuvres. »

Il tourna les feuillets en riant. « C'est possible et j'ai peut-être, avec mon point de vue personnel et subjectif, comme tu dis, enfourché un dada une fois pour toutes.

— Cependant le portrait que tu as fait de ta femme — en rouge — c'est tout à fait de l'impressionnisme et c'est remarquable. Plus je le regarde, plus je l'admire.

— Cette œuvre est toute accidentelle. Il se tut un moment. Lorsque je l'ai peinte, elle était ma vie même. J'ai été si fou d'elle... et je la détestais si fort déjà.

— Est-ce de sa faute, demanda Jenny à voix basse, si tu as cessé de peindre ?

— Non, Jenny, tout ce qui nous arrive en fait de malheur est de notre propre faute. Je sais que tu n'es pas ce qu'on appelle une croyante. Moi non plus en somme je ne suis pas vraiment chrétien. Mais je *crois* en Dieu ou en une puissance spirituelle, si tu veux, une puissance qui punit justement.

« Elle était caissière quelque part dans un magasin de Storgaten. Je l'ai rencontrée par hasard. Sa beauté était merveilleuse, tu peux encore t'en rendre compte. Je l'ai attendue un soir qu'elle sortait du magasin et lui ai adressé la parole. Nous avons lié connaissance, je l'ai séduite, dit-il bas et durement.

— Puis tu l'as épousée, car elle allait avoir un enfant... Je m'en suis doutée et elle t'a peiné et tourmenté pendant vingt-sept ans pour te récompenser. Sais-tu que c'est à une assez cruelle justice que tu crois. »

Il sourit d'un sourire de lassitude.

« Je ne suis pas si vieux jeu que tu le penses, Jenny. Je ne crois pas que ce soit un péché pour deux êtres jeunes et amoureux de se donner l'un à l'autre, soit devant la loi, soit sans la loi. Mais j'ai réellement séduit Rébecca. Elle était innocente lorsque je l'ai rencontrée et non pas seulement pure physiquement. J'ai deviné ce qu'elle était avant qu'elle ait pu s'en douter elle-même. J'ai compris à quel point elle serait passionnée, jalouse et tyrannique dans son amour. Mais je ne m'en souciais pas, j'étais flatté d'être, moi, l'objet de cette passion violente et de ce qu'il me fût donné de posséder entièrement cette délicieuse fille. Naturellement, je n'envisageais pas d'être tout à elle tel qu'elle l'exigerait de moi ! Je ne songeais pas à l'abandonner mais je croyais que je saurais bien affirmer ma personnalité, et ne pas laisser Rébecca avoir une influence sur ce que je ne voulais pas partager avec elle — mes idées, mon travail, ma vie la plus intime. Cependant je savais qu'elle essaierait de tout me prendre. Que j'étais stupide, n'ignorant ni ma faiblesse, ni sa force et son absence de scrupules ! Je m'imaginais que sa passion si forte me donnerait un avantage à moi qui étais comparativement froid. Je m'aperçus qu'en dehors de ses dons d'amoureuse, elle était nulle, vaniteuse, ignorante, jalouse et mal élevée.

« Nous n'avions aucune intimité spirituelle, mais je

159

n'en éprouvais pas le besoin. Je ne voulais que posséder ce corps exquis et me délecter de sa passion dévastatrice. »

Il se leva et vint près de Jenny. Il prit ses deux mains et les appuya un instant contre ses yeux.

— Pouvais-je m'attendre à ce que notre union fût autre chose qu'un désastre ? Je récoltai ce que j'avais semé. Il me fallut donc l'épouser. Ce fut une époque affreuse... Au début quand elle venait chez moi, à l'atelier, elle était d'une témérité folle. Elle se moquait de tous les vieux préjugés de famille.

« Elle se disait fière d'être une amoureuse : rien ne valait l'union libre ! Mais lorsqu'elle devint enceinte, elle changea de ton. Elle me rebattit les oreilles de son honorable famille de Fredrikshald, de sa vertu sans tache, de son bon renom ; moi j'étais un chenapan, un misérable si je ne l'épousais pas à l'instant même. Tant d'hommes, avant moi, l'avaient courtisée de toutes les façons, mais elle n'avait consenti ni à se fiancer ni à se laisser séduire. Je n'avais pas le sou pour me marier. Je n'étais qu'un étudiant, un triste sire et je ne savais faire autre chose que peindre ! Des mois passèrent. Il me fallut aller chez mon vieux père ! Nous nous sommes mariés et deux mois plus tard Helge vint au monde.

« L'aide de ma famille me permit d'installer ce que tu vois ici. Je rêvais encore d'une grande maison d'édition d'art, à cause de mes illustrations de chants populaires. Mais j'eus trop à faire pour nourrir les miens et moi. Il vint même un jour où je dus faire un accord avec mes créanciers. C'était en 90.

« Elle a pris honnêtement et vaillamment sa part de lutte et de misère. Elle aurait volontiers souffert la faim pour les enfants et pour moi. Mais de me voir obligé de rendre justice à sa peine et à ses sacrifices était pour moi, qui ne l'aimais plus, pire que tout.

« Je dus renoncer à ce que j'aimais. Elle me força d'abandonner peu à peu tout ce qui m'était cher et qui n'était pas elle. Mon père et ma femme furent des ennemis jurés du premier jour. C'est-à-dire qu'il ne fut pas enthousiasmé de sa belle-fille. C'est ce que ne voulut pas tolérer la vanité de Rébecca. Elle essaya de nous brouiller.

160

Mon père était un fonctionnaire de la vieille école, un peu étroit d'idées peut-être, un peu raide et cassant, mais si distingué, si juste et si généreux et doux, et bon au fond. Nous avions été très liés de tout temps. Oh, Jenny, je l'aimais — mais c'est ce qu'il ne fallait pas.

« Puis il y avait la peinture. Je compris que je n'avais pas le talent que je m'étais imaginé avoir et je ne pouvais supporter de continuer mes tentatives alors que je ne croyais plus en moi. J'étais las de la lutte pour le pain quotidien, las de cette vie en commun, qui de plus en plus devenait une affreuse caricature de mes rêves. Elle me reprocha, tout en triomphant en secret, l'abandon de mon art. Enfin ma femme était jalouse rien que de voir que j'aimais nos enfants et qu'ils me le rendaient. Elle ne voulait pas que je partage mon amour entre elle et les enfants ni que les enfants partagent leur amour entre elle et moi.

« Sa jalousie est devenue une sorte de folie au cours des années. Tu l'as vu toi-même. »

Jenny leva les yeux.

« C'est à peine si elle admet que je sois dans la même chambre que toi, même quand Helge est présent. »

Jenny ne dit rien pendant quelques minutes, puis elle alla à lui et, mettant ses deux mains sur ses épaules :

— Je ne comprends pas, murmura-t-elle, non je ne comprends pas que tu aies pu y tenir. »

Gert Gram se pencha en avant et posa sa tête sur l'épaule de Jenny.

« Je ne le comprends pas moi-même, Jenny. » Lorsqu'une minute plus tard il leva son visage et que leurs regards se croisèrent, elle se sentit comme submergée par une pitié, un désespoir infinis et l'embrassa sur le front et sur la joue. Puis elle fut effrayée de ce qu'elle avait fait en voyant son visage à lui qui reposait contre son épaule les yeux fermés. Mais il s'éloigna doucement et dit : « Merci, petite Jenny. »

Gram remit les dessins dans le carton et fit de l'ordre sur la table.

161

« Jenny, je voudrais que tu sois très très heureuse. Tu es si jeune, si fraîche, si hardie et énergique, si douée. Ma chère petite, tu es ce que j'aurais voulu être, mais moi je n'ai jamais été ainsi. »

Il parlait d'un ton bas, l'air absent.

« Je m'imagine, reprit-il un peu plus tard, que tant qu'un attachement est neuf, qu'on n'a pas pris ensemble des habitudes, il peut surgir tant de difficultés. Je vous souhaite de ne pas habiter ici, à Oslo. Il faut que vous soyez seuls, loin de la famille et de tout le reste les premiers temps.

— Helge a posé sa candidature pour cette situation à Bergen, tu le sais bien, dit Jenny. Et de nouveau, elle se sentit prise d'une angoisse et d'un découragement imprécis rien que de penser à lui.

— Ne dis-tu rien à ta mère de tes fiançailles, Jenny ? Et pourquoi ne le fais-tu pas ? N'aimes-tu pas ta mère ?

— Bien sûr que j'aime maman.

— Je crois que ce serait bon pour toi de la consulter, de te confier à ta maman.

— Il ne sert de rien de consulter les autres. Je n'aime pas à parler de ces choses, dit-elle un peu sèchement.

— C'est vrai, tu es...

Il était resté à demi tourné vers la fenêtre et brusquement il tressaillit et dit tout bas, mais d'un ton furieux : « Jenny, la voilà qui passe. »

— Elle ? Rébecca ? »

Jenny se leva. Elle avait envie de crier d'amertume et de dégoût, et elle se mit à trembler. Chaque fibre, en elle, se crispait, se révoltait. Elle ne voulait pas être mêlée à toutes ces laideurs, ces méfiances, ces disputes, ces paroles haineuses, ces désunions, ces scènes, quoi encore ?, Non, elle ne voulait pas y être mêlée.

« Jenny, tu trembles, ma petite, n'aie pas peur, à toi elle ne fera rien.

— Je suis loin d'avoir peur. Elle se sentait de glace. Je suis venue te prendre ici — nous avons regardé ces cartons et à présent je rentre avec toi pour le thé.

— Il n'est pas sûr qu'elle nous ait vus !

— Mais, Dieu sait que nous n'avons rien à cacher. Si

elle ne sait pas que je suis venue ici, elle va l'apprendre. Je vais rentrer avec toi, entends-tu, il le faut pour toi et pour moi. »

Gram lui jeta un rapide coup d'œil.

« Eh bien, allons-nous en. »

Lorsqu'ils furent dans la rue, madame Gram n'y était plus.

« Prenons le tram, Gert, il est tard. Puis elle ajouta : Pour l'amour de Helge aussi, il faut... Il est impossible de continuer ces cachotteries entre nous. »

Madame Gram leur ouvrit elle-même la porte et tandis que Gert Gram donnait des explications, Jenny regarda Rébecca droit dans les yeux. « Quel ennui que Helge soit absent ce soir ! Ne pensez-vous pas qu'il rentrera d'assez bonne heure ?

— C'est bien étrange que tu n'y aies pas pensé plus tôt, mon ami, dit madame Gram à Gert. Ce n'est pas amusant pour mademoiselle Winge de rester en tête à tête avec nous, deux vieux.

— Oh, chère madame, ne dites pas cela, dit Jenny.

— Je ne peux pas me rappeler que Helge ait dit quoi que ce soit au sujet de son absence de ce soir, dit Gram.

— Je ne vous reconnais pas du tout sans votre ouvrage, dit madame Gram en souriant lorsqu'ils s'installèrent au salon après le dîner. Vous d'ordinaire si active.

— Je n'ai pas eu le temps de rentrer, j'ai quitté l'atelier trop tard. Ne pouvez-vous me donner un petit travail à faire, madame Gram ? »

Les deux femmes causèrent du prix des broderies à Oslo et à Paris, des livres que Jenny avait prêtés à Rébecca. Gram lisait. A un certain moment Jenny sentit qu'il la regardait.

Helge rentra vers onze heures.

« Que se passe-t-il ? demanda-t-il lorsqu'ils descendirent l'escalier. Y a-t-il eu une scène à la maison ?

— Loin de là. Elle parlait d'un ton irrité. Ta mère a

sans doute mal pris mon arrivée chez vous en compagnie de ton père.

— Vous auriez pu éviter cela, il me semble, dit Helge doucement.

— Je vais rentrer en tram. A bout de nerfs, elle lâcha le bras de Helge. Je ne peux en supporter davantage, ce soir, entends-tu ? Je ne veux plus de ces scènes avec toi chaque fois que j'ai été chez eux. Bonsoir.

— Mais, Jenny, vraiment, Jenny ? » Il courut après elle, mais elle était déjà à l'arrêt du tram qui arriva au même instant. Jenny sauta dans la voiture, laissant Helge debout qui la regardait.

***

Le lendemain matin elle allait et venait dans l'atelier, incapable de rien entreprendre.

La pluie tombait drue sur le grand vitrage du toit. De temps en temps Jenny s'arrêtait pour regarder les ardoises mouillées et brillantes, les tuyaux de cheminées noirs et les fils télégraphiques où couraient des gouttes de pluie semblables à des perles. Elles glissaient, se réunissaient, tombaient, étaient remplacées par d'autres, innombrables.

Jenny pensait qu'elle irait passer quelques jours dans le Bundefjord avec sa mère et les enfants. Partir d'ici était indispensable. Ou bien, elle pourrait quitter la ville, aller quelque part à l'hôtel et de là demander à Helge de la rejoindre pour le voir en paix — rester seule avec lui à nouveau.

Elle essaya de penser à leur printemps à Rome et à la tiédeur de la verte campagne romaine. Elle revit les fleurs blanches, la brume argentée sur les montagnes et sa propre joie. Mais elle n'arrivait pas à retrouver le visage du Helge de ce temps-là.

Comment apparaissait-il à ses yeux d'amoureuse ? Tout était déjà si lointain et si étrangement isolé du reste de sa vie. Quoiqu'elle connut les liens qui unissaient ce passé au présent, elle ne les sentait pas.

Cette maison de Helge dans la rue Welhaven ! non, elle n'en était pas et *son* Helge non plus.

Elle ne pouvait se persuader que ces gens feraient partie

de sa vie durant l'avenir tout entier. C'était inadmissible. Gram avait raison, il fallait s'éloigner.

Elle partirait, et tout de suite, avant que Helge ne demandât des explications au sujet de la scène de la veille.

Elle avait fait sa petite valise et prenait son manteau de pluie quand on frappa à la porte plusieurs fois de suite. Elle reconnut la manière de frapper de Helge. Jenny resta immobile, attendant de l'entendre s'éloigner, puis elle prit sa valise, ferma l'atelier et sortit.

Arrivée à l'étage inférieur, elle vit un homme assis à une des fenêtres du vestibule. C'était Helge. Il l'avait aperçue. Elle descendit jusqu'à lui. Ils se regardèrent un moment sans parler.

« Pourquoi ne voulais-tu pas m'ouvrir la porte ? demanda-t-il. Jenny ne répondit pas. N'as-tu pas entendu que je frappais ?

— Si, mais je n'avais pas envie de te parler. »

Il remarqua sa valise.

« Voulais-tu aller chez ta mère ? »

Jenny réfléchit un instant.

« Non, je pensais aller à Holmestrand pour quelques jours. Je voulais t'écrire et te prier de me rejoindre afin que nous restions ensemble sans qu'aucun intrus se mêle de nos affaires ou fasse des scènes. Je voudrais te parler en paix.

— Moi aussi, je voudrais te parler, Jenny ? Ne pouvons-nous monter chez toi ? »

Elle ne répondit pas tout de suite.

« Y a-t-il quelqu'un là-haut ? » interrogea-t-il.

Jenny le regarda.

« Quelqu'un chez moi quand je n'y suis pas ?

— Ce pourrait être quelqu'un avec qui tu ne voudrais pas te montrer. »

Elle rougit violemment.

« Pourquoi cela ? Je ne pouvais pas savoir que tu restais là à m'épier.

— Ma chère Jenny, tu sais bien... je ne veux pas dire que tu aies toi-même le moindre tort. »

Jenny ne répliqua rien, mais remonta chez elle. Elle déposa sa valise et resta debout tout habillée dans son

atelier, attendant que Helge se fût débarrassé de son manteau de pluie et eût déposé son parapluie dans un coin.

« Mon père m'a raconté ce matin que tu avais été chez
lui et que ma mère avait passé devant la fenêtre.

— Oui. C'est une étrange façon que l'on a chez vous
d'épier les autres. J'ai du mal à m'y habituer, je t'assure. »

Helge rougit. « Ma chérie, j'avais besoin de te parler.
La concierge m'a dit que tu étais chez toi. Tu sais bien
que je ne me méfie pas de toi.

— Je ne sais plus que croire, reprit-elle. Je ne puis
plus supporter cette méfiance, ces cachotteries, ces laideurs. Mon Dieu, Helge, ne peux-tu pas me protéger un
peu contre tout cela ?

— Pauvre Jenny. Il se leva et alla à la fenêtre. J'ai plus
souffert de notre vie que tu ne t'en doutes, Jenny. Il y a
de quoi désespérer tout à fait, car, ne le vois-tu pas, toi,
la jalousie de ma mère n'est pas entièrement sans fondement. »

Jenny se prit à trembler. Helge se retourna et s'en
aperçut.

« Je ne crois pas que mon père s'en rende compte, sinon il ne se laisserait pas aller de cette façon au plaisir
qu'il a à être avec toi. Et, cependant... il m'a dit aussi
que nous devions partir, quitter la ville tous les deux. Ne
serait-ce pas lui qui t'a donné cette idée de voyage ?

— J'ai fait toute seule le projet d'aller à Holmestrand.
Mais il m'a dit hier qu'il ne fallait pas que nous habitions
la ville — après notre mariage. »

Elle alla à lui, lui mit ses deux mains sur ses épaules.

« Helge, mon ami, il faut que je parte si les choses
en sont là. Helge, Helge, qu'allons-nous faire ?

— Moi, je pars, dit-il d'un ton bref. Il ôta les mains
de Jenny de ses épaules et les appuya contre ses yeux. Ils
restèrent ainsi un moment.

« Oui, mais il faut que je parte, moi aussi. Ne comprends-tu pas, Helge ? Tant que j'ai pu croire que ta mère
était déraisonnable et vulgaire, je pouvais avoir l'air de
ne m'apercevoir de rien en sa présence. Mais, à présent !
Tu n'aurais pas dû dire cela, Helge — même si tu te

trompes. Je ne puis plus aller chez tes parents ; si je dois me demander sans cesse jusqu'à quel point elle a raison d'être jalouse, je n'aurai plus le courage de la voir. J'arriverai à me comporter comme si j'étais coupable.

— Viens, Jenny. Il la conduisit vers le canapé et s'assit à côté d'elle. Je veux te poser une question ! M'aimes-tu, Jenny ?

— Tu le sais », dit-elle vite et avec angoisse.

Il prit sa main froide entre les siennes.

« Je suis sûr que tu m'as aimé — et Dieu sait que je n'ai jamais compris pourquoi — mais je sentais que c'était vrai quand tu le disais. Toute ta façon d'être envers moi, n'était que tendresse, bonté et joie. Mais j'ai toujours eu peur du jour où tu ne m'aimerais plus.

Il regarda le visage tout pâle de Jenny.

« Je t'aime tant, Helge.

— Mais oui — il eut un fugitif sourire — tu n'es pas de celles qui n'éprouvent plus rien tout d'un coup, après avoir aimé. Je sais bien que tu ne veux pas me faire de peine. Tu souffriras toi-même si tu ne m'aimes plus. Moi, je t'aime d'un amour infini. »

Et il fondit en larmes.

Jenny l'attira contre elle.

« Helge, mon ami, mon cher ami. »

Il releva la tête et la repoussa doucement.

« Jenny, ce soir-là, à Rome, j'aurais pu te faire mienne. Tu aurais été mienne toute — tu le voulais bien — il n'y avait dans ton âme nul doute sur le bonheur que nous aurions à vivre ensemble. Je n'en étais pas aussi sûr — c'est pourquoi je n'ai pas osé... Et puis, ici, je t'ai désirée passionnément. Je voulais te posséder car j'avais peur de te perdre un jour. Mais je me suis aperçu que tu te dérobais toujours lorsque tu t'apercevais que... le désir... s'emparait de moi. »

Elle le regarda, effrayée. C'était vrai — elle n'avait pas voulu se l'avouer — mais il disait la vérité.

« Et si je t'en priais maintenant, tout de suite, le voudrais-tu ? »

Jenny remua les lèvres — puis elle dit rapidement et d'un ton ferme :

« Oui, Helge. »

Helge sourit tristement et lui baisa la main.

« Le veux-tu de tout ton cœur, parce que tu désires être à moi, parce que tu ne peux t'imaginer d'autre bonheur que celui de m'appartenir ? Et non pas seulement pour m'être compatissante ? Non pas seulement pour rester fidèle à ta parole ? Bien vrai ? »

Elle se jeta contre lui toute secouée de sanglots.

« Laisse-moi partir. Je veux m'en aller dans la montagne — entends-tu, Helge — je veux me retrouver moi-même. Je veux redevenir *ta* Jenny de Rome. Je le veux, Helge. Je ne sais plus où j'en suis... mais je le veux. Lorsque je serai calmée, je t'écrirai — et tu viendras et je ne serai plus que ta Jenny à toi.

— Jenny, dit Helge bas — je suis le fils de ma mère. Nous nous sommes éloignés l'un de l'autre — déjà — si tu peux me persuader que je suis tout pour toi sur cette terre... le seul qui compte... plus que ton travail, plus que tes amis... tu leur appartenais, je le sentais, plus qu'à moi, de même que tu es étrangère à ma famille.

— Je ne me sentais pas si étrangère auprès de ton père, dit Jenny en pleurant.

— Non, mais mon père et moi, sommes des étrangers l'un pour l'autre, Jenny. C'est ton travail que je ne pourrai jamais partager. Je sais à présent que je peux en être jaloux aussi. Jenny, ne comprends-tu pas que je suis *son* fils. Même certain d'être tout pour toi, je ne pourrai m'empêcher d'être jaloux et d'avoir peur du jour où quelqu'un viendra, que tu aimeras plus, qui te comprendra mieux. Je *suis* jaloux par ma nature même.

— Il ne faut pas l'être, Helge, tu détruirais notre bonheur. Je ne supporte pas d'être soupçonnée, entends-tu ? J'accepterais que tu me trompes plutôt que de douter de moi.

— Mais pas moi. » Il eut un sourire navré.

Jenny écarta les mèches de son front et sécha ses yeux.

« Helge, nous nous aimons. Lorsque nous serons loin d'ici — et si nous voulons tous deux que tout aille bien... Quand deux êtres humains veulent s'aimer et veulent se rendre heureux...

— J'en ai trop vu, Jenny. Je n'ose pas me fier à ma volonté et à la tienne. D'autres sans doute ont compté sur leur bonne volonté, mais j'ai vu quel enfer on peut faire de sa vie ! Réponds à la question que je t'ai posée. M'aimes-tu ? veux-tu être mienne comme à Rome ? Puis-je rester chez toi cette nuit ? Désires-tu ma présence plus que tout au monde ?

— Je tiens tant à toi, Helge. Elle sanglotait désespérément.

— Merci, dit-il. Il prit sa main et l'embrassa. Tu n'y peux rien, pauvre petite, si tu ne m'aimes pas, je le sais bien.

— Helge, gémit-elle, suppliante.

— Tu ne peux pas dire que je dois rester parce qu'il t'est impossible de vivre sans moi. Oserais-tu prendre la responsabilité de notre avenir, si tu me dis que tu m'aimes uniquement pour que je ne te quitte pas le cœur déchiré ? »

Jenny avait les yeux baissés.

Helge prit son manteau et son parapluie.

« Adieu Jenny. Il saisit sa main.

— Tu me quittes, Helge !

— Oui, Jenny, je pars ?

— Ne reviendras-tu pas ?

— Non, à moins que tu ne me dises ce que je t'ai demandé.

— Je ne le peux pas à présent », murmura-t-elle.

Il caressa une dernière fois ses cheveux et sortit.

Jenny resta à pleurer sur le canapé. Elle pleura longtemps et amèrement sans penser à rien. Une lassitude infinie l'envahissait après ces mois de mesquines vexations, de mesquines humiliations, de mesquines disputes, et son cœur lui parut vide et froid. Helge devait avoir raison.

Tout à coup elle se rendit compte qu'elle avait faim et elle vit qu'il était six heures. Elle était restée à pleurer quatres heures durant. Lorsqu'elle chercha son manteau pour sortir, elle s'aperçut qu'elle ne l'avait pas ôté.

Près de la porte il y avait une flaque d'eau, qui stagnait entre plusieurs tableaux posés face au mur. Elle prit une serpillère et épongea l'eau. Puis il lui vint à l'esprit que c'était le parapluie de Helge qui avait mouillé la chambre ainsi.

Elle appuya son front contre la porte et se remit à pleurer.

VIII

Son repas ne fut pas long. Elle essaya de prendre un journal et de ne pas penser. Mais en vain. Il valait mieux rentrer chez elle et y rester.

Sur le palier un homme semblait attendre. Il était long et mince. Elle monta les dernières marches en courant et cria : « Helge ! »

— Ce n'est pas Helge, » répondit-il. C'était Gert Gram. Jenny hors d'haleine lui tendit la main.

« Gert, qu'y a-t-il ? Est-il arrivé quelque chose ?

— Du calme, du calme, Jenny. Il prit sa main. Helge est parti pour Kongsberg chez un ami, un camarade d'école qui est médecin là-bas. Mon Dieu, petite, as-tu donc craint autre chose ! Il eut un pâle sourire.

— Ah, je ne sais pas.

— Mais, ma chère Jenny, tu es toute bouleversée. »

Elle le précéda dans le couloir, ouvrit la porte de l'atelier. Il y faisait encore jour et Gert Gram la regarda. Il était pâle lui-même.

« Tu parais en avoir beaucoup de chagrin, Jenny ? Helge nous a dit pourtant, c'est au moins ce que j'ai compris, que vous étiez d'accord, vous aviez reconnu que vous n'étiez pas faits l'un pour l'autre. »

Jenny se tut. A présent qu'un autre disait ces mots, elle avait envie de protester. Elle n'avait pas encore bien compris que tout était fini. Mais voilà que Gram le disait. Ils étaient d'accord pour reconnaître que tout était bien ainsi, et Helge venait de partir. Le grand amour qu'elle avait eu pour lui s'était dissipé, elle ne le retrouverait plus en elle, donc tout était fini. Mais, Dieu du ciel, était-ce possible que tout fût fini bien qu'elle ne l'eût pas voulu ?

« En as-tu un tel chagrin, Jenny ? répéta encore Gram. L'aimes-tu donc, malgré tout ? »

Jenny inclina la tête.

« Certes, j'aime Helge — et sa voix tremblait — on ne cesse pas d'aimer si vite. Il ne vous est pas indifférent de faire souffrir un autre. »

Gram ne dit rien tout de suite. Il s'assit sur le canapé tournant et retournant son chapeau entre ses doigts.

« Je comprends bien votre chagrin et votre détresse à tous les deux, mais, Jenny, ne crois-tu pas au fond, toi-même, qu'il valait mieux vous séparer ?... »

Elle ne répondit rien.

« Je ne puis te dire comme j'ai été heureux, Jenny lorsque j'ai fait ta connaissance de voir que c'était là la femme que mon fils aimait. Helge allait avoir tout le bonheur dont j'avais été sevré. Tu étais si belle, si distinguée. J'avais l'impression que tu étais aussi bonne qu'intelligente et énergique ; de plus une vraie artiste qui ne doutait ni de son but ni de ses moyens. Tu parlais avec feu de ton travail, avec joie de ton bien-aimé. Puis ce fut le retour de Helge !

« Tu as changé presque instantanément. Les difficultés de notre foyer, qui sont d'ordre journalier chez nous, faisaient sur toi une impression trop forte. A mes yeux, les pénibles désagréments que peut causer une belle-mère ne devraient pas empoisonner aussi complètement le bonheur d'une femme jeune et amoureuse. Je commençais à craindre une cause plus grave à ton attitude, cause qui se révélait peu à peu à toi. Ton amour pour Helge n'était pas aussi sûr que tu l'avais cru. Il t'apparut que vous n'étiez pas réellement faits l'un pour l'autre, comme tu le pensais naturellement au début. Ce n'était que l'illusion d'un moment qui vous avait jetés dans les bras l'un de l'autre là-bas, à Rome où vous étiez seuls dans ce milieu neuf, tous deux jeunes et libres, heureux par votre travail, tous deux tourmentés par la soif d'amour de la jeunesse ! Une sympathie, une compréhension fugitive et non l'union profonde de vos deux êtres. »

Jenny restait debout à la fenêtre. Elle éprouvait une violente révolte intérieure à l'écouter parler. Mon Dieu, il devait avoir raison, mais que comprenait-il à sa vraie peine lui qui, assis là, expliquait et analysait si bien la situation ?

« Cela n'arrange pas les choses, même s'il y a quelque vérité dans ce que tu dis. Peut-être as-tu raison...

— Mais en tout cas, Jenny, il vaut mieux que vous vous soyez rendu compte de votre erreur à présent. Plus tard, quel désastre et quel chagrin de rompre des liens fortifiés par l'habitude !

— Ce n'est pas cela. Ce n'est pas cela. La vérité, c'est que — oui — c'est que je me méprise de m'être menti à moi-même. Il faut savoir avant de dire que l'on aime, que l'on tiendra sa parole. J'ai toujours méprisé ce genre de légèreté plus que tout au monde. Et voici que je suis méprisable moi-même.

Gram se tourna brusquement vers elle. Il pâlit, puis une vive rougeur se répandit sur son visage, mais il ne parla qu'un peu après.

« J'ai dit que lorsque deux êtres ne sont pas faits l'un pour l'autre il vaut mieux pour eux — pour elle surtout — reconnaître leur erreur avant qu'elle ne soit irrévocable. Mais si déjà ils sont trop prisonniers des circonstances, ils peuvent essayer, avec un peu de résignation et beaucoup de bonne volonté réciproque, de ramener l'harmonie qui tente de fuir.

« Lorsque la tentative échoue, il y a encore la ressource... Je ne sais pas, en somme, ce qui s'est passé entre vous. »

Jenny eut un sourire ironique.

« Oh, je comprends ce que tu veux dire, mais pour moi je me sens aussi liée d'avoir voulu me donner à Helge, de lui avoir même promis de le faire, que si je l'avais fait et je suis plus humiliée peut-être de n'avoir pas tenu ma parole, que si j'avais été sa...

— Tu ne diras pas cela quand tu rencontreras un

172

homme que tu aimeras d'un grand et fort amour, dit Gram doucement.

Jenny haussa les épaules.

« Crois-tu donc qu'il existe, ce grand et fort amour ?

— Oui, Jenny. Gram sourit faiblement. Je n'ignore pas qu'une expression pareille semble ridicule à présent, cependant j'y crois et pour de bonnes raisons.

— Je pense que chacun aime suivant son propre caractère. Celui qui a un caractère fort, qui est franc vis-à-vis de lui-même ne se laisse pas aller à de petites amourettes médiocres. Je croyais que moi-même... Mais j'avais vingt-huit ans quand j'ai rencontré Helge. Je n'avais jamais éprouvé d'amour pour personne. J'étais lasse de ne pas aimer. Helge m'aimait. Son amour vif, jeune, sincère m'entraîna. Je me suis menti à moi-même tout comme la plupart des femmes. La passion de Helge me réchauffait, et je m'imaginais que c'était moi qui brûlais. Au fond, je savais bien qu'une illusion pareille ne dure pas, ne durerait qu'autant qu'il ne serait pas exigé la moindre chose de mon amour.

« D'autres femmes agissent comme moi en toute innocence parce qu'elles ne font pas la différence entre le bien et le mal et qu'elles sont habituées à se tromper elles-mêmes, mais moi je n'ai pas ce genre d'excuse.

« Je suis donc en vérité aussi mesquine, aussi égoïste, aussi menteuse que le reste des femmes. Tu peux en être sûr, Gram, je ne ferai jamais la connaissance de ton grand et fort amour. »

— Si, Jenny. »

Et un mélancolique sourire effleura une fois encore les lèvres de Gert.

« Dieu sait que mon caractère n'est ni fort ni grand, et j'avais vécu dans le mensonge et la laideur durant douze ans. J'étais plus âgé que tu ne l'es aujourd'hui lorsque j'ai rencontré quelqu'un qui m'a appris à croire à cet amour dont tu parles avec mépris — jamais plus je n'en douterai. »

Il y eut un court silence.

« Et tu es resté auprès de ta femme ?

— Nous avions des enfants, je ne me rendais pas encore compte que je ne devais pas m'attendre à avoir la moindre influence sur mes petits, et cela d'autant plus qu'une autre femme que leur mère possédait mon cœur et mon âme.

« Elle était mariée aussi — mal mariée. Elle avait une petite fille, elle aurait pu l'emmener sans doute, son mari buvait. Jenny, j'ai été puni de mon attitude vis-à-vis de Rébecca, moi qui en avais fait ma maîtresse, alors que seuls mes sens la désiraient.

« Notre amour était trop beau pour le mensonge. Dire que nous avons dû le cacher, ce délicieux amour, comme un crime. Oh, ma petite Jenny, il n'y a pas de plus grand bonheur... »

Elle vint à lui et il se leva.

Ils restèrent là l'un près de l'autre, sans bouger, sans parler.

« Il faut que je parte, petite, dit-il tout à coup, d'un ton bref et forcé, pour être rentré à l'heure habituelle, sinon elle se méfiera encore. »

Jenny releva la tête.

Gert Gram alla jusqu'à la porte et elle l'accompagna.

« N'aie pas peur de ne pas savoir aimer, ajouta-t-il. Tu as un petit cœur fier et brûlant, Jenny. Veux-tu me compter au nombre de tes amis ?

— Merci », dit Jenny à voix basse en lui tendant la main.

Il se pencha et baisa longuement cette main, plus longuement que personne ne l'avait jamais fait.

IX

Gunnar Heggen et Jenny Winge organisaient à eux deux une exposition pour le mois de novembre. Gunnar vint en ville à cette occasion. Durant l'été il était resté à Smaalenene, à peindre du granit rouge, des sapins verts et du ciel bleu. Depuis il avait fait un tour à Stockholm où on lui avait acheté un tableau.

— Comment va Cesca, demanda Jenny, un matin qu'ils étaient assis chez elle en train de boire du whisky et de l'eau de seltz.

— Oh, Cesca ! » Gunnar avala une gorgée, tira quelques bouffées de sa cigarette, se tourna vers Jenny qui le regardait.

Il faisait bon la revoir et l'entendre parler des choses et des gens dont elle était si loin à présent. Pour Jenny, le pays où elle avait connu Gunnar et Cesca, où elle avait travaillé avec eux, été heureuse avec eux, paraissait au delà de toutes les terres de ce monde.

Ce visage de Gunnar, si franc, si hâlé ! avec son nez de travers, — il y avait reçu un coup de pied dans son enfance. — C'est ce qui sauve la physionomie de Gunnar, disait Cesca, sinon il serait le plus affreux des bellâtres. Elle avait trouvé cela à Viterbe ! Et il y avait quelque chose de vrai dans ses paroles. En somme c'était trait pour trait le type du faraud de village :

Le front large et bas sous les boucles brunes, les grands yeux bleus, la bouche rouge et charnue avec des dents éblouissantes. Hâlé jusqu'à sa nuque robuste, il avait un corps un peu trapu, aux larges épaules, presque trop bien bâti, trop musclé. Cependant ses lèvres sensuelles, ses lourdes paupières gardaient une singulière expression d'innocente pureté. Il savait sourire avec charme ; ses mains étaient de vrais outils de travail, avec leurs tendons saillants et leurs doigts courts aux solides phalanges — mais il s'en servait d'une façon particulière, pleine de douceur.

Au contraire de Jenny qui se sentait lasse, découragée, Gunnar, bien qu'il eût un peu maigri, gardait son air de bonne santé et d'équilibre. Il avait travaillé tout l'été, se plongeant dans la lecture des tragédies grecques, des poèmes de Keats et de Shelley quand il ne peignait pas.

« Mais j'ai envie de lire ces tragédies dans le texte, dit-il ; il me faut donc apprendre le grec et le latin.

— Vrai, Gunnar ! j'ai peur qu'il n'y ait encore beaucoup de choses que tu veuilles apprendre à tout prix avant de trouver le repos de l'esprit, de sorte qu'au bout du compte tu n'auras plus le temps de peindre qu'aux jours de fête.

— Mais il *faut* que j'apprenne le grec, Jenny, car je dois écrire quelques articles...

— Toi aussi. Tu vas te mettre à écrire. »

Et elle rit.

« Certainement, je vais écrire une série d'articles sur une foule de choses, et entre autres, sur la nécessité d'introduire à nouveau le grec et le latin dans nos écoles, il faut nous cultiver un peu par ici.

— Diable ! fit Jenny.

— Oui, les choses ne peuvent continuer de la sorte. Dire que notre symbole national n'est qu'un bol à bouillie orné de peintures rustiques et de découpages, pauvre imitation du plus pauvre de tous les styles européens, le style rococo.

« C'est ainsi que nous sommes patriotes, nous autres. Tu sais bien que le plus grand compliment que l'on puisse faire à quelqu'un, soit à un artiste, soit à tout autre personne, c'est de dire : « il a rompu. » Rompu avec son école, ses traditions, les usages du monde et les idées du commun des mortels sur la façon de se comporter honnêtement. J'ai bien envie de prétendre, pour changer un peu, qu'il vaudrait mieux pour nous, Norvégiens, essayer de renouer des liens, de traîner jusqu'à nos cavernes une petite partie des innombrables trésors de la civilisation européenne, et de les rendre nôtres.

« Rompre ! On saisit à l'étranger un petit détail dans un ensemble. On extrait un seul ornement d'un style complet, et cela au sens littéral du mot, on fait de même pour les spéculations intellectuelles, on le taille et le retaille, ce petit ornement, de si triste façon qu'il en devient méconnaissable, en définitive, et qu'on le baptise d'essentiellement norvégien.

— Évidemment, mais on a commis ces mêmes erreurs au temps où la culture classique était le fondement de toute culture en Norvège.

— C'est possible, mais ce n'était qu'un brin de classicisme, un fragment, un peu de grammaire latine et des choses du même genre. On n'a jamais vu, chez nous, peindre des toiles inspirées par ce qu'on appelle l'esprit classique, à côté des peintures de nos précieux ancêtres. Tant qu'il n'y en aura pas, nous serons en marge de l'Europe. Si nous ne sentons pas que l'histoire grecque et latine est la plus ancienne histoire de notre propre civilisation nous restons en marge de la culture européenne. Il est en somme bien indifférent de savoir ce que cette histoire a été en réalité, mais ce qui importe c'est ce qui nous en a été livré. Les guerres de Sparte aux Mycéniens, par exemple ! Ce n'étaient que des combats entre tribus à demi sauvages. Mais dans les récits que nous en possédons se trouve l'expression classique du sentiment d'un peuple sain qui se fait tuer jusqu'au dernier homme plutôt que de supporter qu'on fasse violence à sa personnalité et qu'on l'empêche de se gouverner lui-même. Nous aussi, que diable, nous avons combattu pour notre honneur au cours des siècles et mangé des charretées de pommes de terre et de bouillie. Les guerres médiques n'étaient en somme qu'une bagatelle, mais pour une nation vivante, Salamine, les Thermopyles, l'Acropole représentent l'épanouissement des tendances les plus nobles et les plus fortes de l'esprit humain ; ces noms resplendiront tant que ces tendances auront quelque valeur et qu'un peuple croira en lui-même et sera fier de son passé, de son présent, de son avenir. »

Jenny eut un mouvement d'approbation.

« Et toujours un poète pourra écrire des vers sur les Thermopyles et leur insuffler son propre enthousiasme ! Te souviens-tu que je t'ai fait à Rome la lecture de l'ode de Leopardi à l'Italie ? »

Jenny fit signe que oui.

« Il y a bien un peu de déclamation là-dedans, mais, Dieu me protège, n'est-ce pas délicieux ? Te souviens-tu de l'Italie, — la plus belle des femmes enchaînée au sol, les cheveux dénoués et tout en larmes — et le passage où le poète souhaite d'être un des jeunes Grecs qui se firent tuer aux Thermopyles, joyeux et parés comme pour la danse. Et leurs noms sont sacrés, et Simonide chante du sommet d'Antelas un triomphant chant des morts. La valeur symbolique de ces merveilleux récits anciens ne peut vieillir : songe à Orphée et à Eurydice... c'est unique. La force de l'amour triomphe même de la mort, mais un seul instant de doute et tout est perdu... Ici, on ne connaît que l'opérette de ce nom.

« Les Anglais et les Français ont su forger un art nouveau et vivant, en se servant des vieux symboles. Chez nous, on voit surgir aux époques favorables quelques individus qui sont assez cultivés pour se hausser à la compréhension du destin des Atrides, et en saisir l'éternelle vérité. Les Suédois, par exemple, ont encore des liens vivants avec l'époque classique. Nous ne les avons jamais eus. Quels livres lisons-nous donc ou écrivons-nous ? Des contes pour les écoles du dimanche. Nous mettons en scène des personnages désincarnés en costume empire ou des cochonneries danoises qui ne peuvent intéresser aucun individu au-dessus de seize ans si ce n'est un minus habens. Ou bien un jeune blanc-bec se met à trancher du mysticisme, de l'éternel féminin, à propos d'une petite oie mal élevée qui se moque de lui parce qu'il n'a pas assez de bon sens pour comprendre que tout le problème pourrait se résoudre par une bonne raclée. »

Jenny se mit à rire. Gunnar faisait les cent pas sur le parquet.

« Hjerrild est encore en train de compulser avec peine un ouvrage sur le sphynx. Par hasard je connais un peu la dame. Les choses ne sont jamais allées si loin entre nous pour que je me sois abaissé à lui administrer une raclée. Mais elle me plaisait assez et j'ai trouvé cela fort désagréable. J'étais même tout à l'envers lorsque... j'ai découvert sa manière d'agir. Mais j'ai travaillé, cela m'a remis d'aplomb, tu comprends.

« En somme, vois-tu, Jenny, je ne crois pas qu'il y ait rien que le travail ne puisse faire oublier. »

Jenny resta un instant sans rien dire. Puis : « Eh bien et Cesca ?

— Oh, Cesca ! Elle n'a certainement pas touché un pinceau depuis qu'elle est mariée. Lorsque je suis allé chez eux elle m'a ouvert la porte elle-même. Ils n'ont pas de bonne. Elle avait un tablier de toile à sac noué sur le ventre et un balai à la main. Ils ont un atelier et deux petites mansardes. Dans l'atelier, il leur est naturellement impossible de travailler à deux, et du reste elle prétend que les soins du ménage absorbent tout son temps. Pendant la première matinée que j'ai passée chez eux, elle était accroupie par terre en train de nettoyer son plancher. Ahlin était sorti. D'abord, elle a enlevé la poussière avec un balai, puis elle s'est mise à quatre pattes pour frotter sous les meubles avec une patte de lièvre afin d'atteindre les moindres petits vestiges de poussière qui auraient pu se cacher dans les coins, puis elle a lavé le plancher, puis elle a essuyé les meubles, et vrai, ce qu'elle était maladroite... Enfin, nous sommes sortis ensemble pour acheter de quoi manger. Ahlin est rentré alors et elle de se sauver à la cuisine, et lorsqu'enfin le repas a été prêt, les petites boucles de Cesca étaient trempées de sueur. Son dîner, cependant, n'était pas des plus mauvais. Après le dîner elle a lavé la vaisselle, toujours avec la même maladresse : elle courait mettre chaque assiette sous le robinet. Ahlin et moi avons fini par l'aider un peu. Tu devines que je lui ai donné un tas de bons conseils.

« Je les ai invités à souper avec moi, au restaurant. Cesca, la pauvre, était toute ravie de n'être pas obligée de faire la cuisine, de laver la vaisselle, de... S'il arrive par hasard un gosse, et c'est ce qui se produira, tu peux être certaine que Cesca en a fini avec la peinture. Quelle pitié ! Je ne peux, quant à moi, que trouver cela désolant.

— Je n'en sais rien. Pour une femme, le mari et les enfants remplacent tout en général. On en a la nostalgie tôt ou tard. »

Gunnar l'observa un moment. Puis il soupira.

« Naturellement il faut s'aimer. Crois-tu que Cesca soit heureuse avec Ahlin ?

— Est-ce que je sais, Jenny ? Je crois vraiment qu'elle tient à lui. Ce n'était que : « Lennart dit... Lennart trouves-tu la sauce réussie ? » ou « Lennart veux-tu ? Lennart puis-je ?... » Elle s'est mise à parler un affreux jargon à moitié suédois. J'avoue que je ne comprenais pas facilement. Il était très épris d'elle et il n'est ni tyrannique ni brutal, au contraire. Mais elle est si curieusement écrasée et diminuée, la petite Cesca. On ne peut attribuer cela aux seules préoccupations de maîtresse de maison, bien que Dieu sait si elle en souffre ! Ses tendances naturelles ne l'y portaient pas et elle est à sa manière un petit être consciencieux. Ils ont aussi des moyens très réduits, m'a-t-il semblé.

« Peut-être — il eut un rire un peu railleur — a-t-elle eu un trait de génie comme par exemple de parler durant sa nuit de noces de Hans Hermann, de Norman Douglas, de Hjerrild et, d'un bout à l'autre, de tous ses exploits. Cela a pu faire un effet un peu extraordinaire.

— Cesca n'a jamais fait mystère de ses histoires. Il devait les connaître d'avance. »

Gunnar se versa une nouvelle rasade.

« Mais il se peut qu'elle ait jusqu'alors caché l'un ou l'autre détail et qu'elle se soit cru obligée d'en informer son mari.

— Fi, Gunnar, dit Jenny.

— Que diable ! Qui est-ce qui peut savoir la vérité au sujet de Cesca ? Sa façon de raconter son histoire avec Hans Hermann est pour le moins étrange. Je suis sûr que Cesca n'a pas vraiment mal agi. Mais je me demande ce que cela pourrait bien faire à un homme que sa femme ait eu une ou plusieurs intrigues avant le mariage, du moment qu'elle a été honnête et loyale pendant le temps qu'elles ont duré. Car c'est en somme assez brutal d'exiger la pureté physique. Si une femme a vraiment été éprise d'un homme et a accepté son amour, c'est mesquin de sa part, après leur rupture, de s'en aller avec quelque chose qu'elle lui a refusé.

« Il est évident que je préférerais que ma femme n'ait jamais aimé que moi et c'est pourquoi...

« Enfin, on ne sait ce qu'on ferait s'il s'agissait de sa propre femme. Il peut surgir tout à coup une masse de vieux préjugés et l'égoïsme peut prendre le dessus... »

Jenny buvait à petites gorgées. Elle fit un mouvement comme si elle voulait dire quelque chose. Gunnar s'était arrêté près de la fenêtre. Il restait le dos tourné, les mains dans les poches.

« Jenny, que tout cela est triste ! Je pense que l'on

rencontre rarement une femme vraiment bien douée, heureuse de travailler, énergique, consciente de sa valeur humaine, distinguant le bien du mal ; cherchant à développer les dons et les instincts qu'elle juge bons et estimables, et à en étouffer d'autres, mauvais et inférieurs. Un beau jour elle fait la connaissance d'un type quelconque et alors adieu le travail, le développement, et tout le reste. Elle renonce à elle-même pour l'amour d'un pauvre sire. Jenny, ne trouves-tu pas que c'est triste ?

— Si, mais nous sommes ainsi faites, nous toutes.

— Je ne vous comprends pas. Jamais nous ne pourrons nous mettre dans la tête que des êtres humains puissent manquer à ce point du sentiment de leur dignité. Mais c'est le cas des femmes. Elles n'ont pas d'âme, certainement. N'avouez-vous pas plus ou moins ouvertement que l'amour est la seule chose qui vous intéresse ?

— Bien des hommes font de même, en apparence au moins.

— Mais un homme convenable n'a aucun respect pour de pareils coureurs de jupons. Officiellement, nous ne voulons considérer l'amour que comme un « dérivatif naturel » à notre travail. Ou bien un homme de valeur, pensant qu'il peut assumer une charge supérieure à celle de son propre entretien, et voulant assurer la continuité de son œuvre sur terre, fondera une famille.

— Gunnar, il faut admettre que les femmes ont d'autres devoirs.

— Tais-toi, ce n'est pas cela du tout. Vous ne désirez pas travailler comme des êtres humains, vous ne voulez être que des femelles. Pourquoi diable créer une masse de gosses, s'ils ne doivent pas devenir des hommes, mais uniquement continuer à se reproduire eux-mêmes. Pourquoi produire quand on ne sait pas perfectionner la matière brute ?

— C'est assez juste. Jenny souriait.

— Pour sûr que c'est juste. Mais les femmes ! Oh ! je m'en suis aperçu dès ma jeunesse. Alors que j'allais à l'Université populaire, je me souviens d'une jeune fille à laquelle j'apprenais l'anglais. Elle voulait le savoir pour parler aux matelots des bateaux de guerre étrangers. Le maximum d'effort auquel les jeunes filles consentissent à s'astreindre ne visait qu'à obtenir une situation en Angleterre ou en Amérique. Nous autres, garçons, mes camarades et moi, nous apprenions pour apprendre — pour l'amour de la gymnastique intellectuelle. Nous essayions par tous les moyens de compléter notre petit bagage scolaire. Les filles ne lisaient que pour se distraire. Par exemple, crois-tu qu'une femme ait la moindre idée de ce qu'est au fond le socialisme, si elle n'a pas de mari pour le lui expliquer ? Essaie de faire comprendre à une femme que la société doit être organisée de telle façon que chaque enfant mis au monde ait la possibilité de développer son intelligence s'il en a, de vivre dans la beauté et la liberté s'il peut supporter d'être libre et possède le sens du beau.

« Eh oui, la liberté pour les femmes consiste le plus souvent à n'être pas obligées de faire telle ou telle chose, à n'être pas obligées de se conduire convenablement. Et le sens du beau ? Elles ne l'ont pas. Elles cherchent uniquement à être à la mode et à s'attifer avec ce qui se fait de plus cher et de plus laid. Vois leurs intérieurs : plus elles sont riches, plus ils sont affreux ! Y a-t-il une mode quelconque, si inesthétique et inconvenante soit-elle, qu'elles ne suivent pour peu qu'elles en aient les moyens. Tu ne peux le nier. Je ne veux même pas parler de la morale des femmes, car elles en sont complètement dépourvues. Admettons encore leur façon d'être vis-à-vis de nous, mais leur attitude envers elles ! Il faut les entendre parler les unes des autres. Quelle horreur ! »

Jenny continuait à sourire. Elle lui donnait à la fois raison et tort, mais elle n'était pas disposée à discuter et pour dire quelque chose, elle s'écria :

« En voilà un abatage, Gunnar. Aucune femme ne vaut plus rien à t'entendre !

— C'est à prendre au pied de la lettre, opina Gunnar.

— Tu as vu juste sur beaucoup de points, Gunnar. Pourtant, les femmes sont différentes les unes des autres, si même cette différence n'est que de degrés.

— Certes, mais je t'assure que ce que j'ai dit vaut en quelque sorte pour toutes. Et sais-tu d'où cela vient ?

L'essentiel de votre vie, c'est l'homme ; celui que vous avez ou celui que vous n'avez pas. Lui seul importe vraiment, est vraiment digne d'être pris au sérieux ; mais vous ne prenez rien au sérieux. Le travail n'intéresse qu'un moment même les meilleures d'entre vous. Si vous êtes jeunes et belles, vous êtes sûres qu'il va venir. Si les choses tournent mal, que l'amoureux ne se montre pas, que vous commenciez à monter en graine, vous négligez votre besogne et vous vous traînez, lasses et mécontentes, répandant le mécontentement autour de vous.

« Ecoute, Jenny, je t'ai toujours respectée autant que je respecterais un homme de tout premier plan. Te voilà près d'avoir vingt-neuf ans. Il faut atteindre cet âge avant de savoir travailler réellement par soi-même. Tu ne vas pas prétendre qu'au moment où tu dois prendre au sérieux ta propre vie, tu désires t'encombrer d'un mari, d'un enfant, d'une maison. Ce ne seraient pour toi que des entraves, qui t'empêcheraient de te consacrer à ton travail. »

Jenny eut un pâle sourire.

« Mon Dieu. ma fille, toi qui as reçu tant de dons en partage ! Imagine que tu doives mourir, entourée de ton mari, de tes enfants et de tout le reste, sans avoir rien produit ! Tu en serais désolée, désespérée, j'en suis sûr.

— Oui, mais si j'avais atteint le plus haut point de mes facultés de rendement, si je savais, à mon lit de mort, que ma vie et mon travail produiraient encore longtemps leurs fruits après moi et que je sois seule, sans aucun être vivant qui me fût cher auprès de moi, ne crois-tu pas aussi que je serais désolée et désespérée ? »

Heggen ne répondit pas tout de suite.

— Il faut évidemment reconnaître que le célibat ne signifie pas la même chose pour les femmes que pour les hommes. Le célibat signifie qu'elles vivent retranchées de ce à quoi les gens attachent le plus de prix, que de gré ou de force tout un groupe d'organes spirituels et corporels se flétrissent inemployés. Oh ! Jenny, parfois j'en viens à souhaiter que tu te conduises mal de temps en temps, et que, en ayant fini avec tout cela, tu recommences à travailler en paix.

— Les femmes qui se sont mal conduites de temps en temps, comme tu dis, Gunnar, n'en ont pas fini avec tout cela. Si la première tentative a été un échec, elles espèrent mieux réussir une autre fois. Et ainsi de suite. On ne se calme pas par des déceptions. Il en faut un bien grand nombre avant que l'on...

— Pas pour toi, dit-il impétueusement...

— Merci ; du reste c'est une nouveauté de t'entendre prêcher ainsi. Tu viens de dire toi-même que lorsque les femmes commencent à se mal conduire, cela finit par leur perte.

— Pour la plupart, oui. Cependant, certaines femmes doivent pouvoir... au fait, je n'en sais rien. Naturellement pas celles qui vivent uniquement pour un homme — on ne peut changer sans cesse le centre de son existence. Mais les autres qui sont quelqu'un par elles-mêmes ? Et non pas des chiennes ?

« Pourquoi toi, par exemple, ne serais-tu pas honnête et loyale vis-à-vis d'un homme, même si vous reconnaissez tous deux que tu ne peux tout abandonner, pour n'être que sa femme pendant le restant de tes jours ? Car tôt ou tard, l'amour passe. Tu ne peux en douter.

— Oui, nous le savons bien, mais nous en doutons pourtant. Elle rit. Non, vois-tu, ou bien l'on aime, et alors on croit que l'amour va durer et que lui seul vaut la peine de vivre, ou bien on n'aime pas et on est malheureux de ne pas aimer.

— Ah, Jenny, je n'aime pas t'entendre parler ainsi ! Sentir ses capacités en plein équilibre, tendre de toutes ses forces vers l'assimilation et le rendement, tirer de soi-même le maximum. Travailler — voilà la seule chose qui vaut la peine de vivre.

Jenny pencha son visage sur le bouquet de chrysanthèmes de Gert Gram.

— Je suis ravie que tu apprécies mes petits tableaux.

— Si je les apprécie ! surtout le portrait de la jeune fille au collier de corail, comme je te l'ai dit. »

Jenny secoua la tête.

« Le coloris en est remarquable, dit Gram.

— Ce n'est pas assez poussé. Le châle, le costume devraient être travaillés tout autrement. Mais quand j'étais en train de faire ce portrait tant d'autres préoccupations nous ont absorbées, Cesca et moi... » dit-elle très bas.

Elle demanda au bout d'un instant : « Savez-vous quelque chose de Helge ? Comment va-t-il. Avez-vous des nouvelles ?

— Il écrit très peu. Il travaille à sa thèse. Tu sais bien qu'il en avait fait le travail préliminaire à Rome. Il dit qu'il va bien. »

Jenny hocha la tête.

« Il n'écrit pas du tout à sa mère et naturellement elle en est malheureuse. Ce qui ne facilite pas la vie commune en ce moment. La pauvre — elle doit souffrir beaucoup. »

Jenny posa les fleurs sur son bureau et se mit à les arranger.

« Je suis contente de savoir que Helge a repris son travail. Il n'a guère eu d'heures paisibles pour travailler cet été.

— Mais toi non plus, ma pauvre enfant.

— Non, c'est vrai. Le pire, Gert, c'est que je ne puis me résoudre à recommencer, même à présent. Je me sens tout à fait mal disposée. Mon intention était de faire de la gravure à l'eau-forte cet hiver, mais...

— Ne crois-tu pas, Jenny, qu'il faut du temps pour se remettre d'une pareille déception. Ton exposition est très réussie et a reçu un fort bon accueil, ne va-t-elle pas te rendre le goût du travail ? N'as-tu pas déjà eu des offres pour ton tableau de l'Aventin. Vas-tu les accepter ? »

Elle haussa les épaules.

— Bien sûr, il le faut. On manque toujours d'argent à la maison. De plus, je suis obligée de retourner à Rome. Rester ici ne me vaut rien.

— Tu veux donc partir ? dit Gram tout bas, les yeux baissés. C'est naturel, du reste.

— Oh, cette exposition ! Jenny se jeta d'un air découragé dans son fauteuil à bascule. Il me semble que j'ai vécu une éternité depuis que j'ai peint tous ces tableaux, surtout les derniers. J'ai fini l'esquisse de l'Aventin le jour où j'ai fait la connaissance de Helge. Quand je l'ai peint, il était avec moi, ainsi que pour le portrait de Cesca. J'ai travaillé à la rue Steners, chez toi, alors que je l'attendais. Je n'ai plus rien fait depuis. Donc, Helge travaille, lui ?

— Il est naturel que ces choses laissent plus de traces dans l'esprit d'une femme.

— Oui, oui, oui, les femmes, voilà bien toute leur misère. Passer leur temps à ne rien faire et à se tourmenter, pour un amour qui n'en était même pas un.

— Ma chère Jenny, dit Gram tranquillement, je trouve cela très simple. Il faut du temps pour retrouver son équilibre. Mais on le retrouve toujours, vois-tu, et alors on se rend compte que l'épreuve n'a pas été inutile. D'une manière ou d'une autre, on enrichit son esprit et son cœur. »

Jenny eut un rire bref mais ne répondit pas.

« Il y a en tout cas des heures que tu ne voudrais pas effacer de ta vie, par exemple celles que tu as passées avec ton ami, dans ce pays délicieux, au soleil.

— Dis-moi, Gert, as-tu réellement senti que tes expériences personnelles avaient enrichi ton esprit et ton cœur ?

Gram sursauta, à la fois peiné et étonné par la brutalité de Jenny. Il attendit un instant avant de répondre.

« C'est une autre question, Jenny. Les expériences qui sont la rançon du péché, — tu comprends, je n'emploie pas le mot « péché » dans son sens orthodoxe, — je veux dire les suites d'un acte commis contre sa propre conscience, — ont peu de douceur. Mais d'une façon ou de l'autre, j'estime que mes expériences ont pu enrichir et approfondir ma vie intérieure, plus que ne l'aurait fait un bonheur médiocre, puisqu'en somme c'était ma destinée de ne pouvoir trouver le grand bonheur. Et un jour peut-être, j'en ai le pressentiment, je pourrai, au travers de ces expériences, arriver à comprendre de plus en plus le vrai sens de la vie.

« Mais en ce qui te concerne, je vois les choses autrement. Même si ton bonheur s'est révélé instable et fragile, il a été cependant pur et parfait pendant le temps qu'il a duré, pour autant que tu y as cru sans arrière-pensée et que tu n'as trompé que toi-même. »

Jenny se taisait. En elle s'élevait une protestation violente, mais elle sentait obscurément que Gram n'y comprendrait rien.

« Ne te souviens-tu pas des vers d'Ibsen : « Et si j'ai mené ma barque à sa perte, ce fut cependant délicieux de voguer ! »

— Comment oses-tu prononcer ces paroles idiotes, Gert? je t'assure qu'à l'heure actuelle nous sentons trop, du moins la plupart d'entre nous, notre responsabilité et le respect que nous devons à nous-mêmes, pour faire ce raisonnement. J'essaierai de ne pas avoir peur, même si j'enfonce, même si je sombre, pourvu que je sache que je n'ai pas moi-même fait chavirer ma barque ! Si je ne me trompe, les meilleurs d'entre les marins préfèrent couler avec leur bateau quand ils sont responsables du naufrage. Ils ne veulent pas lui survivre.

— Eh bien, je suis d'avis que généralement on est responsable en dernière instance de tous ses malheurs, dit Gram en souriant, mais aussi que le plus souvent on est capable de forger des valeurs spirituelles par ces malheurs mêmes.

— Je suis d'accord quant au premier point. Quant au dernier, il n'est vrai que si le malheur ne nous diminue pas nous-mêmes.

— Ma petite Jenny, ne prends pas les choses si à cœur. Tu en es toute bouleversée, et te laisses envahir par l'amertume. Je me souviens encore de ce que tu as dit le jour du départ de Helge. Mais voyons, tu ne peux prétendre qu'il faille étouffer tout amour dès sa naissance, à moins qu'on ne puisse garantir, au moment où il naît, que ce sentiment va durer jusqu'à la mort, supporter toute opposition, accepter tout sacrifice. De plus, comme en une vision, on devrait saisir et comprendre son essence.

plonger dans les plus secrètes profondeurs afin que tout changement futur soit absolument exclu.

— Oui, dit Jenny avec violence.

— As-tu déjà éprouvé cela ? demanda Gert

— Non, mais je le sais, j'ai toujours su qu'il devait en être ainsi. Cependant, quand j'ai eu vingt-huit ans, que je n'étais pas mariée et que j'aspirais à aimer et à être aimée, quand Helge est venu et s'est épris de moi, j'ai mis de côté ce que je devais exiger de moi-même et de mon amour. J'ai pris ce qui se trouvait, avec une certaine sincérité, je le reconnais. Tout ira bien, pensais-je. Tout ira bien certainement, mais la certitude intérieure que tout irait bien parce qu'il ne *pouvait* en être autrement, je ne l'avais pas. Il faut que je te raconte ce que mon ami Heggen m'a dit l'autre jour. Il méprise si sincèrement, si honnêtement les femmes ! Et il a raison. Nous n'avons pas le respect de nous-mêmes et de plus nous sommes trop paresseuses pour nous résoudre jamais à créer nous-mêmes notre vie, à travailler, à lutter pour parvenir au bonheur. Toutes, nous espérons secrètement la venue d'un homme qui nous offrira ce bonheur afin que nous puissions éviter de nous fatiguer à le chercher. Les plus féminines d'entre nous, celles qui n'aiment que l'oisiveté, la parure, les plaisirs s'accrochent à l'homme qui peut les leur procurer dans la plus large mesure. Mais s'il y en a quelques-unes qui ont des sentiments dignes d'un être humain, qui aspirent à la force et à la noblesse du caractère, qui essaient de les réaliser, elles n'en espèrent pas moins qu'un homme va venir leur prêter son aide. Leur plus grande joie sera de s'épanouir à la flamme de son amour.

« Certes, nous pouvons travailler pendant quelque temps, honnêtement, consciencieusement et nous réjouir de notre travail ; en secret nous attendons une félicité plus grande, qui ne résultera pas de notre effort, mais nous sera donnée. Jamais le travail ne sera tout pour une femme.

— Crois-tu qu'il soit tout pour un homme ? demanda Gram.

— Pour Gunnar, par exemple, le travail est tout. Tu

188

peux être sûr qu'il considère les femmes du point de vue le plus juste : des bagatelles dans la vie. »

Gram se mit à rire.

« Qu'il est donc vieux, ton ami Heggen. Je veux espérer pour son salut qu'il arrivera un jour à une autre manière de voir.

— Pas moi, s'écria Jenny. En ce qui me concerne, j'espère que j'apprendrai à mettre à sa vraie place cette monstruosité qu'est l'amour.

— Mais Jenny, tu parles, j'allais dire... par ignorance. Cependant tu n'es pas ignorante, tu as du bon sens ! Dois-je te raconter ce que je sais de l'amour ? Si je n'y croyais pas, comment pourrais-je avoir la moindre confiance en mes semblables et en moi-même ? Ne peux-tu me comprendre, Jenny ? Tu crois sans doute que seules les femmes trouvent que la vie n'a pas de sens et sentent leur cœur gelé et vide quand elles n'ont rien d'autre à aimer, rien d'autre sur quoi s'appuyer, que leur travail, — simple projection de leur moi. — Peux-tu croire qu'il y ait au monde une âme qui ne doute pas d'elle-même à certaines heures ? Non, petite, nous avons besoin de donner le meilleur de notre esprit et de notre cœur à un autre être, de l'aimer, de lui faire confiance, de nous assurer en lui.

« Si je te dis que ma vie depuis mon mariage a été un enfer, je n'exagère rien. Si je l'ai supportée cependant, cela vient en partie de ce que j'ai dû trouver une excuse à Rébecca dans l'amour qu'elle me portait. Je sais ce qu'elle éprouve à présent, sa cruelle et basse joie à me blesser et à m'humilier, sa jalousie, son amertume ne sont que la caricature d'un amour dédaigné. Le sentiment que j'ai de la justice se satisfait en trouvant une cause à mon malheur. J'ai trompé Rébecca quand j'ai accepté son amour sans avoir l'intention de le lui rendre, comptant en secret la dédommager par des riens, alors qu'elle me donnait le meilleur d'elle-même. Si la vie impitoyable punit ainsi toute atteinte à la sainteté de l'amour, je suis convaincu qu'elle récompense par la plus pure félicité celui qui aime sincèrement.

« Je t'ai parlé un jour d'une femme que j'ai commencé

d'aimer quand il était trop tard. Elle m'aimait depuis notre enfance sans que je m'en sois aperçu, sans que je me sois soucié de m'en apercevoir. Lorsqu'elle apprit mon mariage, elle épousa un homme qui lui jurait qu'elle seule pouvait le sauver et le relever. Je sais que tu te moques de ces essais de sauvetage. Mais ne juge pas avant d'avoir vu celui que tu aimes de toute ton âme dans les bras d'une autre, avant d'avoir mesuré l'inutilité de ta propre vie, avant d'avoir entendu un malheureux te supplier de le sauver en lui consacrant cette vie inutile. Hélène a été malheureuse et moi aussi. Nous nous sommes retrouvés, compris. Je ne dirai pas que nous ayons créé ce que les hommes appellent le bonheur. Nous étions tous deux retenus par des liens impossibles à briser. Et j'avoue que lorsque l'espoir que je chérissais de faire d'elle un jour ma femme, mourut lentement, lentement, mon amour se transforma. Mais à présent encore, le souvenir de cette femme, qui est bien loin de moi, dans un autre hémisphère, afin d'alléger pour ses enfants le fardeau de la vie auprès d'un père ivrogne, est mon bien le plus précieux. A cause d'elle, j'ai continué à croire à la pureté, à la beauté, à la force de l'âme humaine, à l'amour aussi. Et je suis sûr que mon souvenir donne à Hélène la force secrète de souffrir et de lutter là-bas au delà des mers. Car elle m'aime aujourd'hui comme au temps de notre enfance, elle croit en moi, en mon talent, en mon amour, elle est sûre que j'étais digne d'un sort meilleur Je compte donc encore pour elle, n'est-ce pas, Jenny ? »

Elle ne répondit pas.

« Car ce n'est pas d'être aimé qui est le bonheur, le plus grand bonheur, c'est d'aimer.

— C'est un bonheur bien chétif, Gram, d'aimer quand on n'est pas payé de retour.

Il resta un instant sans parler, puis il reprit presque dans un souffle :

« Petit ou grand, c'est un bonheur de ne voir que le bien dans une autre âme, de ne croire qu'au bien, de ne vouloir que le bien d'un autre être, de se dire : Seigneur, fais que je la sente heureuse, car elle le mérite, car elle est pure, belle et distinguée, intelligente et bonne ;

de prier Dieu de lui donner toutes les joies qu'on n'a pas eues. C'est un bonheur pour moi, ma petite Jenny, de prier ainsi quand je pense à toi. Non, il n'y a rien là qui puisse t'effaroucher. »

Il s'était levé, elle fit de même, et eut un mouvement de recul comme si elle eût craint de le voir s'approcher.

Gram s'arrêta.

« Comment se fait-il que tu n'aies pas compris plus tôt, toi, une fille si intelligente ? Je croyais que tu t'en étais doutée avant moi. Aurait-il pu en être autrement. Ma vie tire à sa fin, je n'attends plus que la vieillesse, la déchéance, l'obscurité, la mort. Je sais à présent que je n'atteindrai jamais ce à quoi j'ai aspiré durant toute mon existence. Et voilà que tu as croisé ma route. Tu me parais la femme la plus exquise que j'aie rencontrée. Ce que j'ai voulu jadis, tu le veux à présent et tu es sur le point de réaliser ton rêve. Mon cœur pouvait-il s'empêcher de crier : Mon Dieu, fais qu'elle atteigne le but, aide-la, empêche-la d'échouer comme moi.

« Et tu as été si bonne pour moi. Tu es venue me trouver dans ma tanière, tu m'as parlé de toi-même, tu as écouté mes confidences, et tes yeux délicieux étaient pleins de chaude et douce sympathie. Mais quoi, tu pleures ? »

Il saisit les mains de la jeune fille et y appuya ses lèvres.

« Ne pleure pas, Jenny, ne pleure pas ainsi. Pourquoi pleures-tu ? Tu es toute tremblante, pourquoi pleures-tu donc si fort ?

— Pour tout, sanglota-t-elle.

— Assieds-toi. Il se mit à genoux, et appuya un instant son front contre elle. Ne pleure pas à cause de moi. Crois-tu donc que je voudrais ne pas t'avoir rencontrée ? Mon amie chérie, si tu as aimé un autre être, désires-tu que ton amour n'ait pas existé ? En ce cas, tu ne sais pas ce que c'est qu'aimer, tu peux m'en croire. Non, non, Jenny, je ne voudrais pas supprimer ce que j'éprouve pour toi, dût-il y aller de ma vie.

« Et ne pleure pas à cause de toi-même. Tu seras heureuse, j'en suis sûr. Un jour, parmi tous les hommes auxquels tu inspireras de l'amour, il y en aura un qui sera à tes pieds comme moi en ce moment. Et tu sentiras ton cœur battre au rythme d'une vie nouvelle. Et tu sauras que de rester près de cet homme, serait-ce dans la plus pauvre masure, ne serait-ce que pour un court instant après une journée de noirs soucis et de peines, c'est le bonheur, un bonheur supérieur au plus grand succès, à la plus grande célébrité de l'artiste. C'est bien ce que tu dis toi-même, n'est-il pas vrai ?

— Oui, murmura-t-elle à travers ses larmes.

— Ne crains donc plus rien. Ce bonheur sera ton partage.

« N'est-ce pas, Jenny, que lorsque tu t'efforces d'être une femme de valeur, une artiste consciencieuse, tu sens le besoin d'avoir près de toi quelqu'un qui te dise que tu as raison de lutter, de travailler et qui t'aime pour ces luttes et pour ce travail. »

Jenny fit signe que oui et Gram baisa respectueusement ses doigts.

« Tu réunis en toi tout ce qui est bon et beau, et fier et délicieux. Un jour un homme plus jeune, plus fort, meilleur que moi, te répétera ces mêmes paroles. Et tu en seras heureuse, tout à fait heureuse. L'es-tu un peu, un tout petit peu de ce que je te les dise ? Es-tu contente d'apprendre que tu es la plus exquise, la plus merveilleuse petite fille du monde entier ? Regarde-moi, Jenny ; ne puis-je te consoler un peu si je t'affirme que la vie te donnera ses plus pures joies, car tu les mérites. »

Elle regarda le visage levé vers elle et ses lèvres esquissèrent un faible sourire. Puis elle baissa la tête et passa une main caressante sur les cheveux de Gert.

« Oh, Gert, oh, Gert, je n'y peux rien. Je ne voulais pas te faire de la peine. Ce n'est pas de ma faute, n'est-ce pas ?

— N'en sois pas affligée, petite. Je t'aime, parce que tu es telle que tu veux être, telle que j'aurais voulu être moi-même autrefois. N'en sois pas affligée, même si tu m'as fait de la peine. Il y a de douces peines, des peines bénies. »

Elle continuait à pleurer en silence.

Il attendit un moment, puis ajouta tout bas : : Me permets-tu de venir te voir de temps en temps ? Lorsque tu seras triste, fais-moi signe. J'aimerais tant essayer de te venir en aide, ma petite Jenny.

— Je n'ose pas, Gert.

— Ma chérie, mais je suis un vieillard, je pourrais être ton père.

— Je veux dire, que je n'ose pas à cause de toi. Je n'agirais pas bien vis-à-vis de toi.

— Si, Jenny. Crois-tu que je penserais moins à toi si je ne te voyais pas. Je ne désire que te voir, te parler, essayer de t'être bon à quelque chose, me le permets-tu ? Dis, me le permets-tu ?

— Je ne sais pas, Gert. Oh, mon cher ami, va-t'en, va-t'en à présent. Je n'en peux plus — tout cela est si affreux, va-t'en, Gert. »

Il se leva.

— Je m'en vais, adieu, Jenny, tu es toute bouleversée, pauvre petite.

— Oui, dit-elle dans un souffle.

— Je m'en vais. Puis-je revenir ? Je voudrais te voir avant ton départ, quand tu seras plus calme et que tu n'auras plus peur. Tu n'as aucune raison d'avoir peur. »

Elle resta une minute silencieuse et immobile, puis elle l'attira brusquement à elle, effleura sa joue de ses lèvres.

« Va, Gert.

— Merci, Dieu te bénisse, Jenny ! »

Elle essaya de se calmer en marchant de long en large dans l'atelier. Elle ne comprenait pas pourquoi elle tremblait ainsi. Au fond d'elle-même, non, ce n'était pas de la joie qu'elle éprouvait, mais les paroles de Gert, tandis qu'il était à genoux devant elle, lui avaient été douces. Oh Gert, Gert ! Elle l'avait toujours considéré comme un être faible, qui s'était laissé briser par la vie et qui était resté prostré comme un vaincu. Tout à coup, elle avait compris qu'il portait en lui une force, une assurance profondes et il s'était révélé à elle comme le riche, celui qui donne, qui secourt. Elle, au contraire, se sentait troublée, incertaine, malade de nostalgie, derrière l'armature de principes et de convictions qu'elle avait essayé de forger.

Et elle l'avait prié de partir. Pourquoi ? Parce qu'elle était infiniment pauvre et qu'elle lui avait confié sa misère, à lui qu'elle croyait aussi pauvre qu'elle. Il lui avait montré ses trésors et offert joyeusement une parcelle de ses richesses pour lui venir en aide. Elle s'était sentie humiliée. Voilà pourquoi elle l'avait prié de partir. Voilà.

Accepter une tendresse sans pouvoir la rendre lui avait toujours paru méprisable. Aurait-elle jamais cru qu'elle aurait besoin de secours, elle, Jenny !

Il n'avait pu accomplir l'œuvre qu'il rêvait. L'amour qui avait rempli son cœur, n'avait pas eu droit à la vie. Et il ne désespérait pas. Le bonheur réside sans doute dans la foi et qu'importe son objet, pourvu que l'on ait en dehors de soi quelque chose en quoi s'assurer.

Il est impossible de vivre si l'on ne croit qu'en soi, si l'on n'aime que soi.

Elle avait toujours envisagé la possibilité de la mort volontaire. Si elle mourait à présent, bien des gens auxquels elle était attachée en seraient affligés, mais qui donc ne pourrait se passer d'elle ? Il n'existait personne à qui elle fût indispensable et pour l'amour de qui elle se crût obligée de traîner de misérables jours. Sa mère et ses sœurs ? Pourvu qu'elles ne sachent pas qu'elle avait attenté à sa vie, elles verraient leur douleur se changer au bout d'un an en une douce mélancolie. Cesca et Gunnar en éprouveraient sans doute beaucoup de peine, car ils devineraient qu'elle avait été malheureuse, mais elle restait malgré tout en marge de leur existence. Celui qui l'aimait souffrirait plus qu'eux tous, mais à lui, elle n'avait rien à donner. Il pourrait l'aimer tout aussi bien morte que vivante, puisque son bonheur consistait à l'aimer. Le bonheur chez lui était un don.

Si elle n'avait pas ce don, on n'y pouvait rien changer. Le travail ne remplirait pas sa vie au point qu'elle n'eût plus d'autres désirs. Devait-elle vivre parce qu'on lui accordait quelque talent ? Aucune de ses œuvres ne procurait à personne la joie qu'elle avait à les accomplir. Et cette joie n'était pas suffisante pour la satisfaire.

194

Gunnar n'avait pas tout à fait raison en disant crûment que sa vertu la tourmentait. Il y aurait eu un remède à cela. Mais elle ne voulait pas en essayer de peur de rencontrer, après coup, ce vers quoi tendait toute son âme, de peur aussi de vivre, solitaire au fond d'elle-même, à côté d'un autre être. Non, non, elle ne pourrait appartenir à un homme, et accepter l'intimité de corps et d'âme qui résulterait de leur vie commune, pour s'apercevoir peut-être, un jour, qu'elle n'avait jamais connu cet homme et lui était restée inconnue, aucun d'eux n'ayant rien compris aux paroles de l'autre.

Non, non. Elle vivrait parce qu'elle attendait non un amant mais un maître. Elle ne voulait pas mourir encore parce qu'elle attendait. Il lui était impossible à présent de jeter sa vie par-dessus bord, soit de l'une soit de l'autre manière. Elle ne pouvait mourir si dénuée de tout qu'elle n'eût rien à quitter qui lui fût vraiment cher... Elle ne pouvait pas... il lui fallait croire qu'un jour viendrait un changement...

Allons, elle essaierait de se cramponner à son art. Mais comment y parviendrait-elle, elle qui était malade d'amour ? Et elle eut un rire navré.

Contre la fenêtre de l'atelier mansardé le ciel tendait son obscurité violette — Les toits d'ardoises, les cheminées, les poteaux télégraphiques, tout le paisible monde extérieur se fondait dans la grisaille crépusculaire. Des réverbères venait un reflet rougeâtre. Le bruit des autos et le grincement du tram sur les rails déchiraient le silence de la rue gelée.

Jenny ne se sentait pas disposée à rentrer et à dîner chez sa mère. Pourtant elle avait promis de le faire. Elle mit donc son manteau et sortit.

Le froid lui parut à la fois humide et piquant. Le brouillard sentait la suie, le gaz d'éclairage, la poussière glacée. Quelle triste et désespérante rue ! Elle partait du centre de la ville, au milieu du vacarme des trams et de la clarté des magasins aux vitrines éblouissantes où se pressait la foule, pour aboutir aux murs gris et sans vie de la prison. D'un côté les grandes maisons de commerce, tout en pierres et en vitres, d'une activité bourdonnante, de l'autre, les vieilles bâtisses du temps où la ville était toute petite. Demeures étrangement solitaires, montrant de temps à autre une fenêtre menue garnie de pots de fleurs derrière des rideaux.

Même les boutiques n'étaient pas de celles qui attirent de nombreux clients. C'étaient des magasins de papiers peints et de rosaces pour plafonds ; quelques devantures arboraient des meubles, lits d'acajou ou chaises en chêne qui avaient l'air de ne jamais devoir servir à personne.

Jenny aperçut sous une porte cochère un petit garçon, bleu de froid et qui tenait à son bras un grand panier. Il contemplait deux chiens qui se battaient au milieu de la rue soulevant autour d'eux la poussière gelée. Il tressaillit lorsque les chiens coururent vers lui.

« As-tu peur des chiens ? demanda Jenny. Le petit ne répondit rien, mais quand elle ajouta : Veux-tu que je passe devant ? » il se glissa à côté d'elle, toujours silencieux.

« Où vas-tu, où demeures-tu ?
— Dans la rue Vold.
— Es-tu venu faire des courses jusqu'ici, toi qui es si petit ? quel garçon débrouillard !
— Nous allons chez Asse, dans la rue Strand, car papa le connaît. Mais ce panier est si lourd. »

Jenny jeta un coup d'œil autour d'elle, il n'y avait presque personne dans la rue.

« Viens, petit, je vais te le porter un bout de chemin. L'enfant abandonna son panier comme à regret.
— Donne-moi la main et nous passerons ensemble devant les chiens. Comme tu as froid, n'as-tu pas de moufles ? »

Il secoua la tête.

« Mets tes mains dans mon manchon. Tu ne veux pas ? Tu crois qu'un garçon ne peut pas se promener avec un manchon ? »

Elle pensait à son Nils petit. Il lui avait manqué si souvent. A présent voici qu'il était grand, et à l'âge où l'on a un peu honte de se promener avec une sœur aînée. Il ne venait la voir que rarement. Son année d'absence et les mois qu'elle avait passés avec Helge ici les avaient éloignés l'un de l'autre. Peut-être, quand il serait grand, leur intimité reprendrait-elle, car ils s'aimaient fort tous deux. Mais en ce moment il était heureux sans elle. Pourquoi Nils n'était-il plus un bébé ? Elle pourrait le prendre sur ses genoux, lui raconter des histoires, lui faire sa toilette, le déshabiller, l'embrasser encore. Pourquoi n'était-il plus le petit garçon qui faisait avec elle dans le Nordmarken, de grandes promenades pleines d'aventures merveilleuses...

« Comment t'appelles-tu, petit ?

— Ausjen Torstein, M'am.

— Quel âge as-tu, Ausjen ?

— Six ans.

— Tu ne vas pas encore à l'école, n'est-ce pas ?

— Non, mais j'irai en avril.

— Seras-tu content d'aller à l'école, dis ?

— Non, car la maîtresse est toujours fâchée. Je ne serai pas dans la même classe qu'Oscar, car Oscar doit aller dans la deuxième classe qu'il dit et...

— Oscar, c'est ton camarade ? demanda Jenny.

— Oui, il demeure dans notre maison.

Il y eut un court silence, puis Jenny reprit :

« Ne penses-tu pas que c'est dommage de ne pas encore avoir de neige, pour vous qui pouvez luger sur la pente de Piperviken. As-tu une luge ?

— Non, mais j'ai des patins, et puis des skis.

— Alors, ce serait chic d'avoir de la neige, n'est-ce pas ? »

Ils étaient arrivés dans la rue Storting. Jenny abandonna la main de l'enfant et regarda le panier ; il était si gros et son propriétaire si petit. Elle continua donc de le porter bien que cela eût l'air lamentablement vertueux de s'en aller ainsi par les rues avec ce petit pauvre. Elle avait eu envie de l'emmener dans une pâtisserie, mais quelle tête ferait-elle si elle rencontrait une de ses connaissances ? Dans la sombre rue Vold elle reprit la main de son compagnon, porta son panier jusque chez lui, et elle lui donna dix oere en guise d'adieu.

Elle alla ensuite acheter du chocolat et des moufles rouges qu'elle se proposait d'envoyer à Ausjen. Oh, mon

Dieu, si au moins elle pouvait procurer à quelqu'un une petite joie, une petite joie inattendue !

Peut-être pourrait-elle le faire poser quelques heures par jour, bien qu'il fût bien jeune pour s'y prêter. Pauvre petit poing d'enfant qui s'était réchauffé dans sa main. Elle se sentait réconfortée de l'avoir tenu quelques instants.

Elle essaierait de faire son portrait. Quelle frimousse pleine de vie ! Elle lui donnerait du lait avec une goutte de café et de bonnes tartines, puis elle travaillerait en bavardant avec lui.

TROISIÈME PARTIE

I

Claire et douce après-midi de mai ! Vers le soir les cours obscures elles-mêmes furent baignées de poussière de soleil, les grands murs noirs prenaient des reflets orangés, les cheminées d'usine devenaient rouge sang à la dernière flambée du jour. Les toits grands et petits des maisons de la ville se profilaient sur un ciel presque violet, obscurci par les fumées et les vapeurs. Le petit arbre près du grand mur laissait filtrer la lumière entre ses jeunes feuilles d'un vert transparent, cette année comme l'an dernier.

Jenny remarqua les moisissures vertes sur les cloisons des boutiques de brocanteurs. Les traces de suie le long des murs des maisons de commerce étaient toutes noires par places et cependant ailleurs, elles semblaient recouvertes d'une fine pellicule argentée qui brillait.

Elle leva les yeux. Elle s'était promenée durant toute la matinée à Bygdœ sous un ciel bleu foncé qui accentuait la teinte olivâtre des sapins et le vert cru des bourgeons des autres arbres. Mais ici, au-dessus des maisons hautes et du réseau des fils télégraphiques, le ciel pâlissait et se couvrait d'un délicat voile de brume. C'était du reste plus joli. Gert était incapable de s'en apercevoir. La ville restait pour lui sale, vilaine, grise — cette ville que la jeunesse de 1880 avait honnie et dont le séjour lui paraissait comparable aux travaux forcés. A cette heure-ci il devait être là-haut à regarder la rue inondée de soleil ; la lumière jouait avec les formes et les couleurs, mais il s'en apercevait sans doute à peine, car pour lui ce n'était qu'un rayon aperçu de la fenêtre d'une prison.

Elle s'arrêta un instant devant sa porte, inspectant par habitude les alentours. Il n'y avait personne qu'elle connût. Quelques ouvriers se dirigeaient du côté de « Vaterland » et vers la ville. Il devait donc être plus de six heures.

Jenny monta l'escalier en courant. Oh, les affreuses marches de fer qui résonnaient entre les murs nus lorsqu'ils se glissaient furtivement hors de la chambre, là haut, durant les nuits d'hiver ! On eût dit que ces lieux retenaient le froid et l'humidité. Elle longea le corridor et frappa les trois coups à sa porte.

Gram ouvrit. Il l'attira à lui d'une main et tandis qu'ils s'embrassaient, ferma la porte de l'autre.

Elle vit, par-dessus son épaule, les fleurs fraîches sur la petite table avec le carafon de vin et des abricots exotiques dans une coupe de cristal taillé. Un léger nuage de fumée de tabac flottait dans la pièce. Jenny devina que Gram l'avait attendue depuis quatre heures avec tout ce qu'il avait préparé pour l'amour d'elle.

« Je n'ai pu venir plus tôt, Gert, murmura-t-elle. J'étais si ennuyée de te faire attendre. »

Quand il desserra son étreinte, elle alla à la table et se pencha sur les fleurs.

« Puis-je en prendre deux pour me faire belle. Oh, Gert, que tu me gâtes ! Elle lui tendit la main.

— Quand dois-tu me quitter, Jenny ? demanda-t-il, cependant qu'il embrassait ses bras avec précaution.

Jenny détourna un peu son regard.

« J'ai dû promettre de rentrer pour le souper. Maman m'attend toujours, elle est très fatiguée de sa journée et elle a bien besoin que je l'aide un peu pour le repas du soir. Ce n'est pas si facile que cela de quitter la maison, murmura-t-elle d'un ton plaintif. »

Il baissait la tête tandis qu'elle parlait. Lorsqu'elle vint près de lui il la prit dans ses bras de façon que le visage de Jenny resta caché contre son épaule.

Elle ne savait pas mentir, pauvre petite, même pas pour lui faire illusion pendant une seule seconde miséricordieuse ! Cependant elle avait bien pu s'absenter de la maison au cours de ce trop rapide hiver et durant les premières soirées claires, toutes bleues et vertes, du printemps.

« C'est bien fâcheux pour nous, Gert. Mais je te jure que tout est difficile à présent que j'habite à la maison. Et il faut bien que j'y habite, maman a besoin d'argent. C'est à moi de l'aider. C'est en plein accord avec toi que je suis rentrée. »

Gert Gram fit signe que oui. Ils s'étaient assis sur le canapé, serrés l'un contre l'autre. Jenny appuya sa tête contre la poitrine de Gert afin qu'il ne vît pas son visage.

« Sais-tu que j'ai été à Bygdœ ce matin, Gert. J'ai refait notre promenade de l'autre jour. Nous y retournerons bientôt ensemble, n'est-ce pas, — pourquoi pas après-demain si le beau temps continue ? Et je trouverai bien un prétexte pour expliquer mon absence à la maison de sorte que nous pourrons rester ensemble toute la soirée, veux-tu ? Je suis sûre que tu es ennuyé que je sois forcée de rentrer tôt, dis, Gert ?

— Ma Jenny, je te l'ai dit cent fois — et elle devinait au ton de sa voix qu'il avait encore son sourire mélancolique — je te suis reconnaissant pour le moindre instant que tu veux bien m'accorder.

— Ne dis pas cela, Gert, supplia-t-elle.

— Pourquoi pas, si c'est la vérité. Ma petite bien-aimée, crois-tu par hasard que je puisse oublier que tout ce que tu m'as donné n'était qu'une grâce royale. Je n'arriverai jamais à comprendre pourquoi tu me l'as accordée.

— Gert, cet hiver, lorsque je me suis rendue compte que je t'étais chère, et à quel point, je me suis dit à moi-même qu'il fallait en finir. Et puis je n'ai pu me passer de toi, c'est pourquoi j'ai été tienne. Était-ce une grâce, alors que je ne pouvais me résigner à ne plus te voir ?

— C'est précisément ton amour, Jenny, que je qualifie de grâce incompréhensible. »

Elle se serra contre lui sans rien dire.

— Ma petite Jenny si jeune, si délicieuse.

— Je ne suis pas jeune, Gert. Quand nous nous sommes rencontrés, je commençais déjà à être vieille et je n'avais jamais été jeune. Toi, tu étais jeune, bien plus jeune de cœur que moi — car tu croyais encore à tout ce dont je riais et que je qualifiais de rêves d'enfants. Tu y croyais tant que tu me fis croire moi-même à l'amour, à la tendresse du cœur, à tout le reste...

Gert Gram eut une sorte de rire silencieux, puis il dit :

« Mais non, mon cœur était plus vieux que le tien. En tout cas, je pensais que je n'avais encore jamais été jeune et j'espérais en dépit de tout, au fond de moi, qu'un jour viendrait où elle s'approcherait de moi, la jeunesse, mais mes cheveux avaient blanchi à l'attendre.

Jenny secoua la tête. Elle leva une de ses mains et la posa sur la tête de Gram.

« Fatiguée, ma Jenny ? Veux-tu que je t'enlève tes souliers ? veux-tu te coucher un moment et te reposer ?

— Je ne veux rien, non, je suis si bien ainsi. »

Elle ramena ses jambes sous elle et resta blottie sur les genoux de Gert. Il l'entoura d'un de ses bras ; de sa main libre il emplit un verre de vin et l'approcha de la bouche de Jenny. Elle but avidement. Puis il prit des cerises, les lui donna et cueillit les noyaux sur ses lèvres.

« Veux-tu un peu plus de vin ?

— Non, merci. Dis, Gert, je veux rester près de toi. J'enverrai un message à la maison, disant que j'ai rencontré Heggen. Il est certainement en ville, mais il faudra malheureusement que je rentre avant le dernier tram.

— Je vais envoyer le message. — Il la fit glisser sur le canapé. — Reste ici et repose toi, petit mienne.

Lorsqu'il fut parti, elle déboutonna ses souliers et but encore quelques gorgées de vin. Puis elle s'étendit tout à fait sur le canapé, enfonça la tête dans les coussins et tira la couverture jusqu'à ses épaules.

Elle l'aimait évidemment. Elle était contente d'être près de lui. Lorsqu'elle se blottissait ainsi contre lui, elle se sentait bien. Il était le seul être au monde qui l'eût jamais prise sur ses genoux, l'eût réchauffée, protégée, appelée

« petite fille ». Le seul être au monde qui lui fût vraiment proche. Il avait donc bien le droit de la posséder.

Lorsqu'il la tenait contre lui, le visage caché contre son épaule de sorte qu'elle ne voyait rien mais sentait qu'il était là et l'aimait, elle se trouvait bien. Oh non, elle ne pouvait se passer de lui. Quoi de plus naturel alors que de lui donner le peu qu'elle avait puisqu'elle recevait de lui ce qui lui était indispensable ?

Il avait le droit de l'embrasser, de faire d'elle ce qu'il voulait. Mais que ne pouvait-il se taire ? Ses paroles les éloignaient toujours l'un de l'autre. Il parlait d'amour, et son amour à elle n'était pas tel qu'il le voyait. Elle ne trouvait pas de mots pour exprimer ses sentiments. En réalité, elle ne faisait que se cramponner à lui, il n'y avait là ni grâce, ni don princier. Ce n'était qu'un pauvre amour mendiant ; il n'aurait pas dû l'en remercier, mais se contenter de l'aimer et ne rien dire.

Lorsqu'il revint, elle était encore étendue, fixant le vide ses yeux grands ouverts. Elle les ferma en souriant un peu sous ses caresses silencieuses et discrètes. Puis elle lui jeta les bras autour du cou. Le faible parfum de violette qu'il apportait était doux et frais. Elle lui fit un petit signe de tête affectueux quand il la souleva dans ses bras. Il voulut parler, mais elle lui mit une main sur la bouche, et l'embrassa, de sorte qu'il ne put que se taire, tandis qu'il la portait dans la chambre à côté du bureau.

Gert accompagna Jenny jusqu'au tram. Elle resta un moment debout sur la plateforme pour le regarder qui s'en allait dans la nuit bleue de mai. Puis elle entra s'asseoir. Il avait quitté sa femme au moment de Noël. Il habitait seul dans la rue Steners une chambre à côté du magasin. Jenny devina qu'il pensait à rendre la séparation officielle un peu plus tard, quand Rébecca aurait vraiment compris qu'il ne reviendrait plus. C'était sa manière d'agir. Il n'osait pas rompre d'un coup.

Jenny ne voulait pas songer à ses projets d'avenir. Pouvait-il envisager la possibilité de leur mariage alors qu'elle n'acceptait pas même une seconde l'idée d'êtrée rivée à lui pour toujours. Chaque fois que Jenny pensait à Gert, elle se sentait humiliée, désespérée, honteuse et elle ne se remettait un peu que chez lui lorsqu'elle pouvait se réfugier dans son amour. En somme elle l'avait trompé, elle le trompait constamment.

« C'est précisément ton amour Jenny, que je qualifie de grâce incompréhensible ! »... Qu'y pouvait-elle donc, s'il en était arrivé à considérer les choses de cette façon ?

Il n'aurait pas fait d'elle sa maîtresse si elle ne l'avait pas voulu et ne lui avait fait comprendre qu'elle y était disposée. Oh Dieu, chaque fois qu'ils étaient ensemble elle sentait grandir le désir de Gert, et elle souffrait en le voyant s'efforcer de cacher son amour, trop fier pour le montrer, trop fier peut-être aussi pour vouloir risquer un refus.

Et elle qui était incapable, elle le savait bien, de repousser Gert, de se passer du seul être qui l'aimât, avait-elle eu autre chose à faire par simple honnêteté que de lui offrir ce qu'elle pouvait lui donner ?

Mais il lui avait fallu dire des paroles qui dépassaient ses sentiments. Il l'avait crue et prise au mot:

Cela se reproduisait encore et toujours. Lorsqu'elle arrivait chez lui mécontente, découragée, à la seule pensée de l'issue fatale de cette aventure et qu'elle sentait l'inquiétude de Gert elle répétait les paroles de tendresse et simulait des sentiments bien plus vifs que ceux qu'elle éprouvait. Et lui aussitôt ne doutait plus d'elle.

Il ne connaissait pas d'autre amour que l'amour heureux. Le malheur venait du dehors, par la malignité du destin ou bien par une justice cruelle qui réparait un tort ancien. Jenny avait bien deviné les appréhensions de Gert concernant la durée de son amour. Un jour, elle s'apercevrait qu'il était trop vieux pour être son amant. Jamais, cependant Gert n'avait deviné que l'amour de Jenny était né malade, portant en lui dès le début des germes de mort. Il ne servirait à rien de le lui expliquer, il ne pourrait comprendre.

Elle avait cherché un abri auprès de lui, puisqu'il avait été le seul à le lui offrir alors qu'elle se sentait mortellement abandonnée. Lui, qui lui apportait cette chaude tendresse, comment l'aurait-elle repoussé, même en sachant qu'elle devait le faire ? Non, il n'était pas vieux. Sa passion, la foi qu'il mettait en elle, son adoration étaient de la vingtième année, mais il avait la bonté, la générosité d'un homme fait. L'amour que pouvait contenir toute une vie d'homme, s'épanouissait en lui qui était au seuil de la vieillesse. Cet amour aurait dû s'adresser à une femme qui l'aurait aimé en retour et qui aurait pu vivre avec lui les courtes années de plénitude où se seraient réalisé les rêves et les espérances de l'existence entière de Gert. De plus en plus liée à lui par mille souvenirs de bonheur, cette femme aurait approché de l'âge mûr comme une épouse qui aurait passé avec lui son printemps et son été, elle aurait vieilli avec lui dans la paisible certitude d'un amour tranquille. Mais elle, Jenny, si elle essayait de rester, que pouvait-elle donner à Gert ? Jamais elle ne lui avait rien donné. Elle ne faisait que recevoir. Elle ne ferait pas illusion à Gert, ne lui ferait pas croire qu'elle avait étanché pour toujours sa soif de bonheur par cette aventure de jeunesse. Il lui dirait de partir. Quand l'amour était venu, elle s'était donnée toute, mais elle n'aimait plus et il fallait lui rendre la liberté. Voilà comment Gert verrait les choses ; jamais il ne comprendrait qu'elle se désolât parce qu'à aucun moment elle n'avait rien donné.

Elle souffrait lorsqu'il parlait de sa générosité. Certes, elle était vierge avant de devenir sa maîtresse ; il en concluait à la profondeur, à l'immensité de son amour, puisqu'elle lui avait sacrifiée sa pure jeunesse.

Elle était restée pure durant vingt-neuf ans. Elle avait préservé cette pureté comme une blanche parure d'épouse. Mais la parure n'avait pas été prête à servir. Dans sa crainte de ne jamais porter la robe nuptiale, dans le désespoir que lui inspirait son isolement glacé, son incapacité d'aimer, elle avait cru se consoler en s'enfermant dans cette pureté, en lui faisant un rempart de ses pensées. Combien plus pures celles qui avaient vécu une vie d'amoureuse, alors qu'elle-même avait passé ses jours à se ronger, à attendre, à désirer jusqu'à en être paralysée toute.

Lorsqu'elle était devenue la maîtresse de Gert, elle en avait été bien peu émue. Elle n'était pas de glace cependant. Parfois, elle subissait la contagion de la tendresse, de la passion, alors qu'elle n'était que tiède. Loin de Gert elle pensait à peine à lui. Pour lui faire plaisir elle prétendait faussement qu'il lui manquait. Elle ne faisait que mentir au sincère amour de Gert.

Et pourtant il fut un temps où elle avait été sincère, où du moins si elle avait menti à Gert, elle s'était aussi menti à elle-même. Elle s'était sentie emportée par un irrésistible élan, dû sans doute à sa pitié pour Gert, à sa révolte contre son propre sort. Pourquoi tous deux s'usaient-ils, chacun à sa manière, à poursuivre l'impossible ? Elle se demandait avec une terreur grandissante où la mènerait la voie qu'elle suivait, et ce fut avec une explosion de joie qu'elle crut s'apercevoir qu'elle aimait Gert. Elle s'était littéralement jetée dans les bras de cet homme, consciente de sa folie. En ce temps-là, lorsqu'elle prenait le tram pour rentrer le soir, elle regardait les paisibles visages bourgeois de ses somnolents compagnons d'un air de défi triomphant. Elle venait de chez son amant, autour d'eux grondait la tempête, ils ignoraient tout de l'avenir, mais elle se sentait fière de son sort, malgré l'infortune et l'ombre menaçantes.

A présent elle n'aspirait plus qu'au dénouement ; elle faisait des plans pour son voyage à l'étranger qui n'était qu'une fuite. Elle avait accepté l'invitation de Cesca à Tegneby pour préparer la rupture. De toutes façons, si elle était cause de sa séparation d'avec sa femme, elle lui avait au moins fait quelque bien.

En face de Jenny étaient assises deux jeunes femmes qui ne devaient guère être âgées qu'elle. Mais comme quelques années de vie conjugale les avaient fanées ! Trois ou quatre ans plus tôt c'étaient sans doute de petites employées alertes et pimpantes qui se paraient et faisaient du sport en Nordmarken avec leurs amis. Jenny reconnut même le visage de l'une d'elles. Elles avaient passé la nuit ensemble, une certaine veille de Pâques, à la cabane d'Hakloa. Jenny avait remarqué son adresse de skieuse et l'allure hardie et élégante du corps svelte dans son costume de sport. A présent encore, elle était vêtue avec recherche. Son costume tailleur avait une coupe moderne, mais ne lui allait pas. La silhouette n'avait plus aucune fermeté, ce n'était plus que chairs molles ; seules les hanches et les épaules étaient accusées. Sous un chapeau à plumes d'autruche apparaissait le visage vieilli avec de vilaines dents et des rides maussades autour de la bouche.

Elle pérorait et son amie, enceinte, appuyée contre le dossier du banc, les genoux en pointe, les mains enfoncées dans un énorme manchon qu'elle pressait contre son ventre, l'écoutait avidement. Le visage de celle-ci était joli, mais gras, couperosé et alourdi de doubles mentons.

« Il faut que j'enferme le fromage, impossible de le laisser à la cuisine, sinon il n'en reste plus que la croute le lendemain matin ! Un gros fromage de Gruyère de trois couronnes.

— Eh oui, cela ne m'étonne pas.

— Et les œufs, ils disparaissent par douzaines. Je suis entrée aujourd'hui dans la chambre de ma bonne, — elle est si sale, — sa chambre sent toujours mauvais, le lit n'est pas fait depuis je ne sais combien de temps. « Mais, Solveig », ai-je dit, et je soulève la couverture. Devinez ce que je découvre : trois œufs et un cornet de sucre dans ce lit dégoûtant. Elle m'a dit qu'elle les avait achetés en même temps que le sucre...

— Comment croire une chose pareille ? dit l'autre femme.

— C'est possible en ce qui concerne le sucre qui était dans un cornet de papier, mais elle avait volé les œufs. Je ne m'y suis pas laissée prendre. Imaginez-vous ce qui s'est passé samedi dernier. Nous devions avoir du riz au lait, je suis entrée à la cuisine ; la bouillie était sur le gaz et bouillait, mais la bonne assise dans sa chambre faisait du crochet. Je l'ai appelée tout en remuant le riz avec une cuiller et que croyez-vous que j'ai trouvé au fond, un œuf. Dire qu'elle se fait cuire un œuf dans la bouillie ! Cela m'a fait rire malgré moi, mais quelle horreur ! Je lui ai dit ma façon de penser, soyez tranquille, mais je voudrais savoir ce que vous dites de...

— Oh, les bonnes ! Savez-vous ce que la mienne vient de faire...

Elles aussi sans doute avaient rêvé d'amour au temps où elles étaient jeunes filles, de l'amour d'un garçon

hardi et de bonne mine, ayant une situation bien établie ;
il les sortirait de leur bureau, de leur magasin, où les
jours passaient si uniformes et les installerait dans un petit logement dont les trois pièces seraient remplies de
leurs menus trésors personnels. Elles pourraient y étaler
les napperons brodés d'églantines et de campanules, té-
moins de leurs songeries de jeunes filles.

Elles avaient rêvé d'amour, et à présent elles en sou-
riaient d'un air supérieur et affirmaient à celles qui en
rêvaient encore que la réalité les décevrait. Elles étaient
fières sans doute de faire partie des initiées qui connaissent
la vie. Peut-être, au fond, étaient-elles satisfaites de leur
sort. Heureux ceux qui sont satisfaits, ceux qui ne refusent pas, mais prennent en patience un destin médiocre.
Mais moi, je crois encore à mes rêves, et le seul bonheur
pour moi est celui auquel j'aspirais. Je crois encore qu'il
existe. S'il n'existe pas, c'est de ma faute, c'est moi qui
ai été une vierge folle et n'ai pas su veiller et attendre
l'époux. Mais les vierges sages le verront, et entreront
dans sa maison pour la danse.

Il y avait encore de la lumière dans la chambre de
madame Berner quand Jenny arriva chez elle. Il lui fallut
entrer chez sa mère et parler de la soirée dans l'atelier
d'Ahlstrœm et de ce que faisait Heggen.

Ingeborg et Bodil dormaient dans le fond obscur de
la pièce, leurs nattes brunes faisaient tache sur l'oreiller.

Jenny racontait sans hésiter des mensonges à sa mère.
Elle l'avait toujours fait. Au temps où elle était écolière,
ne parlait-elle pas gaiement des réunions d'enfants, qu'elle
passait à regarder danser les autres, assise seule et malheureuse, incapable de danser et de causer de ce qui
amusait les garçons.

Lorsque Ingeborg et Bodil rentraient du bal, la mère
s'asseyait dans son lit, leur posait mille questions, riait,
toute rose et jeune sous la lampe. Elles pouvaient toujours dire la vérité à leur maman, car leur vérité était
douce et souriante. Peut-être enjolivaient-elles par-ci par-

là leur récit d'un petit fait drôle dont elles voulaient se vanter. Mais peu importe, puisque leur sourire était sincère.

Jenny embrassa sa mère et lui dit bonsoir. Au salon elle fit tomber une photographie. Elle la ramassa et la reconnut malgré l'obscurité. C'était celle d'un frère de son père avec sa femme et leurs petites filles. Il avait vécu en Amérique, elle ne l'avait jamais vu et voici qu'il était mort et que sa photographie restait là sans que personne s'en souciât. Elle-même l'époussetait chaque jour sans la regarder plus qu'un autre bibelot.

Elle rentra dans sa chambre et se décoiffa. Certes, elle avait toujours menti à sa mère, mais comment aurait-elle pu dire la vérité sans lui causer inutilement du chagrin ? Maman ne comprendrait jamais. Depuis sa jeunesse elle avait connu des alternances de joies et de peines. Heureuse avec le père de Jenny, puis désolée de sa mort, elle avait continué à vivre pour sa fille sans murmurer. Après sa rencontre avec Nils Berner, ses jours avaient été pleins de nouvelles joies, de nouveaux soucis. Et la voilà qui vivait encore une fois pour ses enfants. Les enfants ! c'était un vide comblé au sens littéral du mot... un bonheur acheté par des souffrances trop réelles — un bonheur trop physique, puisqu'on le tenait tout petit et doux dans ses bras — pour qu'on en pût douter. Il devait faire bon aimer ses enfants, la tendresse maternelle est un don de la nature, elle n'offre pas matière à réflexion. Une mère ne doute pas de son amour pour ses enfants, elle sait qu'elle veut leur bien et agit pour leur bien. Elle ne doute pas non plus de leur amour pour elle. Et la grâce de la nature envers les mères est si grande que l'instinct profond de l'enfant lui interdit de confier à sa mère ses peines les plus amères, les plus inguérissables. Les mères ne connaissent que les maladies et les soucis d'argent de leurs enfants, et non pas l'irrémédiable... la honte, la défaite. Lors même que les enfants crieraient leur honte, leur défaite définitives, la mère n'y croirait pas.

Madame Berner ne devait rien savoir des peines de Jenny, la nature même avait élevé une barrière entre elles. Jamais non plus Rébecca Gram ne se douterait des souffrances que ses enfants avaient endurées à cause d'elle. Comme Madame Lind avait pleuré son beau garçon quand il était mort par accident ! Elle le pleurait encore et rêvait avec mélancolie au brillant avenir auquel il avait été arraché ; elle était seule à ne pas savoir qu'il s'était tué parce qu'il se savait menacé d'un ramollissement du cerveau.

L'amour maternel n'empêche pas non plus d'autres amours. Jenny avait connu des mères qui avaient des amants et croyaient que les enfants ne voyaient rien. Il y en avait qui divorçaient, qu'une union nouvelle rendait heureuses. Et elles n'exprimaient de regrets ou ne se plaignaient que si le nouvel amour les décevait. Sa mère à elle l'adorait, mais il y avait eu place dans son cœur pour Berner et elle avait été heureuse avec lui. Gert aimait ses enfants ; l'amour d'un père est plus réfléchi, plus raisonnable, moins instinctif que celui d'une mère. Malgré cela, c'est à peine s'il avait pensé à Helge de tout l'hiver.

II

Jenny venait de chercher le courrier chez le chef de gare. Elle passa les journaux et une lettre à Fransiska, puis ouvrit l'enveloppe qui lui était adressée. Debout sur le quai, en plein soleil, elle parcourait les pages couvertes de la grande écriture de Gert. Elle lut surtout les paroles de tendresse du début et de la fin, mais sauta presque tout le reste. Ce n'étaient que d'interminables considérations sur l'amour en général.

Elle replia la lettre dans l'enveloppe et la mit dans son sac. Oh, ces lettres de Gert ! Elle n'avait presque pas le courage de les lire. Elles prouvaient, mieux que tout, leur complète incompréhension mutuelle. Jenny pressentait cette incompréhension quand Gert parlait ; mais quand il écrivait, elle en était cruellement sûre.

Et cependant, il y avait une réelle affinité entre leurs deux natures. Pourquoi donc l'harmonie faisait-elle défaut ? Etait-il plus fort ou plus faible qu'elle ? Il avait échoué, puis échoué encore, enfin il avait abandonné la lutte, pliant sous les coups du sort. Et malgré tout, il conservait son espérance en la vie, sa foi. Etait-ce faiblesse ou puissance ? Elle ne le comprenait pas.

Il n'était pas vieux, mais sa jeunesse était d'une autre époque. Peut-être faisait-il partie d'une jeunesse morte à présent, une jeunesse dont la foi avait été plus robuste et plus naïve. Jenny était naïve aussi dans son espérance, dans ses aspirations, pourtant sa naïveté différait de celle de Gert. Les mots changent de sens, en vingt ans, — était-ce là la clef de l'énigme ?

Un reflet d'un rouge violet illuminait le gravier, et la peinture jaunâtre de la gare s'écaillait sous la brûlure du soleil. Jenny eut une sorte de vertige lorsqu'elle leva les yeux. Chose étrange, elle supportait mal la chaleur cette année.

Derrière le village la brume de chaleur tremblait sur les prés fauchés et les champs, jusqu'aux bois qui se profilaient en vert foncé sur le bleu d'été du ciel. Le feuillage des arbres dans les jardins prenait déjà une teinte sombre. Cesca lisait encore la lettre de son mari. Elle se détacha, toute blanche dans sa robe de toile, elle éblouissait littéralement par contraste avec l'asphalte du quai de la gare.

Gunnar Heggen avait installé ses bagages sur le siège de derrière de la carriole. Il caressait le cheval en attendant les jeunes femmes. Cesca mit sa lettre dans son sac et releva la tête. Elle se secoua un peu comme pour chasser une pensée importune.

« Excuse-nous, Heggen, nous voilà prêtes à partir. » Jenny s'assit avec elle sur le siège de devant, car Cesca conduisait elle-même.

« Que c'est gentil de te revoir, Gunnar ! Nous allons passer quelques bonnes journées ensemble à nous trois. Lennart vous envoie ses amitiés.

— Merci, est-ce qu'il va bien ?

— Oui, oui, toujours très bien. Quelle idée géniale ont eue papa et Borghild de s'en aller tout juste à présent. Je suis seule à la maison avec Jenny, et la vieille Gina nous fait le ménage. C'est charmant.

— Oui, c'est épatant de vous revoir, mes petites. Il eut un franc sourire. Mais Jenny s'imagina avoir vu une expression étrangement sérieuse au fond de ses yeux. Elle savait bien qu'elle avait l'air fané et las, et que Cesca, dans sa robe de toile achetée toute faite, semblait une petite fille qui vieillissait sans avoir atteint la maturité. On eût dit qu'elle avait rapetissé au cours de cette dernière année, mais elle ne cessait de gazouiller et de bavarder, parlant du menu du déjeuner, du café que l'on prendrait au jardin, des liqueurs, du whisky et de l'eau de Seltz qu'elle venait d'acheter.

Lorsque Jenny rentra dans sa chambre ce soir-là, elle s'assit dans l'embrasure de la fenêtre pour que le vent qui agitait les rideaux vint rafraîchir son visage. Elle se sentait un peu ivre et en demeurait toute stupéfaite. C'était incompréhensible. Elle n'avait bu qu'un verre de whisky avec de l'eau de Seltz et deux petits verres de liqueur, et cela après le dîner. Certes, elle n'avait guère mangé, mais son appétit était si capricieux en ce moment ! Et elle avait pris du café fort. Peut-être était-ce la faute au café et aux cigarettes. Pourtant elle fumait moins qu'autrefois.

En tout cas, les battements de son cœur lui faisaient mal et elle se sentait prise par intervalles de nausées qui la laissaient couverte de sueur. Tout tournait autour d'elle, les pelouses grisâtres, les corbeilles de fleurs, les sombres frondaisons du jardin qui se distinguaient faiblement sous le pâle ciel nocturne. Et sa chambre tournait aussi. Le whisky et la liqueur lui remontaient à la gorge. Quelle horreur !

Elle perdit l'équilibre en voulant remplir la cuvette. Ses mouvements mêmes étaient incertains. « Mais c'est un scandale, Jenny. Quel recul, ma chère ! Tu ne supportes même plus une goutte d'alcool ! » Autrefois, elle pouvait en boire deux fois plus sans s'en apercevoir.

D'abord elle tint ses mains dans l'eau jusqu'au poignet, puis elle se lava le visage, se débarrassa de ses vêtements, et pressa l'éponge sur son corps.

Dieu sait si Gunnar et Cesca s'en étaient aperçus. Il est vrai qu'elle-même n'avait éprouvé ce malaise qu'en arrivant dans sa chambre. Heureusement que le colonel et Borghild étaient absents.

La fraîcheur de l'eau lui fit du bien pendant quelques instants. Elle mit sa chemise de nuit et se rassit à la fenêtre.

Les pensées tourbillonnaient dans sa tête, mêlées au souvenir du bavardage de la journée avec Gunnar et Cesca. Et puis tout à coup elle fut reprise de stupéfaction à la pensée qu'elle avait pu s'énivrer. Jamais rien de semblable ne lui était arrivé, elle savait à peine ce que cela voulait dire, quoiqu'elle ne se fût pas privée de boire de temps en temps.

Mais l'ivresse était passée. Jenny sentit la fatigue, et le froid. Elle avait sommeil aussi. Elle alla se coucher dans le grand lit à baldaquin. Quand elle se réveillerait demain, n'aurait-elle pas mal aux cheveux ? Ce serait une expérience nouvelle.

Mais elle n'avait pas plus tôt posé la tête sur l'oreiller et fermé les yeux que les vapeurs la reprirent. Tout son corps fut inondé de sueurs. Et le lit se balançait comme un bateau en haute mer, elle en avait des nausées. Elle essaya de maîtriser cette sensation pénible — je ne veux pas, je ne veux pas — mais cela ne servit à rien, les nausées devinrent plus fortes, elle eut à peine le temps de courir au lavabo.

Dieu tout puissant, était-elle donc tout à fait ivre ?

Sans doute était-ce fini. Elle remit de l'ordre dans sa toilette de nuit, but un peu d'eau et se recoucha encore. Le sommeil allait venir.

Mais non, à peine couchée, elle sentit le balancement des vagues, et la sueur et les nausées. Quelle chose extraordinaire, car à présent elle était vraiment dégrisée. Elle fut obligée de se relever.

Quand elle voulut se remettre au lit, une pensée la traversa comme un éclair. Non — elle enfouit sa tête dans l'oreiller Impossible ! Elle ne voulait pas penser à cela. Mais comment s'en empêcher ? Son esprit y revenait sans cesse.

Certes, elle ne s'était pas sentie bien depuis quelque temps. Fatiguée, souvent à bout de forces, elle se laissait déprimer, énerver par la moindre chose. Voilà la raison de cette ivresse incompréhensible. Quoi d'étonnant à ce qu'on devînt abstinent après des nuits pareilles. Non, non, elle n'y penserait pas. Si c'était vrai, elle aurait le temps d'y réfléchir. Pour l'instant il ne fallait pas se tourmenter pour des craintes peut-être vaines.

Ouvrant sa chemise de nuit elle passa les mains sur ses seins.

Que ne pouvait-elle dormir ! Elle n'arrivait pas à chasser les idées importunes. Elle était trop fatiguée.

Au début de ses relations avec Gert, la question des suites possibles de leur liaison l'avait inquiétée. Et elle avait eu peur plusieurs fois. Mais en regardant cette peur en face, elle avait repris courage. Il y avait en somme une grande part de superstition dans cette crainte irraisonnée de l'enfant. Ces choses-là étaient naturelles ! Serait-elle plus à plaindre que les ouvrières, qui se tiraient d'affaire seules avec leur bébé ? La crainte n'était qu'un legs du temps passé alors qu'une femme non mariée et enceinte était forcée d'aller avouer à son père ou à sa famille qu'elle avait commis une faute et qu'à présent la famille devait en payer les frais. Il ne restait ensuite plus aucun espoir de se décharger sur un autre de l'entretien de la coupable. On lui en voulait donc à bon droit.

Personne n'était fondé à lui en vouloir à elle. Evidemment maman serait désolée. Mais si un être parvenu à l'âge de raison essaie de vivre selon sa propre conscience, les parents n'ont qu'à se taire. Elle était venue en aide à sa mère autant qu'elle l'avait pu. Jamais elle ne l'avait tourmentée de ses propres soucis, jamais elle n'avait nui à son bon renom par une action légère. Là cependant où son avis sur ce qui était licite et illicite différait de celui de tous les gens respectables, elle s'en tiendrait à son propre avis, même si maman devait souffrir d'entendre les gens respectables parler mal de sa fille. Si ses rapports avec Gert étaient coupables, elle avait péché pour avoir, non pas trop mais trop peu donné. Quelle qu'en fût la fin, elle souffrirait et n'avait pas le droit de se plaindre. Elle devait pouvoir élever un enfant aussi bien que toutes les filles bien moins instruites qu'elle. Elle avait aussi encore un peu d'argent pour aller s'installer ailleurs. Son métier n'était guère lucratif. Mais combien de ses camarades étaient obligés d'entretenir femme et enfants avec moins encore. De plus n'avait-elle pas dû suffire aux besoins des autres depuis son jeune âge ?

Le mieux serait de prendre la fuite. Jusqu'à présent tout avait bien marché. Elle ne voulait pas penser à l'avenir.

Gert serait désespéré.

Mais aussi, pourquoi à présent ? Pourquoi pas alors qu'elle l'aimait ou croyait l'aimer ? Elle l'aurait quitté, sûre de son amour. Aujourd'hui, elle avait détruit, déchiqueté, fait tomber en poussière ce qui avait pu exister entre eux à force de penser et d'analyser...

Elle avait bien senti durant cette semaine à Tegneby qu'elle ne pouvait continuer...

Elle aspirait à un nouveau milieu, à un travail neuf. Le goût du travail lui était revenu. Elle en avait fini avec ce désir maladif de s'accrocher à un autre être qui la dorloterait et l'appelerait « petite fille ».

Mais elle souffrait affreusement de devoir rompre. Gert en aurait tant de chagrin. Pourtant elle avait fait ce qu'elle avait pu. Gert avait été heureux le temps qu'avait duré leur union. Et puis surtout, il avait échappé à cette dégradante vie d'esclave auprès de sa femme.

Elle-même ne demanderait plus l'amour. Le travail et la solitude seraient son lot désormais. Elle savait bien qu'elle n'effacerait pas ces derniers mois du livre de sa vie. Elle voulait au contraire s'en souvenir, et tirer profit de l'amère leçon qu'ils lui avaient donnée : cet amour qui suffisait à tant d'autres, ne lui suffisait pas à elle. Mieux valait être privée d'amour que de s'accommoder d'un amour médiocre.

Oui, elle s'en souviendrait. Mais les souvenirs adouciraient, transformeraient son court bonheur mêlé de peine, ses tourments, ses remords. Avec le temps elle arriverait à effacer à demi la mémoire de l'homme auquel elle avait fait tort si cruellement.

Et voici peut-être qu'elle portait son enfant. Non, non,

impossible. C'était folie de rester étendue dans ce lit à se torturer. Cependant, si c'était vrai ?

A la fin Jenny s'endormit. Elle eut un sommeil lourd et sans rêves. Mais lorsqu'elle se dressa tout éveillée à nouveau, il ne faisait guère plus clair. Le ciel était à peine plus doré au-dessus des arbres du jardin, et les oiseaux gazouillaient tout endormis encore dans les branches.

Les mêmes pensées assaillirent Jenny aussitôt. Se rendant compte qu'elle ne dormirait plus, elle s'abandonna à leur emprise sans résistance.

III

Heggen partit, le lieutenant-colonel et sa fille revinrent et repartirent encore pour voir une sœur de Fransiska mariée au loin.

Cesca et Jenny se retrouvèrent seules à Tegneby. Chacune d'elles allait de son côté, absorbée dans ses pensées.

Jenny avait la certitude d'être enceinte, mais non pas la conscience de toute la signification de ce mot. Essayait-elle de se représenter l'avenir, son imagination battait la campagne. Pourtant les choses lui paraissaient moins noires que durant ces pénibles semaines où elle espérait toujours s'être trompée.

Elle se consolait en se disant qu'elle trouverait à se tirer d'affaire comme tant d'autres. N'avait-elle pas depuis l'automne parlé de son prochain voyage à l'étranger. Elle pensait vaguement à aller à Paris, à descendre chez une sage-femme ; mais rien de précis ne s'imposait à son esprit.

Elle ne savait pas non plus si, en fin de compte, elle parlerait de son état à Gert. Ne vaudrait-il pas mieux ne rien dire ?

Lorsqu'elle ne songeait pas à elle-même, elle se préoccupait de Cesca, qui, elle non plus ne paraissait pas bien d'aplomb. Jenny était sûre pourtant que Cesca tenait à son mari. Etait-ce lui qui ne se souciait plus d'elle ?

La première année de mariage avait été dure pour Cesca. Elle semblait être ratatinée. Les difficultés matérielles de leur situation ne cessaient de l'obséder. Assise sur le bord du lit de Jenny, elle les lui racontait pendant des heures.

« Quelle ville chère que Stockholm ! Les repas économiques sont mauvais quand on n'a pas appris à faire la cuisine. Et puis tout est plus compliqué quand on ne sait rien de la vie pratique et que l'on a reçu une éducation aussi idiote. De plus, à peine a-t-on fini la besogne qu'il faut recommencer. La maison toute nettoyée se salit aussitôt ; le repas terminé, il s'agit de laver la vaisselle ; et ainsi de suite. »

Si Lennart essayait de donner un coup de main, il se montrait aussi maladroit et peu pratique qu'elle-même. Et elle se tourmentait à son sujet. Il n'avait pas obtenu la commande du monument, jamais on ne rendrait justice à son grand talent. Il était trop délicat, tant comme artiste que comme homme.

Que faire ? Elle ne pouvait souhaiter qu'il fût différent. Il avait été longtemps malade au printemps ; la fièvre scarlatine et ses suites, surtout une menace de maladie du poumon, l'avaient tenu deux mois au lit. Quels moments terribles !

Cesca cependant ne disait pas tout. Jenny le sentait bien. Elle savait aussi qu'elle-même ne pouvait être pour Cesca ce qu'elle avait été autrefois et elle en souffrait. Elle n'avait plus le cœur assez tranquille et l'esprit assez clair pour recevoir les confidences et consoler les peines.

Cesca était allée à Moss pour faire des emplettes. Jenny ne l'avait pas accompagnée et passa la journée au jardin, lisant pour ne pas penser. Mais elle ne pouvait fixer son esprit sur le roman qu'elle avait emporté. Aussi se mit-elle à copier des points de tricot. Elle se trompait dans ses calculs, recommençait et s'efforçait de faire attention.

Cesca ne rentra pas pour le dîner comme elle l'avait annoncé. Jenny dîna seule et essaya de passer le temps ; elle fuma quelques cigarettes sans plaisir et tricota, bien que son travail lui tombât des mains à chaque instant.

Enfin vers dix heures du soir, on entendit grincer les

roues de la voiture dans l'allée. Jenny alla à la rencontre de Cesca et comprit au premier regard qu'il s'était passé quelque chose. Mais elles gardèrent le silence toutes deux.

Ce ne fût qu'après le souper et quand elles eurent pris leur dernière tasse de thé que Fransiska dit tout bas sans lever le yeux :

« Devine qui j'ai vu en ville tout à l'heure.

— Eh bien ?

— Hans Hermann. Il est en visite à Jeløen et habite chez une vieille demoiselle Œhrn qui est très riche. Elle le protège en quelque sorte.

— Sa femme est-elle avec lui, interrogea Jenny, après un temps.

— Non, ils se sont séparés. La pauvre, j'ai lu dans le journal que son petit garçon est mort au printemps dernier. »

Et Cesca parla d'autre chose.

Mais quand Jenny fut couchée, Cesca entra dans la chambre. Elle s'installa au pied du lit à baldaquin, les jambes repliées sous elle, à peine visible dans l'obscurité blanchâtre du lit, sa petite tête noire faisait l'effet d'une ombre sur le rideau clair.

« Jenny, je pars demain. Je vais télégraphier dès le matin à Lennart et je m'en irai dans l'après-midi. Tu sais que tu peux rester ici tant que tu voudras. Il ne faut pas croire que je manque d'égards envers toi mais je ne puis agir autrement. Il faut que je parte.

Elle respirait avec effort.

« Je ne me comprends pas, Jenny. J'ai causé avec lui, il m'a embrassée et je ne l'ai pas frappé, j'ai écouté tout ce qu'il me disait et je ne l'ai pas frappé au visage. Je ne l'aime pas du tout et cependant il a du pouvoir sur moi. J'ai peur. Je n'ose pas rester car je ne sais pas ce qui pourrait advenir de moi. Lorsque je pense à lui, je le déteste, mais je suis comme paralysée dès qu'il parle. Je ne comprends pas qu'un individu puisse être aussi cynique, aussi brutal, aussi éhonté. Il semble ne pas sa-

voir ce que c'est què l'honneur ou la honte. Il ne s'en
préoccupe pas et ne veut pas croire que les autres le
fassent. Il admet, sans plus, que ce n'est que par calcul
què nous parlons de justice et d'injustice. On dirait vraiment que ses paroles m'hypnotisent. Figure-toi, j'ai passé
tout l'après-midi avec lui, à l'écouter ! Il disait que maintenant que je suis mariée, je n'ai plus lieu d'ajouter tant
de prix à ma vertu. Du reste, il a fait allusion à sa propre
liberté et a dit je crois que je pouvais nourrir quelque
espoir, moi aussi. Il m'a embrassée dans le parc et j'ai
cru que j'allais crier d'effroi, mais je n'ai pu émettre un
son. Que j'avais peur, Jenny ! Et il m'a dit qu'il viendrait
ici après-demain. Demain il doit assister à une grande
réunion. Il souriait tout le temps, de ce même sourire
qui m'effrayait tant autrefois. Ne dois-je pas m'en aller,
dis ?

— Si, Cesca, dit Jenny.

— Je ne suis qu'une oie, mais vois-tu, s'écria-t-elle avec
passion, je n'ose me fier à moi. Cependant il est une chose
certaine : si j'étais infidèle à mon mari, j'irais tout droit
le lui dire, et je me tuerais aussitôt devant ses yeux.

— Aimes-tu ton mari ? » demanda Jenny à voix basse.
Fransiska réfléchit un instant.

« Je n'en sais rien. Si je l'aimais comme il se doit, je
n'aurais pas peur de Hans Hermann, et ne crois-tu pas
que je l'aurais giflé quand il m'a embrassée. Pourtant,
je suis sûre que si j'avais mal agi vis-à-vis de Lennart, je
ne pourrais plus vivre. Tant que je m'appelais Fransiska
Jahrmann, je n'avais pas trop de respect pour mon nom.
Mais à présent je m'appelle Fransiska Ahlin, si je jetais
la moindre ombre sur ce nom-là, son nom, je mériterais
qu'il me tire un coup de fusil comme à une chienne en-
ragée. Lennart ne le ferait pas, mais moi, je le ferais. »

Ses membres se détendirent tout à coup et elle se glissa
contre Jenny.

« N'est-ce pas que tu me crois ? Penses-tu que je pourrais vivre si j'avais commis une action vile ?

— Non, Cesca. Jenny la prit dans ses bras et l'embrassa, je ne le pense pas.

— Je ne connais pas la pensée de Lennart. Il ne me

comprend pas. Mais en rentrant je lui dirai tout, absolument tout, advienne que pourra.

— Cesca », dit Jenny tendrement. Mais elle n'osa pas lui demander si elle était heureuse.

Cesca continuait à parler :

« J'ai eu des jours si difficiles. Cela n'a pas été agréable, je t'assure ! J'étais trop inexpérimentée en me mariant. J'ai accepté Lennart parce que Hans s'était remis à m'écrire après sa séparation d'avec sa femme. Il écrivait qu'il me voulait et j'avais peur de lui, peur de recommencer. Je l'ai dit à Lennart, et il a été si délicat, si bon, comprenant tout, et je pensais qu'il était quelqu'un de tout à fait exceptionnel en ce bas monde ; il l'est, j'en suis sûre encore.

« Mais alors j'ai fait quelque chose d'affreux, que Lennart ne peut comprendre et qu'il ne m'a jamais pardonné. Peut-être est-ce mal de ma part de le raconter, mais il faut que je demande à quelqu'un si vraiment un homme ne peut pardonner cela. Réponds-moi sincèrement, entends-tu, tout à fait sincèrement, si tu crois que ma faute est irréparable.

L'après-midi qui a suivi notre mariage, nous sommes montés à Rocca di Pappa. Tu sais comme j'avais peur, comme je craignais... Quand Lennart m'a conduite dans notre chambre et que j'ai vu le grand lit à deux places, je me suis mise à pleurer, et Lennart a été si gentil. Il m'a dit que je pouvais le faire attendre tant que je voudrais. C'était le lundi, et je voyais que tout cela n'était pas trop agréable pour Lennart. Quant à moi, j'aurais été aux anges d'être mariée ainsi. Chaque matin, au réveil, je me sentais pénétrée de reconnaissance, mais mon mari ne me permettait presque pas de l'embrasser. Le mercredi nous étions allés au sommet du Monte Cavo. Il faisait délicieux là-haut par ce ravissant soleil de la fin de mai. Les forêts de châtaigniers vert clair étaient en fleurs déjà ; sur les pentes, c'était un jaillissement inouï de grappes de cytises, tout le long du chemin il y avait des masses de lis et de menues fleurs blanches. L'air vibrait de lumière, il avait plu quelques jours auparavant. Au pied de la montagne boisée, les lacs de Nemi et d'Albano étincelaient, entourés de leurs petites villes blanches. Toute la campagne romaine baignait dans un léger brouillard et au loin, à l'horizon, on distinguait la Méditerranée comme une mince bande d'or. C'était exquis, exquis, la vie me paraissait une merveilleuse aventure, seul Lennart était triste, mais je le trouvais l'homme le plus remarquable qui fût sur terre, je me sentais follement amoureuse de lui, le reste n'était que grimaces de ma part et brusquement j'ai jeté les bras autour de son cou et je lui ai dit : « Je veux être à toi toute, car je t'aime. »

Cesca se tut un moment, le souffle haletant.

« Oh, mon Dieu, Jenny ce que le pauvre a pu être heureux ! Elle avalait ses larmes : Oui, il a été heureux. « Eh bien, maintenant, ici-même », a-t-il dit. Et il m'a prise dans ses bras et voulait m'emporter dans la forêt. Mais je me suis débattue, en disant : « Non, ce soir, j'ai dit ce soir ! »

« Jenny, je ne sais pas pourquoi j'ai fait cela, au fond je voulais bien. C'eût été beau dans cette profonde forêt où filtraient les rayons du soleil. Mais j'ai fait celle qui ne veut pas. Dieu seul sait pourquoi.

« Et le soir quand je fus couchée après toute une journée passée à attendre, et que Lennart est entré, je me suis mise à crier et à pleurer à nouveau.

« Il s'est précipité dehors et est resté absent toute la nuit. Moi j'étais éveillée dans mon lit. Je ne sais pas où il est allé. Nous sommes revenus à Rome le lendemain matin et avons couché à l'hôtel. Lennart avait pris deux chambres, mais je suis allée chez lui. Cela n'en a pas mieux valu. Depuis ce moment-là nous n'avons pas été heureux ensemble, Lennart et moi. Je crois que je l'ai froissé terriblement. Mais, dis-moi, Jenny, crois-tu qu'un homme ne peut oublier ou pardonner cela ?

— Il aurait pu s'apercevoir après coup, dit Jenny lentement, que tu ne comprenais pas alors les sentiments que tu as froissés.

— Non — Cesca tremblait —, je comprends à présent. Je comprends que j'ai souillé quelque chose de... de beau. Mais je ne m'en doutais pas. Jenny, un homme qui aime, peut-il pardonner cela ?

— Il le devrait. Tu as bien montré depuis que tu veux être sa femme bonne et fidèle. En hiver, tu as travaillé pour lui et peiné sans te plaindre. Au printemps, quand il a été malade, tu l'as veillé nuit après nuit, tu l'as soigné semaine après semaine.

— Ce n'était rien, dit Cesca avec feu. Il était si gentil et patient, et il m'a aidée tant qu'il a pu. Quand il était malade, quelques amis sont venus veiller avec moi de temps à autre. La semaine qu'il a failli mourir, nous avons eu une infirmière, mais je n'en aurais pas eu besoin. »

Jenny embrassa Cesca sur le front.

« Il y a encore une chose que je ne t'ai pas dite, Jenny. Tu m'avais avertie que je manquais d'instinct pour certaines choses et Gunnar m'avait grondée ; mademoiselle Linde, t'en souviens-tu, avait dit un jour tout uniment que si l'on surexcite un homme, il va chez une autre. »

Jenny tressaillit dans son lit.

Cesca avait enfoui sa tête dans l'oreiller.

« Je lui ai donc posé des questions à ce sujet ce matin-là. »

Jenny restait muette.

« Je comprends qu'il ne peut pas oublier et encore moins pardonner. Mais s'il voulait seulement me trouver quelque excuse, penser à l'immense inexpérience que j'avais de ces choses. Mais depuis, — elle cherchait ses mots — nos rapports ont si peu d'harmonie. On dirait qu'il ne veut pas me toucher. S'il le fait, c'est comme malgré lui et après coup il est fâché contre lui-même et contre moi.

« A parler franc, je ne saisis pas très bien le prix que l'on attache à cela ; mais je n'ai plus rien contre. Si je pouvais le rendre heureux ainsi ! Tout ce qui rend Lennart heureux, est beau et bon pour moi. Il croit que je me sacrifie, mais c'est bien le contraire. J'ai pleuré des nuits et des jours dans ma chambre, car je voyais qu'il me désirait ; j'ai essayé de lui montrer que j'étais prête du mieux que j'ai pu, et il m'a repoussée. J'ai tant d'affection pour lui, Jenny, dis-moi, ne peut-on aimer un homme de cette façon-là ? Ne puis-je pas dire que j'aime Lennart ?

222

— Si, Cesca.

— Que j'ai été désespérée ! Je n'y puis rien si je suis faite ainsi. Lorsque nous sortions avec d'autres artistes, il était de mauvaise humeur. Il n'en dit rien, mais je pense qu'il craint ma coquetterie. Il est vrai que j'étais gaie quand nous étions au dehors et que j'échappais à la cuisine, à la vaisselle et qu'il ne me fallait pas avoir peur de rater un plat, que Lennart mangerait tout de même, car nous n'avons pas les moyens de rien jeter. Et parfois j'étais heureuse aussi de ne plus rester seule avec Lennart, bien qu'il me soit cher et qu'il m'aime, j'en suis sûre. Quand je lui demande « m'aimes-tu ? », il répond « tu le sais bien », avec un rire étrange et amer. Mais il n'a pas confiance en moi, parce que je ne sais pas aimer par les sens, et que je suis coquette pourtant.

« Un jour il m'a dit que je ne me doutais pas de ce qu'était l'amour et que c'était sa faute sans doute à lui qui n'avait pas su éveiller le désir en moi, mais qu'un autre viendrait... Dieu, que j'ai pleuré.

« Tu sais, comme nous sommes gênés, eh bien, au printemps Gunnar m'a trouvé un acheteur pour la nature morte que j'avais exposée il y a trois ans. J'en ai obtenu trois cents couronnes. Nous avons vécu de cet argent pendant plusieurs mois, mais Lennart n'aimait pas que nous fassions usage de ce que j'avais gagné. Je ne vois pas pourquoi, si nous nous aimons. Mais il a dit je ne sais quoi sur la misère où il m'avait plongée. Nous avons aussi des dettes, cela va de soi, et un jour j'ai voulu écrire à mon père pour lui demander une centaine de couronnes. Mais Lennart ne me l'a pas permis. Je n'ai pas compris ses raisons. Borghild et Helga ont vécu à la maison, papa a subvenu à tout leur entretien, les a envoyées à l'étranger, et pendant ce temps je me suis débrouillée seule avec peine, n'ayant que la petite somme héritée de ma mère, depuis ma majorité.

« Je ne voulais pas accepter un œre de mon père après ce qu'il m'avait dit quand j'ai rompu mes fiançailles avec le lieutenant Kaasen et qu'on a tant parlé de Hans et de moi. Mais papa a réfléchi depuis et a reconnu que j'avais raison. C'était dégoûtant de la part de Kaasen et des miens de vouloir me forcer puisqu'il m'avait fait accepter étourdiment ces fiançailles, quand j'avais dix-sept ans et ne connaissais du mariage que ce qu'en disent les romans pour petites jeunes filles. Lorsque la réalité a commencé à se faire jour en moi, j'étais décidée à me tuer plutôt que de l'épouser. Si l'on était parvenu à m'y forcer, que serais-je devenue ! J'en serais arrivée à prendre des amants rien que par dépit, pour me venger de tout le monde. Papa s'en rend bien compte à l'heure qu'il est, et il m'a dit que je pouvais lui demander autant d'argent que je voulais. Lennart, après sa maladie, restait très faible et les médecins lui avaient ordonné la campagne et une bonne nourriture. Je n'en pouvais plus moi-même. J'ai dis alors à mon mari qu'il me fallait la campagne et le repos à moi, puisque j'allais avoir un enfant. Il m'a permis de demander de l'argent à papa et nous sommes allés dans le Værmland où il a fait exquis, Jenny. Lennart a repris tout son entrain, et je me suis remise à peindre. Alors il a bien vu que je n'avais rien du tout. Et comme il me demandait si je ne m'étais pas trompée, je lui ai tout avoué car je n'ose pas dire un mensonge à Lennart quand il m'interroge. Il est fâché de cela aussi.

« Je pense qu'il n'a plus confiance en moi et c'est terrible. S'il me comprenait, il aurait confiance en moi, n'est-ce pas ?

— Oui, Cesca.

— Auparavant déjà j'avais dit que j'attendais un bébé en automne quand il était si triste et que nous menions une vie bien dure, pour qu'il soit content et redevienne gentil pour moi et il l'a été. Tu ne peux croire à quel point c'était délicieux. J'avais menti, mais à la fin je m'imaginais presque que c'était vrai. Il me semblait que Dieu m'accorderait cette grâce afin que je ne sois pas obligée de décevoir encore Lennart. Mais Dieu ne l'a pas fait. Je suis désespérée de ne pas attendre d'enfant, Jenny. Crois-tu que ce soit vrai ce que certains disent — et elle chuchota toute tremblante, — qu'une femme ne peut avoir d'enfant quand elle est incapable de passion sensuelle.

— Non, dit Jenny d'une voix dure, ce sont des idées stupides, j'en suis sûre.

— Si j'étais enceinte, tout irait bien. Lennart désire tant un enfant. Et moi, je crois que de joie je deviendrais absolument angélique si j'avais un bébé à moi. Peux-tu te figurer un bonheur pareil ?

— Non, murmura Jenny, mais si vous vous aimez, vous surmonterez bien des difficultés.

— Oui, peut-être ; si ce n'était pas si désagréable, j'irais chez un médecin et je crois bien que je finirai par le faire. Me le conseilles-tu ? Cela me gêne tant, mais c'est bête. C'est mon devoir strict puisque je suis mariée. Je pourrais aller chez une doctoresse, une femme qui a des enfants elle-même. Représente-toi un petit bien à soi ! Que Lennart en serait ravi ! »

Jenny serrait les dents dans l'ombre.

« N'est-ce pas qu'il faut que je parte demain ?

— Oui.

— Et je dirai tout à Lennart. Je ne sais pas s'il comprendra ; je n'y comprends rien moi-même, mais je veux lui dire toujours la vérité, n'ai-je pas raison, Jenny ?

— Si tu crois que c'est juste, fais-le. Oh, Cesca, il faut toujours faire ce que l'on croit juste et jamais ce qui peut ne pas l'être.

— C'est vrai, bonsoir ma Jenny et merci. Elle embrassa passionnément son amie. Tu es si bonne pour moi. Vous êtes bons, toi et Gunnar. Vous me remettez toujours sur le droit chemin. Je ne sais ce que je ferais sans toi. »

Elle resta un moment debout à côté du lit. « Ne peux-tu passer par Stockholm cet automne ? Oh, fais-le. Tu logeras chez nous. Papa vient de me donner mille couronnes, il en donne autant à Borghild pour son voyage à Paris.

— Je ne sais trop — j'en aurais bien envie.

— Oh, fais-le, Jenny. As-tu sommeil, dois-je m'en aller ?

— Je suis un peu fatiguée. »

Elle attira Cesca vers elle et l'embrassa. « Dieu te bénisse, ma petite.

— Merci. »

Cesca, pieds nus, courut à la porte. Arrivée là, elle dit d'une voix d'enfant chagrinée :

« Je voudrais tant que nous soyons heureux, Lennart et moi. »

IV

Gert et Jenny descendaient côte à côte le sentier abrupt sous les sapins. Il s'arrêta un moment, cueillit quelques fraises desséchées, puis courant après Jenny, il les lui mit dans la bouche. Elle sourit en guise de remerciement. Il lui prit la main et ils allèrent au bord de l'eau qui brillait toute bleue au soleil derrière les arbres.

Gert avait l'air heureux et jeune dans son clair costume d'été. Son chapeau panama couvrait entièrement ses cheveux.

Jenny s'assit au bord du bois et Gert s'étendit à côté d'elle, à l'ombre des grands bouleaux. Tout se taisait dans la chaleur brûlante. L'été avait fané le gazon de la rive. Une bande de brume bleuâtre couvrait les lointains vers Nesodland ; et au-dessus, quelques petits nuages blancs ou roux montaient dans le ciel. Les voiles blanches paraissaient immobiles dans le fjord bleu, que moiraient les courants. La fumée du vapeur s'éternisait en une longue bande grise dans l'air lourd. Les vagues mouraient avec un doux clapotis sur les cailloux de la grève et le feuillage des bouleaux pleureurs frémissait imperceptiblement au-dessus de leur tête. Par-ci par-là tombait une feuille jaunie par la sécheresse. Gert en prit une accrochée dans les boucles blondes de Jenny qui avait ôté son chapeau. Tout en contemplant la petite feuille, il dit :

« N'est-ce pas extraordinaire qu'il ne puisse pleuvoir cette année. Vous autres femmes avez de la chance d'être vêtues aussi légèrement. Tu aurais l'air d'être en demi-deuil si tu ne portais tes perles rouges, mais ta robe te va très bien. »

C'était une robe blanche parsemée de fleurettes noires et nouée d'une ceinture étroite en soie noire. Le chapeau de paille qu'elle avait posé sur ses genoux était noir et garni de roses de velours noir. Mais le collier de cristal rose brillait sur son cou blanc.

Il se pencha pour pouvoir embrasser le pied de Jenny dans l'échancrure du soulier et il passa deux doigts le long de la courbure délicate du cou de pied sur le bas transparent, puis il enferma la cheville dans sa main.

Mais Jenny écarta doucement la main de Gert, il prit celle de la jeune fille et la garda en souriant. Elle sourit aussi, puis détourna la tête.

« Tu es bien silencieuse, Jenny, est-ce la chaleur qui t'incommode ?

— Oui », répondit-elle et ils se turent à nouveau. Un peu plus loin, dans le jardin d'une villa au bord du fjord, deux petits garçons jouaient bruyamment près de la passerelle d'une cabine de bains. De la maison leur parvenaient les sons nasillards d'un phonographe et ils percevaient par bouffées le bruit lointain de l'orchestre de la station balnéaire.

« Gert, Jenny lui prit la main tout à coup, Gert. Je vais passer quelques jours chez maman, et quand je viendrai en ville, ce sera pour m'en aller...

— Et où — il se releva sur son coude — où iras-tu ?

— A Berlin. » Jenny sentit elle-même le tremblement de sa voix.

Gert essaya de scruter son visage, mais ne dit rien, elle non plus ne parlait pas.

Enfin il l'interrogea :

« Quand as-tu pris cette décision ?

— J'avais toujours projeté de repartir.

— Bien sûr, mais je veux dire, depuis quand es-tu décidée ? Quand as-tu pris la résolution de t'en aller dès à présent.

— Je m'y suis décidée cet été à Tegneby.

— J'aurais aimé que tu me préviennes plus tôt, Jenny », dit Gram. Il parlait doucement et avec calme, mais Jenny se sentit le cœur déchiré.

« Je voulais te le dire, Gert, non pas te l'écrire, mais te le dire. Lorsque je t'ai demandé de venir chez moi hier, c'était pour cela. Mais je n'ai pas pu... »

Son visage était devenu d'une pâleur de cendres.

« Je comprends. Mais, ma petite, comme tu as dû souffrir, s'écria-t-il.

— Oui, répondit Jenny, surtout à cause de toi, Gert. Je ne te demande pas de me pardonner...

— Te pardonner, Seigneur, peux-tu me pardonner toi, Jenny, car je devinais que ce jour viendrait.

— Nous l'avons deviné tous les deux, » reprit-elle du même ton.

Il se jeta tout à coup le visage contre terre. Elle se pencha et posa sa main sur sa nuque.

« Petite, petite, petite Jenny. Quel mal je t'ai fait.

— Mon chéri !

— Mon petit oiseau blanc, je t'ai touchée de mes mains grossières. J'ai taché tes blanches ailes.

— Gert ! Elle prit ses mains et dit vite d'un ton passionné : Ecoute-moi, tu ne m'as jamais fait que du bien, c'est moi qui... J'étais si lasse, tu m'as donné le repos ; j'avais froid et tu m'as réchauffée. J'avais besoin de calme, et de chaleur, et de la certitude d'être aimée. Mon Dieu, Gert, je ne voulais pas te tromper. Tu ne pouvais te rendre compte !... Je n'arrivais pas à te faire voir... que je t'aimais d'une autre façon, pauvrement en quelque sorte. Comprends-tu ?

— Non, Jenny. Je ne peux pas croire qu'une jeune fille innocente va se donner à un homme si elle ne pense pas que son amour est durable.

— C'est cela que je te prie de me pardonner. Je savais que tu ne pouvais comprendre et j'ai accepté malgré tout, ce que tu me donnais. Mais j'en ai souffert de plus en plus et je ne supportais plus de continuer cette vie. J'ai tant d'affection pour toi, Gert ; mais toujours accepter et ne rien donner qui soit vrai et sincère...

— C'est là ce que tu voulais me dire hier ? » demanda Gert.

Jenny fit signe que oui.

« Et au lieu de cela !... »

Elle devint cramoisie.

« Je n'ai pas osé, Gert. Tu étais si heureux en arrivant et je pensais que tu t'étais rongé à m'attendre. »

Il releva la tête et l'interrompit vivement :

— Tu n'aurais pas dû faire cela, Jenny, tu n'aurais pas dû me donner une pareille... aumône. »

Elle s'était caché le visage, obsédée par le souvenir des heures douloureuses passées dans son atelier poussiéreux à l'atmosphère comme recuite par le soleil, tandis que, occupée fiévreusement à des rangements, elle attendait Gert et que son cœur se crispait de chagrin. Mais elle n'osa pas en parler.

« Je n'étais pas sûre de moi ; lorsque tu es venu j'ai cru... un moment... j'ai pensé...

— Des aumônes, — il secoua la tête — tu ne m'as jamais donné que des aumônes.

— Gert, mais non, c'est moi qui ai accepté constamment tes aumônes, ne le vois-tu pas ?

— Non », dit-il avec violence. Et il enfouit encore son visage dans l'herbe.

Puis il se redressa.

« Jenny, est-ce un autre ?

— Non, cria-t-elle.

— Crois-tu que je te le reprocherais, s'il venait, un homme jeune, semblable à toi. Je comprendrais mieux cela.

— Mais, rends-toi compte, Gert, il n'est pas nécessaire qu'il y en ait un autre.

— Non, non, ce serait plus naturel. Je pensais à ta lettre où tu me disais que Heggen était venu à Tegneby, puis était reparti pour Berlin. »

Jenny rougit.

« Crois-tu donc alors qu'hier... »

Gert se tut, puis d'un ton las :

« De toutes façons, je ne te comprends pas. »

Brusquement, elle eut envie de lui faire de la peine.

« Il est vrai qu'il y a une deuxième ou plutôt une troisième personne. »

Il la regarda, puis il lui saisit les poignets.

« Jenny, que veux-tu dire ?

Elle regrettait déjà ses paroles.

« Mais oui, mon travail, l'art. »

Gert Gram s'était agenouillé devant elle.

« Jenny, y a-t-il quelque chose, sincèrement, dis-moi la vérité, ne mens pas — Jenny, est-ce autre chose ? »

Elle essaya de le regarder droit dans les yeux, mais sa

tête s'inclina malgré elle et Gert tomba la tête en avant sur les genoux de Jenny.

« Mon Dieu, mon Dieu !

— Gert, cher Gert, tu m'as tourmentée, excitée en parlant d'un autre, dit-elle humblement. Je n'aurais pas dû te le dire, je ne voulais pas te le dire.

— Et moi, je ne t'aurais jamais pardonné ce mensonge, dit Gram. Tu dois t'en douter depuis quelque temps, dit-il tout à coup, depuis quand ?...

— Depuis trois mois.

— Jenny, — il saisit ses mains avec inquiétude — tu ne peux me quitter à présent, tout de suite je veux dire. Nous ne pouvons pas nous séparer.

— Si. Elle passa une main caressante sur le visage de Gert. Si. Sans cela je serais certainement restée encore un peu près de toi. Mais ainsi il fallait que j'envisage les choses nettement et que je prenne une résolution. »

Il réfléchissait.

« Ecoute-moi, ma petite. Tu sais que je me suis séparé de Rébecca le mois dernier. Dans deux ans je serai libre. Alors je viendrai chez toi et je te donnerai mon nom. Je ne réclame rien, entends-tu, rien de toi. Mais je réclame mon droit de te donner la situation que je te dois. Dieu sait combien je souffrirai de cette attente de deux ans. Mais je ne réclame rien. Tu ne seras liée d'aucune manière au vieillard que je suis.

— Gert, je suis heureuse de ce que tu sois séparé d'elle. Mais je te le dis une fois pour toutes, je ne t'épouserai pas, puisque je ne peux pas être vraiment ta femme. Ce ne sont pas les années qui nous séparent, Gert. Si je ne savais pas que je n'ai jamais été vraiment tienne comme je l'aurais dû, je resterais près de toi, ton épouse pendant que tu es jeune encore, ton amie quand viendra l'âge — ta garde-malade même — et je serais heureuse. Mais je sais que je ne puis être pour toi une véritable épouse. Je n'irai pas, par crainte de l'opinion, promettre ce que je ne peux tenir, ni devant un prêtre ni à la mairie.

— Jenny, c'est fou ce que tu dis là.

— En tout cas, tu ne me feras pas changer d'avis.

— Mais que feras-tu ? Non, je ne veux pas te le per-

230

mettre. Comment te tireras-tu d'affaire, enfin ? Ne me défends pas de te venir en aide, Jenny.

— Tais-toi, mon ami. Tu vois que je prends les choses assez tranquillement. Ce n'est pas si grave qu'on se l'imagine de loin. Heureusement, j'ai quelque argent.

— Mais, Jenny, les hommes seront méchants pour toi. Ils te traîneront dans la boue.

— Personne n'en a le droit. Il n'y a qu'une seule chose dont je doive avoir honte, Gert, c'est d'avoir permis que tu me donnes ton amour en pure perte.

— Oh, tais-toi ! Tu ne sais pas comme les gens peuvent manquer de cœur, comme ils te maltraiteront par leurs jugements cruels, te blesseront, te feront de la peine.

— Je ne m'en soucie pas, Gert. Je suis, Dieu merci, une artiste. On s'attend à ce que nous autres fassions un peu de scandale de temps à autre. »

Il secoua la tête. Et dans un élan de regret désespéré pour la peine qu'elle lui avait faite en lui disant son secret, elle l'attira à elle :

« Mon ami chéri, ne sois pas si malheureux ! Vois, je ne le suis pas. Parfois, au contraire, je suis contente. Je n'arrive pas du tout à me figurer ce petit, ce doux, ce délicieux bébé à moi. Je crois que sa venue sera un bonheur si grand que je ne peux encore me le représenter. J'aurai un petit être qui m'appartiendra à moi seule, que j'aimerai, pour lequel je vivrai et travaillerai ! Il me semble parfois qu'alors seulement ma vie et mon travail auront un sens. Ne crois-tu donc pas que j'arriverai à me faire un nom assez bon pour mon petit, Gert. Si je suis un peu découragée, ce n'est que parce que je ne me rends pas encore bien compte de ce qui se passera, — et parce que tu as tant de chagrin. Oh, Gert, sans doute, suis-je pauvre, et sèche et égoïste et tout le reste, mais je suis une femme et ne peux pas ne pas me réjouir à la pensée d'être mère.

— Jenny. Il embrassa ses deux mains. Pauvre petite Jenny si brave, je souffre encore plus de te voir prendre les choses ainsi.

Jenny eut un sourire désolé.

« Non, ce serait pire si je ne les prenais pas ainsi. »

V

Dix jours plus tard, Jenny partit pour Copenhague. Sa mère et Bodil l'accompagnèrent au premier train de la matinée.

« Tu en as de la chance », dit Bodil en riant de toute sa frimousse brune. Puis elle bâilla jusqu'à en avoir les yeux pleins de larmes. Jenny rit avec elle. « Tu n'es pas à plaindre non plus. »

Toutefois elle sentit les larmes la gagner quand elle embrassa sa mère et elle resta debout à la fenêtre du compartiment ne pouvant en détacher ses yeux. On eût dit qu'elle n'avait jamais bien regardé sa mère auparavant. La taille mince et élancée de madame Berner se voûtait un peu. Mais on voyait à peine que ses cheveux grisonnaient, tant elle était blonde, et ses traits avaient quelque chose d'intact, de virginal quoique son visage fût tout ridé. Seules les années et non les épreuves de sa vie semblaient l'avoir marquée de leur empreinte. Que ferait-elle quand elle saurait ?... Oh non, Jenny n'aurait jamais le courage de voir comment sa mère supporterait ce coup. Elle qui n'avait rien su, ne comprendrait rien. Jenny sentait que si elle n'avait pu fuir, elle se serait tuée plutôt que de parler à sa mère ; ce n'était pas seulement par tendresse mais par lâcheté. Car il faudrait bien un jour avouer tout, mais ce serait plus facile de loin.

Tandis que le train s'ébranlait, elle vit arriver Gert. Il s'avançait lentement sur le quai et tandis que madame Berner et Bodil agitaient leurs mouchoirs, il salua de loin. Comme il était pâle !

C'était le premier septembre. Jenny assise à la fenêtre du wagon contemplait le paysage.

Quelle belle journée. L'air transparent et doux, le ciel si bleu, les nuages d'un blanc pur. La rosée recouvrait, lourde et grise, les prés d'un vert cru.

232

Le duvet soyeux des marguerites brillait au soleil. Les bouleaux brûlés par l'été trop chaud parsemaient de larges taches d'or la forêt sombre. Et sous les arbres on voyait le feuillage cuivré des myrtilles. Les sorbiers étaient d'un rouge éblouissant, dans les bas-fonds quelques-uns gardaient leur sombre verdure. Quelle féerie de couleurs !

Sur la pente des collines au milieu des prés, s'élevaient quelques fermes grises et vieilles, à côté d'autres, nouvellement construites, blanches et jaunes avec leurs granges rouges. Tout autour des pommiers tordus couverts de fruits.

Les larmes coulaient lentement des yeux de Jenny. Reverrait-elle jamais ces lieux ?

Près de Moss elle aperçut le fjord. La ville alignait les murs tristes de ses fabriques le long du canal, mais dans les jardins s'élevaient des maisons de bois aux teintes vives.

Souvent elle s'était promis en passant ici d'y revenir faire de la peinture en été.

Le train fila sans s'arrêter devant la petite gare de village qui desservait Tegneby. Jenny se pencha. Voici la route, la propriété restait cachée par la forêt de sapins. Et voilà le clocher de l'église. Etrange petite Cesca, elle allait souvent à l'église, s'asseyait dans l'ombre et se sentait à l'abri, gardée pour ainsi dire dans ce cadre, dans cette immuable atmosphère de foi en une surnaturelle puissance. Elle croyait, sans savoir exactement à quoi, elle s'était fait son Dieu elle-même. Heureusement ses lettres parlaient d'une grande amélioration de sa vie conjugale. Lennart n'avait pas compris, mais il avait été très bon, d'une grande distinction de pensée. Il avait vraiment confiance en elle et savait qu'elle ne commettrait jamais volontairement une mauvaise action. Merveilleuse petite Cesca ! En fin de compte, tout irait bien pour elle, car elle était honnête et bonne, ce qu'elle, Jenny, n'était pas.

Pourvu qu'elle ne vît pas couler les larmes de sa mère,

elle accepterait bien de lui faire de la peine. En somme, elle n'avait peur que des scènes.

Et Gert ? Le cœur de Jenny se crispait dans sa poitrine. Un véritable malaise physique l'envahissait, dégoût et désespoir si profonds qu'elle en était comme usée et indifférente à tout.

Oh, ces derniers jours à Oslo, avec lui. Elle avait fini par céder. Il viendrait à Copenhague. Et elle avait dû lui promettre de s'installer au Danemark quelque part à la campagne, où il pourrait venir la voir.

Est-ce que tout cela n'aurait donc jamais de fin ?

En fin de compte, elle lui laisserait l'enfant et s'enfuirait, car elle avait encore menti en lui disant qu'elle se réjouissait et ainsi de suite. Peut-être à Tegneby avait-elle éprouvé quelque chose de ce genre — car alors elle pensait à son enfant à elle — et non pas à celui de Gert. Mais s'il devait être un témoin vivant qui la liât à sa honte, elle n'en voulait plus. Elle en viendrait à le haïr, elle le haïssait déjà rien qu'au souvenir de ces jours d'Oslo.

Le désir maladif de sangloter à cœur perdu avait disparu. Jenny se sentait desséchée et froide ; serait-elle encore capable de pleurer jamais ?

Gert Gram vint la voir la semaine suivante. La fatigue et l'indifférence de Jenny étaient telles qu'elle sut même simuler l'entrain. S'il lui avait demandé de le rejoindre à son hôtel, elle l'aurait fait. Elle le décida à aller au théâtre, soupa au restaurant avec lui et lui proposa de faire l'excursion de Fredensborg un jour de beau temps. Elle voyait qu'elle lui faisait du bien en se montrant gaie et dispose. Elle ne pensait presque plus, elle ne faisait plus d'effort, elle se laissait aller. Son cerveau était vide, vide. Seule la sensibilité de ses seins, et le corset qui devenait trop étroit la rappelaient sourdement à la réalité.

Jenny avait loué une chambre chez une veuve d'instituteur dans un village du Vaestsjaelland. Gram l'y installa et rentra à Copenhague dans la soirée. Elle fut seule enfin.

Elle avait arrêté sa chambre sans la voir. A l'époque où elle travaillait la peinture à Copenhague, elle avait passé un après-midi dans ce village avec quelques camarades, les repas à l'auberge et le bain dans les dunes lui avaient laissé un bon souvenir. Lorsqu'une certaine madame Rasmussen qui habitait cet endroit, avait, répondant à l'annonce de Jenny, offert de recevoir la jeune dame qui attendait un bébé, le marché avait été conclu.

Et, en somme, elle s'en trouvait bien. La veuve de l'instituteur habitait une vilaine et minuscule maison de briques jaunes, un peu en dehors du village, sur la grande route qui courait toute poussiéreuse entre les champs cultivés. Mais Jenny aimait sa chambre tapissée de bleu. Les murs étaient couverts de lithographies d'après Exner, et les meubles, le lit, la commode, le fauteuil à bascule, disparaissaient sous les travaux de crochet de madame Rasmussen. Celle-ci avait orné la pièce d'un bouquet de roses le jour de l'arrivée de Jenny.

Les deux petites fenêtres ouvraient sur la route. Dans le jardinet fleurissaient des roses, des géraniums et des fuchsias malgré les assauts de la poussière. De l'autre côté de la route, on apercevait la crête nue d'une colline. Des murs de pierres sèches où les fleurs d'automne aux vives couleurs se mêlaient aux ronces, divisaient la plaine en carrés de chaume blanchâtre, de betteraves d'un vert bleu et de prés dont la verdure tirait au brun. Des saules tordus par le vent bordaient les cultures.

Lorsque le soleil n'éclairait plus la chambre de Jenny, le ciel flambait encore au-dessus de la colline et des branches décharnées des saules. Derrière sa chambre se trouvait une petite cuisine de maison de poupée carrelée de rouge. Elle donnait sur la cour où caquetaient les poules et roucoulaient les pigeons de la veuve.

Un étroit corridor partageait la maison en deux. En face de Jenny, madame Rasmussen avait sa chambre ; les fenêtres étaient garnies de pots de fleurs ; les petits tapis au crochet se retrouvaient là aussi, aux murs pendaient des daguerréotypes et des photographies. Il y avait dans un coin un rayon où les livres religieux reliés en carton noir voisinaient avec quelques années de la *Bibliothèque des*

Familles, dans leurs belles reliures dorées sur tranche.
Madame Rasmussen dormait dans une toute petite pièce
qui sentait étrangement le renfermé malgré sa propreté
minutieuse. Elle ne pouvait pas, la nuit, entendre pleurer
sa pensionnaire de l'autre côté du couloir. Madame Rasmussen était du reste fort acceptable, elle aussi. Grande
et maigre, chaussée de pantoufles de feutre, elle allait silencieuse et affairée, une expression soucieuse sur son
visage jaune, au profil chevalin. Ses cheveux striés de
gris et bien lissés formaient un drôle de petit macaron
au-dessus de chaque oreille. Elle posait quelques questions inquiètes : Mademoiselle était-elle satisfaite de la
chambre, de la nourriture ? » A part cela, elle ne parlait
pas. Même quand Jenny s'asseyait parfois auprès d'elle
dans l'après-midi et prenait son ouvrage, les deux femmes
se taisaient. Jenny était sincèrement reconnaissante à madame Rasmussen de ne jamais faire mention de son état,
une seule fois elle s'était inquiétée de voir sortir Jenny
avec sa boîte de peinture. « Mademoiselle n'allait-elle pas
se faire du mal ? »

Jenny travailla ferme les premiers jours ; elle s'instal-
lait derrière un mur de pierre avec son chevalet portatif
que le vent faisait tomber sans cesse. Les terres labourées
descendaient après un interminable champ de seigle jusqu'à un marécage où blanchissaient les linaigrettes près
des trous d'eau claire. La tourbe, noire comme du velours,
s'amoncelait sur l'herbe verte. Au delà du marais, une
large ondulation de terrain aboutissait au fjord d'un bleu
frais. Des champs de betteraves succédaient à des prés et
à des champs de seigle fauchés. De-ci de-là une ferme blan-
chie à la chaux s'élevait au milieu d'un bouquet de sombre verdure. Vers le nord la colline où se profilaient les
moulins à vent et que brunissaient les bruyères fanées,
tombait abrupte dans la mer. Le rivage formait des baies
et des promontoires de sable jaune ou d'herbe courte et
sèche ; l'ombre et la lumière alternaient sur l'étendue des
terres suivant la course des nuages dans le ciel immense
et tourmenté.

Lorsque Jenny se sentait fatiguée, elle s'étendait le long
du mur, le regard perdu dans le ciel ou sur le fjord. Elle

236

ne supportait pas de rester debout longtemps de suite, mais elle n'en avait que plus envie de travailler. Elle termina deux petits tableaux, là-haut près du mur, et elle en fut satisfaite.

Elle en fit un autre au village. Des maisons basses blanchies à la chaux, couvertes de toits de chaume qui descendaient jusqu'aux fenêtres, fleuries de rosiers grimpants et de dahlias, entouraient la mare verte, tandis que l'église de briques rouges élevait sa tour à redents au-dessus des masses de feuillage du presbytère. Mais Jenny s'énervait d'être dérangée par les gens qui venaient contempler son travail. Une troupe d'enfants aux cheveux blonds de lin l'entouraient tandis qu'elle peignait.

Dès qu'elle eut fini, elle remonta avec son chevalet jusqu'au petit mur d'où l'on voyait la mer.

En octobre, la pluie se mit à tomber et ne s'arrêta guère pendant plus d'une semaine. De temps à autre une éclaircie se produisait et un pâle et maladif rayon de soleil apparaissait entre les nuages, éclairant la colline et ses maigres rangées de saules et faisant briller les flaques d'eau sur la route. Puis il recommençait à pleuvoir.

Jenny emprunta les revues de madame Rasmussen, et apprit à faire la dentelle tricotée qui ornait les rideaux, mais elle ne tira grand profit ni de sa lecture ni de son tricot. Elle restait des jours entiers allongée dans le fauteuil à bascule près de la fenêtre, n'ayant même pas le courage de s'habiller convenablement. Elle se contentait de jeter sur elle son kimono déteint par les fréquents lavages. Sa grossesse devenait de plus en plus visible et elle en souffrait. Un jour Gert annonça sa visite. Dès le surlendemain il arriva en voiture par une pluie battante. Et il resta une semaine. Il couchait à l'hôtel du chemin de fer distant d'un kilomètre, mais passait toutes ses journées près d'elle. En la quittant il lui promit de revenir bientôt, peut-être dans six semaines.

Jenny ne dormit pas et n'éteignit pas sa lampe de toute la nuit. Elle sentait qu'elle ne supporterait plus ces revoirs. C'était trop affreux.

Tout lui avait paru insoutenable ; dès le premier regard plein de sympathie et d'anxiété de Gert lorsqu'il l'avait aperçue dans une nouvelle robe droite que la couturière du village lui avait faite. « Que tu es belle » avait-il dit, et il l'avait comparée à une madone ! Jolie madone en vérité ! Et les précautions qu'il prenait pour entourer sa taille de son bras, ses longs baisers sur son front. N'allait-elle pas mourir de honte ?

Comme il l'avait agacée par son inquiétude au sujet de sa santé, ses conseils de prudence ! Un jour, pendant une accalmie, il l'avait entraînée au dehors pour faire une promenade et il l'obligea à prendre son bras, à s'appuyer sur lui. Le soir, il eut un sourire en regardant son ouvrage, il s'attendait à ce qu'elle ourlât des langes.

Jenny ne pouvait plus rien espérer de ses prochaines visites. Les choses ne feraient qu'empirer. Elle n'en pouvait plus.

Il écrivit un peu plus tard qu'il fallait à tout prix qu'elle vît un médecin. Le même soir elle envoya un petit mot à Heggen lui disant qu'elle attendait un enfant en février et qu'elle le priait de lui indiquer un coin tranquille en Allemagne où elle pourrait s'installer jusqu'après la délivrance.

Heggen répondit par retour du courrier.

> « Chère Jenny.

> « J'ai mis quelques annonces dans des journaux d'ici et je t'enverrai les réponses au fur et à mesure de leur arrivée afin que tu puisse en juger par toi-même. Si tu veux que j'aille voir ici ou là avant que tu te décides pour une location, tu sais que je le ferai avec joie. Dispose de moi comme tu l'entendras. Dis-moi quand tu te mettras en route, et par où tu passeras. Veux-tu que je vienne à ta rencontre ou y a-t-il autre chose que je puisse faire pour toi ? Je suis désolé de ce que tu m'écris, mais je sais que tu es comparativement bien armée pour la lutte. Veux-tu me faire le plaisir de m'écrire si tu as besoin de moi ? Tu sais bien que je serai heureux de te rendre service. J'ai entendu dire que tu as exposé un bon tableau et je t'en félicite. Mille amitiés de ton ami dévoué, G. H. »

Quelques jours après, Jenny reçut tout un paquet de ré-

ponses. Elle en déchiffra un certain nombre rédigées en affreux caractères gothiques. Puis elle écrivit à une certaine madame Minna Schlessinger aux environs de Warnemünde qu'elle retenait une chambre pour le 15 novembre. Elle fit part à Gunnar de sa décision et l'annonça à madame Rasmussen. Ce ne fut que le dernier soir qu'elle écrivit à Gert.

« Mon cher ami,

« J'ai pris une détermination qui te fera de la peine, je le crains, mais ne te fâche pas contre moi. Je me sens si lasse et énervée, je me rends compte que j'ai été détestable envers toi lors de ta dernière visite et je ne veux pas recommencer. C'est pourquoi je ne te verrai plus avant que tout soit terminé. Je m'en vais d'ici, demain matin de bonne heure. Je ne laisse pas d'adresse pour l'instant, mais tu peux écrire chez mon amie. Fransiska Ahlin, Varberg, Suède. Je t'enverrai mes lettres par elle. Ne te mets pas en souci pour moi — je vais tout à fait bien. Mais mon cher Gert, n'essaie pas de me rejoindre pour l'instant, je t'en prie de tout mon cœur. Et ne sois pas trop fâché contre moi, je crois que cela vaut mieux pour nous deux. Essaie, pour l'amour de moi, de souffrir et de te tourmenter aussi peu que tu le pourras.

« Ta dévouée, Jenny ».

Elle s'installa donc chez une nouvelle veuve et dans une nouvelle maisonnette. Celle-ci était rouge, les embrasures des fenêtres peintes en blanc. Derrière la maison se trouvait un étroit jardin aux allées couvertes de gravier. Une bordure de coquillages courait le long des plates-bandes où se fanaient des reines-marguerites et des dahlias. Il y avait vingt à trente maisons exactement semblables, dans la petite rue qui menait de la gare au port de pêche où la mer se brisait en flots d'écume contre la jetée de pierre. Un peu plus loin, sur la plage couverte de varech, on voyait un petit hôtel d'été, tous volets fermés. D'interminables chemins, bordés de peupliers dénudés qui pliaient au grand vent, passaient devant des constructions en briques précédées d'un jardin et flanquées de deux ou trois grosses meules de foin noircies, puis étendaient leurs réseaux jusqu'aux lointains infinis, à travers les champs noirâtres et les marais.

Parfois, le matin, tout le paysage était couvert d'une mince couche grisâtre de neige nouvelle, qui fondait au cours de la journée.

Jenny suivait les chemins monotones aussi loin que ses forces le lui permettaient, puis revenait s'asseoir dans sa chambre surchargée cette fois de bibelots précieux. De petits tableaux en plâtre coloré, représentant des châteaux-forts ou de joyeuses scènes de cabarets, pendaient dans des cadres de cuivre. Elle n'avait pas le courage d'ôter ses chaussures trempées, mais madame Schlessinger venait l'en débarrasser ainsi que de ses bas, tout en ne cessant de parler et d'exhorter Jenny au courage. Et elle citait toutes les compagnes d'infortune de Jenny qu'elle avait hébergées déjà : celle-ci, puis celle-là étaient mariées et heureuses à présent.

Il y avait un mois que Jenny habitait chez madame Schlessinger quand son hôtesse entra un matin tout animée. Un monsieur voulait voir Mademoiselle. Jenny resta un moment paralysée par la terreur. Puis elle demanda quelques détails sur l'aspect du monsieur. Il a l'air très jeune, dit madame Schlessinger et elle eut un sourire complice, il est tout à fait charmant. — Jenny sursauta. Serait-ce Gunnar ? Et elle se leva mais, se ravisant, elle jeta sa couverture de voyage sur elle et se pelotonna ainsi enveloppée dans le fauteuil le plus profond.

Madame Schlessinger ravie alla chercher le monsieur. Elle fit entrer Gunnar et s'arrêta un instant à la porte, souriant avant de disparaître.

Gunnar serra les mains de Jenny à la faire crier, mais il eut un rire joyeux.

« Je me suis dit qu'il fallait que je voie comment tu étais installée. Il me semble que tu as choisi un triste coin. Mais, au moins, il y a de l'air par ici. Il secoua son chapeau qu'il tenait à la main et en fit tomber un peu d'eau.

« Tu vas prendre du thé et manger quelque chose. » Jenny fit le mouvement de se lever, mais resta assise et dit en rougissant :

240

« Veux-tu avoir la bonté de sonner pour moi. »

Heggen mangea comme un loup, sans s'arrêter de bavarder. Il était enchanté de Berlin ; il habitait Moabit, un quartier d'ouvriers et parlait avec le même enthousiasme de la social-démocratie allemande et du militarisme.

« Il y a quelque chose d'admirablement viril là-dedans, vois-tu, et l'une des tendances est en somme la condition de l'autre. »

On lui avait permis de visiter quelques grandes fabriques et il avait étudié un peu aussi la vie nocturne, ayant fait la connaissance d'un jeune ingénieur norvégien en voyage de noces et d'une famille norvégienne avec deux agréables et jolies filles. Toutes ces jeunes femmes brûlaient naturellement du désir de voir le vice de près. Ils étaient donc allés au National, au Riche, au Amorsaal. Ces dames s'étaient amusées royalement.

« Mais j'ai fini par me brouiller avec elles. J'avais proposé à mademoiselle Paulsen de rentrer avec moi un soir...

— Mais voyons, Gunnar !

— Que diable, j'étais un peu gris, et ce n'était du reste qu'une plaisanterie. Il n'aurait plus manqué qu'elle ait accepté. Dans quel pétrin je me serais mis ! Aurait-il fallu que j'épouse une petite personne qui s'amuse de pareilles choses, non merci. Je ne voulais que rire de sa vertueuse indignation. Non, il n'y avait pas de danger, ces jeunes filles-là n'abandonnent pas leur trésor avant de s'être assuré de quelque compensation ! »

Il rougit brusquement à la pensée que Jenny pouvait peut-être trouver qu'il manquait de tact de lui parler ainsi en ce moment. Mais elle riait :

« Tu es fou, mon garçon ! »

Elle n'éprouvait plus la timidité maladive, si peu naturelle, du début. Heggen laissait courir sa langue. De temps en temps quand elle ne pouvait s'en apercevoir, son regard se fixait sur elle avec inquiétude. « Seigneur, quelle maigreur, quels cernes autour des yeux et ces rides près de la bouche ! Les tendons de son cou plissé étaient tout à fait proéminents ! »

Pendant une éclaircie, ils allèrent se promener sur les

241

chemins déserts, entre les rangées de peupliers courbés par le vent. Jenny se sentait lourde et lasse.

« Prends donc mon bras », dit Gunnar comme en passant, et elle le prit.

« Vraiment, je trouve cet endroit horriblement triste. Dis-moi, Jenny, ne vaudrait-il pas mieux que tu viennes à Berlin ? »

Jenny secoua la tête.

« Tu aurais les musées et un tas d'autres choses, une compagnie, quoi. Tu ne te soucies naturellement pas d'aller au National, mais viens faire un petit tour là-bas pour te remonter. Ce doit être si ennuyeux ici.

— Oh non, Gunnar, pas maintenant. Tu dois comprendre que...

— Tu es très bien dans ce manteau », dit-il peu après avec précaution.

Jenny baissa la tête.

« Je ne suis qu'un sot, dit-il tout à coup. Excuse-moi. Dis-moi, Jenny, si je t'ennuie.

— Non, certes. — Elle le regarda. Je suis heureuse de ta visite.

— J'ai peut-être tort, — sa voix était toute chagrine, — pourtant, Jenny, je suis convaincu que de rester seule ici ne fait qu'aggraver ta peine. Tu devrais partir, aller dans un endroit moins désespéré. Il laissa son regard errer sur les prés sombres, et les rangées de peupliers qui se perdaient dans le brouillard.

— Madame Schlessinger est bien gentille, dit Jenny d'un ton évasif.

— Mais oui, la pauvre ; il se mit à rire. Elle croit que c'est moi, le coupable.

— Oui, » dit Jenny en riant aussi

Enfin, ils firent encore quelques pas. « As-tu fait quelques projets... d'avenir ?

— Je ne sais trop. Tu veux parler de... l'enfant ? Je le laisserai peut-être chez madame Schlessinger jusqu'à nouvel ordre. Elle le soignerait bien, l'adopterait peut-être. Elle se mit à rire. On adopte parfois ces enfants-là. Et puis je pourrais m'appeler madame Winge et me moquer de ce qu'on en dirait.

« — Tu es donc tout à fait décidée, comme tu me l'as écrit, à rompre toute relation avec... cet homme ?

— Oui, dit-elle d'une voix dure. Ce n'est pas celui avec qui j'étais fiancée, ajouta-t-elle un peu après.

— Eh bien, Dieu merci ! » Gunnar avait dit ces mots avec tant de chaleur que Jenny fut malgré elle forcée de sourire. « Celui-là, Jenny, n'était pas un type à reproduire... pas pour toi, en tout cas. J'ai vu qu'il a passé son doctorat ces temps-ci. Les choses auraient donc pu être pires, j'avais peur...

— C'est son père », dit-elle tout à coup.

Heggen resta pétrifié.

Lorsqu'elle éclata en sanglots violents et désespérés, il la prit dans ses bras et appuya sa main sur sa joue tandis qu'elle pleurait contre son épaule.

Et elle lui raconta tout. A un certain moment, elle releva la tête et le regarda — il était très pâle et paraissait bouleversé — elle fondit de nouveau en larmes.

Lorsqu'elle fut calmée, il lui releva la tête.

« Seigneur Jésus, Jenny, par quoi as-tu passé ? Comment est-ce possible ? »

Ils reprirent en silence le chemin du village.

« Viens avec moi à Berlin, dit-il tout à coup d'un ton décidé. Je ne supporte pas la pensée... Je ne peux pas te laisser seule ici à ressasser sans cesse les mêmes idées...

— Je ne ressasse plus rien, Gunnar, dit-elle avec effort.

— Tout cela n'a pas de sens, s'écria-t-il si vivement qu'elle s'arrêta de marcher. Dire qu'il arrive pareille chose aux meilleures d'entre vous, et nous ne nous doutons même pas de ce que pouvez éprouver ! non cela n'a pas de sens. »

Heggen resta trois jours à Warnemünde. Jenny ne se rendait pas compte elle-même pourquoi elle se sentait tellement plus en train après sa visite. Mais l'insupportable sentiment d'humiliation avait disparu. Elle envisageait son sort avec plus de tranquillité et plus naturellement.

Madame Schlessinger allait et venait, le sourire aux

243

lèvres et l'air malicieux, bien que Jenny lui eût déclaré que le charmant visiteur était son cousin.

Il avait promis de lui envoyer ses livres, et il en vint une pleine caisse à Noël avec des bonbons et des fleurs. Chaque semaine il lui écrivait de longues lettres et y joignait des coupures de journaux norvégiens. Il vint lui-même pour l'anniversaire de Jenny en janvier et resta deux jours en lui laissant quelques livres norvégiens nouveaux.

Mais peu après sa dernière visite, elle tomba malade. Et jusqu'à la fin elle se sentit misérable, souffrante, et passa ses nuits sans dormir. Au début, elle pensait très peu aux douleurs de l'enfantement et n'en avait pas peur. Mais à présent qu'elle ne cessait de souffrir, une crainte terrible s'empara d'elle. De sorte que lorsque le moment arriva, elle était épuisée par l'angoisse et les insomnies.

Ce fut un pénible accouchement. Jenny était à demi morte quand le médecin qu'on avait été chercher à Warnemünde tint enfin son petit garçon dans ses mains ensanglantées.

VI

Le fils de Jenny vécut six semaines, exactement quarante-quatre jours et demi, se disait-elle avec amertume tandis que sa pensée revenait sans trêve vers ces courtes semaines où elle avait enfin connu le bonheur.

Elle ne pleura pas le premier jour, mais elle allait et venait autour de l'enfant mort en gémissant sourdement. Puis elle le prenait dans ses bras.

« Mon petit, mon délicieux petit à sa maman, tu ne peux pas, entends-tu, mon petit, non, tu n'as pas le droit d'être mort. »

L'enfant était faible et délicat à sa naissance. Mais Jenny aussi bien que madame Schlessinger avait eu l'impression qu'il prospérait à merveille. Puis il tomba malade un matin et mourut vers midi.

Lorsqu'on l'enterra elle se mit à pleurer et ne s'arrêta

plus. Elle ne fit que sangloter pour ainsi dire nuit et jour, durant toute la semaine qui suivit. Elle tomba malade d'un abcès au sein. Madame Schlessinger fit appeler le médecin qui lui donna un coup de bistouri. La souffrance physique et le désespoir se confondaient durant ses nuits de fièvre. Madame Schlessinger couchait dans la pièce voisine. Quand elle entendait venir de la chambre de la jeune fille ces gémissements inarticulés qui ressemblaient à d'étranges cris de bête, elle entrait tout épouvantée et s'asseyait près du lit. « Pour l'amour de Dieu, mademoiselle ! »

Elle soignait Jenny et serrait ses mains amaigries et moites dans les siennes qui étaient grasses et chaudes. Et elle la grondait : « C'était la volonté de Dieu, et peut-être était-ce pour le bien à la fois du petit et de Mademoiselle. » Mademoiselle était encore si jeune. Elle-même, madame Schlessinger, avait perdu ses deux enfants, la petite Bertha à l'âge de deux ans, et Wilhelm quand il en avait quatorze — un garçon si plein de vie. Eux pourtant étaient nés d'une union légitime et auraient été le soutien de sa vieillesse, mais ce petit-là n'eût été qu'une entrave pour Mademoiselle. Mademoiselle était si jeune et si jolie. Certes oui, il était exquis, ce petit ange, et c'était bien dur... Madame Schlessinger avait aussi perdu son mari. Et elle avait eu chez elle bien des compagnes d'infortune de Jenny dont les enfants étaient morts. Plus d'une s'en était réjouie, quelquefois elles avaient perdu leur bébé pour les avoir mis en nourrice. C'était très mal ; mais peut-on juger ? Il y en avait aussi qui avaient pleuré et sangloté comme Jenny, puis avec le temps, elles s'étaient résignées ; les unes et les autres étaient mariées à présent et menaient une vie heureuse. Mais elle n'avait jamais rien vu d'égal au désespoir de Jenny. Dieu du ciel !

Madame Schlessinger attribuait pour une bonne part le chagrin de Jenny au fait que le cousin était parti pour le Sud, d'abord à Dresde ; puis en Italie à peu près au moment de la mort du bébé. Voilà bien les hommes !...

Plus tard l'image de madame Schlessinger assise sur un tabouret à côté du lit, les yeux pleins de larmes qui brillaient à la lueur de la veilleuse et tombaient lentement sur ses bonnes joues roses, resta indissolublement liée pour Jenny au souvenir de ses nuits de cauchemar. Elle revoyait toujours les lèvres qui ne cessaient de parler, la petite natte grise, la camisole de nuit blanche à festons, le jupon de flanelle rayée gris et rose. Et elle revoyait aussi l'étroite chambre aux bas-reliefs de plâtre dans leurs cadres de cuivre !

Elle avait écrit son bonheur à Heggen. Il avait répondu qu'il viendrait volontiers voir le petit, mais le voyage était long et cher, et son départ pour l'Italie imminent. Bienvenue au petit prince et mille souhaits de bonheur. Lorsque le bébé mourut, Heggen était à Dresde. Jenny reçut de lui une longue et affectueuse lettre.

Elle avait envoyé quelques lignes à Gert aussitôt qu'elle en avait eu la force, elle lui donna son adresse, mais en le priant de ne pas venir avant le printemps. Le petit serait alors un peu grand et tout à fait joli. En ce moment, seule sa mère le trouvait délicieux. Quand elle fut relevée, elle écrivit une lettre plus longue.

Puis le jour même de l'enterrement de son enfant, elle en avisa Gert et ajouta qu'elle partait pour l'Italie le soir même et qu'il ne recevrait de ses nouvelles que lorsqu'elle se sentirait plus calme.

« Ne t'inquiète pas de moi, écrivait-elle ; je suis assez résignée, mais naturellement j'ai beaucoup de chagrin. »

Cette lettre se croisa avec une lettre de Gert.

« Ma chère Jenny,

« Merci pour ta dernière lettre. Je te dirai avant tout : tu parais te faire des reproches au sujet de ton attitude envers moi, mais ma chère petite fille, moi je ne t'en fais pas. Cesse donc de te tourmenter. Tu n'as jamais été que bonne, douce et tendre pour ton ami. Je ne saurais oublier ta tendresse pendant les courtes semaines que tu m'as aimé, ta délicieuse jeunesse et ton délicat et doux abandon au temps de notre bonheur ! Ce bonheur devait être court, et nous aurions dû le prévoir tous deux. Moi surtout. Toi, tu l'aurais prévu si tu avais réfléchi. Mais deux êtres qui sont attirés l'un vers l'autre réfléchissent-

246

ils ? Crois-tu que je te reproche d'avoir cessé un jour de m'aimer ? Et cela parce que j'en ai éprouvé le plus amer chagrin de ma vie, si peu favorisée de toutes façons par ailleurs, chagrin doublement amer quand j'ai appris que notre union allait avoir des suites, dont tu supporterais les conséquences toute ta vie.

« J'apprends par ta lettre que ces suites — dont j'ai certes été plus désespéré que toi — malgré les inquiétudes et les souffrances physiques par lesquelles tu viens de passer, t'apportent la plus pure joie de ta vie. Tu me dis que l'amour maternel remplit ton cœur de paix, de courage ; avec ton bébé dans les bras tu es sûre d'avoir la force d'affronter toutes les difficultés économiques ou sociales de ton avenir. J'en suis plus heureux que tu ne peux t'en douter. Voici pour moi une preuve nouvelle de la présence de cette éternelle justice à laquelle je crois. A toi qui as commis une faute uniquement parce que tu étais bonne et tendre et que tu aspirais à l'amour, cette faute même, à laquelle tu dois tant d'heures désolées, apporte tout ce dont tu rêvais, mais sous une forme meilleure, plus belle, plus pure. Dès à présent tu es heureuse de ton amour pour ton enfant et tu le seras encore davantage quand le petit grandira et reconnaîtra sa mère. Il te rendra ta tendresse plus fort et plus consciemment chaque année. Quant à moi qui ai accepté ton amour tout en sachant qu'une liaison amoureuse entre nous était impossible et non conforme à la nature, ces derniers mois m'ont apporté infiniment de peine et de tourment et aussi de nostalgie. Jenny, une nostalgie que tu ne peux te représenter, la nostalgie de toi, de ta beauté, de ton amour. Tous les souvenirs des jours passés ont été empoisonnés par le regret. Je n'ai cessé de me poser ces questions torturantes : Comment ai-je pu l'entraîner dans cette aventure ? comment ai-je pu accepter qu'elle se donne à moi ? comment ai-je pu croire à un bonheur possible ? — J'y ai cru, Jenny, si fou que cela paraisse, et je me sentais jeune avec toi. Songe que j'ai dit adieu à ma propre jeunesse alors que j'étais bien plus jeune que tu ne l'es aujourd'hui. Je n'ai, par ma faute, jamais connu le bonheur d'agir et le bonheur d'aimer, de la jeunesse. Et ce fut l'expiation. Ma jeunesse morte revint et se moqua de moi lorsque je t'ai vue. Mon cœur ne se sentait pas plus vieux que le tien. Rien n'est plus terrible pour un homme, Jenny, que d'être vieux et d'avoir un cœur jeune. Tu dis que tu voudrais bien, lorsque le petit sera un peu plus grand, me voir venir auprès de toi et de notre enfant. Notre enfant... que c'est étrange ! Sais-tu à quoi je pense sans cesse ? Te souviens-tu du vieux Joseph sur les tableaux d'autels italiens, celui qui reste toujours à l'arrière-plan, ou sur le côté du tableau et contemple d'un air tendre et soucieux l'enfant divin et sa jeune et délicieuse mère, ces deux-là ne voient rien que leur tendresse réciproque et se rendent à peine compte de la présence de Joseph.

« Ma chère Jenny, ne te méprends pas sur mes paroles. Je sais bien que le petit enfant qui repose sur tes genoux, est bien ma chair et mon sang — et cependant — lorsque je pense à toi, à ton bonheur maternel, je me sens comme le pauvre vieux Joseph — en dehors.

« Malgré cela, n'aie pas plus de scrupules à devenir ma femme et à user de la protection de mon nom pour toi et ton enfant que Marie n'en a eu à épouser Joseph. J'estime que tu aurais tort vis-à-vis du petit de le priver volontairement du nom de son père auquel il a droit et cela en dépit de ta confiance en toi-même. Il est clair qu'un mariage pareil te garantira toute ta liberté, et ton indépendance et qu'il pourra dès que tu le voudras être rompu légalement. Je te prie instamment de ne pas te décider à la légère. Nous pouvons nous marier à l'étranger si tu le désires, et commencer quelques mois après les démarches concernant le divorce. Tu ne seras jamais obligée de revenir en Norvège pour vivre sous mon toit.

« Je n'ai pas grand'chose à te raconter sur mon compte. Je vis dans deux petites chambres à Haegdehaugen, tout près de la maison de campagne où je suis né et où j'ai vécu jusqu'à l'âge de dix ans. De ma fenêtre j'aperçois la cime des grands chataigniers qui se dressent à côté de la porte d'entrée de ma maison paternelle. Ils n'ont guère changé et en ces longues soirées d'une clarté toute printanière déjà, je vois les branches brunes se découper sur la pâleur du ciel où brillent quelques étoiles d'or. L'air est vif et pur. Je reste assis soir après soir près de ma fenêtre, je ne puis détacher mes regards de cette maison d'autrefois. Je rêve et me souviens de tout mon passé.

« Jenny, comment ai-je pu oublier qu'entre toi et moi il y avait toute une vie, près de deux fois aussi longue que la tienne et passée presque tout entière dans l'humiliation, l'échec et la douleur ?

« Si tu penses à moi sans colère et sans amertume, c'est plus que je n'ai osé espérer. Le bonheur qu'on devine entre chaque ligne de ta lettre m'a fait un bien inexprimable. Dieu vous bénisse et vous garde, toi et le petit enfant. Je désire pour vous tout le bonheur possible sur cette terre.

« J'ai une affection infinie pour toi, petite Jenny, qui as été mienne un jour.

« Ton dévoué, Gert Gram. »

VII

Jenny continua d'habiter chez madame Schlessinger. Le loyer n'était pas cher, et du reste où irait-elle ?

Le printemps était dans l'air, de lourds nuages couraient dans l'immensité du ciel. Lorsque Jenny allait le soir sur la jetée, elle voyait les flots colorés d'un reflet d'or et de sang. La triste et sombre plaine prenait des tons d'émeraude. Les jeunes bourgeons des peupliers rougissaient, répandant un parfum doux et pénétrant. Le talus du chemin de fer était couvert de violettes et de petites fleurettes jaunes et blanches. A la fin toute la contrée s'épanouit et un déchaînement de couleurs illumina le bord des fossés, les iris jaunes et de grandes ombellifères blanches se miraient dans les flaques.

Un beau jour un parfum de foin coupé flotta dans l'air du marais, se mêla à l'odeur de goudron du port.

L'Hôtel des Bains rouvrit ses portes et les hôtes réapparurent dans les maisonnettes, près de la jetée. La plage fourmillait d'enfants qui se roulaient dans le sable, et barbotaient pieds nus dans l'eau ; les mères, les bonnes d'enfants, les nourrices en costume du Spreewald les surveillaient tout en causant, assises sur le talus gazonné.

On amena les cabines de bain et des jeunes filles allemandes criaient et riaient en se jetant à l'eau. Des voiliers de plaisance venaient à la jetée, amenant des visites de la ville, et le soir on dansait à l'hôtel. Le petit bois de sapins où Jenny avait l'habitude de s'étendre au printemps pour écouter le bruit des vagues et les sifflements du vent dans les cimes se remplit de promeneurs. Souvent une femme lui jeta un regard d'intérêt et de compassion en la rencontrant le long de la grève dans sa robe noire et blanche. Les baigneurs avaient appris naturellement l'histoire de cette jeune fille norvégienne qui avait eu un enfant et se désolait si cruellement de l'avoir perdu. Et beaucoup étaient plus émus que scandalisés.

Mais Jenny se promenait le plus souvent dans la campagne où les baigneurs ne venaient pas. Une seule fois elle entra à l'église, puis au cimetière où son petit était enterré. Elle s'assit, le regard fixe, près de la tombe qu'elle n'avait pas fait orner. Elle aurait pu y déposer les quelques fleurs sauvages qu'elle venait de cueillir en chemin, mais son imagination répugnait à établir le moindre rapport entre son petit garçon et cette levée de terre couverte de mauvaises herbes et de brindilles.

Le soir elle restait dans sa chambre, à regarder la lampe, un ouvrage auquel elle ne touchait pas sur les genoux. Elle pensait sans cesse au temps où son bébé était avec elle ; à ces premiers jours de lassitude heureuse et paisible, tandis qu'elle était encore convalescente dans son lit ; et aux soins qu'elle avait donnés au petit après ses relevailles. Madame Schlessinger lui avait appris à le baigner, à l'emmailloter, Jenny s'était rendue à Warnemünde pour y acheter de la toile fine, des dentelles et des rubans.

Elle s'était mise dès le retour à couper, à coudre, à dessiner, à broder. Son petit aurait de jolis vêtements au lieu de la pauvre layette de confection qu'elle avait fait venir de Berlin.

Elle avait aussi rapporté un arrosoir orné d'une image de couleurs vives sur fond vert : un lion et un tigre plantés au milieu de palmiers devant une mer bleu azur contemplaient effarés des vaisseaux de guerre allemands filant à toute vapeur vers les possessions africaines de l'empire. Elle trouvait l'image drôle et le petit pourrait s'en amuser quand il serait assez grand, mais pas avant longtemps, longtemps. D'abord il lui faudrait découvrir le sein de sa mère, où il ne faisait encore que s'enfouir aveuglément, puis ses petits doigts, qu'il n'arrivait pas à détacher les uns des autres quand il les emmêlait. Dans peu de temps il reconnaîtrait sa maman, regarderait la lampe et essaierait de saisir la montre de sa maman quand elle l'agiterait devant ses yeux. Il apprendrait tant de choses, le petit. Oh Dieu ! Toutes ses affaires étaient dans un tiroir qu'elle n'ouvrait jamais. Elle se souvenait cependant du moindre petit vêtement. Elle sentait dans ses paumes le contact du linon fin, de la laine rude, et de la petite jaquette de flanelle non terminée qu'elle avait brodée de boutons d'or. Il devait la porter pour sortir dans sa voiture.

Elle s'était mise à peindre une vue de la plage avec les enfants bleus et rouges sur le sable blanc. Plusieurs dames sympathisantes s'approchèrent et essayèrent de lier conversation : « Que c'est joli ! » mais Jenny était mécontente de son esquisse et ne poursuivit pas son travail ; elle n'en commença pas d'autre non plus.

Un beau jour l'hôtel ferma, le vent souffla en tempête sur la mer. L'été avait passé. Gunnar écrivait d'Italie pour lui conseiller de le rejoindre. Et Cesca voulait qu'elle vienne en Suède. Sa mère, qui ne savait rien, écrivait qu'elle ne comprenait pas la raison de ce séjour en Allemagne. Et Jenny songea à partir, mais sans entrain. Pourtant un vague désir de changement s'éveillait en elle peu à peu. Elle finissait par s'énerver de rester là sans rien faire. Il lui fallait prendre une détermination. N'importe laquelle ! Même celle de se jeter dans la mer du haut de la jetée par une belle nuit.

Un jour elle chercha la caisse de livres de Heggen. Parmi eux se trouvait un volume de poésies italiennes

Fiori della poesia italiana. Une de ces éditions pour touristes, reliée en mosaïque de cuir. Elle la feuilleta pour voir si elle n'avait pas oublié tout son italien. Le livre s'ouvrit de lui-même à la Chanson de Carnaval de Lorenzo de Médicis. Il s'y trouvait une feuille pliée, écrite de la main de Gunnar.

« Chère maman, il faut que je te raconte que je suis bien arrivé en Italie et que tout y est merveilleux ! » Le reste de la page était couvert de mots italiens. A côté des verbes il avait écrit les déclinaisons et dans la marge du livre se succédaient des notes serrées tout le long de cette chanson de carnaval si tristement gaie.

« *Que la jeunesse est belle qui s'enfuit si vite.* » Les mots les plus ordinaires étaient recopiés. Gunnar avait dû essayer de lire l'italien dès son arrivée en Italie avant de rien savoir de la langue. Il avait écrit à côté du titre : G. Heggen, Florence 1903. C'était avant qu'elle le connût. Elle feuilletait toujours, s'arrêtant pour lire ici et là quelques vers.

Voici l'hymne de Leopardi à l'Italie pour lequel Gunnar professait un tel enthousiasme. Elle le relut. La marge était noire de commentaires et de taches d'encre. Il lui semblait trouver là un signe d'amitié de Gunnar plus intime qu'aucune de ses lettres. Il l'appelait de toute sa jeunesse saine et avide d'agir. Il la priait de revenir à la vie et au travail. Oh ! si elle avait pu se ressaisir et travailler de nouveau ! Elle essaierait du moins de savoir si elle devait vivre ou mourir. Elle viendrait là où elle s'était sentie forte et pleine de vie, seule n'ayant que son travail. Elle en avait la nostalgie ainsi que de ses amis, de ces camarades sincères dont l'intimité n'est jamais assez grande pour faire mal, mais qui vivent côte à côte consacrés chacun à ce qui pour eux est essentiel : la foi en leur art, la joie de produire.

Elle reverrait les montagnes aux lignes nobles et sévères, et les paysages brûlés de soleil.

Quelques jours plus tard elle partit pour Berlin. Elle visita la ville, les musées. Mais elle se sentait fatiguée, étrangère et perdue. Elle se décida donc à pousser jusqu'à Munich.

A la vieille Pinacothèque, *la Sainte Famille* de Rembrandt attira ses regards. Elle ne fit pas attention à la peinture et ne regarda que la jeune paysanne qui contemplait son enfant et dont la chemise laissait à découvert le sein gonflé de lait. Elle caressait l'un des petits pieds nus. L'enfant n'était qu'un vulgaire bébé du peuple, mais il éclatait de santé. Il dormait si bien et était délicieux malgré tout. Joseph le regardait par-dessus l'épaule de la mère. Ce n'était pas le vieux Joseph traditionnel et Marie non plus n'était pas la fiancée céleste, étrangère sur cette terre. Il y avait là un vigoureux ouvrier dans la force de l'âge, et sa jeune femme. Leur enfant était leur lumière et leur joie à tous deux.

Dans la soirée elle écrivit à Gert Gram une longue lettre triste et tendre, et lui dit adieu pour toujours. Le lendemain elle prit un billet direct pour Florence. A l'aube, après une nuit d'insomnie, elle vit de la fenêtre du wagon les torrents qui descendaient, tout blancs d'écume, les pentes boisées de la montagne. Peu à peu il fit plus clair. On traversait des villages de plus en plus italiens, des toits bruns couverts de mousse dorée, des loggia devant les maisons, des volets verts contre les murs, des façades d'église de style baroque. Jusqu'aux arches des ponts de pierre sur les cours d'eau qui étaient déjà italiennes.

Les noms des petites gares se trouvaient indiquées en italien et en allemand. Sur les coteaux grimpait la vigne et quelques ruines moyenageuses apparaissaient dans la montagne.

A la douane, et tout en regardant les visages endormis des voyageurs de première et de seconde classes, elle eut une vive sensation de joie. Voilà donc encore l'Italie ! Le douanier lui sourit parce qu'elle était blonde, et elle lui rendit son sourire parce qu'il la prenait pour une femme de chambre de grande maison.

Les montagnes s'écartaient, devenaient toutes grises avec des ombres bleues. Un chaud soleil faisait flamber le sol couleur de rouille.

Il fit un froid cruel à Florence en ces jours de novembre. Jenny y traîna pendant une quinzaine, toute gelée, corps et âme. La beauté environnante la laissait froide,

elle éprouva un découragement mélancolique à ne plus
pouvoir s'enthousiamer comme autrefois.

Puis un matin elle partit pour Rome. La Toscane était
couverte de givre. Pourtant, dans le courant de la journée, le brouillard glacial se leva et on aperçut le soleil.
Elle revit ces lieux qui vivaient toujours dans ses souvenirs, le lac de Trasimène et les montagnes qui l'entourent. Une langue de terre s'avançait dans les flots portant
les tours et les clochers d'une petite ville. Une allée de
cyprès la réunissait à la gare.

Il pleuvait à torrents quand elle arriva à Rome. Gunnar
l'attendait sur le quai de la gare. Il serra ses deux mains
dans les siennes en lui souhaitant la bienvenue. Tandis
qu'ils roulaient en voiture vers le logement qu'il avait
arrêté pour elle et que la pluie tombait en crépitant du
ciel gris, il ne cessa de bavarder et de rire.

VIII

Heggen, assis au bout de la table de marbre, ne prenait
pour ainsi dire aucune part à la conversation. De temps
en temps, il louchait du côté de Jenny, qui était serrée
dans le coin de la banquette. Elle avait devant elle du
whisky et de l'eau de Seltz. Elle parlait avec une animation inusitée à une jeune femme suédoise installée vis-à-
vis d'elle et ne prêtait pas la moindre attention à ses voi-
sins, le Dr Broager et la petite artiste danoise Loulou von
Schulin qui essayaient de lier conversation avec elle. Heggen voyait bien qu'elle avait trop bu, une fois de plus.

Il y avait là une petite bande de Scandinaves et d'Allemands qui s'étaient rencontrés dans un débit de vin et
qui avaient échoué au cours de la nuit dans le recoin le
plus reculé de ce café louche. Et toute la société, plus ou
moins sous l'influence de l'alcool, se refusait énergique-
ment à écouter les remontrances du tenancier de l'établis-
sement. L'heure de fermeture légale avait sonné depuis
longtemps, il allait sans aucun doute avoir deux cents lires
d'amende.

Gunnar Heggen était le seul qui aurait applaudi de grand cœur à la fin de cette beuverie. N'ayant pas bu comme les autres, il se sentait de fort méchante humeur.

Le docteur Broager posait à chaque instant ses moustaches noires sur la main de Jenny. Lorsqu'elle la retirait, il essayait de s'en prendre à son bras nu. Il avait glissé l'une de ses mains sur la banquette derrière Jenny et ils étaient si serrés dans ce coin-là qu'il était presque impossible qu'elle s'écartât de lui. Du reste elle résistait faiblement et riait de bon cœur à ses tentatives de rapprochement.

« Comment pouvez-vous supporter cela, dit Loulou von Schulin, en haussant les épaules. Ne le trouvez-vous pas dégoûtant, Jenny ?

— Oh si, mais vous voyez bien, on dirait une mouche. Il ne sert à rien de le chasser. Allons, finissez, Docteur.

— Comment pouvez-vous supporter cet homme ? répéta l'autre.

— Il est dégoûtant, c'est vrai. Heureusement que je pourrai me savonner en rentrant chez moi. »

Loulou von Schulin se coucha sur les genoux de Jenny et caressa ses bras. « On va faire attention à ces pauvres jolies mains. Tenez. » Elle souleva l'une d'elles et la fit admirer par toute l'assemblée. « N'est-elle pas délicieuse ? » Et détachant le voile d'auto de son chapeau, elle en entoura les bras et les mains de Jenny. « Vous ne les verrez plus que derrière ce protège-mouches », dit-elle en tirant à Broager sa petite langue rapide comme l'éclair.

Jenny resta un instant les bras enveloppés dans le voile vert. Puis elle s'en débarrassa et mit sa jaquette et ses gants.

La boisson abrutissait Broager, il se mit à somnoler tandis que mademoiselle Schulin levait son verre.

« A votre santé, monsieur Heggen. » Heggen fit comme s'il n'entendait pas. Ce n'est que lorsqu'elle répéta ses paroles qu'il prit son verre à son tour.

« Pardon, je ne voyais pas. » Il but et détourna les yeux. Il y eut quelques sourires. Comme Heggen et mademoiselle Winge habitaient porte à porte à l'étage supérieur d'une maison située entre la via Babuino et le Corso, la nature de leurs relations ne faisait de doute pour personne. Quant à mademoiselle Schulin, on disait qu'après un mariage éphémère avec un acteur norvégien, elle l'avait quitté, lui et leur enfant, pour s'en aller seule dans le vaste monde. Elle avait repris son nom de jeune fille et sa peinture, cultivant des amitiés féminines sur lesquelles il courait des bruits étranges.

Le propriétaire du café revint insister auprès de ses hôtes pour les décider à sortir. Les deux garçons éteignirent les becs de gaz dans le fond du local et s'approchèrent de la table, attendant de pouvoir en faire autant pour les autres. Il n'y avait qu'à s'en aller.

Heggen fut un des derniers à sortir. Arrivé sur la place, il vit à la clarté de la lune que mademoiselle Schulin prenait le bras de Jenny. Et elles coururent vers un fiacre dont le reste de la bande était en train de faire l'assaut. Il y courut aussi. Jenny criait : « Vous savez, celui de la via Panisperna », et sautant dans la voiture bondée, elle tomba sur les genoux d'une personne déjà assise.

Mais quelques-unes des femmes voulurent descendre de la voiture, d'autres voulaient monter. On ne cessait de sortir par l'une des portières et de rentrer par la portière opposée. Le cocher immobile sur son siège attendait les événements et son cheval dormait la tête penchée vers le sol.

Jenny était redescendue. Mademoiselle Schulin lui tendit la main. « Il y a encore de la place. »

« C'est un crime d'abuser ainsi de ce cheval », dit Heggen sèchement. Elle se résigna à suivre à pied et ils marchèrent à côté des derniers de la bande qui n'avaient pu pénétrer dans la voiture. Celle-ci avançait lentement en tête.

« Tu ne vas pas prétendre que tu as envie de rester encore avec ces gens et de trotter à leur suite jusqu'à la via Panisperna ?

— Oh, nous trouverons bien un fiacre vide en route.

— Tu le ferais ? Vous êtes tous ivres comme des Polonais », rétorqua-t-il.

Jenny rit sans conviction :

« C'est vrai que j'ai trop bu. »

Heggen ne répondit pas. Ils étaient arrivés à la place d'Espagne. Elle s'arrêta.

« Tu es décidé à ne pas être de la partie, Gunnar ?

— Oui, à moins que tu ne veuilles vraiment continuer toi-même, sinon je reste ici.

— Il est inutile que tu viennes à cause de moi ; tu sais bien que je peux rentrer seule.

— Si tu y vas, j'y vais aussi. Tu n'as pas le droit de rouler seule avec tous ces pochards. Elle eut le même rire faible et indifférent.

— Voyons, tu seras si fatiguée demain que tu n'auras pas la force de poser.

— Je m'arrangerai bien pour poser.

— Je n'en crois rien. Et du reste, moi je ne pourrais pas travailler s'il me faut aller de ce train-là toute la nuit. »

Jenny haussa les épaules, mais se mit à marcher dans la direction de la via Babuino, tournant le dos à ses compagnons. Ils croisèrent deux agents, vêtus de leur grande cape. Le jet d'eau murmurait sur l'escalier d'Espagne tout blanc au clair de lune, tandis que le feuillage sombre des arbustes du jardin prenait un reflet d'argent.

Tout à coup Jenny s'écria d'un ton rauque et dur :

« Je sais que tu as de bonnes intentions, Gunnar. C'est chic de ta part d'essayer de me surveiller, mais c'est si inutile, cela ne sert à rien. »

Il se taisait.

« Cela ne sert à rien parce que tu ne veux pas que cela serve, dit-il au bout d'un moment.

— Je ne veux pas ? reprit-elle.

— Oui, j'ai dit que tu ne voulais pas. »

La respiration de Jenny était courte et saccadée, elle allait répondre, mais se retint. Son cœur se soulevait de dégoût. Elle était ivre et le sentait bien elle-même. Il ne manquerait plus qu'elle se mît à crier, à gémir, à déclamer, à pleurer comme un ivrogne, et devant Gunnar. Elle se mordit les lèvres pour retenir les paroles qui voulaient s'en échapper.

Ils arrivaient à leur porte. Heggen tourna la clef dans

la serrure, frotta une allumette bougie et se mit en devoir
d'éclairer l'interminable et sombre escalier de pierre.
Leurs deux petites chambres étaient les seules de l'étage,
tout en haut. Leurs portes ouvraient sur un étroit corridor d'où quelques marches de marbre conduisaient au
toit plat de la maison.

« Bonsoir, Gunnar, et merci, dit-elle tout bas.

— Merci à toi. Dors bien.

— Toi de même. »

Il ouvrit sa fenêtre. En face de lui la lune éclairait en
plein un mur jaune d'ocre aux volets clos, aux balcons
de fer forgé. Les arbres de la colline du Pincio faisaient
tache sur le ciel que bleuissait la clarté lunaire. Plus bas
on voyait les vieux toits couverts de mousse et là où s'arrêtait l'ombre noire des maisons, du linge blanc séchait
sur une terrasse.

Gunnar se pencha à la fenêtre. Il se sentait triste et
découragé. En général il n'était pas si prude. Mais voir
Jenny ainsi ! Et c'était lui-même qui l'avait, au début,
encouragée à sortir pour la distraire, lui redonner de l'entrain. Pendant les premiers mois elle restait silencieuse et
repliée sur elle-même comme un oiseau blessé. Et il s'était
dit qu'ils pourraient tous les deux s'amuser aux dépens
des autres qui faisaient les singes. Comment se serait-il
douté du résultat de sa bonne intention ?

Il l'entendit qui sortait de sa chambre et montait sur
le toit. Heggen resta un moment indécis, puis il la suivit.

Elle était assise sur l'unique chaise, contre la petite tonnelle en fil de fer. Les pigeons roucoulaient tout endormis dans le pigeonnier, au-dessus de leurs têtes.

« N'es-tu pas allée te coucher, dit-il tout bas, tu vas
avoir froid. » Il chercha un châle dans la tonnelle et le
lui passa, puis s'assit sur le rebord du mur au milieu des
pots de fleurs.

Ils restèrent longtemps sans parler, à regarder la ville
dont les clochers baignaient dans le clair de lune. On

258

distinguait à peine la ligne des collines au loin. Jenny fumait. Gunnar aussi alluma une cigarette.

« Je m'aperçois du reste que je ne supporte plus rien, je veux parler de la boisson, elle me monte immédiatement à la tête », dit-elle comme pour s'excuser.

Il vit que son ivresse s'était dissipée.

« Je crois que tu devrais t'abstenir de boire pendant quelque temps, Jenny, et ne plus fumer non plus, tout au moins très peu. Tu te plains de souffrir du cœur. »

Elle ne répondit pas.

« Au fond, tu es bien de mon avis au sujet de ces gens, tu ne devrais pas t'abaisser à les fréquenter de cette façon.

— Parfois, reprit-elle à voix basse, on a besoin de s'étourdir. Et quant à s'abaisser ! Il se pencha sur son pâle visage. Un rayon de lune faisait briller les cheveux blonds découverts. — Souvent je ne sais plus, bien que, en ce moment, par exemple, j'aie honte, car je suis extraordinairement lucide, — elle se mit à rire — je ne le suis pas souvent, même quand je n'ai rien bu. Il me prend envie parfois de me mêler à ces...

— C'est dangereux, Jenny, murmura-t-il. Et un peu après : Je ne peux m'empêcher d'être dégoûté d'une soirée comme celle d'aujourd'hui. Je vois bien ce qui se passe, et je crains que tu ne fasses le plongeon et ne finisses comme Loulou.

— Sois tranquille, Gunnar, ce n'est pas ainsi que je finirai. Au fond, je n'aime pas cela non plus, et je saurai bien y mettre un terme. »

Il resta silencieux, les yeux fixés sur elle. « Je sais ce que tu veux dire, reprit-il enfin. Mais Jenny il y en a d'autres qui ont pensé de même. Cependant lorsqu'on s'est laissé glisser sur une pente on ne peut plus, comme tu dis, *mettre un terme* à la glissade. »

Il descendit de son mur et vint prendre la main de Jenny.

« Jenny, tu vas en finir avec tout cela, dis ? »

Elle se leva et eut un petit rire.

« Pour l'instant tout au moins ; je suis guérie des expéditions nocturnes pour longtemps. »

Tous deux se turent, puis elle lui serra la main.

« Bonsoir, vieux. Je poserai pour toi demain, cria-t-elle de l'escalier.

— Merci. »

Heggen resta encore un moment sur le toit. Il fumait et il sentait à peine le froid de la nuit, tant il était plongé dans ses pensées. Enfin il rentra chez lui.

IX

Le lendemain, elle posa pour lui dès après le lunch et jusqu'à la nuit. Lorsqu'elle se reposait, ils échangeaient quelques paroles indifférentes tandis qu'il nettoyait ses pinceaux ou travaillait à son fond de tableau.

« Voilà, — il déposa sa palette et se mit à ranger sa boîte à couleurs — tu es autorisée à te sauver pour aujourd'hui.

Elle vint près de lui et ils s'arrêtèrent un moment à regarder le portrait.

— Mes noirs sont bien réussis, ne trouves-tu pas, Jenny ?

— Si, je trouve qu'ils font très bien.

— Dis donc, — il regarda sa montre, — il serait bientôt temps d'aller manger quelque chose Viens-tu avec moi ?

— Volontiers, je n'ai qu'à changer de robe. Veux-tu m'attendre un peu. »

Lorsqu'il frappa à sa porte quelques instants plus tard, elle était prête et mettait son chapeau devant la glace.

Comme elle est belle, pensa-t-il, quand elle se tourna vers lui, élancée et claire dans sa robe ajustée gris acier. Distinguée, fine, réservée, un peu froide, elle avait vraiment grand air.

Non, il ne voulait pas croire à sa propre pensée.

« N'aviez-vous pas décidé avec mademoiselle Schulin que tu irais voir ses toiles cet après-midi ?

— Si, mais je n'y vais pas. — Elle avait rougi. —

260

Pour parler franc, je n'ai pas envie de cultiver cette relation. D'ailleurs, son travail ne doit pas valoir grand'chose.

— Certes non. Je ne comprends pas que tu aies accepté son voisinage hier soir. Vrai, j'aimerais mieux manger une assiette de vers de terre vivants.

Jenny riait. Mais elle ajouta sérieusement.

« La pauvre, elle doit être malheureuse au fond.

— Oh, malheureuse ! je l'ai rencontrée à Paris en 1905. Le pire est qu'elle n'a certainement pas une nature perverse. Elle n'est que sotte et gâtée par le snobisme. Or, à présent, c'est le genre pervers qui est chic. Si la vertu était à la mode, elle se serait installée sur une estrade à raccommoder des bas d'enfant ; peut-être aurait-elle fait un peu de peinture, des roses couvertes de gouttes de rosée... Et elle aurait été la mieux élevée parmi les bourgeoises les plus collet monté du Danemark, et heureuse de l'être par-dessus le marché. Mais puisqu'elle s'est séparée de son milieu social, il lui fallait rester dans la note, être une jeune fille affranchie, et une artiste. Elle a cru devoir prendre un amant rien que par respect humain. Et la voici qui tombe sur un imbécile qui lui crée des difficultés et se montre tout à fait vieux jeu, il veut un mariage, ce qui n'est rien moins que moderne et exige qu'elle s'occupe de sa maison et de son enfant.

— Mais tu ne sais pas tout, Paulsen est peut-être aussi responsable de la fuite de Loulou !

— Oui, certes, il l'est. Il était vieux jeu, je le répète, et savait apprécier les joies du foyer — il lui a montré sans doute trop peu de passion, et ne lui a pas donné de coups. »

Jenny sourit tristement.

« Oh, Gunnar, tu veux donc à tout prix que la vie soit si facile que cela ! »

Heggen s'assit à califourchon sur une chaise en entourant le dossier de ses bras. « Nous avons sur la vie si peu de certitudes qu'il est aisé d'en faire le tour. Il faut juger d'après ces quelques notions claires et affronter de son mieux les difficultés au fur et à mesure qu'elles se présentent. »

Jenny s'assit sur le canapé et appuya sa tête dans ses mains.

« Je n'ai plus guère l'impression d'avoir des notions claires sur lesquelles établir mes jugements ou sur lesquelles m'appuyer, dit-elle tranquillement.

— Je suis sûr que tu ne penses pas ce que tu dis.

Elle ne répondit que par un sourire.

« Du moins pas toujours. Personne n'est *toujours* du même avis.

— Si, quand on est lucide. Mais comme tu le disais ce soir, on est parfois ivre sans avoir rien bu.

— Eh bien, quand de temps en temps je me sens... très lucide... »

Elle s'interrompit et se tut.

— Tu sais aussi bien que moi, et tu as su de tout temps que les individus sont en général responsables de leur sort. Ils sont les artisans de leur avenir. Un jour, par hasard, il n'en est pas ainsi par suite de circonstances qui nous dépassent. Mais quelle exagération de dire que le cas se produit souvent.

— Dieu sait que je n'ai pas voulu ma destinée, Gunnar. Et cependant, durant des années, j'ai fait preuve d'énergie et n'ai vécu que selon ma volonté. »

Ils ne dirent plus rien, puis Jenny reprit lentement :

« Un jour, j'ai faibli pour un instant. La voie que je m'étais imposée comme la plus digne de moi, me paraissait sévère et dure, bien solitaire aussi. J'ai obliqué de côté pour un instant. Je voulais jouir un peu de ma jeunesse. Et voici qu'un irrésistible courant m'a entraînée et j'aboutis là où je n'aurais jamais cru possible d'aboutir. »

Heggen hésita un instant avant de répondre. Puis :

« Je voudrais te citer quelques vers de Rossetti, il est bien meilleur poète qu'il n'est peintre.

Was that the landmark ? What the foolish well
Whose wave low down, I did not stop to drink
But sat and flung the pebbles from its brink
In sport to send its imaged skies pell-mell
(And mine own image had I noted well !) —

Was that my ponit of turning. I had thought
The stations of my course should rise unsaught,
As altarstone or ensigned citadel
But lo ! The pass is missed, I must go back.
And thrist to drink when next I reach the spring
Which once I stained, which since may have grawn black
Yet though no light be left now bird now sing
As here I turn, I'll thank God, hastening,
That the same goal is still on the same track. »

Jenny se taisait.

« *That the same goal is still on the same track* », reprit Gunnar.

— Crois-tu, demanda Jenny, qu'il soit si facile de retrouver ce but-là ?

— Non, mais ne faut-il pas essayer, dit-il d'une voix presque enfantine.

— Quel était mon but, en somme, s'écria-t-elle tout à coup. Je voulais vivre de telle sorte qu'il ne me faudrait jamais avoir honte d'aucun de mes actes ni comme être humain, ni comme artiste. Je voulais ne jamais commettre une action dont je ne fusse pas sûre qu'elle ne fût juste. Je voulais être honnête, énergique, et bonne, n'être jamais cause de la douleur d'un autre.

« Et quelle a donc été ma faute initiale, celle qui a tout déclenché ? Mon Dieu, j'avais soif d'amour, mais je n'aimais personne ! Etait-ce donc si extraordinaire d'avoir pensé lorsque Helge est venu à moi, que c'était lui que j'attendais. A la fin je l'ai cru pour tout de bon ; et ç'a été le commencement, le reste a suivi. Gunnar j'ai *cru* que je pouvais les rendre heureux, et je n'ai fait que du mal. »

Elle s'était levée et allait et venait avec agitation.

« Et tu te figures que la source dont tu parles puisse redevenir pure et transparente pour celle qui est consciente de l'avoir troublée ? Crois-tu donc qu'il me soit plus facile de me résigner à présent ? J'ai désiré ce que toute jeune fille désire, et je le désire encore. Seulement je sais que mon passé m'empêchera de saisir le seul bonheur dont je me soucie, car ce bonheur devrait être frais et

sain et pur, ce que je ne suis plus. Mon sort est de traîner
des désirs que je sais irréalisables, et voilà ma vie de ces
dernières années.

— Jenny — Gunnar se leva à son tour — je répète encore que tout dépend de toi ; il faut qu'il en soit ainsi.
Veux-tu que ces souvenirs soient ta perte, ou veux-tu les
considérer comme une sorte d'épreuve, si cruel que cela
paraisse ? Le but que tu as poursuivi jadis peut encore
être ton but, Jenny.

— Ne vois-tu pas que c'est impossible, mon ami. Il y
a en moi comme un acide destructeur qui ronge peu à
peu ma personnalité d'autrefois. Je me sens tomber en
ruines. Oh, mais je ne veux pas, je ne veux pas... Et j'ai
envie, je ne sais pas... Ne plus penser... Mourir — ou
mener une vie folle — horrible, aller au fond d'un abîme
encore plus profond. Me traîner dans une boue si noire
qu'après cela il n'y a plus rien. Ou bien — elle parlait
bas et avec agitation, comme si elle étouffait des cris —
me jeter sous un train, savoir que dans une seconde, tout
mon corps, mon cœur, mon cerveau ne seront plus qu'une
masse sanglante.

— Jenny, cria-t-il. Il avait pâli et put à peine murmurer : je ne peux supporter de t'entendre parler ainsi.

— Je suis folle, dit-elle comme pour le tranquilliser.
Brusquement elle alla chercher ses peintures rangées dans
un coin de la chambre et les jeta presque contre le mur,
la peinture en avant.

— On ne peut vivre uniquement pour étaler des couleurs à l'huile sur de la toile... tu vois bien qu'il n'y a
plus rien d'autre que quelques taches de couleurs. Gunnar, tu sais que j'ai travaillé durant les premiers mois
comme une esclave, mais je ne *peux* même plus peindre ! »

Heggen regarda les toiles. Il lui sembla reprendre pied
sur la terre ferme.

« Dis-moi ton avis sincère sur ces horreurs, fit-elle d'un
ton provocant.

— Rien de très fameux, je le reconnais. — Les mains
dans les poches, il les considérait une à une. — Mais ceci
arrive à chacun de nous, nous avons tous des périodes
stériles. Tu devrais vraiment savoir que ceci ne sera que

264

passager chez toi. Je ne crois pas que l'on puisse perdre son talent, si malheureux que l'on soit.

« Et puis, tu es restée éloignée de ton art pendant si longtemps. Il faut s'y remettre, retrouver ta maîtrise, tes moyens. Limite ton travail à l'étude du modèle vivant, ma fille, il y a bien trois ans que tu n'as pas dessiné un nu. Un tel crime ne reste pas impuni, j'en sais quelque chose. »

Il vint prendre sur un rayon les anciennes esquisses de Jenny et les feuilleta.

« Songe aux progrès que tu avais faits à Paris, je vais me permettre de te montrer...

— Non, non, pas cela, dit Jenny vivement en tendant la main vers les feuillets.

Heggen resta tout interdit, le carnet d'esquisses fermé entre les mains.

Elle dit en détournant son visage :

— En somme, tu peux les voir. J'avais essayé de dessiner le petit. »

Heggen tourna lentement les pages, et Jenny se rassit sur le canapé. Il contempla quelques portraits au crayon du nourrisson endormi. Puis il déposa doucement le carnet.

« Quel malheur que la perte de ton petit garçon ! murmura-t-il.

— Oui, s'il avait vécu, tout m'aurait été égal, comprends-tu. Tu parles de volonté, mais notre volonté ne peut empêcher notre enfant de mourir et alors...

« Je n'ai plus la force d'essayer d'une vie nouvelle, Gunnar. Je crois que la seule chose dont j'eusse été capable, et dont je me sois souciée vraiment, c'est d'être la mère de mon petit garçon. Peut-être suis-je égoïste au fond. Car chaque fois que j'ai essayé d'aimer les autres, mon moi propre s'interposait entre nous. Mais le petit était mien. Si je l'avais eu, j'aurais travaillé ; oh, comme j'aurais travaillé !

« Je faisais des plans. Je pensais qu'en automne j'irais vers le Sud. J'étais décidée à habiter la Bavière avec lui, craignant que l'air de la mer, à Warnemünde, ne fût trop rude pour lui. Il aurait dormi dans sa voiture sous les pommiers, et moi j'aurais travaillé.

« Oh, Gunnar ! je ne connais pas un lieu au monde où je ne me sois figurée que je mènerais le petit. Il n'y a rien sur terre de bon ou de beau que je n'aie désiré lui montrer ou lui apprendre quand je l'avais avec moi. Je ne possède rien qui n'ait été à lui. Je l'enveloppais dans mon châle rouge, la robe que je porte quand je pose pour toi, je l'ai mise à Warnemünde pour mes relevailles. J'ai choisi cette forme parce qu'elle était pratique pour lui donner le sein. Elle a encore des taches de lait.

« Je ne peux pas travailler. Je suis obsédée par lui. J'éprouve un tel désir de le revoir que j'en reste comme paralysée. La nuit, je roule mon oreiller, je le prends dans mes bras et je berce mon petit. Je l'appelle, je lui parle quand je suis seule. Je voulais faire son portrait à tous les âges. Il aurait presque un an à présent. Il aurait des dents et se traînerait à quatre pattes, se relèverait tout seul, peut-être ferait-il quelques pas. Chaque mois, chaque jour, je me dis : il aurait tel ou tel âge, je me demande comment il serait. Toutes les femmes que je vois portant un enfant, tous les petits que je rencontre dans la rue, me ramènent à lui. Je pense : le mien eût été ainsi, s'il avait eu le même âge. »

Elle s'arrêta un instant. Heggen était bouleversé.

« Je ne me doutais pas de tout cela, dit-il d'une voix enrouée. Je savais que tu avais du chagrin, mais j'avais cru... d'une part que cela valait mieux. Si j'avais su... je serais venu auprès de toi.

Elle ne répondit pas, mais reprit comme si elle ne s'était pas interrompue :

— Il est mort. Si petit, petit, le pauvre. C'est pur égoïsme de ma part de ne pas me réjouir pour lui qu'il ait pu mourir avant d'avoir rien compris à la vie. Il commençait tout juste à tourner les yeux vers la lumière ou à crier quand il avait besoin d'être changé, et qu'il avait faim. Il tétait aussi bien ma joue que mon sein. Et même il ne me connaissait pas encore, en tout cas pas tout à fait. Il y avait bien quelques lueurs de conscience dans sa petite tête ! Mais quand je pense qu'il n'a jamais su

266

que j'étais sa mère ! Il n'a jamais eu d'autre nom que celui de « petit à sa maman ». Je n'ai pas d'autres souvenirs de lui que des souvenirs purement physiques. » Elle fit le mouvement d'attirer le bébé contre elle, mais ses mains retombèrent inertes sur la table. « La première fois, lorsque je l'ai pris, que j'ai senti sa peau contre la mienne, elle était si douce et un peu humide comme une membrane intérieure. L'air l'avait à peine effleurée encore... Un nouveau-né qui n'est pas à vous peut paraître un peu dégoûtant ! Et ses yeux sans couleur bien définie... ils étaient sombres quelquefois. Je crois qu'ils auraient été d'un gris bleuté... Ils sont extraordinaires, ces yeux de bébé, on dirait qu'ils cachent un mystère. Et sa jolie tête... Lorsqu'il était couché contre moi et qu'il tétait en écrasant son petit nez contre mon sein, je voyais battre sa fontanelle, ses cheveux étaient semblables à un duvet. Il avait beaucoup de cheveux à sa naissance, des cheveux noirs. Je le trouvais délicieux, moi. Oh, tout son petit corps ! Je ne pense jamais à rien d'autre. Je le sens dans mes mains. Il était si rond, si potelé, son petit derrière était si comique, un peu pincé, un peu pointu. Naturellement je le trouvais joli, lui aussi. Comme il me paraissait exquis, mon petit... Et il est mort. Je m'étais trop réjouie pour les jours qui allaient venir, et j'ai peur de ne pas avoir assez joui du temps où je l'avais avec moi. Je ne l'ai pas assez embrassé, pas assez regardé, bien que je n'aie pas fait autre chose durant ces six semaines. Gunnar, tu ne peux te figurer ce qu'on éprouve. Mon corps entier souffrait de sa perte. J'ai eu des abcès au sein, de vives douleurs ; la fièvre ne me semblait être qu'une forme de mon désespoir. Je sentais l'absence de mon petit dans mes bras, entre mes mains, contre ma joue. Deux ou trois fois au cours de la dernière semaine, il avait serré mes doigts dans sa petite main lorsque je les lui tendais. Un jour, il avait attrapé de lui-même une mèche détachée de mes cheveux. Ces douces, ces chères petites mains... »

La tête appuyée contre la table, elle sanglotait si fort qu'elle en tremblait. Gunnar se leva, indécis, la gorge serrée. Puis il s'approcha d'elle et l'embrassa sur les che-

veux timidement, mais avec une sorte de violence. Elle
resta couchée sur la table à pleurer. Mais enfin elle se
redressa et alla se laver le visage.

« Oh Dieu, comme il me manque ! répétait-elle d'une
voix lourde de larmes.

— Oh, Jenny, — il ne trouvait rien d'autre à dire, —
oh, Jenny, je ne savais pas, je ne comprenais pas. »

Elle alla près de lui et posa un instant sa main sur son
épaule.

« Ne fais pas trop de cas de ce que je viens de te dire,
Gunnar. Parfois je ne sais plus du tout où j'en suis. Mais
vois-tu, ne serait-ce qu'à cause du petit, et si rien d'autre ne m'arrêtait, je ne me laisserais probablement pas
couler à fond. Somme toute, je voudrais encore essayer
de tirer le meilleur parti de ma vie. Tu le sais bien. Je
voudrais me remettre au travail, même si je ne fais rien
de fameux au début. On peut toujours se consoler par la
pensée qu'on ne vivra qu'autant qu'on voudra.

Elle mit son chapeau, noua sa voilette. « Allons dîner,
tu dois avoir faim Il est si tard. »

Le jeune visage de Gunnar Heggen se couvrit d'une
vive rougeur. Maintenant qu'elle le disait, il se sentait
un appétit d'ogre. Et il eut honte de pouvoir éprouver une
sensation pareille. Il sécha les larmes sur ses joues brûlantes et prit son chapeau sur la table.

X

Sans s'être concertés, ils n'entrèrent pas dans leur restaurant habituel où ils rencontraient toujours beaucoup
de Scandinaves. Ils se dirigèrent du côté du Tibre, passèrent le pont et entrèrent dans le vieux quartier du Borgo.
Près de la place Saint-Pierre se trouvait un petit restaurant où ils avaient déjeuné de temps à autre en revenant
du Vatican. Ils y entrèrent et mangèrent sans parler.

Jenny alluma une cigarette à la fin du repas tout en dégustant à petites gorgées son vin rouge et en écrasant des pelures odorantes de mandarines entre ses doigts fins.

« As-tu envie de lire la lettre que j'ai reçue de Cesca aujourd'hui ? dit-elle subitement.

— Volontiers. J'ai vu la lettre sur ta table, vient-elle de Stockholm ?

— Oui, ils se sont décidés à y passer l'hiver. »

Jenny prit la lettre dans son sac à main et la lui tendit.

« Ma chère, ma douce Jenny à moi, ne m'en veux pas de ne pas t'avoir remerciée encore pour ta dernière lettre. Je pensais le faire chaque jour, mais j'en suis restée à l'intention.

« Je suis si contente que tu sois de nouveau à Rome, près de Gunnar et que tu te sois remise à peindre.

« Nous voici, quant à nous, de retour à Stockholm, dans notre ancien logement. Il a été impossible de rester au village lorsque le froid est venu pour de bon. Il y avait des courants d'air partout et nous n'arrivions à chauffer que la cuisine. Que n'avons-nous les moyens d'acheter cette petite maison ! Mais elle est trop chère, il faudrait y faire trop de frais : transformer la grange en un atelier pour Lennart, installer des poêles et une masse de choses, quoi !... De toutes façons, nous l'avons louée pour l'été prochain. Et j'en suis ravie. C'est le coin du monde où je me sens le plus heureuse. Tu ne peux rien imager de plus beau que la côte ouest. Elle est si étrange, toute rongée par les tempêtes. J'aime les falaises grises avec leurs buissons tordus par le vent, le chèvrefeuille en fleurs, les pauvres petites maisons jaunes et la mer et l'admirable ciel. On dit que les paysages que j'ai faits là-bas sont bons, et Lennart et moi nous nous y sentons si bien. Nous sommes toujours bons amis à présent. Si parfois il me trouve un peu étrange, il se contente de m'embrasser et me dit que je suis une petite sirène, et d'autres jolies choses du même genre. Avec le temps je finirai bien par m'enraciner dans ma vie.

« Je t'écris donc de Stockholm. Il n'est pas question en

ce moment du voyage à Paris, cela nous est bien égal.

« Je crains presque de manquer de cœur en te confiant cela, Jenny. Tu es tellement meilleure que moi et la mort de ton petit garçon est une chose trop affreuse ! Je ne crois pas que moi j'aie mérité d'être si heureuse et d'avoir ce que j'ai désiré le plus ; et pourtant j'attends un bébé. Il y a de cela cinq mois. Au début, je n'osais pas y croire, mais j'en suis sûre à présent. J'ai essayé de le cacher à Lennart ; j'avais tellement honte en pensant au mensonge que je lui ai fait précédemment. Aussi j'ai nié d'abord quand il s'en est douté, mais enfin il a bien fallu que j'avoue ; même en ce moment je ne peux me figurer que je vais réellement avoir un petit gosse. Du reste, Lennart dit qu'il préférerait une deuxième petite Cesca. Mais c'est pour me consoler d'avance si ce n'était pas un fils. Je suis sûre qu'il en désire un comme moi. Cependant si nous avions une fille, nous l'aimerions bien fort aussi, d'autant plus qu'il n'y a pas de raisons pour que nous n'ayons pas d'autres enfants après ce premier.

« Je suis très heureuse, il m'importe peu d'être ici ou là ; je n'ai pas du tout le regret de Paris. Crois-tu que madame Lindquist m'a demandé si je n'étais pas vexée de la venue de ce bébé, qui allait nous priver du voyage à Paris. Comprends-tu une mentalité pareille ? Elle qui a les deux plus exquis garçons du monde. Mais ils sont bien négligés quand ils ne sont pas chez nous et Lennart dit qu'elle nous en ferait bien cadeau. Si j'avais de l'argent je les prendrais tous les deux. Le petit aurait du coup deux grands frères pour jouer avec lui. Ce sera bien amusant de le leur montrer. Ils m'appellent tante, c'est une drôle d'habitude ici en Suède, n'est-ce pas ?

« Mais il faut que je termine. Sais-tu ce qui me réjouit aussi, c'est que dans ces conditions, il est impossible que Lennart ait encore des idées noires. Je ne crois vraiment pas qu'il en ait en ce moment, car il sait bien qu'au fond je n'ai jamais aimé que lui. Trouves-tu que c'est mal de ma part de ne te parler que de mon bonheur ? Non, n'est-ce pas ? Je sais que tu me veux tant de bien.

« Salue de ma part tous les camarades que tu rencontreras et surtout Gunnar. Raconte-lui ce que je t'écris, si tu veux. Au revoir ma chérie, cet été tu viendras nous voir.

« Mille amitiés tendres de ta petite amie dévouée et fidèle.

« Cesca. »

P.-S. — A présent, je sais. Si c'est une fille, il faut à tout prix qu'elle s'appelle Jenny, quoi qu'en dise Lennart. Il m'a chargée de ses compliments pour toi. »

Gunnar rendit la lettre à Jenny qui la remit dans son sac.

« Je suis contente, dit-elle doucement. Je suis heureuse avec tous ceux que je sais heureux. »

Au lieu de rentrer en ville ils traversèrent la place Saint-Pierre, dans la direction de l'église. Le clair de lune rendait les ombres d'un noir d'encre. Sous les colonnes de l'une des galeries voûtées, semblait se dérouler on ne sait quel jeu fantastique entre les blancs rayons de lune et l'obscurité noire de la nuit. L'autre galerie était plongée dans l'ombre, seule la rangée de statues du toit restait éclairée vivement. La façade de l'église était obscure. Mais sur la coupole quelques taches de lumière miroitaient comme de l'eau.

Les deux fontaines lançaient leurs jets éblouissants vers le ciel bleu pâle. L'eau s'élevait en tourbillonnant, et retombait avec bruit dans la vasque de porphyre, rebondissait encore pour s'écrouler en un ruissellement de gouttelettes.

Gunnar et Jenny se dirigeaient lentement vers l'église à l'ombre des colonnades.

« Jenny, dit-il à brûle-pourpoint, mais de sa voix habituelle et tranquille, veux-tu être ma femme ? »

— Non, dit-elle tout aussi tranquillement, avec un petit rire.

— Je parle sérieusement.

271

— C'est possible, mais tu ne t'étonneras pas si je refuse.

— Pourquoi ? »

Ils approchaient de l'église.

« Autant que j'aie pu m'en rendre compte, tu trouves toi-même que ta vie n'a plus de sens, souvent tu songes au suicide, mais puisque tu t'abandonnes ainsi, pourquoi ne te marierais-tu pas aussi bien avec moi, tu pourrais tout au moins essayer. »

Jenny secoua la tête.

« Merci, Gunnar. C'est vraiment admirable de pousser l'amitié aussi loin. »

Brusquement, elle redevint sérieuse.

« Premièrement, tu devrais savoir que jamais je n'accepterais. Et deuxièmement, même si tu me décidais à te considérer comme une planche de salut, je ne suis pas digne de ce que tu me tendes même le petit doigt.

— Ce n'est pas de l'amitié, Jenny, — il hésita un instant — c'est que je me suis mis à t'aimer. Ce que je te demande ce n'est pas pour te venir en aide, — quoique je te viendrais en aide bien volontiers, — mais je comprends à présent que si les choses tournaient mal pour toi, je ne saurais plus que devenir. Je n'ose pas y penser. Il n'y a rien au monde que je ne puisse faire s'il s'agit de toi. Car je t'aime.

— Oh non, pas cela, Gunnar. Elle s'arrêta et le regarda tout effrayée.

— Je sais très bien que tu n'es pas éprise de moi, mais cela ne devrait pas t'empêcher de m'épouser, moi aussi bien qu'un autre.

« Tu es lasse de tout, tu as l'impression de t'abandonner toi-même. »

Il s'échauffait et s'écria d'une voix émue :

« Tu arriveras à m'aimer, j'en ai la certitude, tant je t'aime.

— Tu ne peux douter de mon affection, Gunnar, répondit-elle sérieusement. Mais tu ne te contenterais pas à la longue de ce sentiment. Je ne suis plus capable d'éprouver rien de fort ni de complet.

— Mais si, tu en es capable. Tous les êtres humains en

sont capables. Moi, par exemple, qui étais si sûr de n'avoir jamais que des amourettes ! Au fond, je ne croyais même pas qu'il existât autre chose. Il ajouta très bas : tu es mon premier amour. »

Jenny restait muette.

« Je n'ai jamais prononcé ce mot-là auparavant. J'éprouvais une sorte de timidité, de respect pour l'amour. Je n'ai jamais aimé aucune femme. J'étais épris sans cesse de tel ou tel détail, d'un visage, d'un corps, des lèvres de Cesca lorsqu'elle riait, de sa distinction inconsciente, de tel ou tel détail qui me poussait à imaginer des aventures possibles. J'étais épris d'une certaine dame parce qu'elle portait une merveilleuse robe de soie rouge foncé lors de notre première rencontre — une robe aux plis presque noirs comme les ombres de la rose rouge, — je me la représentais toujours dans cette robe. Et toi, à Viterbe ! Tu étais fine, silencieuse, réservée. Pour ainsi dire gantée jusqu'au bout des doigts, au moral comme au physique. Tu avais un éclair du regard lorsque nous riions, on aurait dit que tu aurais bien voulu être du jeu, mais que tu ne pouvais, ni n'osais. En ce temps-là j'étais épris de la pensée de te voir un peu gaie et folle. Mais jamais encore je n'ai aimé. »

Il détourna un instant son regard et fixa la colonne lumineuse du jet d'eau. Son amour tout neuf ne jaillissait-il pas et ne brillait-il pas ainsi, emplissant son esprit de paroles nouvelles qui affluaient extasiées à ses lèvres.

« Comprends-tu, Jenny — je t'aime si fort que tout le reste m'est indifférent. Je ne me désole pas de ce que tu ne m'aimes pas, je sais que tu m'aimeras un jour ; je suis sûr que mon amour est tel qu'il créera le tien. J'ai le temps d'attendre car c'est merveilleux d'aimer ainsi. Lorsque tu as parlé de te laisser traîner dans la boue, de te jeter sous une locomotive, quelque chose s'est emparé de moi — je ne savais pas moi-même ce que c'était, je savais seulement que je ne pouvais supporter de t'entendre parler ainsi, que je ne te laisserais pas faire — il s'agissait là de ma propre vie. Tu as parlé de ton petit, cela me faisait mal de penser que tu avais tant souffert et que je n'avais pu te secourir ; je ne comprenais rien à ce qui se passait en moi, c'était mon amour qui tremblait et souffrait. Je sais à présent ce que tu as éprouvé, Jenny. Cet amour immense et ce regret affreux — c'est ainsi, c'est précisément ainsi que je t'aime. En allant vers le Borgo, puis quand nous nous sommes assis dans la trattoria, j'ai vu clair. J'ai compris tout à coup à quel point tu m'es chère et précieuse. Mais il me paraît maintenant que tu me l'as toujours été. Chacun des souvenirs que j'ai de toi a sa place dans mon amour. Je sais pourquoi j'étais si découragé depuis que tu es arrivée à Rome. Je souffrais de ta tristesse et de ton silence du début, de tes accès de folie ensuite. Je me souviens de cette promenade sur la grande route de Warnemünde, je te vois encore pleurer. Cela aussi fait partie de mon amour.

« Avec les autres hommes que tu as connus, Jenny — et le père du petit ne fait pas exception — tu n'as cessé de parler de toutes tes pensées, et vos relations ont fini par n'être que des discussions d'idées, même quand tu essayais de faire comprendre tes sentiments. Ils ne pouvaient te voir telle que tu es. Mais moi, je te connais. Ce que tu m'as dit ce jour-là, à Warnemünde, ce que tu m'as dit aujourd'hui, tu ne pouvais le dire qu'à moi. Moi seul je peux comprendre ces choses, n'est-ce pas ? »

Toute surprise, elle baissait la tête en signe d'assentiment.

C'était vrai.

« Tu sais que je suis le seul à te connaître à fond et à savoir exactement où tu en es. Je t'aime ainsi. Si ton âme était couverte de taches et de plaies sanglantes, je ne pourrais que t'aimer et embrasser tes plaies jusqu'à ce que tu redeviennes saine et pure. Mon amour ne te veut, Jenny, que telle que tu désires être toi-même pour te sentir heureuse. Quoi que tu puisses inventer de mal, je croirais que tu es malade et qu'un élément étranger s'est glissé en toi. Si tu me trahissais, si je te rencontrais ivre dans le ruisseau, tu ne resterais pas moins mon unique Jenny, ma bien-aimée Jenny. Entends-tu ? Si tu ne peux être toute à moi, dès à présent, abandonne-toi dans mes bras et laisse-moi te faire mienne. Tu retrouveras ta santé morale, tu seras heureuse à nouveau. Je ne sais pas encore

274

comment je m'y prendrai pour te guérir, mais je suis sûr que j'en trouverai la force dans mon amour. Tu t'éveilleras un peu plus heureuse chaque matin. Chaque jour t'apportera un peu plus de lumière et de chaleur et ton chagrin sera un peu moins lourd. Ne pouvons-nous aller à Viterbe ensemble, ou ailleurs ? Oh, laisse-moi te prendre, je veillerai sur toi comme sur un petit enfant malade, et lorsque tu seras guérie tu te mettras à m'aimer. Et tu sentiras que nous ne pouvons vivre l'un sans l'autre.

« Ecoute-moi, Jenny, tu n'es pas bien, tu ne peux prendre soin de toi-même, mais ferme les yeux et donne-moi ta main. Je prendrai cette main et je t'aimerai assez pour te rendre la santé, — je sais que je le pourrai. »

Jenny tourna vers lui son pâle visage. Elle s'était appuyée contre une colonne et restait là, éclairée par la lune, un faible sourire aux lèvres.

« Comment pourrais-je commettre ce grand péché devant Dieu ?

— Veux-tu dire que tu ne m'aimes pas ? — Mais je te le répète, cela ne fait rien. Mon amour est tel que tu en viendras à m'aimer rien que pour en avoir été enveloppée pendant quelque temps. »

Il la prit dans ses bras et couvrit son visage de baisers. Elle s'abandonnait sans forces mais elle put murmurer malgré tout :

« Ne fais pas cela, Gunnar, sois bon. »

Il la lâcha, hésitant.

« Pourquoi pas ?

— Parce que c'est toi. Si ç'avait été un autre, un indifférent, je ne sais pas si j'aurais résisté. »

Gunnar prit sa main et ils firent quelques pas dans la nuit claire.

— Je te comprends. Lorsque tu as eu ton petit, tu croyais avoir retrouvé le sens de la vie, après toutes ces années dénuées de sens. Car tu l'aimais et il avait besoin de toi. Et lorsqu'il est mort, tu n'as plus eu qu'indifférence pour toi-même, te sentant inutile. »

Jenny fit oui de la tête. « Il y a dans ce monde quelques êtres qui me sont très chers. Cela me ferait du chagrin de les voir tristes et je me réjouirais de leur joie. Mais *moi*, je ne peux causer à personne ni peine ni joie profonde. Il en a toujours été ainsi. C'est cela qui me rendait secrètement si malheureuse. Je vivais, mais n'existais pour le bonheur de personne. Je voulais faire le bonheur de quelqu'un, Gunnar. Je n'ai jamais cru qu'il y eût sur terre d'autre félicité que celle-là. On parle de travail, mais le mien ne m'a pas suffi. Le travail personnel est égoïste, les plus grandes joies qu'il peut donner ne sont qu'à nous, et n'existent que pendant l'action. On ne peut les partager avec un autre. Nulle joie ne rend vraiment heureux si elle n'est partagée. Evidemment, quand on est jeune, on peut jouir par instants d'un autre bonheur encore. C'est ce que je faisais lorsque je croyais me rapprocher un peu de l'idéal que je m'étais fixé à moi-même. Il est cependant anormal d'amasser des richesses pour ne pas les distribuer. En tout cas une femme... je pense que la vie d'une femme n'a pas de sens, si personne ne se réjouit en elle, mais moi je n'étais pour les autres qu'un souci. Les pauvres petites joies que je donnais, n'importe qui les aurait données tout aussi bien. Car ceux qui m'aimaient voyaient en moi autre chose que moi-même. Après la mort de mon petit j'en vins à penser qu'il était bon que personne ne me fût assez proche pour que je pusse lui causer une peine véritable, je n'étais indispensable à personne.

« Et voici que tu me dis tout cela ! Tu as peut-être toujours été celui que j'aurais préféré ne pas mêler à ma vie où tout n'est que confusion. D'une certaine manière j'ai plus tenu à toi qu'à aucun de ceux que j'ai connus. J'étais heureuse de notre amitié telle qu'elle était. L'amour et tout ce qu'il y a en lui d'inquiétant et de dangereux ne pouvaient se glisser entre nous. Je te trouvais trop bien pour cela. Dieu que je voudrais que rien ne fût changé !

— Mais je crois que jamais rien n'a été différent, dit Gunnar tout bas. Je t'aime et tu as besoin de moi. Je suis sûr de pouvoir te rendre heureuse encore ; pourvu que tu le sois, je le serai aussi. »

Jenny secoua la tête.

— Si j'avais gardé la moindre trace de confiance en moi-même, si je ne me sentais pas si irrémédiablement finie — alors... peut-être... Gunnar, tu dis que tu m'aimes, et moi je sais que ce qui t'est cher en moi est mort et détruit à jamais. C'est toujours la même chose, tu es épris d'une image que tu te fais de moi. Peut-être aurais-je pu lui ressembler dans l'avenir. Quoi qu'il en soit, un jour viendra où tu me verras telle que je suis... tu n'auras fait que te rendre malheureux.

— Jamais je ne considérerai mon amour pour toi comme un malheur. Je sais mieux que toi que dans l'état où tu es une chiquenaude suffirait à te faire sombrer dans un abîme de folies.

« Mais je t'aime car je vois par quel chemin tu en es arrivée là. Si tu tombes, je te suivrai, j'essayerai de te ramener dans mes bras, mon amour restera toujours le même. »

Lorsqu'ils arrivèrent sur le palier de leurs chambres, il prit les deux mains de Jenny dans les siennes. « Jenny, ne voudrais-tu pas que je vienne coucher auprès de toi cette nuit plutôt que de te laisser toute seule ? Ne crois-tu pas qu'il ferait bon dormir dans les bras de quelqu'un dont tu es le bien le plus cher, et de t'éveiller dans ses bras au matin ? »

Elle leva la tête, la lueur jaune de la bougie éclairait son étrange sourire.

« Cette nuit peut-être, je le penserais, mais pas demain matin.

— Oh, Jenny, — il secoua la tête — il pourrait bien arriver que j'entre dans la chambre cette nuit, je crois que j'en ai le droit et que ce ne serait pas mal agir. Je suis certain qu'il vaudrait mieux pour toi que tu sois mienne. Seras-tu fâchée, auras-tu du chagrin si je viens ?

— Je crois que j'en aurai du chagrin après coup, pour toi. Non, non, ne le fais pas, Gunnar. Je ne veux pas être tienne, alors que je sais que je me donnerais tout aussi bien à un autre.

Il eut un léger rire à la fois espiègle et douloureux.

« En ce cas, je... Sois mienne d'abord et tu ne seras à aucun autre. Va, je te connais bien, Jenny. Mais si tu m'en pries, j'attendrai encore. Ferme ta porte à clef », ajouta-t-il avec le même rire.

Il avait fait sombre toute la journée. Des nuages gris et froids passaient, tout en haut dans le ciel. Vers le soir seulement, l'horizon s'éclaira de quelques bandes cuivrées. Jenny était allée au Monte Celio dans l'après-midi dans l'intention de dessiner. Mais elle n'en avait rien fait. Elle s'était contentée de rester assise sur le grand escalier de San Gregorio, et de regarder la pente boisée, les grands arbres qui bourgeonnaient déjà, sous le ciel obscur, et les pâquerettes éparpillées partout.

Enfin elle se leva et suivit l'allée qui longe le rebord sud du Palatin. Les ruines se dressaient devant elle, s'estompant contre les palmiers du couvent. Des buissons d'un vert presque noir et poudrés de poussière calcaire s'accrochaient à la pente.

Près de l'arc de Constantin, sur la place bordée par les ruines désertes du Colisée, du Palatin et du Forum, se traînaient tout gelés quelques marchands de cartes postales. Il n'y avait guère de touristes aujourd'hui. Deux ou trois dames maigres et sèches baragouinaient un italien invraisemblable avec un jeune homme qui vendait des mosaïques. Un bambin de trois ans environ s'accrocha au manteau de Jenny et lui tendit une touffe de pensées. Noir de peau et de cheveux, il était vêtu du costume national : chapeau pointu, veste de velours, chaussettes de laine blanche et sandales.

Il ne savait pas encore bien parler et demandait déjà un soldo. Jenny le lui donna. Aussitôt la mère du petit apparut et le ramena près d'elle en remerciant la dame. Elle avait essayé de donner aussi à son costume une légère touche nationale. Un corset de velours rouge couvrait en partie sa blouse sale et une serviette pliée en quatre était posée sur ses cheveux. Elle portait un nourrisson dans ses bras. Aux questions de Jenny, elle répondait qu'il avait trois mois et que le pauvre bébé était malade. Il n'était pas plus gros que le petit de Jenny à sa naissance.

Sa peau était rouge et comme gercée, sa respiration sifflante. Ses voies respiratoires étaient évidemment pleines de glaires. Il avait un regard éteint sous des paupières enflées et à demi fermées. La mère avait l'air triste et fatigué, elle était laide et souriait d'une bouche sans dents ; elle expliqua qu'elle allait chaque jour à la polyclinique avec son enfant, mais que le médecin disait qu'il allait mourir. Cela valait sans doute mieux pour lui, pauvre petit... Jenny sentit les larmes monter à ses yeux. Pauvre bébé, oui ! il était préférable qu'il mourût, ce misérable avorton. Elle passa une main caressante sur le vilain petit visage. Après avoir donné quelque argent à la femme, elle voulait s'en retourner chez elle quand un homme passa devant elle. Il salua, s'arrêta une seconde, puis continua sa route, quand il vit que Jenny ne lui rendait pas son salut. C'était Helge Gram. Elle n'avait pas pensé à le saluer. Se penchant vers le petit garçon aux fleurs, elle prit sa main, l'attira et lui parla, tandis qu'elle essayait de dominer le tremblement fou qui l'agitait toute. Un instant, elle tourna la tête du côté où il était parti. Debout sur l'escalier qui monte de la place à la rue du Colisée, il la regardait. Elle resta assise dans un coin à bavarder avec la femme et l'enfant. Quand elle releva les yeux, il avait disparu. On ne voyait plus trace de son chapeau gris et de son veston. Mais elle attendit longtemps encore avant de s'en aller.

Elle courait presque à travers les étroites rues de traverse, appréhendant à chaque tournant de le voir qui l'épiait. Elle ne s'arrêta que tout en haut, de l'autre côté du Pincio, et soupa dans une petite auberge où elle n'était jamais venue auparavant. Après un peu de repos et quand elle eut absorbé quelques gorgées de vin, elle se sentit plus calme. Si elle rencontrait Helge et qu'il lui adressât la parole, ce serait pénible évidemment et elle préférait éviter cette rencontre, mais, en somme, y avait-il là de quoi être bouleversée à ce point ? Ils en avaient fini l'un avec l'autre, il n'avait pas le droit de lui demander des comptes sur ce qui s'était passé après leur séparation. S'il le faisait, ce serait une indélicatesse. Que savait-il, que pourrait-il dire ? *elle* savait ce qu'elle avait fait. Elle n'était responsable que vis-à-vis d'elle-même. En regard de *cela*, qu'imporlait tout le reste. Pourquoi donc craindre un autre être, rien ne pourrait être pire que le mal qu'elle s'était fait à elle-même.

Elle venait de passer un mauvais jour, un de ces jours où elle se sentait comme en état d'ivresse. Elle était mieux à présent.

Mais aussitôt dans la rue, la terrible angoisse la ressaisit. Poussée par elle, elle courait sans s'en apercevoir, se tordant les mains et se parlant à elle-même. Brusquement, elle ôta ses gants, car elle avait extrêmement chaud. Et elle se rappela alors la tache humide que la peau du bébé malade y avait laissée. Prise de dégoût elle les lança au loin.

En arrivant chez elle, elle s'arrêta un instant dans le couloir, et frappa à la porte de Gunnar. Il était absent. Elle alla voir sur le toit, il n'y avait personne. Rentrée dans sa chambre, elle alluma la lampe, puis s'assit, les bras croisés, regardant la flamme ; mais, incapable de rester en repos, elle se mit à marcher de long en large dans la pièce, se rassit, se releva encore. Elle tendait l'oreille à tous les bruits de l'escalier. Pourquoi Gunnar ne venait-il pas ? Et si c'était l'autre qui venait ? Mais il ne savait pas son adresse. Pourtant il avait pu rencontrer quelqu'un de connaissance et s'informer d'elle. Ah, Gunnar, Gunnar. S'il venait, elle irait chez lui, se jetterait dans ses bras, le prierait de la prendre. Dès l'instant où elle avait revu les yeux bruns de Helge, tout le passé, qui avait commencé sous le regard de ces yeux-là, avait surgi devant elle. Elle était comme submergée de dégoût. Avait-elle jamais su aimer, vouloir, choisir ? Et ne désirait-elle pas en somme ce qu'elle voulait se persuader ne pas désirer. Elle se revoyait telle qu'elle était, alors, en ce temps-là, fausse, perdue dans ses rêves, sans caractère ; alors qu'elle se jouait à elle-même la comédie de la pureté, de l'énergie, de la persévérance, prétendant qu'elle voulait être travailleuse, pleine de courage, prompte au sacrifice, disciplinée, elle s'était abandonnée à ses impulsions, à son instinct, sans même essayer de lutter. Elle avait feint l'amour pour conquérir une place parmi des gens qu'elle n'aurait jamais su gagner en restant honnête. Si elle avait cherché à se glisser dans l'intimité de ceux auxquels elle savait bien devoir rester étrangère parce qu'elle était d'une autre espèce, c'est parce qu'elle ne pouvait supporter de rester seule, enfermée en elle-même. Elle avait fait violence à sa propre nature. Et ses relations avec des êtres essentiellement différents d'elle, avaient été écœurantes et contre nature. Le père et le fils ! Après cela son moi véritable avait été détruit. Tous les points d'appui qu'elle avait trouvés en elle-même vacillaient, s'évanouissaient. Elle se dissolvait intérieurement. Si Helge venait, si elle le rencontrait, le désespoir et le dégoût de sa propre vie s'empareraient d'elle. Qu'arrive-rait-il alors ? En tout cas, si elle devait se trouver face à face avec *cela*, elle n'en pourrait plus ; non, elle n'en pourrait plus. Oh, Gunnar ! Elle ne s'était pas demandé au cours de ces dernières semaines si elle l'aimait. Lui, il l'avait suppliée de se donner à lui telle qu'elle était, il avait juré qu'il la secourrait, qu'il reconstruirait ce qui était détruit en elle.

Elle en était presque venue à souhaiter qu'il la saisît de force. Elle n'aurait pas été obligée de prendre une résolution. Car peu importait ce qu'il pourrait dire, elle savait bien que si elle venait à lui, elle avait encore assez de fierté pour sentir qu'elle engageait sa responsabilité. Il lui faudrait redevenir la Jenny d'autrefois, être celle qu'il se représentait aujourd'hui, celle qu'il voyait dans l'avenir. Qu'elle en eût la force ou non, elle serait obligée de sortir de toute cette misère, d'enterrer sous une vie nouvelle ce qui s'était passé depuis qu'elle avait donné à Helge Gram ce baiser, un jour de printemps dans la campagne romaine, trahissant par là toute sa foi, toute son existence passée. Si elle se donnait à Gunnar, serait-ce parce qu'elle l'aimait, parce qu'il était ce qu'elle aurait voulu être, parce que la personnalité même de Gunnar faisait appel à ses aspirations les plus nobles d'autrefois ? L'amour qu'elle avait cherché sur les sentiers perdus où l'avaient poussée ses désirs maladifs et sa constante inquiétude, n'était-il donc qu'un simple et naturel consentement, un abandon les yeux fermés à celui en qui on a le plus confiance, celui qu'on confond avec sa propre conscience et ses jugements les plus droits ? Cependant elle n'avait pu se résoudre à dire oui déjà, elle n'avait pas pu. Elle s'était dit qu'il faudrait d'abord tenter de sortir un peu par ses propres forces de cette impasse où elle se trouvait. Elle aurait voulu sentir que sa volonté des anciens jours reprenait la direction de son esprit en désordre, rien que pour trouver une ombre de respect et de foi en elle-même. S'il lui fallait vivre encore, c'était Gunnar qui deviendrait sa vie. Quelques notes griffonnées par lui sur un chiffon de papier, un livre qui lui rappelait quelques traits de son caractère, voilà ce qui avait réveillé la dernière et vacillante aspiration à la vie qui lui restait après la mort de son enfant. S'il revenait à présent, elle se donnerait à lui, il la porterait, au début de la route, puis elle essaierait de nouveau de marcher seule. Et tout en prêtant l'oreille elle décida dans le tumulte de son âme : s'il vient je vivrai, si c'est l'autre, je dois mourir.

Lorsqu'elle entendit dans l'escalier un pas qui n'était pas celui de Gunnar et lorsqu'on frappa à la porte, elle baissa la tête et alla toute tremblante ouvrir à Helge Gram. Il lui semblait qu'elle ouvrait la porte au destin qu'elle avait attiré sur elle par sa propre faute.

Il resta debout à la regarder, puis, vivement éclairé par la lampe, il alla déposer son chapeau. Elle ne le salua pas non plus cette fois.

« Je savais que tu étais en ville, dit-il. Je suis arrivé à Rome avant-hier, venant de Paris. J'ai trouvé ton adresse au club scandinave et je pensais venir te voir un jour. Puis je t'ai rencontrée cette après-midi et je t'ai reconnue de loin à ta fourrure grise — il ne s'arrêtait point de parler — ne veux-tu pas me dire bonsoir, Jenny. Es-tu fâchée que je sois venu chez toi ?

— Bonsoir, Helge, dit-elle en prenant la main qu'il lui tendait. Ne veux-tu pas t'asseoir ? »

Elle s'assit elle-même sur le canapé. Elle entendait le son de sa propre voix. Comme il était calme, indifférent !

cependant qu'une terreur délirante continuait d'habiter son âme.

« J'avais envie de te voir, dit Helge, en prenant une chaise à côté d'elle.

— C'est aimable à toi », répondit Jenny.

Il y eut un court silence.

« Tu habites Bergen à présent, n'est-ce pas, reprit-elle. J'ai su que tu as passé ton doctorat. Je t'en félicite !

— Merci. »

Un silence encore.

« Et toi-même, tu as vécu assez longtemps à l'étranger. J'ai eu parfois l'intention de t'écrire, mais je n'y suis jamais parvenu... Heggen habite aussi cette maison à ce que je vois.

— Oui, je lui ai écrit pour le prier de louer un atelier pour moi mais on en trouve difficilement et ils sont chers à Rome. Cette chambre a du reste un fort bon éclairage.

— Tu as là toute une série de toiles. » Il se leva, traversa la chambre, puis revint brusquement s'asseoir. Jenny baissa la tête, elle sentait le regard de Helge fixé sur elle. Il se remit à parler et ils essayèrent de causer ensemble. Il s'enquit des nouvelles de Fransiska, d'Ahlin et d'autres amis communs, mais la conversation tombait, à peine commencée, et il resta assis en silence regardant Jenny.

« Sais-tu que mes parents ont divorcé ? » demanda-t-il tout à coup.

Elle fit signe que oui.

Helge eut un rire amer. « Ils ont continué la vie commune à cause de nous pendant les derniers temps. Mais ils étaient semblables à deux meules de moulin qui, par leur frottement, broient, écrasent tout ce qui est entre elles. — C'est nous et ce qui était nôtre qu'ils ont réduits en poussière. Puis quand il n'y eut plus rien à écraser les meules se sont arrêtées. Un jour dans mon enfance je les ai entendus. On ne peut dire qu'ils se battaient... mais le ton de leurs voix ! Ma mère criait, disait des injures, puis à la fin se mettait à pleurer. Mon père restait calme et poli tandis qu'une haine dure et glaciale perçait dans sa voix, la faisant trembler ! J'étais couché dans ma chambre et je souffrais d'une sorte d'obsession, si je peux dire. Quelle ivresse d'enfoncer une aiguille à tricoter dans une oreille et de la faire sortir par l'autre ! Les voix me causaient une véritable douleur physique qui, partant du tympan, envahissait toute ma tête, comprends-tu ? C'était le début. A présent qu'ils ont fait tout leur devoir de parents, c'est la fin. »

Il hocha la tête plusieurs fois de suite, perdu dans ses souvenirs. « C'est affreux, je veux dire la haine, tout ce qu'elle approche devient affreux. J'ai été voir ma sœur, l'été dernier. Nous n'avons jamais eu beaucoup de points communs. Mais... quelle horreur de la voir avec son mari. Parfois il l'embrassait, ôtait sa pipe de ses grosses lèvres humides et embrassait sa femme... Dire qu'il joue au saint quand il est en chaire tandis qu'à la maison... Sophie en pâlissait quand il la touchait.

« Mais toi et moi, Jenny ? Plus tard, j'ai souvent pensé que notre délicat, tendre et clair bonheur devait de toute évidence se briser, geler pour ainsi dire dans l'atmosphère de notre maison. J'ai eu tant de regret d'être parti, je voulais t'écrire... Sais-tu pourquoi je ne l'ai pas fait ? J'avais reçu une lettre de mon père où il me disait qu'il avait été chez toi. Il me conseillait d'essayer de renouer nos relations. Je n'ai pas écrit. J'avais une sorte de crainte superstitieuse à la seule pensée de recevoir un conseil de ce côté-là. Je suis donc resté seul, ne rêvant que de toi, ne désirant que toi, Jenny, ressassant indéfiniment tous mes souvenirs.

Veux-tu que je te dise où je suis allé hier dès mon arrivée à Rome ? J'ai été à Montagnola, j'ai retrouvé nos deux noms sur la feuille de cactus. »

Jenny restait assise, toute pâle et les mains jointes.

« Tu n'as pas changé, et tu as vécu trois années dont je ne sais rien, dit Helge à voix basse ; cela me paraît invraisemblable maintenant que me voilà près de toi. Rien n'existe pour moi de ce qui s'est passé depuis notre séparation à Rome. Mais toi, tu es peut-être une autre ? »

Jenny ne répondit pas.

« Es-tu fiancée, reprit-il.

— Non.

— Jènny ? Helge baissa la tête afin qu'elle ne vît pas son visage. Durant ces trois années j'ai espéré, j'ai rêvé de te reconquérir. Je me suis imaginé que je te retrouverais, que nous arriverions à nous comprendre. Ne me disais-tu pas que j'étais ton premier amour ? Jenny, est-ce tout à fait impossible ?

— Oui, dit-elle.

— Heggen ? »

Elle ne répondit pas tout d'abord.

« J'ai toujours été jaloux de Heggen, dit Helge. J'avais peur que ce ne soit lui lorsque j'ai vu qu'il habitait la même maison que toi. Alors vous vous aimez ? »

Jenny continuait à se taire.

« L'aimes-tu ? demanda encore Helge.

— Oui, mais je ne veux pas l'épouser.

— Alors, tu es sa... dit-il durement.

— Non. » Un fugitif sourire effleura son visage, mais elle baissa la tête lasse et résignée. « Je ne supporte plus aucun lien avec personne, Helge, plus à présent. Je ne supporte plus rien. Je voudrais que tu t'en ailles. »

Mais il resta assis. « Je ne peux pas accepter que tout soit fini. Je ne l'ai jamais cru et maintenant que je te revois... Sans cesse je me disais que tout le mal était venu par ma faute. J'étais si hésitant, et ne savais jamais quel parti prendre. Tout aurait pu être différent. Souvent je revoyais par la pensée notre dernière soirée de Rome et ne pouvais m'imaginer que ces instants ne reviendraient jamais. Quand je suis parti, je croyais que je faisais bien. Il n'est pas possible que je t'aie perdue à cause de cela ? En ce temps-là je n'avais encore jamais touché à une femme. Ce que je voyais à la maison m'avait effarouché. Je vivais de rêves et d'imagination. C'était parfois un enfer mais toujours la peur était la plus forte. J'ai vingt-neuf ans, Jenny, et je n'ai jamais eu d'autre joie, d'autre bonheur que ce court printemps avec toi. Comprends-tu que ton souvenir ne m'ait pas quitté ? Sais-tu à quel point je t'aime ? Tu es le seul bonheur qui m'ait souri. Je ne peux me passer de toi. Je ne le peux plus. »

Elle s'était levée frémissante et il se leva aussi ; involontairement elle recula de quelques pas.

Immobile il la regardait.

« C'est un autre qui est venu, alors que ç'aurait pu être moi. Tu en aimes un autre. Mais je veux t'avoir, je ne me soucie plus de rien. Je veux que tu te donnes à moi, comme tu me l'as promis jadis. »

Lorsque, tout épouvantée, elle essaya de fuir, il l'attira à lui avec violence. Il se passa quelques secondes avant qu'elle ne se rendît compte qu'il l'embrassait sur la bouche. Elle croyait lui résister alors qu'elle restait presque passive dans ses bras. Elle voulait lui dire de la lâcher. Elle voulait lui dire qui était l'autre. Mais c'était impossible car il aurait fallu parler de son enfant. Au moment où elle pensa à son petit, elle sentit qu'elle ne pourrait pas prononcer son nom, ici, au milieu de... Son petit resterait à l'écart de cette chute qui allait venir, elle en était sûre à présent. Et brusquement ce fut comme si le petit mort l'effleurait d'une caresse légère qui la rassura un peu et lui fit du bien. Une sorte de douceur l'envahit et son corps ploya dans les bras de Helge.

« Tu es à moi, c'est à moi que tu appartiens, Jenny », murmura-t-il.

Elle leva les yeux sur le visage penché sur elle et d'un sursaut s'arrachant de ses bras, elle courut à la porte. Elle appelait Gunnar de toutes ses forces. Mais il la rattrapa.

« Il ne t'aura pas, tu es mienne. »

Ils luttèrent en silence près de la porte. Pour Jenny la vie et la mort dépendaient de cette minute. Parviendrait-elle à saisir la poignée, à entrer dans la chambre de Gunnar ? Mais lorsqu'elle sentit le corps de Helge brûler contre son corps, et que l'étreinte se resserra, il lui parut qu'elle n'avait plus qu'à s'abandonner. Et enfin elle se jeta consentante dans ses bras.

Tandis qu'il se rhabillait à la pâle lumière matinale, il revenait à tout instant près du lit de Jenny et l'embrassait.

« Merveilleuse Jenny, que tu es donc exquise ! Te voilà

mienne, tout est bien, n'est-ce pas ? Oh, que je t'aime !
Tu es fatiguée, dors, ma chérie, je m'en vais, je revien-
drai dans la matinée. Dors, ma douce, ma bien-aimée
Jenny. Te sens-tu lasse ?

— Oui, très lasse, Helge. »

Helge avait repoussé les volets ; Jenny, les yeux mi-clos
regardait le jour naissant. Il l'embrassa encore. Tout ha-
billé, son chapeau à la main, il restait debout devant
elle, puis il s'agenouilla près du lit et glissa son bras sous
les épaules de Jenny.

« Merci pour cette nuit... Te souviens-tu que je t'ai dit
ces mêmes paroles, le premier jour, là-bas, sur l'Aventin ?
T'en souviens-tu ? »

Jenny fit signe que oui.

« Dors, encore un baiser et bonne nuit, délicieuse
Jenny. »

Arrivé à la porte, il s'arrêta une dernière fois.

« Et la porte ? Y a-t-il une clé ? Ou bien est-ce une de
ces vieilles portes à loquet intérieur ? »

— Oui, elle est du type courant ici, tu n'as qu'as
l'ouvrir. »

Elle restait couchée, les yeux fermés. Elle se représentait son corps tel qu'il était sous la couverture, blanc et
nu, mais elle l'avait rejeté loin d'elle comme le gant
souillé. Il ne lui appartenait plus.

Tout à coup elle tressaillit, elle entendait Heggen qui
montait, lentement, qui ouvrait sa porte ; il marcha de
long en large dans la chambre pendant quelques instants.
Puis il ressortit, alla sur le toit ; elle perçut le bruit sac-
cadé de ses pas au-dessus de sa tête. Elle était sûre qu'il
savait. Mais son cerveau fatigué n'en fut pas trop ému.
Elle ne souffrait presque plus. Il reconnaîtrait, comme elle,
que tout ce qui venait d'arriver était naturel, inéluctable. Elle ne songeait pas encore à décider ce qu'elle
ferait. Les événements s'enchaîneraient tout naturellement, ce serait la suite inéluctable de son acte. Elle avait
ouvert la porte à Helge.

Elle sortit un pied de dessous la couverture et le contempla comme une chose étrangère. Il était joli ; elle crispa légèrement ses orteils, le cou de pied se tendit. Il était bien formé, ce pied, blanc, avec des veines bleues, le talon et les orteils d'un rose délicat.

Oh ! qu'elle se sentait fatiguée ! Il faisait bon être aussi fatiguée. Comme après de vives douleurs qui se sont calmées. Tant qu'il était resté près d'elle, elle n'avait plus eu qu'une seule idée claire, celle de son enlisement dans la boue ; elle se sentait enfoncer, enfoncer. Quelle volupté de disparaître ainsi, de se détacher de la vie, de glisser sans volonté jusqu'au fond où régnait le silence. Elle se souvenait obscurément qu'elle lui avait rendu ses caresses, qu'elle s'était serrée contre lui. Mais à présent elle était lasse et n'agissait plus que machinalement.

Elle se leva, s'habilla. Lorsqu'elle eut mis ses bas, son corset et son jupon, elle chaussa les souliers mordorés qu'elle portait à la maison. Elle se lava, et coiffa ses cheveux défaits devant le miroir, sans se rendre compte qu'elle voyait son propre visage.

Elle s'approcha alors de la petite table où elle rangeait ses accessoires de peinture, ouvrit la boîte à grattoirs. Pendant la nuit elle avait pensé au grattoir triangulaire ; autrefois elle l'approchait par jeu de son pouls. Elle le saisit, le contempla, éprouva le tranchant avec son doigt. Mais elle le remit en place et prit un couteau de poche acheté à Paris. Il avait un tire-bouchon, un ouvre-boîte de conserve et une quantité de lames. L'une d'elles était courbe, pointue et large, ce fut celle-ci qu'elle ouvrit. Puis elle revint s'asseoir sur le lit. Elle posa l'oreiller au bord de la table de nuit, y appuya son bras et coupa net l'artère du poignet. Le sang jaillit, éclaboussant une petite aquarelle qu'elle avait suspendue au-dessus du lit. Voyant cela, elle ôta sa main de l'oreiller. Puis elle s'étendit, se déchaussa sans y songer et resta couchée de tout son long dans le lit. Le sang continuait à jaillir, elle cacha sa main sous la couverture. Elle ne pensait pas, n'éprouvait point de peur, elle s'abandonnait simplement à l'inévitable. La blessure même n'était guère douloureuse, elle la sentait nette, claire, limitée à un seul point.

Mais au bout d'un moment une sensation étrange, inconnue la saisit, comme une épouvante qui augmentait, augmentait. Non pas l'épouvante d'une chose précise, la sensation elle-même n'était qu'une épouvante mystérieuse qui lui prenait le cœur.

Elle ouvrit les yeux, de grandes taches noires obscurcissaient sa vue. Elle ne retrouvait plus son souffle, la chambre tombait sur elle de tous côtés. Elle se leva en chancelant, se traîna vers la porte et sur l'escalier du toit ; n'y voyant plus, elle finit par tomber sur la dernière marche.

En refermant la porte de Jenny, Helge rencontra Gunnar. Leurs regards se croisèrent tandis qu'ils touchaient leurs chapeaux. Puis ils se quittèrent sans une parole. Cette rencontre dégrisa Helge. Et après l'ivresse de la nuit son humeur changea d'un coup. Les heures qu'il venait de vivre lui parurent soudain impossibles, invraisemblables et inquiétantes. Il avait rêvé depuis trois ans à ce revoir, il avait rêvé d'elle. Et elle n'avait pour ainsi dire pas parlé, restant muette et froide. Tout à coup, elle s'était jetée dans ses bras, d'un élan sauvage, fou, mais silencieux. Il se souvenait à présent qu'elle n'avait rien répondu à toutes ses paroles d'amour. Une étrangère inquiétante, *sa* Jenny ! et il sut sans l'ombre d'un doute qu'elle n'avait jamais été sienne.

Il allait sans but dans la paix matinale, montant et descendant le Corso. Il essayait de penser à elle, de séparer ses souvenirs de ses rêves. Il chercha à se rappeler la Jenny du temps de leur fiançailles. Mais elle restait insaisissable. Quand donc avait-il pénétré au fond de son âme ? N'avait-il pas toujours senti en elle des réticences ? En ce moment Heggen était peut-être près d'elle. Il y en avait même eu un autre, elle l'avait dit elle-même, quel autre ?... Quels autres ?... Quoi d'autre qu'il ne connaissait pas, mais qu'il avait pressenti de tout temps ? Et maintenant ? Plus que jamais il se sentait incapable de la laisser échapper encore une fois. Qui était-elle, cette inconnue qui le tenait en son pouvoir, à qui appartenaient

289

toutes ses pensées depuis trois ans ? Poussé tout à coup par une crainte folle, il courut à la maison de Jenny. La porte était ouverte, il se précipita dans l'escalier. Cette fois elle lui répondrait. Il l'obligerait à lui dire tout. La porte de la chambre était ouverte aussi. Il aperçut le lit vide, les draps maculés de sang, les taches de sang sur le plancher, et, tournant la tête, il la vit elle-même écroulée au sommet de l'escalier dont les marches de marbre blanc étaient couvertes de sang.

Avec un cri de terreur, Helge courut vers Jenny, la prit dans ses bras. Ses mains au contact des seins qui retombaient inertes, perçurent la dernière tiédeur de vie réfugiée là à l'abri du corset. Mais les bras et les mains étaient glacés déjà. Il eut l'affreuse sensation physique de ce cadavre, qu'il avait tenu quelques heures plus tôt brûlant et frémissant de vie dans ses bras. Ses jambes se dérobèrent sous lui, il tomba avec Jenny en hurlant comme un fou.

Heggen ouvrit précipitamment la porte de la terrasse. Son visage était pâle d'effroi. Il aperçut Jenny. Saisissant Helge, il le rejeta littéralement de côté et s'agenouilla à côté d'elle.

« Elle était là quand je suis venu, elle était là.

— Cours chercher le médecin, vite. »

Gunnar avait enlevé la chemise de Jenny, touché son corps, examiné sa tête, soulevé les bras. C'est alors qu'il vit la plaie. Il prit le ruban de soie bleu du cache-corset et le noua autour du poignet.

« Mais où demeure-t-il ? »

Gunnar poussa un cri de fureur. Puis il dit à demi-voix : « J'y vais, porte-la dans la chambre » ; mais il la saisit lui-même et franchit le seuil. Quand il vit le lit ensanglanté, son visage se crispa. Il rebroussa chemin et poussa la porte de sa propre chambre. Il la coucha sur son lit intact. Et il partit en courant. Helge l'avait suivi la bouche demi-ouverte, comme figée dans un cri d'horreur. Mais il s'arrêta à la porte de Gunnar. Lorsqu'il fut seul avec elle, il s'avança et toucha sa main du bout des doigts puis il s'abattit sur le plancher, la tête contre le lit, avec des sanglots convulsifs et désespérés.

XII

Gunnar longeait l'étroit chemin herbeux entre les jardins bordés de grands murs blanchis à la chaux. D'un côté s'élevait une caserne. Sans doute y avait-il une terrasse car quelques soldats se penchaient par-dessus le mur, bien au-dessus de sa tête. Ils riaient et bavardaient. Au tournant du chemin se balançait une touffe de fleurs jaunes qui avait poussé dans l'anfractuosité du mur. De l'autre côté on apercevait, se détachant sur le ciel bleu où couraient des nuages argentés, les pins majestueux de la pyramide de Cestius et l'épais bois de cyprès du nouveau cimetière. Devant la porte une fillette, assise dans l'herbe, faisait du crochet. Elle ouvrit la grille et fit à Heggen une petite révérence lorsqu'il lui eut donné quelques sous.

L'air printanier était doux et humide. Dans la pénombre verte du cimetière régnait une atmosphère de serre chaude et les narcisses des bordures répandaient un parfum pénétrant. Les vieux cyprès formaient de vrais bosquets autour des tombes couvertes de pervenches et de la sombre verdure des violettes. Elles étaient bâties en terrasse contre les anciennes murailles de la ville qui disparaissaient sous le lierre. Les monuments mortuaires brillaient au soleil, petits temples de marbre, blanches statues d'anges, et lourds sarcophages. La mousse les envahissait et grimpait contre les troncs des cyprès. Les camélias montraient encore de-ci de-là quelque fleur blanche ou rouge au milieu de leur feuillage foncé et brillant, la plupart cependant gisaient fanées sur la terre noire et humide d'où montait une odeur de pourriture. Heggen se souvint d'avoir lu que les Japonais n'aiment pas les camélias, car leurs fleurs tombent alors qu'elles sont encore fraîches et saines comme les têtes de décapités. On avait enterré Jenny Winge tout au fond du cimetière près de la chapelle. C'était sur le bord extérieur d'une pelouse vert clair, parsemée de pâquerettes, et où ne se trouvaient encore que peu de tombes. Autour de la fosse avaient été plantés quelques cyprès, mais ils étaient si petits encore qu'on eût dit des jouets d'enfants, avec leurs quenouilles sombres supportées par des troncs bruns, droits comme des colonnes de cloître. La tombe était un peu isolée ; l'herbe ayant été enlevée le jour de l'enterrement, elle n'était entourée que de terre toute grise à la vive lumière du soleil. Le bois de cyprès la protégeait comme un mur.

Gunnar, le visage caché dans ses mains, se mit à genoux et se pencha vers la terre jusqu'à toucher de la tête les couronnnes de fleurs fanées.

Il éprouvait dans tous ses membres l'étrange lassitude que donne le printemps. A chaque battement sourd de son cœur, il lui semblait que le sang chassait en lui une nouvelle vague de regrets et de désespoir. « Jenny, Jenny. » Le nom si clair résonnait pour lui dans le gazouillis printanier des oiseaux. Et elle était morte. Il restait étendu dans l'ombre. Il avait coupé une des boucles de ses cheveux blonds et la conservait dans son portefeuille. Il pouvait la prendre, la faire briller au soleil, mais le soleil n'allumerait jamais plus que de pauvres petites étincelles, souvenir de la lourde chevelure dorée. Elle était morte, partie. Il restait d'elle quelques portraits et on avait fait paraître une petite note à son sujet dans les journaux. De plus une mère, des frères et sœurs pleuraient leur Jenny. Avaient-ils jamais connu la vraie, eux qui ne savaient rien de sa vie ni de sa mort. Les autres se rappelaient avec désespoir la Jenny qu'ils avaient connue. Ils savaient quelque chose mais ne comprenaient pas. C'était sa Jenny à lui seul qui était couchée là-dessous.

Gram était venu le voir. Il avait questionné Heggen, avait pleuré, supplié : « Je ne sais rien, toi qui sais, explique-moi, Heggen, tu sais, ne peux-tu me dire ce que tu sais ? »

Heggen n'avait pas répondu.

« Il y en avait un autre, elle me l'a dit elle-même. Quel autre ? Etait-ce toi ?

— Non.

— Le connais-tu ?

— Oui, mais je ne veux pas te dire son nom, il est inutile de me questionner, Gram.

292

— J'en deviendrai fou, entends-tu, Heggen, j'en deviendrai fou si tu ne veux pas me répondre.

— Tu n'as pas le droit de connaître les secrets de Jenny.

— Mais pourquoi a-t-elle fait cela ? A cause de moi, à cause de lui, à cause de toi ?

— Non, à cause d'elle-même. » Et il avait prié Gram de s'en aller. Celui-ci avait quitté Rome et ils ne s'étaient plus revus. Leur rencontre avait eu lieu dans les jardins de la villa Borghèse, quelques jours après l'enterrement. Heggen, épuisé de fatigue, s'était assis au soleil. Il avait dû s'occuper de tout, donner les explications indispensables au sujet du suicide, organiser l'enterrement, il avait écrit à madame Berner que sa fille était morte d'un brusque arrêt du cœur. Quelque chose cependant lui avait fait du bien ; personne ne partageait sa peine. La vraie explication qu'il connaissait seul, il la gardait pour lui et ce faisant il enfonçait la douleur au plus profond de lui-même, il lui serait impossible désormais de la confier à personne. Elle resterait son bien, s'incorporerait de plus en plus à lui. Elle lui prêterait sa couleur et se colorerait elle-même des nuances de son âme ; rien cependant ne pourrait l'arracher de lui. Il la sentait différente à toute heure du jour, mais elle était là sans cesse, il en serait toujours ainsi.

Il se souvint que ce matin-là tout en courant chez le médecin, tandis que l'autre était seul avec elle, il avait été tenté de dire la vérité à Helge Gram, de la dire de telle façon que le cœur de l'autre ne fût plus que cendres comme le sien.

Mais dans les jours qui suivirent, ce qu'il savait devint un secret entre lui et la morte, le secret de leur amour. Tout était arrivé parce que Jenny était Jenny et c'est ainsi qu'il l'aimait. Il n'avait pas plus envie de se venger de Helge Gram, cet étranger indifférent qui avait croisé leur route à Jenny et à lui, qu'il n'avait de pitié pour son chagrin et sa terreur devant l'incompréhensible.

Tous ces gens ne s'étaient en somme rencontrés que par hasard et les événements ne dépendaient que de Jenny elle-même. Elle dont la vie jusqu'alors n'avait été qu'un

seul élan d'énergie, de droiture, de délicatesse, elle avait
dû un jour se baisser pour reprendre haleine. Il avait cru
pouvoir la comparer à un jeune arbre, et n'avait pas deviné qu'elle n'était qu'une fleur dont la tige pleine de
sève se dresse pour épanouir au soleil ses boutons lourds
de promesses. Une petite fille comme les autres, sa Jenny !
Il l'avait compris trop tard. Ce serait son éternel regret.
Une fois couchée, elle ne put se redresser, pareille à un
de ces lis dont la racine ne peut plus pousser de nouvelles
tiges quand la première a été brisée. Il n'y avait rien en
elle de souple ni de vigoureux. Hélas ! telle qu'elle était
il l'aimait ! Et telle qu'elle était, elle n'appartenait qu'à
lui. Lui seul l'avait connue toute blonde et pure, si énergique, si forte, si droite et pourtant si faible et si fragile.
Et elle était morte, il resterait seul avec son amour
durant les jours et durant les nuits, il resterait seul toute
sa vie.

Certaines nuits, la tête dans l'oreiller, il avait dû étouffer ses cris. Elle était morte sans avoir jamais été sienne.

C'était lui qu'elle aurait dû aimer, lui à qui elle aurait
dû appartenir, car il n'avait aimé qu'elle au monde. Elle
était morte, et son corps exquis, si blanc, si svelte,
ce corps dont s'entourait son âme, comme une lame fine
et fragile d'un fourreau de velours, il ne l'avait jamais
touché, jamais vu. D'autres l'avaient possédé sans se douter du trésor merveilleux qui s'était égaré entre leurs
mains. Et le voici enfoui dans la terre, hideux, livré aux
transformations hideuses, à la pourriture hideuse pour
n'être plus enfin qu'un peu de terre dans la terre.

Les sanglots secouaient Gunnar. D'autres l'avaient eue,
l'avaient souillée sans savoir ce qu'ils faisaient. Lui ne
l'avait jamais possédée. Tant qu'il vivrait, il y aurait des
heures où il se tordrait de désespoir devant l'irrémédiable.

Et malgré tout elle était sienne, rien que sienne. Ses
cheveux d'or ne brilleraient plus que dans sa main. Elle-
même vivrait en lui. Son âme, son image se réflétait en
lui nette et ferme, comme dans une eau tranquille.

Elle était morte, sa douleur n'était plus en elle, — mais
en lui. — Elle allait revivre et croître en lui cette douleur, jusqu'au moment où il mourrait lui-même. Elle irait

294

se transformant aussi. Comment serait-elle dans dix ans, il l'ignorait. Peut-être prendrait-elle un merveilleux épanouissement.

Tant qu'il vivrait il y éprouverait par instants une joie profonde et singulière à souffrir ainsi.

Il songeait à cette heure matinale, alors qu'il arpentait la terrasse au dessus de la tête de Jenny qui mourait, furieux de ce qu'elle venait de faire

Il n'avait fait taire son désir que pour lui venir en aide — l'emporter loin de l'abîme où son égarement l'avait fait tomber. — Et elle l'avait chassé loin d'elle et s'était jetée dans les bras d'un autre — devant ses yeux, — comme font les femmes, par entêtement, par manque de réflexion, par bêtise.

Et puis,... oh la violence de son désespoir en la voyant affaissée sur l'escalier... Non, non, jamais malgré tout, il ne l'aurait abandonnée. Quoi qu'elle eût fait il lui aurait pardonné, il serait allé à son secours, lui aurait offert encore sa tendresse et sa foi.

Tant qu'il vivrait il lui reprocherait par instants d'avoir choisi la mort. Pourquoi as-tu fait cela, Jenny ? Puis d'autres fois il se dirait que telle qu'elle était elle ne pouvait agir autrement.

Il l'aimait d'avoir été ainsi, il l'aimerait éternellement.

Mais jamais il ne regretterait d'en être venu à l'aimer.

Il avait sangloté de désespoir, et sangloterait encore de ne pas l'avoir aimée plus tôt.

Au temps où il vivait près d'elle, alors qu'elle était son amie, sa camarade, comment avait-il pu ne pas s'apercevoir qu'elle lui était destinée pour être la compagne de sa vie ? Mais jamais ne viendrait le jour où il regretterait d'avoir vu clair, même trop tard.

Gunnar se releva sur les genoux. Il prit dans sa poche une petite boîte de carton et l'ouvrit. Elle contenait une perle du collier de cristal rose de Jenny. En rangeant ses affaires il avait trouvé ce collier dans un tiroir de la table de nuit. Le cordon en était défait et Gunnar avait pris une perle pour la conserver.

Il ramassa un peu de terre de la tombe et la versa dans

la boîte. La perle roula dans le fond et fut recouverte de poussière grise, mais le cristal rose brilla au travers, réfléchissant les rayons du soleil.

Il avait réuni tous les objets qui appartenaient à Jenny et les avait envoyés à sa famille, puis il avait cherché avec soin toutes les lettres et les avait brûlées. Les vêtements du bébé étaient rangés dans une boîte de carton cachetée. Il les envoya à Fransiska selon le désir que Jenny avait un jour manifesté. Les carnets d'esquisses avaient été emballés après qu'il les eût feuilletés un à un. Il en avait arraché quelques portraits du petit enfant de Jenny et les avait mis dans son portefeuille. C'était son bien. Tout ce qui n'était qu'à Jenny seule, lui appartenait à présent.

Des anémones violettes émaillaient le gazon. Il alla distraitement les cueillir. Oh, printemps, printemps ! Il se souvint d'avoir passé le printemps en Norvège deux ans auparavant. Il avait pris une carriole rouge au relais des voitures. Celui qui la louait était un ancien camarade d'école. Et il s'en alla le long des chemins de campagne, au soleil d'une matinée de mars. La terre couverte d'herbe roussie par l'hiver avec de-ci de-là des touffes de genévriers et quelques bouleaux quelques sorbiers aux branches nues, se dressaient au loin sous le ciel clair. Les tas de fumier sur les champs labourés chatoyaient comme du velours brun. On découvrait les fermes les unes après les autres, la silhouette familière de leurs granges, les maisons peintes en jaune et en rouge, les vergers de pommiers, et les buissons de lilas. La verdure sombre de la forêt proche était coupée çà et là par des groupes de bouleaux touchés déjà par le printemps qui leur prêtait une teinte violette. A l'ombre, du côté nord, restait une bande de neige isolée.

Dans tout le village on entendait les trilles d'invisibles alouettes.

Il aperçut sur la route deux petits garçons aux boucles blondes, pauvrement vêtus. Un panier de provisions au bras, ils cheminaient lentement au soleil.

« Où allez-vous, mes petits ? »

Ils s'arrêtèrent et le regardèrent avec méfiance.

« Portez-vous le déjeuner à votre papa ? »

Ils acquiescèrent d'un signe, un peu étonnés que ce monsieur étranger sût ces choses.

« Allons, grimpez et je vous emmène en voiture. » Il les hissa auprès de lui.

« Où travaille-t-il votre papa ?

— A Brustad.

— Brustad, voyons, n'est-ce pas derrière l'école ? » Et la conversation se poursuivit. Cette stupide grande personne qui ne savait rien, posait des questions à n'en plus finir. C'est du reste toujours ainsi que les grandes personnes parlent aux enfants. Les grandes personnes posent des questions, et les petits qui savent tant de choses, parlent par signes, par clins d'yeux, ou ne disent que ce qui leur paraît strictement nécessaire.

Quand il les déposa, ils allèrent la main dans la main sous les saules rougeâtres, le long du ruisseau.

Il les suivit des yeux un moment, puis rebroussa chemin pour se rendre où il était attendu.

A la maison, il y avait le soir la réunion de prières. Ingeborg, sa sœur, assise près de la vieille armoire de coin, en bois de bouleau, écoutait de tout son pâle visage extatique et avec un éclair dans ses yeux bleus, un cordonnier de Fredrikstad parler de la Grâce. Puis elle se leva pour rendre témoignage, toute tremblante d'émotion. Ingeborg, sa jolie sœur, si pleine d'entrain ! Comme elle avait été insouciante jadis, folle de danse et de plaisir, heureuse de lire et de s'instruire. Quand il travaillait en ville, il lui envoyait des livres, des brochures et deux fois par semaine quelques exemplaires du journal le *Social-démocrate*. Elle voulait tout connaître, tout savoir. Puis quand elle eut trente ans elle fut convertie lors d'une séance de réveil et à présent elle parlait en *langue*, elle déversait tout l'amour de son cœur sur son petit neveu Anders et la petite fille qu'ils avaient en nourrice, chez eux, une enfant naturelle venant d'Oslo. Elle leur parlait, les yeux brillants, de Jésus, l'ami des enfants.

Le lendemain, il neigea. Il emmena les enfants au cinéma de la petite ville, à un kilomètre de chez lui. Ils marchèrent tout le long d'un mur de pierre entre la forêt et les champs. Tout était gris sous la neige molle de mars. Seule la trace de leurs pas faisait tache. Il essaya de causer avec les enfants, posa des questions auxquelles ils donnaient leurs réponses réfléchies et pleines de réserve.

Au retour cependant ce furent les enfants qui le questionnèrent, et lui qui répondit, sans réserves, avec force détails, très flatté de leur confiance. Ils avaient vu un film sur les cow-boys, dans l'Arizona et un autre sur la récolte des noix de coco aux Philippines. Il était tout feu tout flamme et se donna beaucoup de peine pour répondre avec intelligence et ne pas rester court.

O printemps, printemps !

C'était aussi par un jour de printemps qu'il avait été à Viterbe avec Jenny et Fransiska.

Elle était assise, vêtue de noir et toute droite à la fenêtre, les yeux fixés sur le paysage. Comme ses yeux gris étaient grands. Il s'en souvenait. La tempête chassait de sombres nuages de pluie tout déchiquetés, au-dessus de la campagne terne et déserte. Nulle ruine qui attirât les touristes, seuls quelques murs anonymes, écroulés et informes, s'élevaient de-ci de-là, et par endroits, une petite ferme flanquée de deux pins et de quelques meules de paille pointues. Des cochons noirs se serraient les uns contre les autres dans la vallée où poussaient des buissons épineux. Le train atteignit la montagne, pénétra dans un bois de chênes. Sous les grands arbres aux troncs droits, le tapis de feuilles mortes de l'automne dernier se couvrait de mille fleurs blanches, bleues et jaunes. Des anémones, des hépatiques, des primevères couleur de soufre comme en Norvège. Jenny disait qu'elle voulait descendre du train pour les cueillir et s'enfoncer dans la couche de feuilles humides, sous les branches ruisselantes de pluie. « On se croirait en Norvège, au printemps », répétait-elle. Il avait neigé récemment et cette neige printanière restait dans les creux par larges plaques grises. Sous les rameaux tombés il en subsistait quelques traces claires. Les fleurs penchaient leurs corolles froissées, lourdes de pluie et de boue. Quelques petits torrents jaillissaient le long des pentes pour disparaître à nouveau sous la voie du chemin de fer. Le sol qu'ils arrachaient au passage prenait une teinte rouge.

L'averse vint frapper les vitres du compartiment, estompant le paysage, qui disparut complètement derrière la fumée de la locomotive, rabattue par le vent. Puis il y eut une éclaircie, un rayon frappa la vallée et les pentes couvertes de bois où s'enroulait la brume.

Les jeunes filles avaient emballé dans leur valise quelques objets appartenant à Gunnar. Lorsqu'il s'en souvint, elles avaient déjà commencé leur toilette de nuit. Elles riaient et bavardaient dans leur chambre quand il frappa. Jenny passa sa tête par l'entre-bâillement et tendit les objets demandés. Elle portait un peignoir clair à manches courtes qui laissait à nu le bras blanc et délicat. Ce bras appelait les baisers. Il n'en risqua qu'un seul, très léger, comme en plaisantant. Il s'éprit d'elle ce soir-là, tout grisé qu'il était de printemps, de vin, de cette joyeuse pluie crépitante, des fugitifs rayons de soleil et de sa propre jeunesse pleine de vie. Le désir le prenait de danser avec cette grande et blonde jeune fille qui riait avec tant de réserve qu'elle semblait s'essayer à un art ignoré d'elle jusqu'alors. Ses yeux gris fixaient avec une sorte d'avidité sérieuse les fleurs de la route qu'elle aurait tant voulu cueillir. Oh, Dieu, tout ce qui aurait pu être et n'avait pas été !

Il fut de nouveau secoué par des sanglots sans larmes.

Le jour qu'ils partirent pour Montefiascone, il pleuvait aussi. L'eau giclait des trottoirs sur les jupes relevées des deux amies, sur leurs chevilles minces et leurs petits souliers. Ils avaient ri en trottant par les rues étroites et raides où l'eau de pluie dégringolait en torrent ! Comme ils arrivaient au milieu de la vieille petite ville sur la Rocca, le rocher où s'élève le château, les nuages se dissipèrent un peu. Ils se penchèrent tous trois sur la balustrade pour admirer le lac de Bolsena, tout noir au pied des pentes vertes d'olivier et de vigne. Des nuages bas traînaient sur les montagnes environnantes. Mais un rais de lumière qui courait sur le sombre miroir d'eau, s'étendit, prit une teinte bleue, tandis que les brouillards reculaient, se réfugiaient dans les fentes et les creux de la montagne... Le contour net des sommets apparut autour du lac et le soleil se fit jour à travers les nuages qui se déchirèrent pour flotter, bleus ou dorés autour des collines rocheuses couronnées de villages fortifiés. On distinguait au loin, vers le nord, une montagne toute ronde, Cesca soutenait que c'était le Monte Amiata.

Les derniers nuages de pluie glissaient dans le ciel printanier, bleu clair et comme lavé de frais ; quelques-uns tout noirs encore et frangés d'argent, fondaient au soleil ; la tempête fuyait vers l'ouest, obscurcissant l'horizon où les montagnes d'Etrurie s'abaissaient, brunes et solitaires, vers la Méditerranée dont on devinait, tout au loin, la ligne blanchâtre.

Le paysage, vaste et sévère rappelait les aspects des hautes montagnes de Norvège, malgré les bosquets d'oliviers gris et les plantations de vigne sous les rangées d'ormes qui couvraient les pentes, autour du lac.

Près des ruines du château s'étendait un petit jardin. Les chênes-verts perdaient leurs feuilles métalliques de l'an passé, tandis que leurs branches se couvraient de bourgeons délicats. Quelques haies de verdure persistante étalaient leur feuillage coriace et les jeunes feuilles de l'année étaient d'un vert si brillant qu'elles en paraissaient artificielles.

Jenny et lui s'étaient accroupis à l'abri d'une haie, il avait tendu son veston contre le vent pour qu'elle pût allumer une cigarette. Il faisait froid là-haut, sous la rude brise printanière. Jenny frissonnait un peu dans ses vêtements mouillés. Son visage était tout rose et le soleil dorait ses cheveux humides qu'elle rejetait en arrière d'un mouvement de la main.

Il retournerait à Montefiascone, dès demain. C'est là qu'il retrouverait le printemps. le printemps frissonnant, nu et plein de promesses avec ses fleurs froissées par la pluie et tremblantes de froid sous la morsure du vent — des fleurs malgré tout.

Le printemps et Jenny, il ne les séparait plus dans son souvenir. La voilà encore. toute gelée et souriante, sous le ciel changeant, elle qui voulait ramasser toutes les fleurs sur ses genoux.

Oh ! ma petite Jenny, tu n'as pas pu cueillir les fleurs que tu désirais, et tes rêves n'ont pas connu de réalisation ! C'est moi qui rêve à présent !

Lorsque j'aurai assez vécu pour que mon cœur s'emplisse tout entier de regrets comme le tien, peut-être ferai-je comme toi et je dirai à mon destin : donne-moi quelques-unes de tes fleurs, je me contenterais de beaucoup moins que je n'en réclamais au début de ma vie. Mais pourtant je ne mourrai pas comme tu es morte, toi qui ne pouvais te contenter de peu. Je vivrai de ton souvenir, embrassant ta perle rose et tes boucles dorées. Je penserai : elle ne pouvait vivre sans être la meilleure, sans réclamer la perfection comme son droit. Peut-être dirai-je alors : Dieu soit loué qu'elle ait choisi la mort plutôt que la vie.

Cette nuit, j'irai à la place Saint-Pierre, j'écouterai la musique extasiée du jet d'eau qui jamais ne se tait, et je rêverai mon rêve.

Car Jenny, c'est toi qui es mon rêve dorénavant ; et je n'en ai jamais eu d'autre.

Oh ! les rêves, les rêves !

Si ton bébé avait vécu, Jenny, il n'aurait pas été celui que tu rêvais lorsque tu le tenais dans tes bras ou que tu lui donnais le sein. Il aurait pu être bon et beau ou mauvais et laid, mais ce qu'il n'aurait pas été, c'est ce que tu aurais rêvé qu'il fût. Nulle femme n'a mis au monde l'enfant dont elle rêvait étant enceinte. Aucun artiste n'a créé l'œuvre qu'il a vu flotter devant lui à l'heure de la conception. Les étés succèdent aux étés, aucun d'eux n'est celui dont nous rêvions, en nous penchant pour cueillir les fleurs mouillées sous les bourrasques du printemps. Aucun amour n'est resté pareil à celui dont rêvaient les amants lors de leur premier baiser. Si nous avions vécu ensemble tous deux, nous aurions pu être heureux ou malheureux, nous aurions pu nous faire un bien infini ou beaucoup de mal. Je ne saurai jamais ce que notre amour serait devenu si tu avais été mienne. Tout ce que je sais c'est qu'il n'eût pas été tel que je le rêvais, cette nuit-là, lorsque nous étions ensemble, et que le jet d'eau ruisselait au clair de lune. Que c'est triste, Jenny !

301

Et pourtant ? Je ne voudrais pas ne pas avoir rêvé ce rêve, je ne voudrais pas ne pas rêver mon rêve d'aujourd'hui.

Jenny, je donnerais ma vie pour que tu viennes à ma rencontre, là-haut sur le rocher du château, toute pareille à la Jenny d'alors, que tu m'embrasses, que tu m'aimes, ne fût-ce qu'un jour, ne fût-ce qu'une heure !

Je ne peux m'empêcher de penser à ce qui aurait pu être si tu avais vécu, si je t'avais possédée une fois. Jenny, il me semble que nous avons perdu un ineffable bonheur.

Toi, tu es morte et moi je reste à jamais appauvri. Je n'ai plus que les pauvres rêves que je fais de toi. Et cependant si je la compare aux richesses des autres, ma pauvreté rayonne de richesse. Je ne voudrais pas ne plus t'aimer, ne plus rêver de toi, ne plus souffrir comme souffre à présent, même pour sauver ma vie.

Gunnar Heggen ne savait pas qu'en proie à la tempête qui bouleversait son âme, il levait le ciel et se parlait à lui-même.

Il tenait toujours en main les anémones cueillies, mais ne s'en rendait pas compte.

Les soldats qui le voyaient du haut de la caserne, se moquaient de lui. Il ne le serrait les fleurs contre sa poitrine, murmurant des paroles qui ne s'adressaient qu'à elle, quittant la tombe ensoleillée pour se perdre sous les de cyprès.